Jørn Lier Horst

Wisting und der Tag der Vermissten

JØRN LIER HORST

WISTING

und der Tag der Vermissten

Kriminalroman

Aus dem Norwegischen
von Andreas Brunstermann

PIPER

Mehr über unsere Autoren und Bücher:
www.piper.de

Wenn Ihnen dieser Kriminalroman gefallen hat, schreiben Sie uns unter Nennung des Titels »Wisting und der Tag der Vermissten« an *empfehlungen@piper.de*, und wir empfehlen Ihnen gerne vergleichbare Bücher.

Von Jørn Lier Horst liegen im Piper Verlag vor:
Wisting und der Tag der Vermissten
Wisting und der fensterlose Raum

Diese Übersetzung wurde von NORLA, Norwegian Literature Abroad, gefördert. Wir bedanken uns herzlich.

NORLA
NORWEGIAN LITERATURE ABROAD

FSC
www.fsc.org
MIX
Papier aus verantwortungsvollen Quellen
FSC® C083411

ISBN 978-3-492-06141-4
2. Auflage 2019

Titel der norwegischen Originalausgabe:
»Katharina-Koden«, Gyldendal, Oslo 2017

Published in agreement with Salomonsson Agency.
Redaktion: Annika Krummacher
Satz: psb, Berlin
Gesetzt aus der FreightText
Druck und Bindung: CPI books GmbH, Leck
Printed in the EU

1

Die drei Pappkartons standen auf dem Boden des Kleiderschranks. Wisting zog den größten heraus, der an einer Ecke eingerissen war, und trug ihn vorsichtig ins Wohnzimmer.

Die vier Deckelklappen des Kartons waren ineinandergesteckt. Wisting öffnete ihn und nahm den obersten Aktenordner heraus, der schwarz war und einen vergilbten Aufkleber auf dem Rücken trug: *Katharina Haugen*. Er legte ihn zur Seite und zog nacheinander drei rote Ordner mit den Aufschriften *Zeugen I, Zeugen II* und *Zeugen III* heraus. Gleich darunter entdeckte er den Ordner, nach dem er gesucht hatte. Er trug die Aufschrift *Kleivervei*.

Die Pappkartons enthielten alles, was im Fall Katharina Haugen dokumentiert worden war. Wisting hätte die Dokumente eigentlich nicht mit nach Hause nehmen dürfen, doch andererseits war niemandem damit gedient, wenn sie in einem verschlossenen Archivraum lagen. Auf dem Boden des Kleiderschranks hingegen erinnerten sie ihn jedes Mal an den Fall, wenn er ein frisches Hemd herausnahm.

Er fischte seine Lesebrille aus der Tasche und setzte sich mit dem Ordner auf dem Schoß in einen Sessel. Das letzte Mal hatte er vor einem Jahr einen Blick in die Akten geworfen.

Katharina Haugen hatte im Kleivervei gewohnt. Das schlichte Einfamilienhaus war aus verschiedenen Blickwinkeln fotografiert worden. Es war auf allen Seiten von Wald umgeben, und auf einem der Fotos glitzerte im Hintergrund ein See, der Kleivertjern. Das Haus lag auf einer kleinen Anhöhe, etwa hundert Meter von der Straße entfernt. Es war braun mit weißen Fensterrahmen und einer grünen Tür, die Blumenkästen vor den Fenstern waren leer.

Beim Durchblättern der Akte kam es Wisting so vor, als bewege er sich in einem Geisterhaus. Katharina Haugen war nicht mehr da, doch auf dem Fußboden des Windfangs standen ihre Schuhe. Graue Joggingschuhe, braune Stiefeletten und Holzschuhe neben den großen Sandalen und Arbeitsstiefeln ihres Mannes. An den Garderobenhaken hingen drei Jacken. Auf der Kommode im Gang lagen ein Kugelschreiber und eine Einkaufsliste, ein ungeöffneter Brief, eine Zeitung, einige Werbebroschüren und ein halb verwelkter Rosenstrauß. Drei Klebezettel hingen am Spiegel über der Kommode: einer mit einem Datum und einer Uhrzeit darauf, ein zweiter mit einem Namen und einer Telefonnummer und ein dritter, auf dem drei Großbuchstaben, vermutlich irgendwelche Initialen, und ein Geldbetrag verzeichnet waren. *AML 125 Kr.*

Katharinas Koffer lag geöffnet auf dem Bett. Er war gepackt und sah so aus, als hätte sie geplant, lange wegzubleiben: zehn Paar Socken, zehn Unterhosen, fünf BHs, zehn T-Shirts, fünf Hosen, fünf Pullover, fünf Blusen und Trainingszeug. Etwas an dem Inhalt war Wisting immer merkwürdig vorgekommen, ohne dass er es genauer hätte benennen können. Die Auswahl der Kleidung wirkte so unpersönlich, als wäre der Koffer eigentlich von jemand anderem gepackt worden, oder für jemand anderen.

Er blätterte weiter. Auf dem Wohnzimmertisch lagen fünf Bücher, die jemand aus dem Regal genommen hatte. Wisting hatte einige davon gelesen: *Mengele Zoo*, *Der Alchimist*, *Weiße Nigger*. Neben den Büchern lag ein Foto, auf dem Katharina Haugen zusammen mit ihrem Mann Martin zu sehen war. Sie umarmten sich und lächelten jemandem zu, vielleicht einem Passanten, den sie gebeten hatten, sie zu fotografieren. Das Foto war aus dem Rahmen genommen worden.

Die Aufnahmen aus der Küche waren besonders rätselhaft. Auf der Arbeitsplatte standen ein Teller mit einem Butterbrot und ein Glas Milch. Der Stuhl, auf dem Katharina Haugen immer gesessen hatte, war etwas vorgezogen, auf dem Tisch lagen ein Kugelschreiber und das, was mittlerweile als »Katharina-Code« bezeichnet wurde.

Wisting spähte angestrengt auf den Code. Eine Ansammlung von Zahlen, die über drei senkrechte Linien verteilt waren. Niemand hatte bisher herausfinden können, was das bedeutete.

Neben Spezialisten von der Polizei hatten unter anderem Kryptologen vom Militär die mysteriöse Mitteilung untersucht, ohne dass irgendjemand einer Lösung näher gekommen war. Der Code war sogar Experten im Ausland vorgelegt worden, doch auch sie konnten nichts anderes als eine sinnlose Zahlenkombination darin erkennen.

Wisting drehte und wendete die Kopie in den Händen, als hätte sich plötzlich etwas verändert, was ihn in die Lage versetzen würde zu begreifen, was dahintersteckte.

Jäh blickte er auf. Seine Tochter Line stand vor ihm. Er hatte nicht gehört, was sie gesagt hatte, ja, er hatte nicht einmal gemerkt, dass sie ins Zimmer getreten war.

»Hm?«, murmelte er, nahm die Lesebrille ab und ließ sie an der Schnur um seinen Hals baumeln.

Line setzte sich aufs Sofa, nahm ihr Kind auf den Schoß und fing an, der Kleinen Jacke und Schuhe auszuziehen, während sie einen Blick auf den Pappkarton warf, den Wisting hervorgeholt hatte.

»Ich hatte ganz vergessen, dass morgen der 10. Oktober ist«, wiederholte sie.

Wisting legte den Ordner weg, streckte die Hände nach seiner Enkelin aus und hob sie zu sich herüber. Sie war wirklich kein Baby mehr. Das winzige, hilflose Geschöpf, das er vor vierzehn Monaten zum ersten Mal in den Armen gehalten hatte, war schon eine richtige kleine Persönlichkeit. Er drückte die Lippen auf ihre runde Wange und gab ihr einen dicken Schmatzer. Amalie krümmte sich vor Lachen und versuchte, mit ihren kleinen Händen seine Lesebrille zu packen. Wisting nahm die Brille ganz ab und legte sie weg.

»Glaubst du, da steht auf einmal was drin, was du bisher noch nicht gelesen hast?«, fragte Line und deutete mit dem Kopf auf den Aktenordner.

Sie wirkte erschöpft und leicht gereizt.

»Stimmt was nicht?«, fragte Wisting.

Line seufzte, griff in ihre Handtasche und zog schnell einen gelben Plastikstreifen hervor. Lippenstift, Kugelschreiber, eine Kaugummipackung und weitere Gegenstände folgten.

»Ich hab ein Strafmandat bekommen«, erklärte sie, warf den Plastikstreifen auf den Tisch und fing an, die anderen Sachen wieder in die Tasche zu stecken. »Siebenhundert Kronen.«

Wisting warf einen Blick darauf.

»Ordnungswidriges Parken gemäß Verkehrszeichen 372«, las er. »Was ist Verkehrszeichen 372?«

»Parken verboten.«

Wisting grinste, beugte sich vor und rieb seine Nase an der Wange seines Enkelkinds.

»Mama hat einen Strafzettel bekommen«, sagte er mit verstellter Stimme.

Line stand auf.

»Ich verstehe nicht, warum du dich immer noch mit diesen Unterlagen beschäftigst«, sagte sie und ging in die Küche. »Nach all den Jahren.«

»Willst du Widerspruch einlegen?«, fragte Wisting. »Gegen den Strafzettel?«

»Wozu sollte das gut sein?«, erwiderte Line. »Ich hab das Schild eben nicht gesehen. Nur um das Geld tut es mir leid.«

Sie kam mit einem Teelöffel zurück, nahm einen Becher

Joghurt aus der Wickeltasche und setzte Amalie wieder auf ihren Schoß.

»Hast du noch weitere Verwandte von ihr aufgetrieben?«, fragte Wisting.

Line riss den Deckel des Joghurtbechers ab.

»Ein paar Cousins und Cousinen vierten oder fünften Grades, in Bergen«, erwiderte sie und lächelte ihren Vater kurz an.

»Vierten oder fünften Grades? Wie geht das denn?«

»Wenn man dieselben Ururgroßeltern hat«, sagte Line und fing an, Amalie zu füttern.

»Und von welchem Ururgroßvater reden wir hier?«

»Arthur Thorsen«, erklärte Line. »Er war der Urgroßvater von Mama.«

»Nie von ihm gehört«, musste Wisting zugeben.

»1870 auf Askøy geboren«, entgegnete Line.

Wisting schüttelte den Kopf und griff nach dem Bericht, den er bis eben gelesen hatte.

»Und du findest, dass ich zu viel in alten Papieren herumstöbere?«, fragte er und grinste.

»Das, wonach du suchst, ist ja nicht da«, wandte Line ein. »Seit fünfundzwanzig Jahren beschäftigst du dich jetzt damit, aber die Antwort steht nicht da drin.«

»Vierundzwanzig«, entgegnete Wisting und stand auf. Ihm war bewusst, dass sich die Antwort wohl kaum in einem der Kartons im Kleiderschrank befand, war aber gleichzeitig davon überzeugt, dass mindestens eine der siebenhundertdreiundsechzig Personen, die in der Ermittlungsakte genannt wurden, genau wusste, was sich in jenem Oktober vor vierundzwanzig Jahren zugetragen hatte.

Er griff nach einem der roten Aktenordner und schlug ihn an einer zufälligen Stelle auf. Eine Zeugenaussage. Das Papier war dünn und die Schrift ausgeblichen. Wisting fing an einer Stelle mitten im Text an zu lesen und wusste, wie der Satz endete, bevor er fertig gelesen hatte. Es handelte sich um das schriftliche Protokoll einer Routinevernehmung. Es enthielt keine interessanten oder wesentlichen Details, doch jedes Mal, wenn er dieses oder ein beliebiges anderes Dokument aus der Ermittlungsakte las, überkam ihn die Vorstellung, dass er auf etwas stoßen würde, was er zuvor übersehen hatte, oder dass er den Inhalt plötzlich so deuten könnte, dass sich daraus ein ganz neuer Zusammenhang ergab.

»Und, fährst du?«, fragte Line und riss ihn aus seinen Gedanken.

Wisting schloss den Ordner und musste sich eingestehen, dass er seiner Tochter abermals nicht zugehört hatte.

»Fährst du wieder mit ihm in die Hütte?«

»Mit wem?«, fragte Wisting, obwohl er genau wusste, wen sie meinte.

»Mit ihm«, sagte Line leicht gereizt und deutete auf den Unterlagenstapel.

»Ich glaube nicht«, erwiderte er.

»Aber du fährst morgen zu ihm?«

Wisting nickte. So hatte es sich im Lauf der Jahre ergeben. Jedes Jahr am 10. Oktober besuchte er Martin Haugen.

»Tut mir leid«, sagte er und legte den Ordner weg.

Er wusste genau, wie eigenartig er sich benahm, wenn der Jahrestag näher rückte. Der alte Fall drang wieder ins Bewusstsein und schob alles andere beiseite.

»Was macht ihr heute Abend?«, fragte er und trat ans Fenster. Draußen war es dunkel. Ein paar Regentropfen klebten an der Scheibe.

Line gab Amalie einen letzten Löffel Joghurt.

»Ich wollte ins Fitnessstudio«, gab Line zur Antwort und stellte die Kleine auf den Boden. »Ich hatte gehofft, dass du auf sie aufpassen kannst. Sie fühlt sich in der Kinderbetreuung des Studios nicht besonders wohl.«

Die kleine Amalie stand schwankend auf dem Fußboden.

»Dann übernehme ich die Betreuung«, sagte Wisting lächelnd und klatschte in die Hände, um seine Enkelin zu sich zu locken.

Sie stapfte auf ihn zu und lachte, als Wisting sie auffing und hochhob.

»Vorsicht«, warnte Line. »Sie hat gerade gegessen.«

Wisting setzte Amalie wieder auf den Fußboden, ging ins Nebenzimmer und holte eine Kiste mit Spielzeug. Dann verteilte er den Inhalt auf dem Boden und setzte sich neben die Kleine.

Amalie nahm einen roten Holzwürfel in die Hand und sagte etwas, das Wisting jedoch nicht verstehen konnte.

»Vielen Dank fürs Aufpassen«, sagte Line und erhob sich. »Ich bin in zwei Stunden wieder da.«

Sie winkte den beiden zu, aber Amalie war viel zu beschäftigt, um überhaupt wahrzunehmen, dass ihre Mutter wegging.

Etwa zehn Minuten saßen Wisting und Amalie zusammen auf dem Fußboden. Allerdings fand es die Kleine nach einer Weile interessanter, für sich allein zu spielen.

Seine Kniegelenke knackten, als er sich erhob und zum Karton hinüberging. Dort zog er das Notizbuch heraus und ließ sich wieder in den Sessel fallen. Er blätterte vor und zurück, griff nach der Lesebrille auf dem Tisch und setzte sie auf.

Alle Informationen aus den Fällen, an denen er arbeitete, landeten in seinem dicken blauen Notizbuch. Zunächst Stichwörter zu den nackten Tatsachen, dann Einzelheiten, Zeugenaussagen, Dokumentationen und Laborberichte. Das Notizbuch war für ihn eine Art Archiv. Es enthielt Aufzeichnungen über jede einzelne Vernehmung, jeden gewonnenen Beweis und diente stets als Grundlage für die Planung der nächsten Schritte.

Er verstand nicht, weshalb Line so ablehnend darauf reagierte, dass er sich weiterhin mit dem alten Fall befasste. Normalerweise fand auch sie ungelöste Rätsel und offene Fragen interessant. Die gleiche Wissbegier, die ihn zum Ermittler hatte werden lassen, hatte sie zur Journalistin gemacht. Wenn sich der Weg, den sie beschritt, irgendwo teilte und sie sich für die eine Abzweigung entschied, wollte sie dennoch wissen, wohin sie die andere Richtung hätte führen können. Seit Amalies Geburt interessierte sie sich für Ahnenforschung. In erster Linie ging es dabei vermutlich darum, ihrer Tochter eine größere Familie zu verschaffen, da der Vater der Kleinen mehr oder weniger abgetaucht war. Doch es steckte ein viel tieferer Wissensdurst dahinter. Wisting verstand sehr gut, dass es ihr eine gewisse Befriedigung verschaffte, immer mehr familiäre Verbindungen ausfindig zu machen, um allmählich ein Gesamtbild zu erkennen. So etwas hatte durchaus Ähnlichkeit mit einer polizeilichen Ermittlung.

Die Suche nach Antworten war die Grundlage für Lines bisherige journalistische Tätigkeit. Dabei ging es ihr nicht nur um die Präsentation einer Nachricht. Sie wollte wissen, was dahinter verborgen lag. Eine Eigenschaft, die die Redaktion von *Verdens Gang* sehr zu schätzen wusste. Die Zeitung wollte Line gern behalten und hatte ihrem Antrag auf eine Verlängerung der Elternzeit zugestimmt, in der Hoffnung, dass sie danach in die Festanstellung zurückkehren würde.

Wisting hatte gar nicht den Wunsch, dass Line sich mit dem Fall Katharina Haugen beschäftigte, konnte aber auch nicht verstehen, weshalb sie so demonstrativ desinteressiert war. Das lag vielleicht daran, dass dieser Fall immer schon präsent gewesen war. Line war sechs Jahre alt gewesen, als Katharina Haugen verschwand. Seine Tochter kannte es, dass er in regelmäßigen Abständen die alten Unterlagen hervorkramte und sich darin vergrub. Oder es hatte damit zu tun, dass Line, wie so viele andere, die gängige Erklärung zu dem Fall akzeptiert hatte: dass Katharina Haugen in einer dunklen Oktobernacht vor vierundzwanzig Jahren beschlossen hatte, ihrem Leben ein Ende zu setzen.

Aber wo war dann ihre Leiche?

Eine andere Theorie besagte, dass Katharina Haugen einem Unfall zum Opfer gefallen war. Vielleicht hatte sie eine Wanderung unternommen und war dabei gestürzt. Aus dieser Vermutung ergaben sich aber statt Antworten nur umso mehr neue Fragen.

Neben der Tatsache, dass sie verschwunden war, gab es weitere Umstände, die Wisting Jahr für Jahr veranlassten, die Unterlagen wieder hervorzuholen. Wie etwa den mysteriösen Code auf dem Küchentisch, den Nachbarn, aus dem er nie richtig schlau geworden war, oder Katharina Haugens unbekannten Vater. Und dann waren da noch die Blumen. Vierzehn rote Rosen.

Amalie war aufgestanden. Sie war ganz in ihre eigene Welt versunken, hielt sich dabei an der Armlehne eines Sessels fest und biss in eine bunte Rassel.

Wisting lächelte sie an, öffnete dann einen der Ordner und zog das Protokoll einer Vernehmung hervor, die mit Mina Ruud durchgeführt worden war, einer der letzten Personen, die Katharina Haugen lebend gesehen hatten. Die beiden hatten gemeinsam im Chor gesungen und sich fünf Jahre gekannt. In den letzten Wochen vor ihrem Verschwinden war Katharina Haugen nicht zu den Proben gekommen. Am Telefon hatte sie der Freundin erklärt, sie sei nicht in Form und habe nicht genügend Energie. Zwei Tage vor Katharinas Verschwinden hatte Mina Ruud sie daher zu Hause besucht. Tatsächlich hatte Katharina erschöpft und blass ausgesehen. Mina hatte den Eindruck, dass ihr irgendetwas Sorgen bereite. Auf ihre direkte Nachfrage hatte Katharina das Ganze als Bagatelle abgetan und erklärt, sie nehme jetzt Vitamintabletten, in der Hoffnung, sie würden ihr helfen. Während der Vernehmung hatte Mina Ruud ausgesagt, dass sie im Laufe des letzten Jahres eine deutliche Veränderung an Katharina wahrgenommen habe. Für gewöhnlich sei sie nämlich ein Energiebündel gewesen, wie Mina Ruud sich ausdrückte. Immer gut gelaunt und sprudelnd vor Energie. Doch dann musste etwas passiert sein, was ihre Persönlichkeit verändert hatte. Sie sei zu Hause geblieben, nur noch selten ausgegangen und fast nie mehr mit Freunden zusammen gewesen. Katharina Haugen habe verschlossen und niedergeschlagen gewirkt.

In Mina Ruuds Aussage gab es einen Abschnitt, den Wisting besonders interessant fand. Ihr sei es so vorgekommen, als hätte Katharina ein dunkles Geheimnis mit sich herumgeschleppt, hatte sie geäußert. Etwas, von dem sie anscheinend niemandem erzählen konnte.

Einige ihrer Freunde und Arbeitskollegen hatten Katharina Haugen als depressiv beschrieben. Allgemein war man der Ansicht, dies liege daran, dass sie Heimweh nach ihrer Familie und ihren Bekannten in Österreich habe.

Unverhofft blieb Wisting an einem Satz hängen, der ihm bislang noch nicht aufgefallen war. Mina Ruud versuchte, sich an den genauen Zeitpunkt einer Unterhaltung mit Katharina zu erinnern. Die hatte ihr nämlich erzählt, dass sie zwei Tage zuvor einem Mann aus Österreich begegnet sei. Es habe sich um ein zufälliges Zusammentreffen in einem Café gehandelt. Er hatte gefragt, ob der andere Stuhl an ihrem Tisch noch frei sei, und da Katharina sein Akzent aufgefallen war, wollte sie wissen, ob er aus Österreich komme. Es sei wirklich schön gewesen, jemanden aus ihrem alten Heimatland zu treffen.

Die Ermittler hatten viel Zeit und Ressourcen darauf verwendet, diesen Mann zu finden. Deswegen war es auch so wichtig herauszufinden, wann diese Begegnung stattgefunden hatte. Soweit Mina Ruud sich erinnern konnte, war es ein Nachmittag Mitte August gewesen.

Zumindest hatte Wisting das gelesen, obwohl es so nicht im Protokoll stand.

Er las den Satz noch einmal: *Es war Nachmittag Mitte August.*

Da fehlte ein Wort. Bisher hatte er immer *Es war ein Nachmittag Mitte August* gelesen. Aber das Wort *ein* fehlte. So etwas kam häufiger vor. Mitunter passierte es ihm selbst. Nicht alle Wörter, die er im Kopf hatte, landeten auch auf dem Papier. Wenn man den Satz las, wurde dem Gehirn suggeriert, dass das fehlende Wort dastand, weil man streng genommen ja nicht ein Wort nach dem anderen las, sondern den Blick über den ganzen Satz gleiten ließ.

Dass das Wort fehlte, hatte weiter nichts zu bedeuten. Es veränderte nicht den Sinn der Aussage, brachte Wisting aber auf den Gedanken, dass es vielleicht andere Details in der umfassenden Ermittlungsakte gab, die er übersehen hatte.

Er legte das Protokoll zur Seite und stürzte sich mit neuer Energie auf den nächsten Aktenstapel. Wenn jemand spurlos verschwand, gab es vier Möglichkeiten: Selbstmord, Unfall, Flucht oder eine kriminelle Handlung. Die Polizei hatte alle vier Möglichkeiten untersucht und darüber hinaus die These aufgestellt, dass Katharina das Land verlassen habe, ohne jemandem Bescheid zu sagen, weil sie entweder in ihrer alten Heimat oder irgendwo sonst auf der Welt ein neues Leben beginnen wollte.

Wisting hatte niemals an die Möglichkeit geglaubt, dass Katharina Haugen aus freien Stücken weggegangen war. Obwohl es weder eine Leiche noch einen Tatort gab, hatte er den Fall immer als Mordfall betrachtet. Seine Schlussfolgerung basierte nicht etwa auf einem bestimmten Umstand, vielmehr hatte ihn die Summe der Umstände auf diesen Gedanken gebracht. Wie der Koffer auf dem Bett, die aus dem Regal gezogenen Bücher oder das Foto, das jemand aus dem Rahmen genommen hatte. Und natürlich der Code auf dem Küchentisch.

Abermals holte er die Kopie hervor und betrachtete sie eingehend. Drei leicht gebogene Striche teilten das Blatt und bildeten zwei Spalten. Darunter war ein horizontaler Strich gezogen worden. Der Rest bestand aus Zahlen. Die 362 war von einem Kreis umgeben und tauchte zweimal auf. Dasselbe galt für die Zahl 334. Die 18 gab es ebenfalls doppelt, allerdings war sie beide Male von einem Quadrat umgeben. Weitere Zahlen waren auf dem Papier verteilt: 206, 613, 148, 701, 404, 49. Was die kryptische Nachricht besonders interessant machte, war eine Markierung am Rand des Blattes, die einem Kreuz ähnelte. Die Linien waren mehrmals mit schwarzem Kugelschreiber nachgezogen worden, so fest, dass im Blatt fast ein Loch entstanden war.

Wie schon so oft zuvor blickte Wisting angestrengt auf das Kreuz und die Zahlen. Dieses Mal kam es ihm so vor, als rege sich etwas in seinem Unterbewusstsein. Als ob die Zahlen plötzlich einen Sinn ergeben könnten.

Er holte tief Luft und hielt den Atem an. Immer, wenn er die alten Unterlagen hervorholte, hoffte er darauf, einen solchen Moment zu erleben. Vielleicht hatte er im Laufe des vergangenen Jahres etwas gehört, gesehen oder wahrgenommen, das seinen Erfahrungshorizont erweiterte und ihn in die Lage versetzte, den Inhalt der Ermittlungsakte neu zu beurteilen. Genau an dieser Stelle befand er sich jetzt, kurz vor einer neuen Erkenntnis. Eine Aussage, ein Foto oder ein unbedeutendes Detail, das sich im Laufe der letzten zwölf Monate in sein Unterbewusstsein eingebrannt hatte, stand kurz vor dem Auftauchen an die Oberfläche.

Er las die Zahlen laut und versuchte, auf diese Weise seinem Gehirn auf die Sprünge zu helfen.

Die kleine Amalie äffte ihn nach. Sie versuchte, die gleichen Zahlen auszusprechen, und lachte angesichts ihres Misserfolgs.

Wisting sah zu seiner Enkelin hinüber. Sie war ganz blau

um den Mund. In der Hand hielt sie einen Kugelschreiber. Sie hatte ein Loch hineingebissen, und die Farbe tropfte an ihrer Hand herunter.

Sie gluckste und lachte und schob den Kugelschreiber wieder in den Mund.

Wisting ließ die Papiere fallen, stürzte zu ihr und riss ihr den Schreiber aus der Hand.

Lippen, Zähne, Zunge und der gesamte untere Teil ihres Gesichts waren blau verfärbt. Er hob die Kleine hoch und eilte mit ihr ins Bad, drehte den Wasserhahn auf und hielt sie über das Waschbecken. Dann gab er Wasser in die hohle Hand, fuhr damit über ihr Gesicht und wiederholte das Ganze. Amalie fing an zu schreien. Wisting goss ihr noch mehr Wasser ins Gesicht, auch in den geöffneten Mund. Amalie hustete und keuchte. Blau gefärbtes Wasser tropfte ins Becken. Trotz ihrer lautstarken Proteste fuhr Wisting fort, seiner Enkelin den Mund auszuspülen, bis er sicher sein konnte, dass keine Tinte zurückgeblieben war. Schließlich setzte er sich mit Amalie auf den Toilettendeckel und versuchte, sie zu trösten.

»Alles wird gut«, sagte er und versuchte, seiner Stimme einen möglichst fröhlichen Klang zu verleihen.

Amalie beruhigte sich etwas. Wisting fischte sein Handy aus der Tasche und rief die Notaufnahme des Krankenhauses an. In wenigen Worten erklärte er, was passiert war.

Die Krankenschwester fragte nach dem Namen.

»Ingrid Amalie Wisting«, antwortete er und nannte ihr Geburtsdatum.

Er hörte das Geräusch einer Tastatur am anderen Ende der Leitung.

»Wie viel Tinte hat sie denn verschluckt?«, wollte die Krankenschwester wissen.

»Ich weiß nicht«, sagte Wisting und ging mit der Kleinen auf dem Arm ins Wohnzimmer. Der Kugelschreiber lag auf dem

Boden und hatte einen blauen Fleck auf dem Teppich hinterlassen.

»Mehr als die Hälfte der Tinte ist noch übrig«, sagte er. »Das meiste klebt vermutlich an ihren Händen und der Kleidung.«

»Geringe Mengen Tinte sind normalerweise völlig ungefährlich«, beruhigte ihn die Krankenschwester. »Schlimmer wäre es, wenn sie ein Stückchen Plastik verschluckt hätte.«

Wisting untersuchte den Kugelschreiber. Das Ende war zerfranst.

»Und was kann dann passieren?«, fragte er.

»Es könnte im Hals stecken bleiben«, erklärte die Krankenschwester. »Aber anscheinend ist ja noch mal alles gut gegangen. Kann sein, dass sie etwas Bauchschmerzen bekommt, aber das regelt sich dann auf ganz natürliche Weise.«

Wisting bedankte sich, legte auf und brachte Amalie wieder ins Bad. Er befeuchtete einen Waschlappen und versuchte, der Kleinen das Gesicht und die Finger zu waschen. Die Farbe wurde zwar etwas schwächer, war aber immer noch zu sehen. Er nahm seine Zahnbürste, gab etwas Zahncreme darauf und machte sich daran, ihre kleinen, verfärbten Zähne zu putzen. Amalie protestierte und fing wieder an zu weinen. Er gab auf, trug sie zurück ins Wohnzimmer und sank mit seiner Enkelin auf dem Schoß in einen Sessel. Die plötzliche Angst, die er verspürt hatte, verwandelte sich in Gereiztheit. Er ärgerte sich über sich selbst.

Amalie weinte immer noch. Bestimmt war sie müde, und seine Unruhe hatte sich auf sie übertragen. Er stand auf, nahm Amalie auf den Arm und begann alles aufzusammeln und wieder in den Karton zu legen, was mit dem Fall Katharina Haugen zu tun hatte. Einer der Aktenordner war nicht richtig geschlossen, lose Blätter verteilten sich über Tisch und Fußboden. Er sammelte alles auf und stopfte es in den großen Karton, ohne sich darum zu kümmern, ob die Unterlagen zerknitterten oder in Unordnung gerieten. Er wollte nur alles aus dem Weg haben.

Dann nahm er Amalie auf den anderen Arm, drückte die Deckelklappen des großen Kartons wieder zusammen und schob ihn mit dem Fuß zur Wand hin. Schließlich setzte er sich mit der Kleinen auf den Boden und sah sie an. Ihre Kleider waren jetzt unbrauchbar. Wahrscheinlich wäre sie in Kürze ohnehin herausgewachsen, aber Wisting würde Line anbieten, den Schaden zu ersetzen.

Das Weinen hatte nachgelassen. Großvater und Enkelin waren eifrig damit beschäftigt, Holzklötze aufeinanderzustapeln, als Line zurückkam.

Sie lächelte beim Anblick der beiden, erstarrte aber, als sie die blaue Farbe am Mund und auf der Kleidung ihrer Tochter entdeckte.

»Was ist passiert?«, fragte sie und nahm Amalie auf den Arm.

»Sie hat einen Kugelschreiber erwischt«, sagte Wisting.

»Hast du nicht aufgepasst?«

»Sie war ziemlich schnell«, erklärte er.

»Aber du warst doch wohl bei ihr?«

»Selbstverständlich«, sagte er. »Aber plötzlich saß sie da und hatte das Gesicht voller Farbe. Ich glaube, es war dein Kugelschreiber. Der muss dir aus der Tasche gefallen sein, als du mir das Strafmandat gezeigt hast.«

Line feuchtete einen Daumen an und rieb damit über Amalies Kinn.

»Ich habe schon mit der Notaufnahme gesprochen«, fuhr Wisting fort. »In so geringen Mengen ist Tinte nicht gefährlich. Schwer wegzukriegen, aber nicht gefährlich.«

Line seufzte. »Ich bring sie nach Hause und steck sie in die Badewanne.«

Sie setzte sich auf einen Stuhl und zog ihre Tochter an.

Wisting suchte die Spielsachen auf dem Fußboden zusammen.

»Ich kann ihr gern neue Sachen kaufen«, sagte er. »Oder sie wenigstens bezahlen.«

Line schüttelte den Kopf.

»Denk nicht weiter daran«, sagte sie und stand auf. »Danke, dass du auf sie aufgepasst hast.«

»Tut mir leid«, sagte Wisting. »Ich bin vermutlich ein elender Babysitter.«

Line lächelte.

»Ist schon gut«, sagte sie und warf einen Blick auf den Karton mit den Falldokumenten.

»Vergiss nicht, dass Thomas am Wochenende nach Hause kommt«, sagte sie.

Thomas war ihr Zwillingsbruder. Er arbeitete als Helikopterpilot bei der Armee und kam nur zweimal im Jahr zu Besuch.

»Ich werde Pizza machen«, sagte Wisting mit einem Lächeln.

Das war etwas, das er schon getan hatte, als Line und Thomas noch Teenager waren. Jeden Freitag, wenn er nach Hause kam, hatte er einen Pizzateig zubereitet. Line und Thomas hatten ihm beim Belegen geholfen. Diese Tradition hatten sie fortgeführt, bis Thomas zum Militär gegangen war.

»Wir kommen«, sagte Line und drückte ihre Tochter an sich. »Möchtest du nicht Tschüss zu Opa sagen?«

Wisting nahm beide in den Arm und begleitete sie dann zur Tür. Er sah ihnen nach, als sie durch den Regen zu Lines Haus hinüberliefen, das etwas weiter unten an der Straße lag.

Ich habe gelogen, dachte er und wunderte sich darüber, wie leicht es ihm gefallen war zu sagen, er sei die ganze Zeit bei Amalie gewesen, anstatt zuzugeben, dass er sich in den Fall Katharina vertieft und seine Enkelin für einen Moment vergessen hatte. Aber nicht nur das. Er hatte außerdem seiner Tochter einen Teil der Verantwortung zugeschoben, indem er sie darauf hinwies, dass der Kugelschreiber ihretwegen dort gelegen hatte.

Wisting schloss die Tür, trat ins Wohnzimmer und betrachtete den Pappkarton, den er zur Seite geschoben hatte.

Lügen waren Bestandteil von jeder Ermittlung. Alle logen. Nur selten ging es dabei um direkte Unwahrheiten, aber die meisten Menschen umgingen die Wahrheit auf irgendeine Weise. Sie äußerten sich zweideutig, verschwiegen Einzelheiten, übertrieben, schmückten Dinge aus, um sich interessant zu machen, oder hielten Informationen zurück, die sie in ein schlechtes Licht rücken könnten. Dazu kam, dass sich die Menschen häufig falsch erinnerten. Oft hatten sie Ereignisse anders im Gedächtnis, als sie tatsächlich geschehen waren. Doch anstatt zuzugeben, dass sie sich an etwas nicht erinnerten, füllten sie die Erinnerungslücken, indem sie die Ereignisse so ausschmückten, wie sie glaubten, dass sie sich abgespielt haben mussten. Um diese Unwahrheiten aufzudecken, war die Polizei von weiteren Informationen abhängig, mit denen die Aussagen überprüft werden konnten.

Wisting bückte sich und hob den Kugelschreiber auf, auf dem Amalie herumgekaut hatte. Unter den Zahnabdrücken war das Logo der Polizeigewerkschaft gerade noch zu sehen. Es war sein Kugelschreiber. Er überlegte, ob er es Line erzählen oder die Sache auf sich beruhen lassen sollte. Aufheben würde er den Kugelschreiber jedenfalls nicht. Er nahm ihn mit in die Küche und warf ihn in den Mülleimer. Dann ging er zurück ins Wohnzimmer, klappte den Kartondeckel wieder auseinander und nahm die Ordner heraus.

2

Feine, durchsichtige Wasserstrahlen fielen im Licht der Scheinwerfer schräg zu Boden, als Wisting rückwärts aus der Garage fuhr. Der Regen hatte im Laufe der Nacht zugenommen. Wisting war bis Mitternacht aufgeblieben und hatte versucht, den Faden wiederzufinden, den er einige Stunden zuvor beinahe schon gepackt hatte, doch der war nicht mehr da.

Er warf einen Blick über die Schulter und sah zum Haus hinüber, in dem seine Tochter wohnte. In der Küche brannte Licht. Amalie wachte immer gegen sechs Uhr auf. Einen Augenblick blieb er regungslos hinter dem Lenkrad sitzen und fragte sich, ob er bei Line anhalten und fragen sollte, wie es den beiden ging. Er hatte es nicht eilig. Sein Arbeitstag begann erst in einer Stunde. Aber anscheinend versuchte Line gerade, die Kleine wieder zum Einschlafen zu bringen. Dabei würde sein Besuch nur stören.

Der 10. Oktober vor vierundzwanzig Jahren war ein wolkenloser Tag mit schwachem Wind aus Südost gewesen, wie Wisting aus dem Bericht wusste. Im Laufe des Abends waren ein paar Wolken aufgezogen. Der Wind hatte sich zu einer leichten Brise entwickelt, und die Temperatur war auf etwa acht Grad abgefallen.

Wisting fuhr durch das Wohnviertel und bog nach links in den Larviksvei ab. Der Arbeitstag würde nicht sehr produktiv werden. Er würde sich kaum auf etwas anderes konzentrieren können, weder vor noch nach dem Treffen mit Martin Haugen.

Katharina war in der Vergangenheit schon einmal verschwunden. Damals hatte sie Katharina Bauer geheißen. Im Alter von einundzwanzig Jahren hatte sie sich auf ihr Motorrad gesetzt, hatte ihrer österreichischen Heimatstadt Perg den Rücken zugekehrt und war nie wieder zurückgekommen.

Sie war vor ihrer dysfunktionalen Familie geflohen, einem gewalttätigen und alkoholabhängigen Stiefvater und einer instabilen Mutter mit psychischen Problemen. Lange hatten Katharina und ihre Schwester zusammengehalten und sich um den jüngeren Bruder gekümmert, doch als der alt genug war, um auf sich selbst aufzupassen, hatte Katharina ihren Rucksack gepackt und sich auf den Weg gemacht.

Die Reise hatte sie nach Norwegen geführt. Irgendwo in dem Land lebte ihr Vater. Jedenfalls hatte ihre Mutter einmal erzählt, dass der Vater Norweger sei. Sie hatte nicht viel Hoffnung, ihn zu finden. Sie wusste nur, dass er Richardt hieß und eine Zeit lang Stammgast in dem Restaurant war, wo ihre Mutter im Sommer 1958 gearbeitet hatte. Irgendwann war er dann weitergefahren, und es war unklar, ob er überhaupt je erfahren hatte, dass er Vater geworden war.

Der unbekannte Vater war allerdings nicht der eigentliche Grund für ihre Reise nach Norwegen. Es ging in erster Linie darum, von zu Hause wegzukommen. Aber sie war auch neugierig auf dieses Land gewesen. Bevor sie aufbrach, hatte sie sich mit Geschichte und Geografie vertraut gemacht und die Sprache ein wenig gelernt.

Nach ihrer Ankunft in Norwegen hatte sie offenbar auch versucht, ihren Vater ausfindig zu machen. Unter den von ihr zurückgelassenen Dingen befand sich eine Adressenliste mit verschiedenen Männern, die Richardt hießen, auch in anderer Schreibweise, aber das Ganze wirkte wie ein Projekt, das sie schon lange vor ihrem Verschwinden aufgegeben hatte. Ein paar der Namen auf der Liste waren durchgestrichen, etwa drei Viertel waren noch übrig. Die Polizei hatte sich mit all diesen Männern in Verbindung gesetzt. Die, deren Namen durchgestrichen waren, bestätigten, dass man sie kontaktiert hatte, dass sie aber offensichtlich nicht diejenigen waren, nach denen sie gesucht hatte.

Wisting stellte die Scheibenwischer auf eine höhere Geschwindigkeit ein. Als er sich dem Zentrum näherte, verdichtete sich der Verkehr. Das Regenwasser der letzten Tage hatte sich neue Wege gesucht, an mehreren Stellen war der Untergrund weggespült worden, und Teile der Straße waren abgerutscht, sodass der Verkehr umgeleitet werden musste.

In Österreich hatte Katharina eine Ausbildung zur Landschaftsplanerin und Feldvermesserin absolviert und war dann nach ihrem Umzug nach Norwegen für die lokale Straßenbaubehörde tätig geworden. Sie hatte ein Gefühl für Fremdsprachen, lernte schnell Norwegisch und machte eine Weiterbildung an der Technischen Fachhochschule. Nach einer Weile bekam sie dann eine feste Anstellung bei der staatlichen Straßenbaubehörde, wo sie an der Planung und am Bau von neuen Fernstraßen durch den südlichen Teil von Telemark arbeitete. Dabei war sie auch Martin Haugen begegnet. Er war dort Vorarbeiter und gehörte zu den Kollegen, die sich häufig im Planungsbüro aufhielten.

Der Verkehr rollte langsam weiter. Ein Fahrradfahrer in Regenmontur schlängelte sich an den Fahrzeugen vorbei.

Wisting wollte gegen zwölf zu Martin Haugen fahren. Sie hatten keine feste Verabredung, doch nach dem Verschwinden von Katharina war er jedes Jahr zur gleichen Zeit zu ihm gefahren und wusste, dass Martin Haugen ihn auch in diesem Jahr erwartete. Der Kaffee würde gekocht sein und der Fertigkuchen bereitstehen. Vermutlich ein Zitronenkuchen mit Glasur oder eine Himbeerbiskuitrolle. Erst würden sie ein wenig Small Talk machen, dann würden sie über Katharina sprechen.

Wisting war ihr einmal begegnet. Es war ihm gar nicht bewusst gewesen, erst fünf oder sechs Jahre nach ihrem Verschwinden hatte Martin Haugen ihn darauf aufmerksam gemacht. Es sei am Nationalfeiertag gewesen, hatte er erklärt und Wisting einen Zeitungsausschnitt gezeigt. Katharina und ihre Freundinnen aus dem Chor hatten während der Feiern im Wald Bøkeskogen gesungen. Es gab ein Bild von ihnen in der Zeitung, und im Hintergrund war Wisting zu sehen, der damals im Einsatz gewesen war.

Katharina hatte ihrem Mann das Foto gezeigt und erzählt, dass sie kurz vor dem Chorauftritt ein Schlüsselbund gefunden und dem Polizisten auf dem Bild übergeben habe.

Wisting hatte sich an das Vorkommnis nicht erinnern können und vermutete, dass Katharina ihn mit einem anderen Polizisten verwechselt hatte. Er hatte das Fundsachenprotokoll hervorgeholt, zurückgeblättert und zu seiner Überraschung einen von ihm notierten Vermerk gefunden, der besagte, dass ein Schlüsselbund von einer gewissen Katharina Haugen gefunden und abgegeben worden sei. Immer wenn er sich das Geschehene ins Gedächtnis zurückrufen wollte, konnte er sich vage daran erinnern, die eigentliche Begegnung mit Katharina war hingegen ausgelöscht. Auch Martin Haugen hatte es vergessen, bis er den Zeitungsausschnitt eines Tages beim Aufräumen in einer Schublade gefunden und Wisting darauf wiedererkannt hatte.

Hinter ihm hupte ein Wagen. Wisting wurde aus seinen Gedanken gerissen und füllte sogleich die Lücke zum Auto vor ihm, die entstanden war, als er nicht auf die Straße geachtet hatte.

In der Innenstadt war der Verkehr nicht ganz so schlimm, und Wisting erreichte das Präsidium frühzeitig genug, um Kaffee zu kochen, damit der schon bereitstand, wenn die anderen aus der Abteilung zur Arbeit kämen.

In der vergangenen Nacht und am Abend zuvor waren keine größeren Polizeieinsätze nötig gewesen, wie das Einsatzprotokoll zeigte. Wisting verteilte die wichtigsten Fälle und legte alles andere vorerst beiseite. Um zehn Uhr würde eine Haushaltssitzung stattfinden, und mit einem der Polizeijuristen musste er die Rückstände überprüfen. Außerdem sollte er sich zu einer Konsequenzanalyse äußern, die sich damit beschäftigte, was mit der Fahndungsabteilung passieren würde, wenn der Polizeidistrikt mit dem des benachbarten Regierungsbezirks zusammengelegt würde. Das allerdings konnte er auch nach dem Treffen mit Martin Haugen erledigen.

Er lehnte sich auf seinem Bürostuhl zurück und verschränkte die Hände hinter dem Kopf. Dann beugte er sich vor und öffnete die unterste Schublade. Er zog eine Kopie des Zeitungsfotos vom Nationalfeiertag heraus, die er gemacht hatte, und betrachtete sie.

Das Foto war schwarz-weiß. Katharina Haugen trug ein helles Sommerkleid und stand mit ihren festlich gekleideten Freundinnen zwischen den Bäumen. Ihre Haare waren lang und, wie Wisting wusste, rotblond. Sie hatte blaue Augen, doch auf dem Foto lag etwas Düsteres in ihrem Blick, das trotz ihres breiten Lächelns nicht zu übersehen war. Die Lippen wirken weich, dachte Wisting beim Betrachten des Fotos. Weicher als die Augen.

Er glaubte nicht, dass sie noch lebte, fragte sich aber dennoch, wie sie wohl heute aussehen würde. Er selbst hatte sich merklich verändert. Auf dem Foto war er Ende zwanzig und schlank. Seine Haare, die unter der Uniformmütze hervorlugten, waren schwarz, und er hielt den Rücken kerzengerade durchgedrückt.

Für Wisting hatte der Fall Katharina Haugen erst am Mittwoch, dem 11. Oktober, angefangen, als ihr Mann sie als vermisst meldete. Zu zweit waren die Ermittler in den Kleivervei gefahren und hatten die ersten Untersuchungen vorgenommen. Wisting und Eivind Larsen. Wisting hatte sich mit Martin Haugen ins Wohnzimmer gesetzt, während Eivind Larsen durch das Haus gegangen war und nach einem Hinweis auf Katharinas Verbleib gesucht hatte. Doch nichts im Haus und auch nichts in dem Gespräch hatte die beiden einer Lösung näher gebracht.

Wisting stand auf, trat ans Fenster und spürte plötzlich ein eigenartiges und dennoch vertrautes Gefühl im Körper. Eine Rastlosigkeit, die Folge von etwas Unerledigtem war.

Der Verdacht, dass Martin Haugen etwas mit dem Verschwinden seiner Frau zu tun haben könnte, war schnell fallen gelassen worden. Zu jenem Zeitpunkt arbeitete er auf einer Baustelle in Trøndelag und wohnte in einer Barackensiedlung in Malvik. Das lag mehr als acht Autostunden von zu Hause entfernt.

Wenn jemand verschwand, wurde immer zuerst der Ehepartner verdächtigt. Die zeitliche Abfolge der Geschehnisse lieferte den Ermittlern allerdings keinen Anhaltspunkt dafür, dass Martin Haugen dahintersteckte. Am Abend des 9. Oktober hatte er gegen zehn Uhr abends mit Katharina telefoniert. Die Telefongesellschaft hatte bestätigt, dass um 22:06 Uhr vom öffentlichen Fernsprecher in der Küchenbaracke ein Anruf zum Anschluss von Katharina und Martin Haugen im Kleivervei in Larvik erfolgt war. Das Gespräch hatte acht Minuten und siebzehn Sekunden gedauert. Am nächsten Morgen um 7:00 Uhr saß Martin Haugen wieder an den Hebeln seines Baggers. Es gab ein offenes Zeitfenster von neun Stunden, für die Fahrt nach Larvik und wieder zurück hätte er allerdings sechzehn Stunden benötigt.

Nach seiner Schicht hatte er versucht zu Hause anzurufen, aber ohne Erfolg. Mehrere Arbeitskollegen hatten ihn beobachtet, wie er im Laufe des Abends versuchte, Katharina zu erreichen, und sie hatten ausgesagt, dass er besorgt gewirkt habe. Er hatte Freunde und Bekannte angerufen, aber niemand hatte sie gesehen. Spät am Abend hatte er den nächsten Nachbarn überreden können, zu Hause vorbeizufahren und nachzusehen. Doch nichts deutete darauf hin, dass sie sich im Haus aufhielt. Der Nachbar war einmal um das ganze Haus herumgegangen und hatte in alle Fenster geschaut. Abgesehen von etwas, das wie ein handgeschriebener Zettel auf dem Küchentisch aussah, hatte er weiter nichts entdeckt.

Kurz vor Mitternacht hatte sich Martin Haugen in seinen Wagen gesetzt und war nach Hause gefahren. Um 8:47 Uhr am 11. Oktober rief er die Polizei und meldete seine Frau als vermisst.

Tatsächlich wussten die Ermittler heute nicht viel mehr als damals. Ziemlich genau wussten sie, was *nicht* geschehen war, was Katharina Haugen *nicht* getan hatte und wo sie sich *nicht* aufhielt, aber sie konnten nichts darüber sagen, weshalb, wie oder wohin sie verschwunden war.

3

Um Viertel vor zwölf verließ Wisting das Büro. Er setzte sich in den Wagen und fuhr in Richtung Kleivervei. Der Regen hatte fast aufgehört, und der Himmel klarte auf.

Das Verhältnis zwischen ihm und Martin Haugen hatte sich im Laufe der vergangenen Jahre verändert. War ihr Kontakt zu Beginn rein professioneller Natur gewesen, hatte ihre Beziehung mittlerweile einen fast privaten Charakter. Sie konnten zusammen Scherze machen und lachen und auch über ganz andere Dinge als das Verschwinden von Katharina reden. Vor einigen Jahren hatte Martin Haugen einen kleinen Bagger gemietet und Wisting dabei geholfen, ein paar Baumstümpfe im Garten loszuwerden. Regelmäßig kaufte Wisting ihm im Herbst einige Säcke Feuerholz ab, und kurz vor Weihnachten brachte Haugen ihm stets einen Weihnachtsbaum aus dem Wald hinter dem Haus. Sie waren gemeinsam auf Angel- und Wandertour gegangen, und Haugen war auch zu Ingrids Begräbnis gekommen. Dennoch war es keine echte Freundschaft. Das konnte es auch niemals sein. Die Beziehung zwischen ihnen war aus tragischen Umständen erwachsen, und noch immer gab es etwas, das Wisting zu einer gewissen Distanz veranlasste. Sie waren gleich alt, und manchmal dachte Wisting, dass Martin Haugen unter anderen Umständen einer seiner wenigen, aber guten Freunde hätte werden können.

Zwei Jahre nach Ingrids Tod hatte Wisting eine neue Beziehung begonnen. Die war inzwischen vorbei, doch solange sie angedauert hatte, war sie echt und liebevoll gewesen, und

Wisting hätte sie gern weitergeführt. Martin Haugen hatte nie eine neue Beziehung angefangen. Allerdings war er vor der Beziehung mit Katharina schon einmal verheiratet gewesen. Es war eine kurze Ehe mit einer acht Jahre älteren Frau gewesen. Eine der Mappen in der Ermittlungsakte trug ihren Namen: Inger Lise Ness. In den Wochen nach Katharinas Verschwinden war diese Mappe schnell dicker geworden, aber auch darin befand sich nichts, was der Polizei irgendwelche Hinweise hätte liefern können.

Die Scheibenwischer schabten über die Frontscheibe. Wisting schaltete sie ab.

Die Bebauung wurde spärlicher, je mehr er sich Kleiver näherte. Die Straße wurde schmaler und war weniger gut in Schuss. Er kam an einer Gärtnerei und an einem kleinen Bauernhof vorbei. Auf der linken Seite lag die ehemalige Autowerkstatt. Einige der Wracks vor dem Gebäude hatten vor einem Jahr auch schon dort gestanden.

Wisting drosselte das Tempo, als er sich der Kreuzung mit dem Abzweig näherte, wo sich der Briefkasten befand. Jemand hatte seit seinem letzten Besuch ein Schild am Straßenrand aufgestellt. *Einfahrt verboten, Durchfahrt nur für Anlieger.*

Wisting fuhr daran vorbei und warf im Spiegel einen Blick auf das rote Haus auf der anderen Straßenseite. Dort wohnte Steinar Vassvik. Wisting sprach den Namen laut aus: »Steinar Vassvik«. Der Mann hatte in gewisser Weise als verdächtig gegolten. Es gab zwar keinen konkreten Verdacht, aber er war der nächste Nachbar, hatte Katharina Haugen als Letzter gesehen und besaß kein Alibi. Außerdem war er früher einmal wegen Körperverletzung verurteilt worden.

Der Schotterweg führte in den Wald hinein. Nach etwa hundert Metern tauchte Martin Haugens Haus auf, das seit Wistings letztem Besuch offenbar einen neuen Anstrich bekommen hatte. Die Bäume in unmittelbarer Nähe des Hauses waren entfernt worden, wodurch das Grundstück offener und heller wirkte.

Der Regen hatte eine große Pfütze auf dem Hofplatz gebildet. Wisting fuhr den Wagen etwas an die Seite, damit er beim Aussteigen keine nassen Füße bekam.

Die Katze erhob sich von der Türmatte, streckte den Rücken durch und kam zu ihm.

Für gewöhnlich musste Wisting gar nicht erst klingeln. Sobald Martin Haugen einen Wagen vorfahren hörte, trat er ans Fenster. Wisting sah zum Haus hinüber, ließ die Katze um seine Beine streichen und wartete darauf, dass Martin in der Tür erscheinen würde.

Nichts passierte.

Wisting ging die Vortreppe hinauf und klingelte. Die Katze folgte ihm. Der Klingelton aus dem Inneren des Hauses war zu hören, sonst nichts.

In dem winzigen Spalt zwischen Rahmen und Tür konnte er sehen, dass die Tür abgeschlossen war. Er klingelte abermals, beugte sich hinunter und streichelte die Katze. Ihr Fell war nass.

Wisting drehte sich um. Haugens Wagen stand nicht auf dem Hofplatz. Das musste nichts bedeuten. Er stellte den Wagen oft in die Garage, die direkt an das Haus angebaut war. Das Tor war geschlossen, die Garage hatte keine Fenster.

Wisting ging weiter zum Küchenfenster und stellte sich auf die Zehenspitzen. Drinnen war es aufgeräumt, abgesehen von einem Schreibblock und einem Kugelschreiber auf dem Tisch.

»Hallo!«, rief er und klopfte ans Fenster.

Auf dem Notizblock stand etwas, doch von seinem Standort aus konnte Wisting nicht sehen, was es war.

Der Block lag ungefähr da, wo vor vierundzwanzig Jahren der eigenartige Code gelegen hatte. Sehr wahrscheinlich hatte Katharina Haugen die Zahlen aufgeschrieben, denn auf dem Papier waren ihre Fingerabdrücke gefunden worden.

Das Blatt war auch von Schriftsachverständigen untersucht worden. Dass es sich um Katharinas Handschrift handelte, konnte allerdings nicht mit Sicherheit festgestellt werden. Die Sachverständigen hatten Schriftproben von Briefen und anderen Schreiben, die mit Sicherheit von ihr stammten, mit dem Zettel verglichen. Die Zahlen auf dem Papier waren geringfügig eckiger als auf den Vergleichsproben. Die Schlussfolgerung lautete, dass man nicht mit letzter Sicherheit sagen konnte, ob sie den Zettel geschrieben hatte.

Die chemischen Analysen hatten gezeigt, dass die Tintenmasse in einem der Kugelschreiber auf der Arbeitsplatte dieselben Bestandteile aufwies wie die Tinte auf dem Papierbogen. Der Kugelschreiber war ein Werbegeschenk der staatlichen Straßenbaubehörde gewesen, vermutlich hatte Katharina ihn von der Arbeit mit nach Hause genommen. Er stammte aus einer Fabrik in Deutschland, die jährlich neunzehn Millionen Kugelschreiber herstellte. Rein theoretisch konnte also auch ein anderer Kugelschreiber als der gefundene verwendet worden sein.

Irgendwo im Wald hinter ihm schrie eine einsame Elster. Ansonsten war es still.

Wisting lief über den feuchten Rasen, ging um das Haus herum und betrat die Veranda auf der Rückseite. Die Katze folgte ihm.

Die Gartenmöbel standen noch draußen. Verwelkte Blätter hatten sich zu feuchten Haufen verklebt. Ein Spaten mit etwas Erde lehnte an der Hauswand. Daneben stand ein Paar Gummistiefel mit getrockneten Lehmklumpen daran.

Wisting trat ans Fenster und spähte hinein. Das Wohnzimmer hatte sich anscheinend nicht verändert. Spärlich, aber dennoch ausreichend eingerichtet. Das Inventar stammte zu großen Teilen noch aus der Zeit, in der Katharina hier gewohnt hatte. Möbel aus Kiefernholz und bunte Öldrucke an den Wänden. Das dunkle Ledersofa war neu. Auf dem Tisch davor stand ein halb fertiger Modellbausatz, aus dem offenbar ein Lastwagen werden sollte. Modellbau war Martin Haugens Hobby. In den Regalen, in denen sich früher die Bücher seiner Frau befunden hatten, standen mehrere fertige Modelle.

Die Katze maunzte und kratzte an der Verandatür. Auf der Innenseite konnte Wisting die Decke sehen, auf der sie für gewöhnlich lag.

Sie muss schon ziemlich alt sein, dachte Wisting. Martin Haugen hatte einmal erzählt, wie die Katze an einem Sommerabend aus dem Wald gekommen und auf die Veranda gesprungen war. Das war fünf oder sechs Jahre her, und schon damals war sie kein Jungtier mehr gewesen.

Wisting drehte sich zum Wald, der jetzt noch dichter war als vor vierundzwanzig Jahren. Er konnte den See gerade noch zwischen den Fichten in der Ferne ausmachen.

Zweimal hatten sie den Wald nach Katharina durchsucht. Erst mit Hunden, dann mit Freiwilligen, die mit einer Armlänge Abstand nebeneinander gehend den Wald durchkämmt hatten. Der See war durchpflügt und von Tauchern abgesucht worden. Sie wurde nicht gefunden.

Der Schrei einer Elster durchbrach abermals die Stille. Es musste derselbe Vogel sein wie vorhin. Er erhob sich von einem Baum in der Nähe, hing für einen Augenblick schwebend in der Luft und flog dann krächzend und flatternd davon.

Wisting zog seine Jacke enger um den Hals und ging zurück zum Wagen. Er war ein wenig überrascht, dass Martin Haugen nicht zu Hause war. Sie hatten zwar nichts verabredet, aber er hatte doch damit gerechnet, dass er hier sein würde, so wie im Vorjahr und in allen Jahren davor auch.

Bevor er sich in den Wagen setzte, warf er noch einen Blick auf das Haus. Vielleicht war Martin Haugen ja gerade unterwegs, um Kuchen zu kaufen oder um etwas anderes zu erledigen, aber Wisting zweifelte daran. Etwas stimmte nicht mit der Katze. Sie hatte sich wieder auf die Matte vor der Tür gelegt, aber ihr Fell war durchnässt. Als sei sie die ganze Nacht draußen im Regen gewesen.

4

Der Wagen holperte über den unebenen, von Löchern übersäten Schotterweg. Am Briefkastenstativ hielt Wisting an, stieg aus und ging hinüber zu dem Kasten, auf dem Martin Haugens Name stand. In der Ermittlungsakte gab es eine Aufnahme des Briefkastens, die zeigte, dass sich darin die Zeitungen vom 10. und 11. Oktober sowie eine Stromrechnung befunden hatten. Die Zeitung vom 9. Oktober hatte, wie ein anderes Foto bewies, auf der Kommode im Flur des Hauses gelegen.

Irgendwann musste Martin Haugen das Namensschild am Briefkasten ausgewechselt haben. Jetzt stand jedenfalls nur noch sein Name darauf.

Wisting hob den Deckel und spähte in den Kasten. Er war leer. Das musste nichts bedeuten. Martin Haugen hatte keine Zeitung mehr abonniert. Anscheinend war es auch noch zu früh für den Postboten, und Haugen wohnte so weit abseits, dass wohl nur die wenigsten Reklameboten den Umweg zu ihm in Kauf nahmen.

Ein Mann mit Hund kam ein Stück entfernt auf einem Pfad aus dem Wald heraus. Er rief den Hund zu sich und befestigte die Leine am Halsband.

Wisting setzte sich wieder in den Wagen und sah zu dem Einfahrt-verboten-Schild hinüber. Eine Kette war daran befestigt, mit der der Weg abgesperrt werden konnte. Vielleicht fühlte sich Martin ja von Wanderern gestört, die auf der Suche nach einem Parkplatz auf seinem Hof landeten. Das Schild hatte er vermutlich von seinem Arbeitsplatz mitgenommen.

Nach Katharinas Verschwinden hatte er eine Anstellung in der Betriebs- und Instandhaltungsabteilung der staatlichen Straßenbaubehörde bekommen. Die Arbeit hatte sich im Laufe der Jahre sehr verändert. In der ersten Zeit hatte er sich mit Grünpflege, Schneebeseitigung und der Entsorgung von überfahrenen Wildtieren beschäftigt. Nach einiger Zeit waren diese praktischen Aufgaben an verschiedene private Firmen delegiert worden, und Martin Haugens Tätigkeit war verantwortungsvoller geworden, was ihm erlaubte, seinen Arbeitsalltag selbst zu gestalten. Für gewöhnlich nahm er sich am 10. Oktober frei, aber offenbar war das in diesem Jahr nicht möglich gewesen.

Wisting hatte seine Nummer auf dem Handy gespeichert. Für einen Augenblick erwog er, ihn anzurufen oder eine SMS zu schicken, verwarf den Gedanken aber wieder. Das könnte aufdringlich wirken. Besser wäre es, wenn er nach der Arbeit noch einmal vorbeikäme.

Zum Zeitpunkt von Katharinas Verschwinden waren Handys noch nicht so verbreitet gewesen. Damals hatte es kaum Internet und keine sozialen Medien gegeben. Es existierten keinerlei elektronische Spuren, die darauf hindeuten konnten, wo sie sich befand oder was sich zugetragen hatte.

Wisting ließ den Motor an, warf dabei einen Blick auf das Haus gegenüber und glaubte, Steinar Vassvik am Fenster zu erkennen. Es war nicht einfach gewesen, dem Mann eine vernünftige Erklärung zu entlocken. Er gehörte zu dem Menschentyp, der andere nicht an sich heranließ, auf Fragen nur einsilbig antwortete und niemals die Initiative für ein neues Gesprächsthema ergriff. Wenn Wisting mit ihm sprach, drehte sich der Mann gern weg und sah in eine andere Richtung. Seine Antworten waren stets ausweichend, und nach jeder Unterhaltung hatte Wisting den Eindruck, dass Vassvik etwas verbarg.

Steinar Vassvik hatte Martin Haugens Erklärung bestätigt und berichtet, dass dieser ihn am Nachmittag des 10. Oktober angerufen und gebeten hatte, zum Haus hinüberzugehen und nach Katharina zu sehen. Das hatte er getan. Als Haugen ihn nach einer halben Stunde erneut anrief, meldete Steinar Vassvik ihm, dass Katharina nicht da sei, ihm aber offenbar eine Nachricht auf dem Küchentisch hinterlassen habe. Es war die Nachricht, die fortan Katharina-Code genannt wurde.

Anstatt Martin Haugen anzurufen, gab Wisting die Nummer von Line in sein Handy ein.

Ihre Stimme klang tonlos, als sie ranging.

»Wie geht es denn Amalie?«, wollte er wissen.

»Sie ist heute etwas unruhig«, erwiderte Line. »Quengelt viel.«

»Ist ihr übel geworden?«

»Nein, ach, ich weiß nicht. Ich muss sie einfach im Auge behalten.«

»Hast du die blaue Farbe wegbekommen?«

»Nicht alles.«

Wisting räusperte sich, um die aufkommende Stille zu überbrücken.

»Braucht ihr was?«, fragte er. »Soll ich euch etwas aus dem Laden mitbringen?«

»Wir kommen schon zurecht«, versicherte seine Tochter.

Wisting wich etwas zur Seite aus, als ihm auf der schmalen Straße ein Fahrzeug entgegenkam. Er entschuldigte sich abermals bei Line, sagte, dass es ihm leidtue, und beendete dann das Gespräch.

Fünf Minuten nach eins war er zurück im Polizeipräsidium. Nils Hammer kam ihm auf dem Gang entgegen. Wenn Wisting außer Haus war, fungierte Hammer als sein fester Stellvertreter.

»Ich habe für morgen eine Besprechung vereinbart«, sagte er.

»Was denn für eine Besprechung?«

»Da kommt jemand von der Kripo.«

Wisting runzelte die Stirn.

»Wer denn?«

»Ich kenne ihn nicht«, gab Hammer zurück. »Er heißt Adrian Stiller.«

Wisting schüttelte den Kopf. Auch ihm war der Name unbekannt.

»Was will er denn?«

»Es geht um einen alten Fall. Er will sich mal in unserem Archiv umschauen. Wenn er kommt, wird er das genauer erklären. Ich hab mit ihm neun Uhr vereinbart.«

Wisting wiederholte den Namen für sich selbst, ging in sein Büro und notierte sich den Termin. Es geschah verhältnismäßig oft, dass die Kripo oder die Abteilung für Wirtschaftskriminalität in Fällen ermittelten, die die Grenzen des eigenen Polizeidistrikts überschritten.

Die Rastlosigkeit war plötzlich wieder da. Wisting erhob sich, ging in den Besprechungsraum, wo die Kaffeemaschine stand, und schenkte sich eine Tasse ein. Auf leeren Magen schmeckte der Kaffee nicht besonders gut, aber er nahm die Tasse trotzdem mit in sein Büro. Dann zog er sein Handy heraus und rief Martin Haugen an. Es ist einfacher, aus dem Büro anzurufen, als vor seinem Haus zu stehen, dachte er, während er dem Signalton in der Leitung lauschte. Jetzt konnte er ihn einfach fragen, ob es ihm passte, wenn er vorbeikam.

Nach zehn Klingeltönen wurde der Anruf zu einem Anrufbeantworter weitergeleitet. Ohne eine Nachricht zu hinterlassen, legte Wisting auf.

Dann nahm er sich die Konsequenzanalyse zur neuen Polizeireform vor. Immer weniger, aber dafür größere Polizeidistrikte sollten dafür sorgen, dass die Polizei mit erhöhten Kapazitäten und verstärkter Kompetenz die Kernaufgaben überall im Land effizient lösen konnte. Für Wisting bedeutete dies, dass der Distrikt, in dem er arbeitete, im Westen mit Telemark und im Norden mit Buskerud zusammengelegt würde. Er sah durchaus die Vorteile einer größeren Fahndungsabteilung, spürte aber auch, dass es ihm an Veränderungswillen mangelte. Er war nur wenige Jahre vom Pensionsalter entfernt und wollte die Zeit lieber für die Aufklärung konkreter Fälle verwenden, als sich auf eine Zukunft vorzubereiten, die ihn ohnehin kaum noch betreffen würde.

Er versuchte, die Pläne und Visionen der Reform auf ein praktisches Niveau herunterzubrechen und sich vorzustellen, was die Änderungen für den Arbeitsalltag bedeuten könnten. Ein paarmal wurde er von Anrufen unterbrochen. Es handelte sich um Anfragen zu laufenden Ermittlungen, die er zum Teil beantworten konnte oder zwecks Klärung an einen anderen Kollegen weiterleiten musste. Seine Abteilung war gerade groß genug, um die erforderliche Übersicht behalten zu können.

Kurz vor halb vier begann es wieder zu regnen. Ein anhaltender Regen, der gegen die Fensterscheiben schlug. Wisting blieb noch eine halbe Stunde, schaltete dann seinen Computer aus und verließ das Büro.

Auf dem Weg zurück nach Kleiver geriet er hinter einen Schulbus. Der verkörperte in dieser Gegend die einzige Form von öffentlichem Nahverkehr. Er fuhr zweimal morgens und zweimal nachmittags und hielt dort, wo die Schulkinder wohnten, oder wenn jemand am Straßenrand stand und signalisierte, dass er mitfahren wollte. Am 10. Oktober vor vierundzwanzig Jahren hatte vormittags und nachmittags derselbe Fahrer am Steuer gesessen. Und er war davon überzeugt, dass Katharina Haugen nicht mitgefahren war.

Der Bus vor Wisting fuhr an den Straßenrand und hielt an. Die Straße war zu schmal, um vorbeifahren zu können. Er wartete, bis der Bus eine schwarze Abgaswolke ausstieß und weiterfuhr.

Zwei Jungen mit Schulranzen überquerten vor Wisting die Straße.

Katharina Haugen hatte einen silberfarbenen Golf und eine Kawasaki Z650 gefahren. Sie war am liebsten mit dem Motorrad unterwegs, aber beide Fahrzeuge hatten zum Zeitpunkt ihres Verschwindens in der Garage gestanden.

Nachdem man den Radius der Suchaktion nach und nach ausgeweitet hatte, war irgendwann klar geworden, dass irgendjemand sie entführt haben musste.

Wisting fuhr langsamer und bog am Abzweig zu Haugens Haus ab. Das Regenwasser hatte große Pfützen im Schotter hinterlassen. Wisting fuhr holpernd durch die Schlaglöcher und blieb dann auf dem Hofplatz vor dem Haus stehen.

Kein anderer Wagen war zu sehen.

Er parkte sein Auto an derselben Stelle wie zuvor. Die Katze kam auf ihn zugerannt, als er aus dem Wagen stieg. Sie wirkte noch etwas zerzauster als vor ein paar Stunden. Wisting folgte ihr bis unter den schmalen Dachvorsprung über der Tür, der Schutz vor dem Regen bot. Er klingelte, erwartete aber nicht, dass Martin Haugen die Tür öffnen würde. Er war nicht zu Hause.

Wisting zog sein Handy aus der Tasche und rief ihn abermals an. Auch bei diesem Versuch wurde er mit einem Anrufbeantworter verbunden.

Die Katze rieb sich an seinen Beinen. Wisting spürte plötzlich eine Unruhe tief im Bauch. Die Erfahrung hatte ihn gelehrt, immer von der schlimmsten Annahme auszugehen, dennoch versuchte er, Erklärungen dafür zu finden, dass Martin Haugen nicht anzutreffen war. Eine berufliche Fortbildung, Überstunden, eine andere Verabredung. Womöglich hatte er eine Frau kennengelernt und war nach der Arbeit zu ihr gefahren.

Wisting trat in den Regen und umrundete die Hausecke. Vom Waldrand schlug ihm ein süßlicher Geruch nach feuchter

Erde entgegen. Wo der Rasen endete und die Wildnis begann, führte ein Pfad in den Wald hinein. Den hatte es immer schon gegeben. Auch dort hatte die Polizei nach Katharina gesucht. Im Laufe der Jahre war er dann immer mehr zugewachsen. Jetzt sah es aus, als hätte jemand den Pfad wieder passierbar gemacht.

Die Katze blieb stehen und spähte in die Waldöffnung, während Wisting sich erneut unter das Verandadach stellte. Er sah durchs Fenster hinein, aber nichts hatte sich seit seinem Besuch vor ein paar Stunden verändert.

Gerade als er die Veranda verlassen wollte, entdeckte er etwas hinter der Gardine. Es war eine Webcam. Ein schlichtes Modell, das nur ein paar Hundert Kronen kostete. Die Kameralinse war auf den Garten hinter dem Haus gerichtet. Falls also jemand hinter der Kamera stand und zuschaute, würde Wistings Gesicht jetzt den ganzen Bildschirm ausfüllen.

Als er einen Schritt zurücktrat, stieß er gegen den Gartentisch. In letzter Zeit wurden bei der Polizei immer häufiger Anzeigen wegen Einbruchs oder Sachbeschädigung zusammen mit entsprechenden Videoaufnahmen eingereicht. Die kleinen Kameras waren von guter Qualität, und die Technologie machte es möglich, irgendwo auf der Welt vor einem Bildschirm zu sitzen und die Geschehnisse vor der Kamera über das Internet zu verfolgen. Vor vierundzwanzig Jahren hatte man bei den Ermittlungen die Videoaufnahmen von Tankstellen und anderen Orten mit Überwachungskameras herangezogen. Die Aufnahmen waren grobkörnig, und es war schwierig, jemanden darauf wiederzuerkennen. Die Bänder wurden immer noch zusammen mit den Falldokumenten aufbewahrt. Wisting wusste allerdings nicht, ob die Polizei heute noch über entsprechende Abspielgeräte verfügte.

Er ging zum nächsten Fenster. Dahinter lag ein Zimmer, das als Gästeraum eingerichtet war und, wie Wisting wusste, einmal als Kinderzimmer hätte dienen sollen. Nun lagerten Pappkartons darin. Ein paar Stühle lagen mit den Beinen nach oben auf einem Tisch, und über dem Lenker eines Heimtrainers hingen Kleidungsstücke. Auf einem Schreibtisch stand ein Computer mit Bildschirm, Tastatur und drahtloser Maus. In einigen Regalfächern an der Wand waren Modellautos ausgestellt.

Das Zimmer nebenan war das Schlafzimmer. In dem großen Bett gab es nur eine Bettdecke. Die war zur Seite geschlagen, das Kissen war zerknautscht. Abgesehen davon, dass ein Mensch allein hier schlief, gab es nichts Bemerkenswertes.

Wisting ging weiter um das Haus herum und entdeckte noch eine Webcam, die hinter dem Badezimmerfenster an der Wand angebracht war und die Umgebung vor dem Eingangsbereich abdeckte.

Der Regen wurde stärker. Wisting glaubte, es in der Ferne donnern zu hören, und versuchte sich zu erinnern, ob er etwas Entsprechendes in der Wettervorhersage gehört hatte.

Die Katze kletterte wieder die Treppe hinauf. Wisting ging zum Schuppen auf der anderen Seite des Hofplatzes. Es war ein einfacher Geräteschuppen mit Platz für Schneefräse, Rasenmäher und ein paar Klafter Holz.

Das Regenwasser strömte vom Wellblechdach herunter. Wisting rüttelte an der Tür. Sie war verschlossen. Er blickte durch ein Seitenfenster, erspähte eine Axt auf einem Hackklotz, konnte aber nicht in die dunklen Ecken schauen.

Die Frontscheibe beschlug, als er sich in den Wagen setzte und den Motor startete. Er schaltete die Heizung ein und fuhr zurück in Richtung Straße.

Auf der anderen Seite der Kreuzung stand das Garagentor offen. Steinar Vassvik hockte mit einem Schraubenzieher neben einem großen Motorrad und sah zu ihm herüber.

Wisting fuhr quer über die Straße, stieg aus dem Wagen, ließ den Motor aber laufen. Schnell lief er zur Garage hoch, um sich vor dem Regen zu schützen.

Steinar Vassvik begrüßte ihn mit einem Kopfnicken. Eine kräftige Arbeitslampe an der Decke erhellte die Züge seines groben Gesichts. Irgendwann nach der letzten Begegnung mit Wisting hatte er sich einen Schnitt unter dem linken Auge zugezogen, der mittlerweile eine rote Narbe war.

»Ich war oben bei Martin Haugen«, sagte Wisting. »Er ist nicht zu Hause.«

Steinar Vassvik legte den Schraubenzieher beiseite und griff nach einem Öllappen auf der Werkbank.

»Haben Sie ihn heute schon gesehen?«, fragte Wisting.

Vassvik schüttelte den Kopf und wischte sich die Hände an dem Lappen ab. Wisting warf einen Blick hinter sich auf das Einfahrt-verboten-Schild.

»Haben Sie hier irgendjemand anderen gesehen?«, fragte er.

»Passiert nur selten, dass mal jemand hier aufkreuzt«, erwiderte Vassvik.

»Wann haben Sie Martin Haugen zum letzten Mal gesehen?«

Der andere zuckte mit den Schultern.

»Er fährt immer um halb acht morgens los.«

»Heute auch?«

»Ist mir nicht aufgefallen.«

»Wann kommt er normalerweise zurück?«

Vassvik sah auf die Uhr. Wisting tat das Gleiche. Es war zwanzig vor fünf.

»Vor vier«, sagte Vassvik.

Wisting nickte.

»Okay«, sagte er und drehte sich wieder zum Wagen. »Besten Dank.«

Vassvik ging ihm nach.

»Ist was passiert?«, fragte er.

Wisting schüttelte den Kopf.

»Ich hatte bloß damit gerechnet, dass er heute zu Hause ist.«

Steinar Vassvik nickte.

»Verstehe«, sagte er. »Vielleicht ist er ja in der Hütte.«

»Vielleicht«, gab Wisting zurück.

Er wartete einen Moment ab, ob Vassvik noch etwas sagen wollte. Dann bedankte er sich erneut, lief schnell zu seinem Wagen und setzte sich hinein.

5

Er klingelte nicht bei Line an, sondern schloss auf und klopfte leise an die Tür zwischen Flur und Windfang.

Line schaute aus der Küchentür und winkte ihn zu sich.

»Du bist ja ganz nass«, stellte sie fest.

Wisting zog die Jacke aus und hängte sie über einen Küchenstuhl.

»Es regnet«, sagte er. »Wie geht's denn Amalie?«

»Gut. Sie schläft.«

Line trat an den Herd.

»Möchtest du etwas Suppe? Blumenkohlsuppe?«

»Ja, gern.«

Line schaltete die Herdplatte ein.

»Ist aber bloß Tütensuppe«, sagte sie.

Wisting setzte sich und deutete auf den Computer auf dem Tisch.

»Was machst du?«

»Das Übliche«, erwiderte Line. »Ahnenforschung.«

Sie nahm ein Brot heraus, schnitt zwei Scheiben ab und verteilte reichlich Butter darauf.

»Könntest du mal was nachsehen für mich?«, fragte Wisting.

»Was denn?«

»Ob Martin Haugen bei Facebook ist.«

Line setzte sich an den Küchentisch.

»Warst du nicht bei ihm zu Hause?«

»Er war nicht da«, erklärte Wisting. »Vielleicht steht da ja irgendwo, dass er verreist ist oder so etwas.«

Line ließ die Finger über die Tastatur fliegen.

»Sieht nicht so aus, als wäre er bei Facebook«, sagte sie. »Kannst du ihn nicht anrufen?«

»Hab ich versucht.«

Dampf stieg von dem Topf auf dem Herd auf. Line stand auf und zog ihn von der heißen Platte.

»Was meinst du damit?«, fragte sie und gab etwas Suppe auf einen Teller. »Ist er verschwunden?«

»Er ist nur nicht zu Hause«, antwortete Wisting mit einem Lächeln.

»Kannst du nicht sein Telefon orten oder so?«, schlug Line vor.

»Das geht nicht so ohne Weiteres«, sagte Wisting. »Da gibt's gewisse Formalitäten. Die Familie müsste ihn zunächst als vermisst melden.«

»Hast du mit jemandem aus seiner Familie gesprochen?«

Wisting nahm einen Löffel Suppe und schüttelte dabei den Kopf. »Seine Mutter ist vor einigen Jahren gestorben. Er hat eine Tante und einen oder zwei Onkel in Porsgrunn, aber ich glaube nicht, dass es da viel Kontakt gibt.«

»Was ist mit seiner Arbeit?«

»Da kann ich morgen mal nachfragen«, sagte Wisting und nickte. »Falls er bis dahin nicht zurück ist.«

Nachdem er die Suppe aufgegessen hatte, blieb er noch etwas bei Line sitzen, ging dann aber nach Hause, bevor Amalie wach wurde.

Das leere Haus nahm ihn in Empfang. Er fragte sich, wie lange es wohl dauern würde, bis jemand eine offizielle Untersuchung einleitete, falls er selbst einmal verschwand. Line stand ihm am nächsten, wusste aber auch, dass er beruflich mehrere Tage hintereinander irgendwo unterwegs sein konnte. Und nicht immer dachte er daran, sie darüber zu informieren, wohin er fuhr oder wann sie ihn zurückerwarten konnte. Bei der Arbeit würden sie sich allerdings sehr wundern, wenn er morgens nicht auftauchte, ohne sich krankgemeldet zu haben.

Im Wohnzimmer blieb er stehen und blickte auf den Karton mit den Fallordnern. Elling Kverme hatte damals die Ermittlung geleitet. Er war fünfzehn Jahre älter als Wisting und ein erfahrener Polizeibeamter. Mittlerweile war er pensioniert, aber manchmal traf Wisting sich mit ihm. Dabei kam Kverme immer auf den Fall Katharina Haugen zu sprechen, den er als das größte Rätsel in seiner Zeit als Ermittler bezeichnete.

Eine der Schwierigkeiten hatte darin bestanden, dass die Ermittlung erst relativ spät eingeleitet wurde. Katharina Haugen war vermutlich schon über vierundzwanzig Stunden verschwunden gewesen, als ihr Mann sie als vermisst meldete. Danach hatte es eine Weile gedauert, bis die Polizeiarbeit organisiert war und nicht länger nur von einer Suchaktion, sondern von einem möglichen Kriminalfall gesprochen wurde. Die ersten vierundzwanzig Stunden nach einem Verbrechen waren für den Verlauf der Ermittlungen meist am wichtigsten. In der Regel verblassten nach dieser Zeit die Details, an die sich die Zeugen erinnerten und die sie zu Protokoll geben konnten. Fakten waren wie frische Waren. Jetzt hingegen hatte Wisting nur noch Ordner mit vierundzwanzig Jahre alten Informationen zur Verfügung.

Er zog den Ordner mit der Aufschrift *Steinar Vassvik* aus dem Karton und setzte sich.

Zwei Tage nach Katharinas Verschwinden hatte Steinar Vassvik eine dreijährige Haftstrafe antreten müssen. In einer Samstagnacht war er mit einem anderen Mann in Streit geraten und hatte ihn niedergeschlagen. Es war bereits seine vierte Verurteilung, dieses Mal allerdings war der Fall ziemlich ernst. Der andere Mann hatte nach dem Vorfall drei Wochen im Koma gelegen und litt an Sehstörungen und chronischen Kopfschmerzen.

Wisting hatte in der Haftanstalt mit Vassvik gesprochen und blätterte jetzt zurück zu den alten Vernehmungsprotokollen. Die Befragung hatte aus drei Gründen stattgefunden. Erstens ging es um die Überprüfung der Aussage, die Haugen zu den Telefonaten abgegeben hatte. Zweitens wollte Wisting herausfinden, was Vassvik über Katharina wusste und was er im Laufe der letzten Tage vor ihrem Verschwinden gehört und gesehen hatte. Und schließlich ging es noch darum, Vassviks eigene Aufenthaltsorte in diesem Zeitraum zu lokalisieren.

Steinar Vassvik beschrieb die Beziehung zu Katharina als ein normales Nachbarschaftsverhältnis. Wenn sie sich begegneten, grüßten sie einander und wechselten ein paar Worte. Er hatte öfter mit ihr als mit Martin gesprochen, was aber einfach daran lag, dass Martin häufig weit weg war und auf irgendeiner Baustelle lebte. Katharina und er teilten darüber hinaus ein Interesse an Motorrädern und unterhielten sich gern darüber.

Am Sonntag, dem 8. Oktober, hatte er sie zum letzten Mal gesehen. Sie hatte ihm ein paar Bücher vorbeigebracht. Damals war sie zum ersten Mal in seinem Haus gewesen. Die Verabredung war am Tag zuvor zustande gekommen. Katharina war mit dem Motorrad unterwegs gewesen und hatte auf dem Heimweg bei Steinar Vassvik angehalten. Es war die letzte Tour vor dem Winter, und sie hatten darüber gesprochen, was vor dem Einlagern des Motorrads noch getan werden müsse. Er meinte, sie solle den Vergaser entwässern, und bot ihr seine Hilfe an, ebenso beim Spannen und Einölen der Kette.

Nachdem sie es gewaschen hatte, kam sie noch am selben Tag mit dem Motorrad wieder zu ihm. Während er ihr Fahrzeug winterfest machte, erzählte er ihr, dass er ins Gefängnis müsse. Katharina wusste, dass er schon einmal eingesessen hatte und nun wieder verurteilt worden war, insofern war es naheliegend, dass sie darauf zu sprechen kamen. Steinar Vassvik hatte seinen Wagen verkauft und wollte sein eigenes Motorrad drei Jahre einlagern. Katharina war der Ansicht, dass er während seiner Haft etwas zum Lesen brauchte. Als sie am folgenden Tag kam, um ihr Motorrad abzuholen, hatte sie eine Tüte mit Büchern dabei. Vassvik hatte sich fünf davon ausgesucht.

Wisting legte den Ordner zur Seite und nahm die Aufnahmen aus dem Haus hervor. Auf dem Wohnzimmertisch der Haugens lagen die Bücher, die Vassvik anscheinend nicht ausgewählt hatte. *Mengele Zoo, Der Alchimist, Weiße Nigger.*

Man konnte schnell auf die Idee kommen, dass Vassvik hinter Katharinas Verschwinden steckte. Ein sporadischer Kontakt mit der Nachbarin, der sich weiterentwickelt hatte. Sie hatten gemeinsame Interessen, und die Frau verhielt sich freundlich und entgegenkommend. Sie schenkte ihm Aufmerksamkeit und war rücksichtsvoll. Steinar Vassvik hatte nur wenig Erfahrung mit Frauen. Bis er Anfang dreißig war, hatte er bei seiner Mutter gelebt. Als diese das Haus in Kleiver von ihrer Schwester erbte, hatte er es übernommen und war ungefähr zur selben Zeit dort eingezogen, als Martin und Katharina Haugen das Nachbarhaus kauften. Er hatte nie eine Freundin gehabt. Bei seinen wenigen Frauenbekanntschaften handelte es sich um zufällige Begegnungen in der Kneipe. Es war daher durchaus denkbar, dass er Katharina Haugens Signale falsch interpretiert hatte. Vassvik war bekannt für sein hitziges Temperament, das ihn bereits viermal hinter Gitter geführt hatte. Die Begegnung mit Katharina konnte aus dem Ruder gelaufen sein.

Vom dritten bis zum fünften Tag hatte sich die Ermittlung hauptsächlich auf Steinar Vassvik konzentriert. Die Polizei hatte nach etwas gesucht, womit der Verdacht gegen ihn untermauert werden konnte; einen Fehler oder Widerspruch in seinen Aussagen oder das bewusste Zurückhalten einer Information. Das Problem bestand darin, dass er ziemlich wortkarg war und sich nur wenig von seinen Äußerungen überprüfen ließ. Gleichwohl hatten sie in seiner Aussage ein Missverhältnis gefunden. Bei der Suchaktion war ein Beamter von der Streifenpolizei in der spärlich bebauten Gegend von Tür zu Tür gegangen und hatte gefragt, ob jemand Katharina Haugen gesehen habe. Steinar Vassvik hatte erklärt, dass sie am Sonntag gegen vier Uhr mit ein paar Büchern zu ihm gekommen sei. Als Wisting ihn fünf Tage später im Gefängnis befragte, hatte er gesagt, es sei gegen sieben gewesen. Das war eine Differenz von drei Stunden. Ein Unterschied zwischen Tageslicht und Dunkelheit.

Hätte Steinar Vassvik nicht ohnehin schon im Gefängnis gesessen, wäre die Polizei vermutlich – um einen Ansatzpunkt zu finden – zu der Entscheidung gekommen, ihn der Falschaussage zu bezichtigen. Das hätte den Ermittlern die Möglichkeit gegeben, sein Haus nach Spuren von Katharina zu durchsuchen.

Wie der Zufall es wollte, ergab sich diese Möglichkeit durch einen anderen Umstand.

Eine Urinprobe, die Vassvik routinemäßig beim Antritt der Haftstrafe abgegeben hatte, wies bei der Untersuchung Spuren von THC auf. Er hatte in den Tagen zuvor Hasch geraucht, was der Polizei nun kreative Möglichkeiten eröffnete. Es wurde ein Strafverfahren eingeleitet, was den Ermittlern erlaubte, sein Haus – jedenfalls offiziell – nach Drogen zu durchsuchen. Was sie dann fanden, waren elf Fingerabdrücke von Katharina. Zwei auf dem Rücken eines Küchenstuhls, drei auf einer Kommode im Flur und zwei auf der Innenseite der Haustür. Darüber hinaus wurden vier Abdrücke in der Garage gesichert, zwei davon auf Steinar Vassviks Motorrad. Wie er selbst ausgesagt hatte, war Katharina bei ihm gewesen, doch nichts deutete darauf hin, dass sein Haus auch ein Tatort war.

Wisting blätterte weiter. Für den Großteil des Tages, an dem Katharina verschwunden war, hatte Vassvik kein Alibi. Er hatte bei der kommunalen Müllabfuhr gearbeitet, war aber gezwungen gewesen, den Job wegen der bevorstehenden langen Gefängnisstrafe zu kündigen. Die Woche vor dem Haftantritt hatte er für die Erledigung praktischer Dinge verwendet. Am Dienstag, dem 10. Oktober, hatte er verschiedene Geschäfte im Einkaufszentrum Nordbyen aufgesucht, um Bekleidung zu kaufen. Das neu errichtete Einkaufszentrum verfügte über eine moderne Video-Überwachungsanlage. Die Polizei konnte seine Bewegungen in den Geschäften ab 14:25 Uhr auf den Aufnahmen nachverfolgen, bis er um 15:53 Uhr das Einkaufszentrum wieder verließ.

Die Fotografien im Ordner waren schwarz-weiß. Vassvik hatte eine Jeans, einen dicken Pullover und feste Stiefel getragen. Diese Sachen habe er zusammen mit dem Großteil der übrigen Dinge aus dem Kleiderschrank weggeworfen, hatte er gesagt, weil sie alt und abgenutzt gewesen seien. Einige Ermittler in der Fahndungsgruppe fanden das auffällig, aber es gab ihnen keine Anhaltspunkte für einen konkreten Verdacht.

Wisting blätterte weiter und las die Aussagen von Arbeitskollegen und Freunden aus dem Motorradmilieu durch, konnte sich aber nicht richtig konzentrieren. Schließlich legte er den Ordner weg und rief Martin Haugen an. Dieses Mal wurde er direkt mit einem Anrufbeantworter verbunden. Wisting saß eine Weile nachdenklich da. Die Unruhe in ihm war größer geworden. Seit seinem ersten Besuch bei Martin Haugen am Mittag hatte er ein seltsam angespanntes Gefühl, das er nicht näher definieren konnte.

6

Wisting war unsicher, was er jetzt tun sollte, hatte aber das Gefühl, etwas unternehmen zu müssen. Jäh erhob er sich von seinem Stuhl, ging in den Flur, nahm seine Jacke und setzte sich ins Auto.

Die Fahrt zum Präsidium ging abends viel schneller. Es herrschte weniger Verkehr, noch dazu hatte der Regen nachgelassen.

Vom Parkplatz hinter dem Gebäude sah er Licht im Büro von Christine Thiis. Der Rest der ersten Etage lag im Dunkeln. Die Polizeijuristin hatte entweder vergessen, das Licht auszuschalten, oder sie machte Überstunden.

Er schloss auf und ging durch das Treppenhaus hinauf zur Fahndungsabteilung. Christine Thiis kam gerade mit einem Stapel Papiere aus dem Kopierraum.

»Hallo!«, sagte sie erstaunt und lächelte dabei. »Ist was passiert?«

Wisting schüttelte den Kopf.

»Ich muss nur zwei Sachen nachprüfen«, erwiderte er. Noch immer wäre es ihm übereilt vorgekommen, von Martin Haugen zu erzählen.

»Ich hab Kaffee bei mir im Büro«, sagte Christine Thiis und ging weiter.

Wisting schloss sein Büro auf und loggte sich ins Computersystem ein. Wie immer dauerte das eine Weile, weshalb er erwog, sich bei Christine einen Kaffee zu holen, blieb stattdessen aber sitzen und versuchte, seine Gedanken zu ordnen. Was war eigentlich seine Befürchtung? Dass Martin Haugen verschwunden war, auf dieselbe Weise wie seine Frau vor vierundzwanzig Jahren? Bevor er sich erlaubte, irgendeine Schlussfolgerung zu ziehen oder seine Theorie jemand anderem zu präsentieren, musste er alle anderen Möglichkeiten ausschließen.

Der Computer war jetzt bereit. Wisting loggte sich in das Fahndungssystem ein, das mit allen Registern und Datenbanken verknüpft war, auf die die Polizei Zugriff hatte.

Er gab Martin Haugens Geburtsdatum und Personennummer ein und erhielt ein paar wenige Treffer. Der neueste Eintrag war etwa zwei Jahre alt und betraf eine Geschwindigkeitsübertretung. Wisting hatte darauf gehofft, den Bericht eines anderen Polizeidistrikts zu finden, aus dem vielleicht hervorging, dass er in einen Unfall verwickelt oder ins Krankenhaus gebracht worden war. Das hätte alles erklärt.

Er startete eine neue Suche, gab dabei aber nur den Namen ein. Nicht immer wurden in den Einsatzberichten die vollständigen Personalien angegeben. Die Suche ergab zahlreiche Treffer, doch alle Kontakte mit Martin Haugen, die die Polizei protokolliert hatte, waren offenbar im Zusammenhang mit seiner Arbeit bei der staatlichen Straßenbaubehörde erfolgt. Es ging um lose Gegenstände auf der Fahrbahn, umgestürzte Bäume und angefahrene Wildtiere. Der letzte Eintrag war drei Wochen alt und bezog sich auf einen Erdrutsch an der Fernverkehrsstraße 40.

Vielleicht war er ja deshalb nicht zu Hause, dachte Wisting. Der Niederschlag in der letzten Woche hatte zu zahlreichen Erdrutschen geführt. Vielleicht hatte er momentan einfach viel zu tun.

Die Verkehrsmeldezentrale war rund um die Uhr besetzt. Wisting nahm den Hörer in die Hand und wählte eine Direktnummer, die der Polizei und anderen Behörden vorbehalten war.

Eine weibliche Stimme ertönte im Hörer.

Wisting nannte seinen Namen.

»Ich versuche vergeblich, Ihren Mitarbeiter Martin Haugen zu erreichen«, erklärte er und hörte sogleich das Klappern einer Tastatur.

»Ich kann versuchen, Sie mit seinem Mobiltelefon zu verbinden«, bot die Frau an.

»Ich habe seine Handynummer, aber ich komme nicht durch«, sagte Wisting. »Haben Sie vielleicht Informationen darüber, wo er sich aufhalten könnte?«

»Nein«, erwiderte die Frau, ohne sich wieder der Tastatur zuzuwenden. »Worum geht es denn?«

»Ich habe bloß ein paar Fragen bezüglich eines alten Falls.«

»Kann das vielleicht auch bis morgen warten?«

Wisting ignorierte ihre Frage. »Haben Sie vielleicht die Nummer von jemand anderem in seiner Abteilung?«

Die Tastatur am anderen Ende erwachte wieder zum Leben. Wisting notierte zwei Namen und zwei Telefonnummern.

»Soll ich Sie direkt verbinden?«

»Danke, das wäre nett.«

»Dann versuch ich's mal bei Henry Dalberg.«

Lange hörte Wisting gar nichts und glaubte schon, dass ein Fehler passiert sei, bevor dann ein neues Signal ertönte. Henry Dalberg meldete sich sofort. Er sprach mit einem nordnorwegischen Akzent, seine Stimme klang grob. Wisting erläuterte, wer er war, und fragte, ob Dalberg mit Martin Haugen zusammenarbeite.

»Ja. Stimmt irgendwas nicht?«, wollte er wissen.

»Ich kann ihn einfach nicht erreichen «, erklärte Wisting. »Haben Sie heute mit ihm gesprochen?«

»Er ist krank«, sagte Dalberg.

Wisting trommelte mit dem Kuli auf dem Notizblock herum. Dann war er womöglich doch im Krankenhaus.

»Ist es was Ernstes?«, fragte er.

»Glaub ich nicht«, erwiderte Dalberg. »Er hat gestern Morgen eine SMS geschickt und Bescheid gegeben, dass er nicht zur Arbeit kommt.«

»Was genau hat er geschrieben?«

»Dass er nicht richtig in Form sei und ein paar Tage wegbleibe. Ich schätze mal, vor Montag sehen wir ihn hier nicht wieder.«

Wisting schwieg.

»Stimmt irgendwas nicht?«, fragte Dalberg noch einmal.

»Ach, ich kann ihn einfach nicht erreichen«, wiederholte Wisting.

Er bedankte sich für die Information und beendete das Gespräch. Dann rief er im Krankenhaus an und hoffte, nicht an eine Telefonzentrale zu geraten, die sich auf die Schweigepflicht berufen würde. Die Frau, die sich meldete, hatte die gleiche Stimme und den gleichen Tonfall wie die Frau bei der Verkehrsmeldezentrale. Wisting stellte sich vor und sagte, es handele sich um Ermittlungen in einer Strafsache.

»Ist Martin Haugen bei Ihnen eingewiesen worden?«, fragte er und gab dessen Personalien durch.

Abermals hörte er das Geräusch einer klappernden Tastatur.

»Nein«, lautet die knappe Antwort.

»Sind Sie sicher?«, wollte Wisting wissen.

»Geht es da vielleicht um eine Notaufnahme?«

»Das weiß ich nicht«, musste Wisting einräumen.

Neues Tastaturgeklapper, aber die Antwort war die gleiche.

»Kann ich Ihnen sonst noch weiterhelfen?«, fragte die Frau.

Wisting lehnte dankend ab, beendete das Gespräch und notierte sich die genaue Uhrzeit. Möglicherweise müsste er irgendwann einen Bericht schreiben.

Christine Thiis erschien an der Tür. Sie hatte eine Tasse Kaffee dabei und stellte sie auf Wistings Schreibtisch ab.

»Hammer hat von einem Code gesprochen«, sagte sie. »Und dass ich dir vielleicht helfen könnte, ihn zu lösen.«

Wisting zog die Tasse zu sich hin und musterte Christine Thiis. Sie arbeitete seit dreieinhalb Jahren im Polizeipräsidium. Doch anscheinend noch nicht lange genug, um vom Fall Katharina Haugen gehört zu haben.

»Was hat er denn gesagt?«, fragte Wisting.

»Nichts Besonderes. Ich hab ihn gefragt, wohin du heute Mittag gefahren bist, und da meinte er, es ginge um einen alten Fall und um einen Code, den du nicht lösen könntest. Er bat mich, dich selbst zu fragen, worum es da eigentlich geht.«

Wisting führte die Tasse zum Mund.

»Das ist ein alter Vermisstenfall«, sagte er. »Liegt schon viele Jahre zurück. Katharina Haugen.«

Er beugte sich hinunter und zog eine Schublade auf.

»Sie hatte auf dem Küchentisch einen Zettel hinterlassen«, fuhr er fort und nahm eine Kopie heraus. »Es ist nicht einmal sicher, ob das überhaupt etwas bedeutet«, sagte er und gab Christine das Blatt. »War aber offenbar eine der letzten Sachen, die sie vor ihrem Verschwinden getan hat.«

Christine Thiis nahm das Blatt und betrachtete es.

»Sieht aus wie Buchführung«, kommentierte sie. »Mit Spalten für Soll und Haben.«

Wisting nickte. Er hatte auch schon einmal an etwas Ähnliches gedacht.

Die Polizeijuristin las einige der Zahlen laut vor.

»362, 334 ... CFB, CCD.«

Wisting lächelte. Er hatte schon verstanden, dass sie die Zahlen durch die entsprechenden Buchstaben des Alphabets ersetzte.

»Das ergibt keinen Sinn«, sagte sie und seufzte, nachdem sie die Aufzeichnungen eine Weile untersucht hatte.

»Für den, der sie aufgeschrieben hat, vermutlich schon«, erwiderte Wisting.

»Du sagst das so, als seist du gar nicht sicher, dass Katharina Haugen das hier geschrieben hat.«

»Auf dem Blatt wurden ihre Fingerabdrücke gesichert, aber es gibt auch noch ein paar andere.«

»Und die Schriftsachverständigen?«

»Die konnten zu keinem konkreten Schluss kommen, was die Zahlen angeht.«

Christine Thiis betrachtete das Blatt eingehend.

»Es ist ein einfacher Code«, meinte sie schließlich.

Wisting trank einen Schluck Kaffee.

»Ist überall im Interpol-System gewesen, aber niemand konnte ihn deuten«, sagte er.

»Mit einfach meine ich, dass es nicht viele Zeichen sind. Zwölf Zahlen, und einige davon kommen mehrfach vor. Falls hinter jeder Zahl eine Bedeutung steckt, kann es keine besonders lange Nachricht sein.«

Wisting musste lächeln. Christine Thiis' Überlegungen waren die gleichen, die seinerzeit auch durch seinen Kopf gegangen waren.

»Ich habe überlegt, dass es eine Art Karte sein könnte«, sagte er.

»Und das Kreuz markiert eine bestimmte Stelle«, fuhr Christine Thiis fort. »Ein Grab.«

Wisting zuckte mit den Schultern.

»Glaubst du, dass sie dort liegt?«, fuhr Christine Thiis fort und deutete auf das Kreuz.

»Dann hätte sie ja ihr eigenes Grab gezeichnet.«

»Wenn sie sich das Leben genommen hat, wäre das doch eine Möglichkeit?«

Wisting nickte.

»Habt ihr versucht, die Zahlen mit einem Koordinatensystem abzugleichen, mit Landkarten oder so was?«

»Mehrere Geografen waren schon damit beschäftigt.«

Christine Thiis drehte das Blatt um und betrachtete es von verschiedenen Seiten, bevor sie es ihm zurückgab.

»Was ist deiner Meinung nach mit ihr passiert?«

»Ich glaube, dass jemand sie umgebracht und die Leiche versteckt hat«, gab Wisting zur Antwort.

»Ihr Mann?«

»Er hat ein Alibi. Er war in Trøndelag. Außerdem hat er kein Motiv.«

Christine Thiis setzte sich.

»Hast du jemand anderen in Verdacht?«

Wisting berichtete vom Nachbarn Steinar Vassvik.

»Wir haben uns auch sehr eingehend mit Martin Haugens Ex-Frau beschäftigt«, fügte er hinzu.

»Ach, war er schon mal verheiratet?«

»Mit Inger Lise Ness«, erklärte Wisting. »Aber das hat nicht lange gehalten. Sie war acht Jahre älter und hatte eine etwas seltsame Persönlichkeit. Auf den ersten Blick wirkte sie sehr sympathisch und entgegenkommend, aber hinter der Fassade war sie manipulativ und rachsüchtig. Martin Haugen ist Katharina begegnet, als er noch mit ihr verheiratet war.«

»Weshalb habt ihr sie verdächtigt?«

»Es ist ihr schwergefallen, ihren Mann loszulassen, und dann hat sie Besitzansprüche gestellt, die auch Auswirkungen auf Katharina hatten.«

»Inwiefern?«

»Sie ist bei Katharina aufgetaucht, hat sie angeschrien und als Hure und Hexe bezeichnet. Sie hat ihren Wagen zerkratzt, hat in Katharinas Namen Bestellungen aufgegeben und zu ihr schicken lassen, hat den beiden nachspioniert, hat zu allen möglichen und unmöglichen Zeiten geklingelt und Post aus dem Briefkasten gestohlen.«

»Ich kenne die Sorte«, sagte Christine Thiis und warf einen Blick in Richtung ihres Büros, wo sich die Akten stapelten.

»Sie war völlig rücksichtslos, und zeitweise muss es wohl richtig schlimm gewesen sein«, fuhr Wisting fort. »Dann hat sich das Ganze irgendwann beruhigt, und in den sechs Monaten vor Katharinas Verschwinden war alles ganz still.«

»Ist sie als Verdächtige ausgeschieden?«

»Nie ganz und gar, aber es war schwierig, ihr etwas Konkretes vorzuwerfen. Sie ist wohl sehr hilfsbereit und verständnisvoll aufgetreten, nachdem Katharina weg war, hat aber hinter der freundlichen Fassade weiter ihren Streifen durchgezogen.«

»Inwiefern?«

»Zwei Monate danach bekam Martin Haugen plötzlich Pornohefte per Post zugeschickt. Jemand hatte in seinem Namen Abos für verschiedene Magazine abgeschlossen. Er hat Inger Lise verdächtigt. Wir haben sie zur Vernehmung einbestellt und ihr Haus durchsucht. Da haben wir dann verschiedene Dinge gefunden, die Katharina gehört haben.«

Christine Thiis hob die Augenbrauen.

»Sie hatte eigens eine Schublade für die Sachen. Es waren Rechnungen, die sie aus dem Briefkasten gestohlen hatte, Mahnungen und Drohbriefe von Inkassobüros, aber auch andere Dinge. Unterwäsche, eine Halskette, ein Ohrring, ein Buch, Parfüm und ein kleiner Teddybär, auf dem *I love you* stand. Den hatte Martin Haugen für Katharina gekauft. Er saß immer auf dem Sofa im Gästezimmer.«

»Aber ...«, setzte Christine Thiis an, konnte die Frage aber nicht ausformulieren.

»All das ist vor Katharinas Verschwinden passiert«, erklärte Wisting. »Martin Haugen erinnerte sich, dass Katharina um das Sankt-Hans-Fest Ende Juni herum plötzlich ein Buch nicht wiederfinden konnte, das sie gerade las. Sie hatte es auf den Nachttisch gelegt, aber plötzlich war es weg. Und später im Sommer hat sie sich dann furchtbar geärgert, weil sie eine Halskette und einen Ohrring verloren hatte. All diese Dinge sind bei Inger Lise aufgetaucht.«

»Sie war demnach im Haus von Martin und Katharina?«

»Sie hat es offen zugegeben«, sagte Wisting. »Aber das war einige Monate, bevor Katharina verschwand. Die Tür zur Veranda hatte angeblich offen gestanden. Da hat sie sich reingeschlichen und dann ganz impulsiv ein paar Sachen eingesteckt, die Katharina gehörten.«

»Habt ihr ihre Fingerabdrücke mit denen auf dem Code verglichen?«

Wisting nickte.

»Wir haben im Haus der Haugens keinen einzigen Fingerabdruck von ihr gefunden. Obwohl sie es bestreitet, hat sie vermutlich Handschuhe getragen und war wohl auch mehrmals dort.«

»Hat sie ein Alibi?«

»Jedenfalls für fast den ganzen Tag. Sie hat in einem Kindergarten gearbeitet. Am 10. Oktober war sie da von sieben Uhr morgens bis halb vier am Nachmittag. Außerdem bestätigt ein Nachbar, sie gesehen zu haben. Allerdings wissen wir nicht, wann genau Katharina verschwunden ist.«

In Christine Thiis' Büro klingelte das Telefon. Sie entschuldigte sich und lief hinaus, um den Anruf anzunehmen.

Wisting drehte sich wieder zum Computerbildschirm und loggte sich aus. Bevor er aufstand, warf er einen kurzen Blick auf den Wandkalender. Für neun Uhr am nächsten Tag hatte er einen Termin mit *Adrian Stiller, Kripo* eingetragen. Falls er bis dahin keinen Kontakt mit Martin Haugen bekäme, würde er eine offizielle Fahndung nach ihm einleiten.

7

Wisting wollte einen letzten Versuch unternehmen und fuhr über die schmale Straße in Richtung Kleiver. Kräftiger Wind war aufgekommen. Welke Blätter fegten durch den Regen und blieben an der Frontscheibe kleben, bevor der Wind sie abermals erfasste und weitertrug.

Die Reifen knirschten über den Schotter, als Wisting von der asphaltierten Straße abbog und auf Martin Haugens Haus zusteuerte. Im Dunkeln sah alles ganz anders aus. Die Bäume ringsumher wirkten größer, und das Haus sah verlassener und abweisender aus als bei Tageslicht.

Er bog auf den Hofplatz ein und hielt mitten vor dem Haus. Die Frontscheinwerfer erhellten die leere Küche.

Regen trommelte auf das Autodach. Wisting blieb sitzen und überlegte, ob er aussteigen sollte. Falls Martin Haugen jetzt zu Hause war, würde er bestimmt ans Fenster kommen und herausschauen.

Wisting setzte ein paar Meter zurück und versuchte, Reifenspuren im Kies vor der Garage auszumachen. Vielleicht gab es irgendwo ein Anzeichen dafür, dass Martin Haugen nach Hause gekommen war. Doch die einzige Veränderung betraf die Katze. Sie war nicht mehr da.

Er zog die Handbremse an, nahm den Gang raus und ließ den Motor im Leerlauf drehen. Gerade als er die Tür öffnen wollte, nahm er eine Bewegung links neben der Hausecke wahr. Eine Gestalt erhob sich, als wüchse sie plötzlich aus dem Boden. Die Innenbeleuchtung des Wagens schränkte Wistings Sicht ein, und er war sich auf einmal unsicher, was er da gesehen hatte. Es konnte auch etwas gewesen sein, was der Wind herangetragen hatte, aber er hatte es so wahrgenommen, als hätte etwas flach auf dem Boden gelegen und sich dann erhoben, nur etwa zwanzig Meter entfernt.

Er öffnete die Tür, stieg aus und entfernte sich ein paar Meter vom Wagen. Da war etwas.

»Hallo!«, rief er und ging weiter.

Was er gesehen hatte, bewegte sich wie ein Schatten und verschwand zwischen den Bäumen.

Wisting lief hinterher. Das feuchte Gras war rutschig, aber er konnte einen Sturz vermeiden. Ein paar Zweige peitschten in sein Gesicht und stachen ihm in die Seite, doch er fegte sie beiseite und rannte weiter. Nach hundert Metern blieb er stehen und lauschte. Er hörte nur Regen, Wind und seinen eigenen Atem.

Jetzt weiterzugehen war sinnlos. Er lief zurück zum Wagen, setzte sich hinein und manövrierte ihn so, dass die Scheinwerfer die Stelle erleuchteten, wo er glaubte, jemanden gesehen zu haben. Dann stieg er wieder aus und untersuchte den Boden. Doch er sah nur welke Blätter und totes Gras. Ein kleiner Bereich wirkte so, als wäre das Gras möglicherweise platt gedrückt. Falls der Wind hier einen leeren Pappkarton oder etwas anderes weggefegt hatte, musste er ziemlich weit geflogen sein. Ebenso gut konnte es ein Tier gewesen sein.

Wisting fuhr sich mit der Hand durch die feuchten Haare und ging zur Haustür hinüber. Er klingelte. Ohne eine Reaktion abzuwarten, probierte er den Türgriff. Die Tür war verschlossen. Dann lief er um das Haus herum und betrat die Veranda. Auch hier war die Tür verschlossen und sah nicht danach aus, als hätte jemand versucht, sie aufzubrechen.

Einen Augenblick blieb er im Schein der Außenlampe auf der Veranda stehen und spähte zum Waldrand hinüber, doch er sah nur Dunkelheit. Er warf einen Blick auf das kleine Kameraauge hinter der Fensterscheibe, ging dann zurück zum Wagen und setzte sich hinein.

Der Wagen holperte über den Schotterweg. Wisting bog an der Kreuzung nach rechts ab, um nachzusehen, ob irgendwelche Fahrzeuge am Straßenrand abgestellt waren. Nach einem guten Kilometer wendete er und fuhr zurück. Der Pfad, der hinter Martin Haugens Haus in den Wald führte, endete in einiger Entfernung an der E18. Falls tatsächlich jemand unbemerkt zum Haus hätte gelangen wollen, hätte er dort einen Wagen abstellen können. Wisting wollte jetzt aber nicht weiter umherfahren, um danach zu suchen. Stattdessen machte er sich auf den Heimweg.

Zu Hause zog er sich trockene Sachen an. Noch immer standen zwei Pappkartons mit Dokumenten über den Fall Katharina Haugen am Boden des Kleiderschranks. Wisting öffnete einen davon und nahm den Ordner heraus, in dem die Polizei alles gesammelt hatte, was mit Martin Haugens Ex-Frau zu tun hatte. Den nahm er mit ins Wohnzimmer und blätterte bis zu den Fotos, auf denen die Kommodenschublade in ihrem Haus abgebildet war. Sie enthielt mehrere Gegenstände, die Katharina gehört hatten, unter anderem das Buch, das von ihrem Nachttisch verschwunden war. *Der Schneeprinz* von Knut Faldbakken.

Wisting konnte sich nur schwer vorstellen, dass Inger Lise Ness noch immer um das Haus ihres Ex-Mannes schlich. Sie musste ihre gescheiterte Ehe mit Martin Haugen überwunden haben. Inzwischen waren weitaus dramatischere Dinge in ihrem Leben passiert. Sie hatte einen neuen Mann kennengelernt. Eine Beziehung, die allerdings nur wenige Monate hielt, ehe er sie wieder beendete. Kurze Zeit danach war er mit einer anderen Frau zusammen. Inger Lise Ness war ihnen zufällig in einem Straßenlokal über den Weg gelaufen. Es hatte einen Streit gegeben, infolgedessen Inger Lise aus dem Lokal geworfen wurde, nachdem sie handgreiflich gegen die neue Freundin geworden war. Doch damit nicht genug. Als das Restaurant am Abend schloss, verfolgte sie das Paar nach Hause. Sie hatte dann draußen gestanden und durch ein Fenster zugeschaut, wie die beiden einander im Wohnzimmer auszogen und dann ins Schlafzimmer gingen. Daraufhin hatte Inger Lise das Haus angezündet.

Sie hatte die Kissen der Gartenmöbel an der Hauswand übereinandergestapelt, sie mit Brennspiritus übergossen, den sie neben dem Grill gefunden hatte, und angezündet.

Ein Taxifahrer hatte die Flammen entdeckt und die Feuerwehr gerufen. Das Pärchen wurde gerettet, aber am Haus waren erhebliche Schäden entstanden. Inger Lise Ness wurde noch in derselben Nacht festgenommen und später wegen Brandstiftung verurteilt.

Wisting blätterte weiter bis zum Bericht der Sachverständigen, die eine rechtspsychiatrische Untersuchung durchgeführt hatten. Sie waren auf paranoide und psychopathische Persönlichkeitszüge gestoßen, kamen aber zu dem Schluss, dass Inger Lise Ness strafrechtlich als zurechnungsfähig galt. Sie wurde zu achtzehn Monaten Gefängnis verurteilt.

Wisting wandte sich von den Dokumenten ab, ging in die Küche und legte eine Kapsel in die Kaffeemaschine. Während sie vor sich hin brummte und den Kaffee zubereitete, trat er ans Fenster und sah zu Lines Haus hinüber. Ein Wagen stand davor. Der hatte noch nicht dagestanden, als er in seine eigene Einfahrt eingebogen war. Es war ein neueres Modell. Ein BMW oder vielleicht ein Audi, es war gar nicht so einfach, die modernen Autos voneinander zu unterscheiden. Ungeachtet dessen ein Wagen, den er noch nie in der Straße gesehen hatte. Er stand im Halbschatten zwischen zwei Straßenlaternen, sodass es nicht möglich war zu erkennen, ob jemand darin saß.

Wisting holte sein Telefon und rief Line an.

»Wie geht's Amalie?«, fragte er.

»Bestens«, gab Line zurück.

Wisting ging zum Lichtschalter an der Küchentür und schaltete das Licht aus. Dann nahm er die Kaffeetasse und trat wieder ans Fenster.

Niemand saß in dem Wagen, wie er jetzt sehen konnte, aber er brachte es nicht über sich, Line zu fragen, ob sie Besuch hatte.

»Es war übrigens mein Kugelschreiber«, sagte er.

»Ist doch völlig egal, auf wessen Kugelschreiber sie herumgekaut hat«, erwiderte Line. »Es war ein Unfall.«

»Tut mir leid.«

»Das weiß ich doch«, versicherte Line und wiederholte, dass es ein Unfall gewesen sei.

Wisting trank einen Schluck Kaffee.

»Hast du Besuch?«, fragte er.

»Nein, wieso?«

»Ich stehe in der Küche«, erklärte er. »Ich hab nur gesehen, dass da ein Wagen vor deinem Haus steht, und mich schon gefragt, ob ich womöglich störe.«

»Ich guck mir eine Serie im Fernsehen an«, erklärte Line.

Wisting hörte, dass sie vom Sofa aufstand.

»Was ich dich fragen wollte, könntest du am Samstag ein paar Stunden auf Amalie aufpassen?«

Wisting merkte, dass er sich freute, gefragt zu werden.

»Aber natürlich«, versicherte er. »Was hast du denn vor?«

»Eine Arbeitsbesprechung.«

»In Oslo? Aber du bist doch in Elternzeit.«

»Ja, aber sie bieten mir eine freie Mitarbeit bei einem Projekt an.«

»Das klingt ja interessant«, sagte Wisting. »Weißt du schon, worum es geht?«

»Darüber wollen wir am Samstag reden. Ich soll um zwölf

hinkommen. Passt es dir, wenn ich Amalie gegen zehn vorbeibringe?«

»Ja, mach das«, sagte Wisting und lächelte in sich hinein. »Gib ihr einen Gutenachtkuss von mir.«

Er beendete das Gespräch, stand mit der Kaffeetasse in der Hand da und sah noch immer zu Lines Haus hinüber. Er hatte das mit dem Kugelschreiber zugegeben und außerdem eine einleuchtende Erklärung dafür angeführt, warum er gefragt hatte, ob sie Besuch habe. Was ihn eigentlich interessierte, war, ob sie einen neuen Freund hatte und ob es sein Wagen war, der da draußen stand. Genau solche Kleinigkeiten suchte er, wenn er die Akten im Fall Katharina durchlas. Kleine Verdrehungen der Wahrheit, die einen falschen Eindruck davon hervorriefen, was sich tatsächlich abgespielt hatte.

Er wollte gerade die Tasse abstellen und sich wieder den Aktenordnern im Wohnzimmer widmen, als er einen Mann sah, der die Straße entlanggelaufen kam. Es war nicht leicht zu sagen, woher er kam. Er trug eine dunkle Jacke, die offen stand und sich mit jedem seiner Schritte hin und her bewegte.

Die Blinklichter am Wagen leuchteten zweimal kurz auf, als er ihn entriegelte. Mit einer raschen Bewegung öffnete der Mann die Fahrertür und setzte sich hinein. Als er den Wagen anließ, leuchteten die Frontscheinwerfer auf. Die Scheibenwischer entfernten das Wasser von der Frontscheibe, aber es war unmöglich, die Person hinter dem Lenkrad zu erkennen.

Wisting sah Line am Fenster von Amalies Zimmer auftauchen. Sie schaute hinaus auf den Wagen.

Abgesehen davon, dass es sich um ein fremdes Auto handelte, war nichts Ungewöhnliches an der ganzen Sache. Wistings innewohnender Argwohn veranlasste ihn dennoch, nach dem Kennzeichen zu schauen, aber er konnte im Dunkeln nicht gut sehen, und der Wagen fuhr weg, ohne dass er auch nur die Automarke erkennen konnte.

8

Es war ein dunkler Morgen. Wisting krümmte sich vor Wind und Regen zusammen, stapfte durch die Pfützen vor dem Haus und setzte sich in den Wagen.

Er fuhr direkt zum Polizeipräsidium. Auf dem Weg dorthin unternahm er einen neuen Versuch, Martin Haugen anzurufen. Sein Handy war immer noch nicht erreichbar.

Wisting wollte im Laufe des Vormittags noch einmal zu ihm hinausfahren, um sich bei Tageslicht auf dem Grundstück umzusehen, bevor eine offizielle Fahndung eingeleitet würde.

Als er sich an den Schreibtisch setzte, fiel ihm die Verabredung mit dem Ermittler von der Kripo ein. Hoffentlich dauerte die Besprechung nicht länger als eine Stunde. Was immer es zu klären gab, er wollte es Hammer überlassen, sich näher damit zu beschäftigen.

Das Einsatzprotokoll zeigte, dass die diensthabenden Streifenbeamten in der vergangenen Nacht nicht viel zu tun gehabt hatten. Vielleicht lag es am starken Regen. Es hatte einen Einbruch in einem Bürogebäude bei Lågen sowie einen kleineren Verkehrsunfall gegeben, und ein Boot, das am Kai in Indre Havn fast versunken wäre, war von einer Mannschaft der Feuerwehr leer gepumpt und gerettet worden. Die Wassermassen hatten darüber hinaus einen Erdrutsch ausgelöst, der nun einen Abschnitt der Fernverkehrsstraße im Norden der Stadt blockierte. Keine Vorkommnisse, um die sich die Fahndungsabteilung kümmern müsste, und keine Meldungen, die mit dem Verschwinden von Martin Haugen in Zusammenhang gebracht werden konnten.

Vor Beginn der morgendlichen Besprechung gab Wisting den Namen erneut in die Suchmaske der einschlägigen Register ein. Im Laufe der Nacht waren keine weiteren Einträge hinzugekommen.

Fünf Minuten vor neun steckte Hammer den Kopf zur Tür herein.

»Er ist jetzt da«, sagte er.

Wisting blickte von seinen Papieren auf.

»Wer?«, fragte er, obwohl er genau wusste, wen Hammer meinte.

»Stiller«, gab Hammer zurück. »Der Mann von der Kripo.«

»Ich komme sofort«, erwiderte Wisting und schaute wieder in seine Unterlagen. Es handelte sich um ein Rundschreiben vom Polizeidirektorat. Er hätte es auch später lesen können, aber irgendetwas in ihm wollte Hammer in dem Glauben lassen, er sei sehr beschäftigt.

»Er kommt von der EU-Gruppe«, fügte Hammer hinzu, bevor er sich umdrehte und in Richtung Besprechungsraum davonging. Wisting las ein paar Sätze, ohne wirklich aufzunehmen, was dort stand.

EU-Gruppe war die Bezeichnung für eine neu eingerichtete Abteilung für ältere und ungelöste Fälle, bei denen die Ermittlungen zurückgefahren oder abgeschlossen worden waren.

Cold cases.

Er erhob sich und ging hinüber zu den anderen. Die Kaffeetassen im Besprechungsraum waren bereits verteilt. Christine Thiis saß am Tischende, Nils Hammer direkt neben ihr. Auf der anderen Seite saß ein schlanker Mann im Anzug. Seine Haare waren dunkel und kurz geschnitten. Er erhob sich sofort, als er Wisting hereinkommen sah.

Wisting streckte die Hand aus und begrüßte ihn.

»Adrian Stiller«, sagte der andere.

Er war jünger, als Wisting sich vorgestellt hatte. Nicht viel älter als fünfunddreißig. Was bedeutete, dass er im besten Fall zwölf oder dreizehn Jahre Erfahrung als Polizist mitbrachte. Maximal zehn als Ermittler, vielleicht nicht einmal das. Ständig tauchten jüngere Ermittler auf, die neben der Polizeihochschule noch andere Ausbildungen absolviert hatten. Eine ausreichende Anzahl an Studienpunkten und entsprechende Zeugnisse qualifizierten sie für Positionen, die man früher nur mit Erfahrungen aus der praktischen Polizeiarbeit hätte bekleiden dürfen.

Er zog eine Visitenkarte aus der Innentasche. Wisting nahm sie entgegen, setzte sich neben Hammer und blickte den Mann auf der anderen Seite des Tisches abwartend an. Er war glatt rasiert, sehr gepflegt und erinnerte an einen Firmenanwalt oder einen FBI-Typen im Film.

»Vielen Dank, dass Sie mich so kurzfristig empfangen konnten«, sagte er und nickte den anderen reihum zu.

»Wie können wir Ihnen helfen?«, fragte Wisting.

Eine Ledermappe lag vor Adrian Stiller. Er öffnete sie und blickte auf seine Unterlagen.

»Ich komme von der EU-Gruppe«, begann er. »Wir arbeiten nicht nur mit unaufgeklärten Mordfällen, sondern auch mit Vermisstenfällen, bei denen es sich um Mord handeln könnte.«

Wisting beugte sich ein wenig vor. Adrian Stiller sah ihn direkt an. Seine Augen waren stahlgrau, allerdings etwas gerötet, als hätte er viel gelesen und sie überanstrengt.

»Ich bin wegen Martin Haugen hierhergekommen«, sagte Stiller. Seine Augen wurden jetzt schmaler und musterten Wisting, als ob er versuchte, ihm eine Reaktion zu entlocken. »Wenn ich das richtig verstanden habe, sind Sie derjenige, der ihn am besten kennt?«

»Wollen Sie den Fall Katharina Haugen wieder aufrollen?«, fragte Nils Hammer.

Adrian Stiller schüttelte den Kopf, ohne Wisting dabei aus den Augen zu lassen.

»Wir arbeiten an einem anderen Fall«, sagte er. »Die Krogh-Entführung.«

Wisting räusperte sich. Nadia Krogh war Ende der Achtzigerjahre entführt worden. Einer der meistdiskutierten Fälle in der norwegischen Kriminalgeschichte.

»Wo ist die Verbindung?«, fragte er.

»Neue Spuren deuten darauf hin, dass Martin Haugen darin verwickelt war«, entgegnete Adrian Stiller. »Wir haben den Fall wieder aufgenommen und ermitteln wegen Mordes. Haugen ist der Hauptverdächtige.«

9

Adrian Stiller blieb reglos sitzen und betrachtete die anderen. Für ihn glich eine Ermittlung einem Strategiespiel, in dem es darum ging, die Steine richtig zu setzen und die Karten zum richtigen Zeitpunkt auszuspielen – auch gegenüber Kollegen. Sein Eröffnungszug hatte ihn zufriedengestellt.

Er registrierte ein winziges, aber deutliches Zucken in Wistings Gesicht. Die Hände des erfahrenen Ermittlers waren grob. Daumen und Zeigefinger der rechten Hand waren schwach blau verfärbt. Er trug noch seinen Ehering. Aufgrund seiner Vorbereitungen für diese Besprechung wusste Stiller, dass Wistings Frau vor sieben Jahren gestorben war, aber der Ring hatte sich offenbar eingegraben, er saß ganz dicht am Finger und wäre wohl nur schwer zu entfernen gewesen, selbst wenn Wisting es gewollt hätte.

Wisting zog die Kaffeetasse zu sich und wartete einen Augenblick, bevor er sie zum Mund führte. Eine Ablenkung, um die Überraschung angesichts dessen zu verbergen, was er gerade erfahren hatte.

Die Polizeijuristin am Ende des Tisches trug keinen Ehering. Sie hatte einen leeren Notizblock vor sich liegen. Daneben, ganz pedantisch im rechten Winkel platziert, lag ein Kugelschreiber. Eine Falte hatte sich auf ihrer Stirn gebildet, und sie sah Wisting mit einem bekümmerten Blick an, der Stiller auf den Gedanken brachte, dass zwischen den beiden mehr als nur ein professionelles Verhältnis existierte.

Der jüngere Ermittler, der ihn in Empfang genommen hatte,

konnte sein Erstaunen weniger gut als die beiden anderen verbergen. Er sperrte Augen und Mund auf, wobei zwei Zahnreihen zum Vorschein kamen, die von Kaffee und Snus verfärbt waren.

»Sie sind mit Martin Haugens Hintergrund vertraut?«, fragte Hammer. »Dass seine Frau spurlos verschwunden ist?«

Adrian Stiller erhob sich, trat an die kleine Anrichte am Ende des Raums und nahm sich ein Glas.

»Das ist zwei Jahre nach dem Krogh-Fall passiert«, bestätigte er und füllte es mit Wasser aus dem Hahn.

Wisting stellte die Kaffeetasse beiseite und beugte sich etwas weiter über den Tisch. Eine Locke fiel ihm in die Stirn. Er hatte einen großen Kopf. Stiller hatte sein Gesicht viele Male zuvor gesehen, in Zeitungen oder bei Pressekonferenzen, die im Fernsehen übertragen wurden. Ein Gesicht, das man nicht so leicht vergaß. Grob geschnitten und mit ausgeprägten Wangenknochen. Seine Haare ergrauten langsam, außerdem waren sie zu lang. Wenn er verheiratet gewesen wäre, hätte seine Frau ihm wohl geraten, zum Friseur zu gehen.

»Von welchen neuen Spuren reden wir denn hier?«, wollte Wisting wissen.

Adrian Stiller gefiel die Frage. Sie war direkt und zielte auf das Wesentliche. Ungeachtet dessen vermied er es zu antworten. Mit dem Wasserglas in der Hand kam er wieder an den Tisch, schob die Kaffeetasse beiseite, die die Polizeijuristin für ihn hingestellt hatte, und setzte sich.

»Nadia Krogh war die Tochter des Unternehmers und Multimillionärs Joachim Krogh«, erklärte er, ging allerdings davon aus, dass die anderen drei wussten, wovon er sprach. »In der Nacht auf Samstag, den 19. September 1987, ist sie nach einer Party in Porsgrunn spurlos verschwunden. Ihr Freund geriet schnell in Verdacht. Sie hatten sich vor Verlassen des Festes gestritten, und er war ihr gefolgt. Aber drei Tage nach ihrem Verschwinden tauchte plötzlich ein Brief der Entführer auf.«

»Sie haben drei Millionen Kronen verlangt«, erinnerte sich Nils Hammer.

Adrian Stiller zog eine Kopie des ersten Briefes hervor, den die Entführer geschickt hatten. Er schob sie über den Tisch und fragte sich, wer von den dreien sie wohl in die Hand nehmen würde. Wisting blickte schräg auf das Papier hinunter und hob fast unmerklich die Augenbrauen. Auf seiner Stirn war eine kleine Falte entstanden.

Der Brief schien direkt aus einer TV-Serie zu stammen, hatte Stiller gedacht, als er ihn vor drei Wochen zum ersten Mal sah. Buchstaben und Wörter waren aus einer Zeitung ausgeschnitten und zu Sätzen zusammengeklebt worden. Das Ganze wirkte irgendwie kindisch, doch Tatsache war, dass viele bei der Polizei eingehende Drohbriefe so hergestellt worden waren. Die Briefschreiber mussten die gleichen Filme gesehen oder die gleichen Bücher gelesen haben. Doch ungeachtet der äußeren Amateurhaftigkeit hatten sie doch etwas Erschreckendes an sich.

Die Presse hatte nicht über die Art der Kommunikation berichtet, derer sich die Entführer bedient hatten. Wisting wirkte überrascht angesichts der Unbeholfenheit und blickte mit einer gewissen Neugier auf den Brief.

»Die Familie hat ihn am Dienstag, dem 22. September, erhalten«, erklärte Stiller. »Drei Tage nach der Entführung.«

Hammer zog den Brief zu sich heran. Sein Blick verdüsterte sich.

»Sie ist nie wieder aufgetaucht«, sagte er und inspizierte den Brief.

Die Nachricht bestand aus neunzehn Wörtern, hundertdreizehn Buchstaben. Die Botschaft war einfach: *Wir haben Nadia. Ihr könnt sie zurückbekommen. Der Preis ist drei Millionen Kronen. Genauere Anweisungen folgen.* Unterschrieben war der kurze Text mit *Die grauen Panther.*

Hammer reichte Wisting den Brief.

»Warum verdächtigen Sie Martin Haugen?«, fragte Wisting.

»Wegen der Briefe«, erklärte Stiller und zog ein weiteres Dokument hervor. »Es kam noch ein Erpresserbrief, zwei Tage nach dem ersten. Die ausgeschnittenen Wörter stammen aus derselben Ausgabe der *VG*.«

Er legte die Kopie auf den Tisch. Die damals mit dem Fall betrauten Ermittler hatten die Zeitung identifizieren können – sie stammte vom Donnerstag, dem 27. August 1987. Aus dem Bericht ging hervor, dass 332 468 Exemplare davon gedruckt worden waren.

Wisting nahm auch die zweite Kopie an sich und hielt sie neben die erste.

Dieser Brief war etwas kürzer: *Deponiert das Geld in einem schwarzen Müllbeutel hinter dem Kiosk Olavsberget.* Dieses Mal war der Brief nur mit *Die grauen* unterschrieben.

»Die Familie war bereit, das Lösegeld zu zahlen. Sie sind den Anweisungen gefolgt, aber das Geld wurde nie abgeholt. Der Ort wurde sechs Tage lang observiert.«

»Sie glauben, dass Martin Haugen die zusammengeklebt hat?«, fragte Wisting und legte die Kopien der Erpresserbriefe zur Seite. »Was haben die Ermittler damals übersehen?«

»Fingerabdrücke«, erklärte Stiller. »Die Technik ist viel besser geworden. Wir haben Abdrücke darauf gefunden, die wir mit den damaligen Mitteln nicht sichtbar machen konnten. Abgesehen davon haben wir es heute mit neuen Computerprogrammen zu tun, wodurch sich ganz neue Suchmöglichkeiten ergeben. Jedenfalls haben wir die Abdrücke mit den Registern abgeglichen, und es gibt eine Übereinstimmung mit Abdrücken, die bei den Ermittlungen zum Fall Katharina Haugen in deren Haus gesichert wurden. Tja, und ein manueller Abgleich hat dann bestätigt, dass die Abdrücke auf dem Brief zu ihrem Mann gehören, Martin Haugen.«

Eine Weile herrschte Schweigen im Raum.

»Haben Sie Anhaltspunkte dafür, dass die hier echt sind?«, fragte Wisting schließlich. »Dass sie von dem oder von denen geschrieben wurden, die Nadia tatsächlich entführt haben?«

Stiller nickte, ließ Wisting aber Zeit, seinen Einwand zu formulieren: »Eine Entführung mit dem Ziel, Geld zu erpressen, wird in der Regel sorgfältig geplant. Diese Briefe hier wirken wenig durchdacht. Normalerweise tauchen solche Briefe binnen vierundzwanzig Stunden nach einer Entführung auf. Häufig warnen sie davor, die Polizei einzuschalten, es wird damit gedroht, was passiert, wenn die Forderungen nicht erfüllt werden. Und meistens gibt es konkrete Anweisungen für die Geldübergabe. Abgesehen davon scheint es mir hier so, als hätten die Entführer den Plan aufgegeben und nichts weiter unternommen – außer sich Nadias zu entledigen.«

Wisting zog die Briefe wieder zu sich heran und fuhr fort: »Die Briefe tauchen kurz nach der Verhaftung von Nadias Freund auf. Sie erzeugen einen gewissen Zweifel, was den Ablauf der Tat betrifft, wodurch der Verdacht gegen den Freund geschwächt wird. Ich denke, dass das ein Ablenkungsmanöver war. Dass die Briefe von jemandem geschrieben wurden, der Nadias Freund helfen wollte.«

Stiller griff nach einem weiteren Dokument, das er zuvor mit der Rückseite nach oben auf den Tisch gelegt hatte.

»Die Ermittler in Telemark hatten nach dem ersten Brief den gleichen Gedanken. Aber dem zweiten Brief war das hier beigefügt.«

Er drehte das Blatt um und schob es in die Tischmitte. Die anderen mussten sich dennoch vorbeugen, um etwas erkennen zu können.

Es war die Kopie eines kleinen Fotos. Das Original lag zusammen mit den übrigen Unterlagen aus der Ermittlungsakte in Stillers Büro in Oslo. Ein altes, zerkratztes Foto mit aufgerauten Kanten, auf dem zwei Kinder zu sehen waren.

»Nadia und ihr jüngerer Bruder«, erklärte er. »Sie hatte das Foto in ihrer Geldbörse. Falls die Briefe geschickt wurden, um Nadias Freund zu helfen, müssen sie von jemandem stammen, der mitschuldig an der Entführung war oder zumindest irgendwie mit Nadias Verschwinden zu tun hatte.«

Wisting lehnte sich ein wenig zurück. Seine Kiefer mahlten, und Stiller konnte förmlich sehen, wie der erfahrene Ermittler nach einer alternativen Erklärung für das Foto suchte.

»Was ist mit den Umschlägen?«, fragte Wisting. »Hat deren Analyse irgendwas ergeben?«

Stiller zog zwei weitere Kopien aus seiner Mappe.

»Die Adressen sind ziemlich einfallsreich hinzugefügt worden«, sagte er und legte die Aufnahmen von der kriminaltechnischen Untersuchung auf den Tisch.

Auf beiden Umschlägen klebte eine Art Etikett.

»Das ist die Firmenadresse von Kroghs Unternehmen«, erläuterte Stiller. »Der Absender hat sie aus Telefonbüchern ausgeschnitten.«

Wisting hielt die Abbildung des einen Umschlags ins Licht und betrachtete sie eingehend.

»Wie Sie sehen, tragen beide Umschläge einen örtlichen Poststempel. So, wie das damals gemacht wurde. Die Ermittler sind in der ganzen Region herumgefahren und haben die Telefonzellen untersucht. In Vallermyrene fanden sie ein Telefonbuch, bei dem die Seiten mit K herausgerissen waren. Das andere Telefonbuch wurde nicht gefunden.«

»Abdrücke?«, fragte Hammer.

»Viele. Auf dem Telefonbuch, in der Telefonzelle und auf dem Umschlag. Drei der Abdrücke auf dem Telefonbuch stammen von Kleinkriminellen aus der Gegend. Die wurden als Täter ausgeschlossen. Einer der Abdrücke auf dem Umschlag gehört zu einer Angestellten in Kroghs Firma, die sich um die Post gekümmert hat.«

»Wo genau auf dem Brief wurden Martin Haugens Abdrücke gefunden?«, fragte Wisting und nahm einen der Erpresserbriefe wieder in die Hand. »Auf dem Papier oder auf den ausgeschnittenen Buchstaben?«

Stiller lächelte. Ihm gefiel die Fähigkeit des älteren Ermittlers, sofort die wesentlichen Details eines Falls zu identifizieren.

»Auf den Ausschnitten«, antwortete er. »An drei Stellen bei dem ersten Brief. Brief Nummer zwei ist völlig frei von Fingerabdrücken.«

Er legte eine weitere Kopie des ersten Briefs auf den Tisch. Darauf waren lila Flecke zu sehen, die von der chemischen Untersuchung stammten. An drei Stellen war mit einem Bleistift markiert, wo Teile eines Fingerabdrucks gefunden worden waren. Über *dia* in Nadia. Am Ende des Wortes *Millionen* und über den beiden letzten Buchstaben in *Panther.*

»Das würde doch nur heißen, dass er die Zeitung gelesen hat. Er muss aber den Brief nicht unbedingt verfasst haben, oder?«, stellte Hammer fest.

Stiller nickte.

»Wenn es eine direkte Verbindung zwischen ihm und den Briefen gäbe, würden wir ihn festnehmen. Wir haben uns aber für eine dezentere Vorgehensweise entschieden.«

Stiller richtete den Blick auf Wisting und bemühte sich um einen sanften Gesichtsausdruck. Auch außerhalb des Polizeipräsidiums war bekannt, dass im Laufe der Jahre eine Art Freundschaft zwischen Wisting und dem Mann entstanden war, der seine Frau vor vierundzwanzig Jahren auf mysteriöse Art verloren hatte. Das vertraute Verhältnis erstaunte ihn. Wisting hatte über dreißig Jahre Erfahrung als Polizeibeamter. Falls er im Laufe der Freundschaft mit Martin Haugen nicht verstanden hatte, dass dessen Leben auf einer Lüge basierte, war das bedauerlich. Normalerweise hätte Stiller so etwas laut ausgesprochen, hielt sich aber zurück. Als Einleitung einer vermutlich zeitraubenden Zusammenarbeit wäre das sicher nicht klug. Wenn er Wisting überreden sollte, das zu tun, was ihm vorschwebte, würde er sich zügeln müssen.

»Wir brauchen Ihre Hilfe«, sagte er stattdessen. »Sie stehen ihm am nächsten.«

Wisting legte beide Hände flach auf den Tisch und verschränkte die Finger ineinander. Es war durchaus kein Widerwille bei ihm zu spüren, lediglich ein professionelles Verständnis, das mit einem kurzen Nicken unterstrichen wurde.

»Es gibt nur ein Problem«, sagte Wisting. »Martin Haugen ist verschwunden.«

10

Adrian Stiller musste sich eingestehen, dass er darauf nicht vorbereitet war. Er hatte sich verschiedene Szenarien und Reaktionen ausgemalt, aber nicht diese. Reglos blieb er sitzen, während sich die beiden anderen am Tisch verwundert zu Wisting drehten. Er wollte es ihnen überlassen, Wisting zu fragen, was er mit seiner Äußerung gemeint hatte.

Der ältere Ermittler warf einen Blick auf den Kalender an der Wand.

»Katharina Haugen ist am 10. Oktober vor vierundzwanzig Jahren verschwunden«, sagte er. »Es hat sich so ergeben, dass ich ihn seitdem jedes Jahr an diesem Datum besucht habe. Ich glaube, er hat das zu schätzen gewusst. Jedes Mal hat er mit Kaffee und Kuchen auf mich gewartet. Gestern war er aber nicht zu Hause.«

»Er kann es vergessen haben«, mutmaßte Stiller.

»Er war auch nicht bei der Arbeit«, fuhr Wisting fort. »Ich habe versucht ihn anzurufen, aber er geht nicht ran, und jetzt scheint sein Akku leer zu sein. Ich bin gestern mehrmals bei ihm zu Hause gewesen und habe zuletzt heute Morgen versucht, ihn anzurufen. Er ist nicht auffindbar.«

»Hast du die Register überprüft?«, fragte Hammer.

Wisting nickte. »Keine Einträge. In den Krankenhäusern ebenfalls nichts.«

Christine Thiis drehte sich zu Stiller.

»Könnte er von den Fingerabdrücken und der Wiederaufnahme des Falls erfahren haben?«, fragte sie. »Ist er vielleicht untergetaucht?«

Stiller schüttelte den Kopf.

»Das ist alles innerhalb der EU-Gruppe geblieben«, entgegnete er und wandte sich zu Wisting um. »Ist er offiziell als vermisst gemeldet?«

Wisting verneinte.

»Er hat keine nahen Angehörigen.«

Stiller ließ seinen Kugelschreiber zweimal klicken. Im ersten Augenblick hatte er gedacht, dass dieses Verschwinden weitere Komplikationen mit sich brachte, dann aber fiel ihm ein, dass sich daraus auch neue Möglichkeiten ableiteten. Dass Martin Haugen verschwunden war, gestatte der Polizei, ganz legal in sein Haus einzudringen und es zu durchsuchen. Offiziell auf der Suche nach etwas, das seinen Aufenthaltsort verraten könnte, aber gleichzeitig konnten sie das Haus nach Spuren durchkämmen, die bewiesen, dass er hinter der Entführung von Nadia Krogh steckte, ohne ihn formal als Verdächtigen zu benennen. Nach so vielen Jahren war es natürlich ungewiss, dass sie etwas finden würden, aber einen Versuch war es durchaus wert.

»Sie sollten eine offizielle Fahndung herausgeben«, sagte er an die Polizeijuristin gerichtet, die den formalen Beschluss unterschreiben musste.

Christine Thiis antwortete mit einem Kopfnicken.

»Der Fall Krogh muss warten, bis wir wissen, wo Haugen steckt und weshalb er verschwunden ist«, sagte sie.

Wisting klappte sein Notizbuch zusammen und war zum Aufbruch bereit.

»Ich werde eine Akte über ihn anlegen«, sagte er und wandte sich an Hammer: »Kannst du bitte sein Telefon orten?«

»Natürlich«, sagte Hammer und notierte sich die Nummer, die Wisting ihm nannte.

»Christine Thiis kann Ihnen bei der Suche nach einem freien Büro helfen«, fuhr Wisting an Stiller gewandt fort. »Vermutlich werden Sie ja einige Tage hierbleiben.«

»Wer fährt jetzt zu ihm?«, wollte Stiller wissen.

Wisting musterte den Jüngeren mit forschem Blick.

»Ich gehe davon aus, dass Sie mitkommen wollen«, sagte er. »Wir fahren in einer Viertelstunde.«

11

Es dauerte fünfundzwanzig Minuten, bis Wisting sich in den Wagen setzte. Nachdem Martin Haugen offiziell als vermisst registriert war, hatte Wisting sich einen kurzen Überblick über Adrian Stiller verschafft. Er wollte wissen, wer dieser Ermittler von der Kripo eigentlich war. Irgendetwas an seinem Auftreten stimmte nicht ganz. Er schien um äußerste Korrektheit bemüht, was ihn etwas steif wirken ließ, gleichzeitig war er sympathisch und entgegenkommend. Wisting hatte den Eindruck, dass Stiller irgendetwas zurückhielt.

Der Eintrag im internen System gab nicht allzu viel her. Stiller war sechsunddreißig Jahre alt und in Oppegård geboren, jetzt wohnte er in der Seilduksgate im Osloer Stadtteil Grünerløkka. Er war unverheiratet und lebte allein. Als Jugendlicher hatte er eine Zeit lang in Südafrika gelebt, bis in die Zwanziger hinein, als er wieder in seine Heimat gezogen war.

Das Intranet ergab die üblichen Treffer. Sein Name stand auf der Teilnehmerliste verschiedener Fortbildungskurse. Er schien sich auf Vernehmungstechniken und Fahndungsleitung spezialisiert zu haben. Der neueste Eintrag betraf die Gründung der EU-Gruppe. Wisting kannte mehrere der anderen Männer in der Gruppe und fand es etwas seltsam, dass sie einen ganz neuen und unbekannten Ermittler auf diesen Fall angesetzt hatten.

Adrian Stiller schob den Sitz etwas zurück, bevor er sich anschnallte.

»Er wohnt fünf Minuten außerhalb des Zentrums«, erklärte Wisting und fuhr vom Parkplatz hinter dem Polizeipräsidium auf die Straße.

Stiller nickte auf eine Art, als sei ihm das bereits bekannt. Wahrscheinlich hatte er sich gründlich über Martin Haugen informiert, bevor er hergekommen war. Vielleicht war er sogar schon einmal am Kleivervei vorbeigefahren. Wisting hätte das jedenfalls getan, wenn er sich mit einem Verdächtigen hätte vertraut machen müssen.

»Waren Sie schon mal da oben?«, fragte er. »Mal vorbeigefahren oder reingeschaut?«

»Ich hab mir die Landkarte angesehen«, entgegnete Stiller.

Wisting warf einen Seitenblick auf den Kollegen. Stiller hatte nicht auf seine Frage geantwortet.

Er lenkte den Wagen etwas zur Seite, um einen Lieferwagen vorbeizulassen, und verfolgte das Thema nicht weiter.

»Konnten Sie sich in einem der Büros einrichten?«, fragte er.

Adrian Stiller nickte.

»Ich dachte, ich schaue mir heute Nachmittag mal die Ermittlungsakte zum Fall Katharina Haugen an«, sagte er. »Sie wissen nicht zufällig, wo die ist? Die Dame im Büro konnte sie nämlich nicht im Archiv finden.«

Jetzt war es an Wisting, der direkten Frage auszuweichen.

»Es sind drei Pappkartons«, erwiderte er knapp. »Ich sorge dafür, dass Sie die bekommen.«

Die Ampel am Stavernsvei schaltete auf Rot. Wisting hielt an. Die Scheibenwischer fegten das Wasser von der Frontscheibe. Vor ihnen überquerte eine Gruppe Kinder in Gummistiefeln und gelben Reflexwesten die Straße.

»Was ist eigentlich mit dem Fall Nadia Krogh?«, fragte Wisting. »Haben Sie eine Kopie der Unterlagen aus der Ermittlungsakte, die ich mir ansehen könnte?«

»Ist alles digitalisiert«, gab Stiller zurück. »Können Sie auf dem Bildschirm lesen. Ich kümmere mich um einen Zugang für Sie.«

Die Ampel schaltete wieder auf Grün, und Wisting setzte den Wagen in Bewegung. Stiller und er schwiegen, bis sie aus der Stadt herausgekommen waren.

Adrian Stiller richtete sich im Sitz auf.

»Wie ist er eigentlich?«, fragte er.

»Martin Haugen?«

»Ja.«

Wisting dachte nach.

»Er ist ruhig«, antwortete er.

»Stille Wasser sind tief«, bemerkte Stiller.

»Vielleicht wäre reserviert eher zutreffend«, fuhr Wisting fort. »Zurückhaltend. Er scheint immer noch von dem geprägt, was damals geschehen ist. Und gleichzeitig ist er entgegenkommend.«

»Zurückhaltend und entgegenkommend?«

Wisting nickte.

»Die beste Beschreibung, die mir einfällt.«

»Haben Sie nie darüber nachgedacht, was das bedeuten könnte?«

Wisting hatte schon viel über die Widersprüchlichkeit nachgedacht, die er bei seinen Begegnungen mit Martin Haugen erlebt hatte. Aber er überließ es Stiller, eine Schlussfolgerung zu ziehen.

»Er verbirgt etwas«, konstatierte Stiller. »Und versucht es zu überspielen, indem er sich sympathisch und entgegenkommend verhält.«

»Er ist ein komplexer Mensch«, bemerkte Wisting, ohne Stillers Worte zu kommentieren.

Wasserspritzer von einem entgegenkommenden Fahrzeug klatschten gegen die Frontscheibe. Im selben Moment klingelte das Handy. Wisting fuhr langsamer, bis er die Sicht zurückgewonnen hatte, und nahm den Anruf entgegen.

Es war Nils Hammer. Seine Stimme füllte das Wageninnere.

»Wo seid ihr?«, fragte er.

»Bald da«, erwiderte Wisting und bog auf den Schotterweg ab, der zu Martin Haugens Haus führte.

»Ich hab sein Handy geortet«, erklärte Hammer. »Wie es aussieht, befindet es sich bei ihm zu Hause im Kleivervei.«

Wisting überlegte. Er hatte mehrmals versucht, Martin Haugen zu erreichen.

»Wann war es zuletzt aktiv?«, fragte er.

»Es ist jetzt gerade aktiv«, sagte Hammer. »Es hat etwas gedauert, bis ich die Verbindungsdaten der letzten Tage bekommen habe, aber die Telefongesellschaft hat das Handy in Echtzeit geortet. Es befindet sich in seinem Haus oder in der Nähe davon.«

»Das heißt, es wird gerade benutzt?«

»Nicht unbedingt benutzt, aber es ist mit dem Mobilfunknetz verbunden.«

Der Wagen schaukelte über den Schotterweg. Der Regen hatte mögliche Spuren anderer Fahrzeuge längst weggespült.

»Danke.« Wisting beendete das Gespräch.

Sie bogen auf den leeren Hofplatz ein. Wisting blieb einen Moment lang reglos sitzen, bevor er den Motor ausschaltete. Das Haus sah genauso verlassen aus wie am Tag zuvor. Oder war da etwa eine Veränderung? Von seinem Standort sah es aus, als sei die Beleuchtung über dem Herd eingeschaltet. Er war nicht ganz sicher, glaubte aber, dass das am Abend zuvor nicht der Fall gewesen war.

Die beiden stiegen aus dem Wagen. Der Regen hatte nachgelassen, aber es sah nicht danach aus, als werde er in nächster Zeit ganz aufhören.

»Hat das vor vierundzwanzig Jahren hier genauso ausgesehen?«, fragte Stiller und lehnte sich gegen die geöffnete Wagentür.

»Mehr oder weniger.«

Wisting trat ein paar Schritte auf die Garage zu. Im Kies vor dem Tor konnte er frische Reifenspuren ausmachen.

Im selben Moment wurde die Haustür geöffnet, und Martin Haugen trat auf die Treppe heraus. Die Katze flitzte zwischen seinen Beinen hindurch nach draußen.

»Hallo«, sagte er und schaute erst zu Wisting und dann zu Stiller.

Wisting grüßte mit einem Kopfnicken.

»Wir waren gerade in der Nähe«, sagte Wisting. »Ich wollte mal sehen, ob du zu Hause bist.«

»Ich war ein paar Tage in der Hütte«, erklärte Martin Haugen. »Hab versucht, das Dach zu reparieren. Da hat's durchgeregnet.«

»Ich war gestern hier«, fuhr Wisting fort.

Die Katze schmiegte sich an seine Beine.

Beide wussten, dass es um den Jahrestag von Katharinas Verschwinden ging, aber keiner sagte etwas dazu.

»Ich hab gesehen, dass du angerufen hast«, sagte Martin und nickte. »Wollt ihr nicht reinkommen?«

Wisting schüttelte den Kopf.

»Wir waren nur zufällig in der Nähe«, sagte er und ging zurück zum Wagen. »Ich komme heute Nachmittag noch mal vorbei. Wenn es dir passt.«

»Gern«, sagte Martin. »Ich hab nichts anderes vor.«

Adrian Stiller stieg wieder ein und schloss die Tür. Wisting verabschiedete sich mit einer Handbewegung und setzte sich hinter das Lenkrad. Martin Haugen blieb einen Augenblick auf der Treppe stehen, ging dann wieder hinein, ließ die Katze aber draußen im Regen stehen.

12

Als Wisting wieder auf die Hauptstraße einbog, wurde das Garagentor auf der gegenüberliegenden Straßenseite geöffnet.

»Steinar Vassvik«, sagte er und grüßte Haugens Nachbarn, der mit einem Öllappen in der Hand in der Garage stand und herübersah. »Wenn Sie sich in den Fall einlesen, werden Sie auf seinen Namen stoßen«, fuhr Wisting fort. »Er hat schon damals dort gewohnt.«

»Hat er ein Alibi?«

Wisting schüttelte den Kopf. »Das Problem ist, dass wir nicht wissen, wann genau Katharina Haugen verschwunden ist, aber Vassvik scheint der Letzte gewesen zu sein, der sie gesehen hat. Zwei Tage später hat er eine Haftstrafe angetreten. Er hat drei Jahre gesessen.«

Adrian Stiller fischte eine Packung Fisherman's Friends aus der Tasche, riss eine Ecke ab und ließ eine Pastille auf seine Handfläche fallen, bevor er sie in den Mund steckte.

»Erzählen Sie mir was über die Hütte«, sagte er und steckte die Packung wieder ein.

Wisting wusste, worauf Stiller hinauswollte.

»Haugens Hütte?«, fragte er dennoch.

Stiller nickte.

»Die liegt in Bamble, an der Grenze zu Skien, etwa eine Autostunde von hier entfernt«, erklärte Wisting. »Ist eine alte Bauernkate, die ganz für sich allein im Wald liegt. Ohne Wasser und Strom. Sein Großvater hat sie irgendwann in den Fünfzigerjahren instand gesetzt.«

»Sie haben dort natürlich schon nach Katharina Haugen gesucht?«

»Ja, aber es gab keinen Grund zur Annahme, dass sie sich dort aufhielt. Sie fühlte sich da nicht so wohl, und außerdem standen ja ihr Auto und ihr Motorrad bei ihr zu Hause. Um zur Hütte zu kommen, muss man ein paar Kilometer über einen abgesperrten Waldweg fahren und dann etwa eine Viertelstunde zu Fuß gehen. Die Schlüssel für das Haus und für die Wegschranke lagen in einer Schublade im Haus.«

»Aber Sie sind da gewesen?«

»Damals war ich nicht da, aber ich bin später zweimal mit Martin Haugen zum Angeln dort gewesen.«

Es knackte, als Adrian Stiller seine Pastille zerkaute. Wisting wirkte nachdenklich.

»Der Ort wäre gut geeignet, um dort einen Menschen gefangen zu halten«, sagte er.

Dass Martin Haugen hinter der Entführung von Nadia Krogh stecken sollte, kam Wisting immer noch unwahrscheinlich vor. Wenn, dann wäre die Hütte am Langen ein idealer Ort gewesen. Das Häuschen lag einsam im Wald und eine halbe Stunde von dem Ort entfernt, wo Nadia zuletzt gesehen worden war.

»Haben Sie eine Hypothese?«, fragte er. »Was ist mit Nadia geschehen? Wieso haben die Entführer nie wieder von sich hören lassen?«

»Irgendwas ist schiefgegangen«, mutmaßte Stiller. »Vielleicht wollte sie fliehen und wurde bei dem Versuch getötet. Vielleicht hatten die Entführer auch nicht den Mut, die Transaktion mit dem Geld zu Ende zu bringen, und dann haben sie Nadia irgendwo verhungern lassen.«

»Wie bei Charles Lindbergh«, warf Wisting ein.

Die Lindbergh-Entführung gehörte zu den bekanntesten Kriminalgeschichten weltweit. Der zweijährige Junge war 1932 aus einem Schlafzimmer im ersten Stock seines Elternhauses entführt worden. Die Kidnapper hatten einen Brief hinterlassen, in dem sie fünfzigtausend Dollar forderten. Das Geld wurde bezahlt, aber ohne Erfolg. Zwei Monate später wurde das Kind tot aufgefunden. Der Obduktionsbericht zeigte, dass der Junge an Verletzungen gestorben war, die normalerweise bei einem Sturz entstehen. Die Kidnapper hatten ihn vermutlich aus Versehen von der Leiter fallen lassen, die bei der Entführung verwendet worden war.

Stiller richtete sich auf dem Beifahrersitz auf.

»Was immer passiert ist, möchten wir, dass Sie das herausfinden«, sagte er.

Wisting wich einem Mann aus, der mit seinem Hund im Regen Gassi ging.

»Wovon reden Sie?«, fragte er.

»Sie kennen ihn am besten«, entgegnete Stiller. »Wir möchten gern, dass Sie versuchen, noch näher an ihn heranzukommen. Dass Sie ein Vertrauensverhältnis entwickeln und sich daraus vielleicht eine Situation ergibt, in der er sich Ihnen anvertraut.«

Wisting warf einen Blick auf seinen Nebenmann, sagte aber nichts. Das also hatte Stiller während der Besprechung verschwiegen. Stiller und seine Kollegen von der Kripo hatten einen Plan entwickelt, in dem Wisting eine wichtige Rolle übernehmen sollte.

»Wir haben da gute Erfahrungen aus anderen Fällen«, fuhr Stiller fort. »Infiltration kombiniert mit Überwachung, Lauschangriff und traditioneller Ermittlung ist sehr effektiv.«

»Er weiß, dass ich Polizist bin«, erwiderte Wisting. »Ich bin kein Agent, den man heimlich einschleusen kann.«

»Aber er weiß nicht, was Sie jetzt über den Fall Krogh wissen«, wandte Stiller ein und lächelte zum ersten Mal. »Das verschafft Ihnen einen Vorteil. Sie können zur rechten Zeit die passenden Bemerkungen machen. Ihm bestimmte Gedanken einpflanzen. Auf die richtigen Knöpfe drücken. So etwas können Sie doch ohnehin gut. Andere dazu bringen, sich zu verraten.«

Wisting schüttelte zaghaft den Kopf. Ihm war eine Rolle zugeteilt worden, die ihm nicht recht behagte. In einem Vernehmungsraum war das etwas anderes. Dort spielte man mit offenen Karten, aber was Adrian Stiller vorschlug, war eine Undercover-Aktion, die darauf abzielte, einen Menschen, den er gut kannte, in die Irre zu führen und zu betrügen.

»Wir haben uns schon grünes Licht von Ihrem Polizeipräsidenten geben lassen«, fuhr Stiller fort. »Ich schlage vor, dass Sie heute Abend anfangen, da Sie sowieso zu ihm hinfahren wollen.«

Wisting hielt vor dem Haupteingang des Polizeipräsidiums.

»Haben Sie schon eine Zugangskarte?«, fragte er.

Stiller nickte und klopfte sich auf die Brusttasche. Wisting deutete mit dem Kopf auf die Eingangstür.

»Ich muss noch was erledigen, bevor ich zurückkomme«, sagte er. »Sie können die anderen davon in Kenntnis setzen, dass Martin Haugen nicht länger vermisst wird.«

Adrian Stiller zögerte kurz, bevor er den Türgriff betätigte und die Autotür einen Spaltbreit öffnete.

»Was meinen Sie?«, fragte er.

»Wir können darüber reden, wenn ich zurück bin«, erwiderte Wisting.

Stiller nickte zur Antwort und trat in den Regen hinaus. Wisting lenkte den Wagen in die Mitte der Fahrbahn und fuhr schnell weiter.

13

Adrian Stiller blieb im Regen stehen und sah dem Wagen nach. Dann fischte er die Fisherman's-Friend-Packung aus der Tasche und schüttelte eine Pastille auf seine Hand, bevor er unter den Dachvorsprung des Polizeipräsidiums trat und sein Handy hervorzog.

Der Leiter der EU-Gruppe war Leif Malm. Seine Nummer war ganz oben in der Kurzwahlliste gespeichert. Er meldete sich gleich nach dem ersten Anrufsignal.

»Wie ist es gelaufen?«, wollte er wissen.

»Der Anfang war ein bisschen schwierig.« Stiller berichtete, dass Martin Haugen kurzzeitig vermisst worden, aber dann wieder aufgetaucht sei.

»Und? Ist Wisting dabei?«, fragte Malm.

Adrian Stiller kaute auf seiner Pastille herum.

»Ich weiß es noch nicht«, gab er zurück. »Anscheinend gefällt es ihm nicht, dass wir die ganze Sache hinter seinem Rücken geplant haben.«

»Er ist ein vernünftiger Mann«, sagte Malm. »Er wird es verstehen.«

Die Türen des Polizeipräsidiums glitten auf. Stiller trat in den Eingangsbereich, nickte dem Beamten hinter der Glaswand zu und zog seine Zugangskarte durch das Lesegerät.

»Außerdem ist er viel zu engagiert, um jetzt Nein zu sagen«, fuhr Malm fort. »Er macht lieber mit, anstatt außen vor zu stehen.«

Stiller vergewisserte sich, dass er allein war.

»Wie sieht es mit der Kommunikationsüberwachung aus?«, fragte er und ging die Treppe hinauf.

»Wir haben zwei Wochen bekommen. Alles ist eingerichtet und ab 15 Uhr aktiv.«

Stiller öffnete die nächste Tür mit seiner Zugangskarte.

»Gut«, sagte er. »Ich melde mich heute Nachmittag wieder.«

Sie beendeten das Gespräch. Stiller schob das Handy in seine Tasche und blieb einen Augenblick nachdenklich stehen. Der Erfolg der ganzen Abhöraktion setzte voraus, dass Martin Haugen die Entführung nicht allein bewerkstelligt hatte und sich nun gezwungen sah, mit dem oder den Komplizen Kontakt aufzunehmen, sofern Wisting auf die richtigen Knöpfe drückte. Durch die Kommunikationsüberwachung würden sie erfahren, mit wem er Kontakt hatte und worüber sie sprachen, und zwar nicht nur am Telefon, sondern auch über E-Mail und andere elektronische Kommunikationsmittel. Sein Handy würde darüber hinaus als Ortungsgerät fungieren, sodass sie zu jeder Zeit seinen Aufenthaltsort kannten. Jedenfalls solange es eingeschaltet blieb.

Nils Hammer kam ihm mit einem riesigen Kaffeebecher in der einen und einem Stapel Papiere in der anderen Hand entgegen.

»Schon zurück?«, fragte er.

»Martin Haugen ist doch nicht verschwunden«, erklärte Stiller. »Er war bloß in seiner Hütte.«

Hammer lächelte. »Und was passiert jetzt?«

»Ich wüsste gern, welche Ermittler für den Fall abkömmlich sind. Heute Nachmittag würde ich dann eine weitere Besprechung abhalten.«

Nils Hammer nickte.

»Vorläufig sind das nur Wisting und ich.«

Zwei Mann waren wenig, dachte Stiller. Aber es müsste ausreichen, bis sich neue Anhaltspunkte ergaben. Er war der einzige Vertreter der EU-Gruppe und konnte in diesem Fall, der streng genommen gar nicht den Polizeidistrikt betraf, nicht mehr verlangen.

»Vorher würde ich gern einen Blick in die Akten zum Fall Katharina Haugen werfen«, fuhr er fort. »Sind die inzwischen aufgetaucht?«

Hammer nahm einen Schluck Kaffee und schüttelte dann den Kopf.

»Fragen Sie mal bei Bjørg Karin nach, ob sie die gefunden hat«, schlug er vor und deutete mit dem Becher in der Hand auf das Büro der Kriminalaktenverwaltung. »Wenn die sie nicht findet, dann sind sie nicht im Archiv.«

Stiller ging hinüber zu dem Büro. Er hatte die lebhafte Frau am Schreibtisch schon vor der Morgenbesprechung kennengelernt.

»Hammer schickt mich zu Ihnen«, sagte er. »Ich möchte mir den Fall Katharina Haugen ansehen.«

Bjørg Karin schüttelte den Kopf und lächelte nachsichtig.

»Ich bin heute Vormittag unten im Archiv gewesen. Das ist kein Fall, der in einer gewöhnlichen Archivierungsbox Platz fände. Vermutlich sind die Unterlagen irgendwo zusammen mit anderen gelagert, die ab und an mal hervorgeholt werden. Ich werde Wisting bitten, sich darum zu kümmern.«

Stiller gefiel die Antwort nicht, aber er erwiderte Bjørg Karins Lächeln.

»Es eilt ein wenig«, sagte er, drehte sich um und ging zu dem Büro, das man ihm zur Verfügung gestellt hatte. Ein Standardbehördenzimmer mit hellgrauen Wänden und einem Schreibtisch in Winkelform. Auf der hellen Furnierplatte stand ein Computerbildschirm.

Die Luft war abgestanden. Er trat ans Fenster. Die Vorhänge waren grün, mit einem undefinierbaren Muster. Sie waren zur Seite gezogen und gaben die Sicht auf eine graue Hauswand auf der anderen Straßenseite frei.

Stiller öffnete das Fenster und sah sich um. Auf einer Korktafel über dem Schreibtisch hatte der Letzte, der das Büro benutzt hatte, ein paar bunte Pinnwandnadeln hinterlassen. An der Wand hingen ein Kalender aus dem Vorjahr und ein Plakat mit der Aufforderung: *Sag Nein zu Drogen!*

Der verschlissene Bürostuhl hatte keine Armlehnen. Es knirschte, als Stiller sich hinsetzte. Der Computer war noch langsamer als die, die er gewohnt war. Es dauerte eine Ewigkeit, bis er überhaupt nach Benutzernamen und Passwort gefragt wurde, und es schien noch länger zu dauern, bis er endlich im System war.

Alles ging langsamer, als er geplant hatte. Das störte ihn. Er sah auf die Uhr. Es war 13:42 Uhr. Er hatte damit gerechnet, um diese Zeit schon die wichtigsten Aspekte des Falls Katharina Haugen zu kennen und in der Lage zu sein, die örtlichen Polizeibeamten über seinen Plan in Kenntnis zu setzen.

Die Wiederaufnahme der Krogh-Entführung war der erste Fall, für den er in der EU-Gruppe verantwortlich zeichnete. Es war ihm wichtig, einen Erfolg zu verbuchen.

Dabei entdeckte er zumindest auf den ersten Blick kaum Ähnlichkeiten zwischen den Fällen, mal davon abgesehen, dass es bei beiden um verschwundene Frauen ging. Martin Haugen schien das einzige verbindende Element zu sein. Das war zwar interessant, führte aber streng genommen nur zu Komplikationen. Dennoch freute es ihn. Denn es bedeutete, dass der Fall Katharina Haugen im Fahrwasser des anderen Falls gelöst werden könnte.

14

William Wisting fuhr rückwärts in die Einfahrt und so dicht an die Haustür heran wie möglich. Dann schloss er auf, durchquerte das Haus und betrat das Wohnzimmer. Seine Schuhe hinterließen feuchte Stellen auf dem Fußboden.

Der Pappkarton mit den Akten zum Fall Katharina Haugen stand geöffnet neben dem Sessel. Wisting sammelte alle herumliegenden Ordner ein und legte sie zurück. In einem der Ordner gab es ein paar lose Blätter. Ein Bericht, an dem mit einer Büroklammer ein Foto befestigt war, fiel auf den Boden. Die Klammer löste sich. Wisting hob alles auf und blieb mit dem Bild in der einen und dem Bericht in der anderen Hand mitten im Zimmer stehen.

Das Foto zeigte die drei Klebezettel, die am Spiegel über der Kommode im Flur der Haugens befestigt gewesen waren. Das Blitzlicht der Kamera wurde vom Spiegel reflektiert, und die Konturen des Kriminaltechnikers, der die Aufnahme gemacht hatte, waren zu erkennen.

Der Bericht enthielt Antworten auf das, was sich hinter den häuslichen Notizen verborgen hatte. Der Zettel mit Datum und Uhrzeit bezog sich auf einen Friseurtermin, der zwei Wochen vor Katharinas Verschwinden vereinbart worden war. Katharina wollte sich die Haare schneiden und färben lassen. Im Friseursalon hatte man allerdings herausgefunden, dass der Termin ein paar Tage später wieder abgesagt worden war. Der Name und die Telefonnummer auf dem zweiten Zettel waren die eines Chormitglieds. Der auf dem dritten Zettel vermerkte

Betrag von 125 Kronen war für ein gemeinschaftliches Geburtstagsgeschenk vorgesehen: Der Chorleiter wurde fünfzig. AML waren die Initialen von Anne Marie Larsen, die das Geld von allen eingesammelt hatte.

Genau solche Dinge waren in den Tagen und Wochen nach Katharinas Verschwinden untersucht worden. Es waren diese Details, die dahintersteckten, wenn die Zeitungen schrieben, dass die Polizei jeden Stein umdrehte. Winzige Puzzlestücke aus dem Leben von Katharina Haugen, die zu einem Bild zusammengesetzt wurden. Allerdings tauchten bei jeder Antwort auch neue Fragen auf. Weswegen hatte Katharina beabsichtigt, sich die Haare schneiden und färben zu lassen, und warum hatte sie den Friseurtermin wieder abgesagt?

Wisting legte den Bericht mit dem Foto zurück in den Ordner und trug den Karton zum Wagen. Dann ging er hinauf ins Schlafzimmer und holte die beiden anderen Kartons, die immer noch im Schrank standen. Sie waren groß und schwer. Er musste zweimal gehen.

Als er den Kofferraumdeckel zuklappte, stand plötzlich Line neben dem Wagen. Sie trug Regenzeug und Gummistiefel und hatte die Kapuze ihrer Regenjacke über den Kopf gezogen.

»Räumst du auf?«, fragte sie und zupfte die Regenabdeckung am Kinderwagen zurecht.

»War ja mal an der Zeit, dachte ich«, erwiderte Wisting mit einem Lächeln.

»Ich dachte, du wärst vielleicht zu Hause und würdest den Teig vorbereiten«, kommentierte Line.

Wisting verstand nicht, was sie meinte.

»Den Pizzateig«, sagte sie. »Thomas kommt doch heute Abend.«

»Richtig, ja, darum kümmere ich mich später«, erwiderte Wisting, ohne zuzugeben, dass er Thomas und die Pizza vergessen hatte. »Der Teig muss ja bloß eine Stunde gehen«, sagte er und stellte sich unter den Dachvorsprung an der Haustür. »Habt ihr eine längere Tour geplant?«

Er deutete auf den Kinderwagen, von dem das Wasser herabtropfte.

»Die haben wir schon hinter uns, jetzt geht's nach Hause.«

»Dann sehen wir uns heute Abend«, sagte Wisting und ging wieder zum Wagen. »Pizzaabend.«

Er setzte sich hinein, startete den Motor, ließ aber das Seitenfenster an der Beifahrerseite herunter und beugte sich vor.

»Ich wollte dich noch was fragen«, sagte er. »Hast du Zugang zu alten *VG*-Ausgaben?«

Line nickte und zog die Kapuze ihrer Regenjacke tiefer ins Gesicht.

»Weshalb fragst du?«

Wisting wusste nicht recht, was er antworten sollte. Er wollte die Zeitung sehen, aus der Martin Haugen Wörter und Buchstaben ausgeschnitten haben sollte, zögerte aber, den Drohbrief und die Krogh-Entführung zu erwähnen.

»Ich wollte mir nur mal eine alte Zeitung anschauen«, sagte er und machte eine fast unmerkliche Kopfbewegung in Richtung der Kartons im Kofferraum, als ob die Zeitung damit in Zusammenhang stünde.

»Die kannst du dir selbst raussuchen«, sagte Line. »Steht alles im Internet. Man muss dafür bezahlen, aber ich kann dir einen Link mit Benutzernamen und Passwort schicken.«

»Das wäre lieb.«

Wisting ließ die Scheibe wieder hochgleiten, wartete aber, bis Line mit dem Kinderwagen auf die Straße getreten war, bevor er das Auto in Bewegung setzte. Er hatte eine Tüte Weizenmehl im Küchenschrank stehen, das wusste er. Vielleicht auch ein Päckchen Trockenhefe, aber da war wahrscheinlich das Haltbarkeitsdatum überschritten. Aber er musste sowieso Käse und Belag für die Pizza einkaufen.

15

In der Garage des Polizeipräsidiums stellte Wisting den Wagen auf dem Waschplatz ab, ließ sich eine Sackkarre für die Kartons mit den Unterlagen zum Fall Katharina Haugen geben und brachte sie hinauf in die Kriminalaktenverwaltung.

Bjørg Karin musterte ihn von ihrem Schreibtisch aus.

»Der Fall Katharina Haugen«, erklärte er und stellte die Pappkartons auf den Boden. »Jemand von der Kripo wird sich danach erkundigen.«

»Der war schon hier.«

»Er kommt zurück«, versicherte er und rollte die leere Sackkarre durch den Gang vor sein Büro. Er würde sie später zurückgeben.

Der Computerbildschirm verriet, dass er jetzt Zugang zur elektronischen Version des Krogh-Falls hatte. Es dauerte eine ganze Weile, bis alle eingescannten Unterlagen heruntergeladen waren. Sie stammten aus einer Zeit, in der Ermittlungsberichte mit der Schreibmaschine geschrieben wurden. Wisting interessierte sich allerdings für eines der neueren Dokumente, aus dem hervorging, dass Martin Haugens Fingerabdrücke im Zusammenhang mit der Krogh-Entführung aufgetaucht waren.

Er sortierte alle Dokumente in chronologischer Reihenfolge, die aktuellsten landeten ganz oben in der Liste. Eines davon war ein beim Amtsgericht eingereichter Antrag auf Kommunikationsüberwachung. Wisting öffnete das Dokument, das den betreffenden Bescheid enthielt, und sah, dass der Antrag bewilligt worden war.

Der von der Kripo angefertigte Bericht über die Fingerabdrücke war vier Seiten lang und enthielt auch die fotokopierten Briefe der Entführer. In dem Bericht wurde zunächst beschrieben, wie der originale Erpresserbrief im Jahr 1987 mit Magna Brush behandelt worden war. Wisting erinnerte sich, wie er an der Polizeischule gelernt hatte, das eisenhaltige Fingerabdruckpulver zu benutzen, um es dann später selbst an verschiedenen Tatorten einzusetzen. Noch immer war dies die einfachste Methode, nach Fingerabdrücken zu suchen. Der Bericht beschrieb dann weiter, wie im Laufe der Neunzigerjahre zunehmend Ninhydrin zur Sichtbarmachung von Fingerabdrücken auf Papier und anderen porösen Materialien zum Einsatz gekommen war. Wisting wusste, dass der chemische Stoff mit den Aminosäuren im Schweiß reagierte und eine lila Farbspur hinterließ. Als die Erpresserbriefe abermals untersucht worden waren, hatte man sich dieser Methode bedient. Daraufhin konnten auf dem ersten Brief drei Abdrücke nachgewiesen werden. Die beigefügte Kopie war die gleiche, die Adrian Stiller zuvor präsentiert hatte. Wisting sah sich den ersten Brief noch einmal an: *Wir haben Nadia. Ihr könnt sie zurückbekommen. Der Preis ist drei Millionen Kronen. Genauere Anweisungen folgen.* An drei Stellen war mit einem Bleistift markiert, wo Martin Haugens Fingerabdrücke nachgewiesen worden waren. Es bestanden keinerlei Zweifel.

Wistings Handy kündigte den Eingang einer SMS an. Er sah nach und stellte fest, dass Line ihm einen Benutzernamen und ein Passwort für das *VG*-Archiv geschickt hatte. Gerade als er das Telefon weglegte, bekam er eine E-Mail mit dem gleichen Inhalt. Er klickte den angehängten Link an und konnte sich direkt einloggen.

Sofort startete er einen Versuch und gab »Nadia Krogh« in das Suchfeld ein. Der Bildschirm füllte sich mit zahlreichen Miniaturbildern verschiedener Zeitungsausgaben, in denen der

Name auftauchte. Insgesamt neunundachtzig Mal hatte die *VG* über sie geschrieben. Da der Name nicht ganz gewöhnlich war, ging Wisting davon aus, dass sich alle Treffer auf den Entführungsfall bezogen. Einige davon zeigten relativ schlechte Aufnahmen von Zeitungsseiten in Schwarz-Weiß. Die Fotos waren undeutlich, der Text hingegen einigermaßen lesbar. Die meisten Einträge stammten aus dem Herbst, in dem sie verschwunden war, aber es gab auch ein paar Treffer neueren Datums über das noch immer ungelöste Kriminalmysterium. Einige Male war der Fall auch in Artikeln über andere Entführungen erwähnt worden.

Wisting führte eine entsprechende Suche nach Katharina Haugen durch. Es gab ganze vier Treffer in der Hauptstadtzeitung. Die Krogh-Entführung war für die Medien anscheinend interessanter gewesen als der Fall Katharina Haugen. Erpresserbriefe und Lösegeldforderungen wirkten offenbar reizvoller als ein mutmaßlicher Selbstmord.

Wisting widmete sich wieder dem Bericht über die Fingerabdrücke. Die Ermittler hatten die Ausgabe der Zeitung, aus der die ausgeschnittenen Wörter stammten, identifiziert und wussten sicher auch, wie viele Exemplare damals gedruckt und in welchen Kiosken sie verkauft worden waren. Doch Wisting interessierte etwas anderes. Ihm war aufgefallen, dass der erste Erpresserbrief mit *Die grauen Panther* unterschrieben war, wohingegen in dem zweiten nur *Die grauen* stand. Die drei Wörter *Die grauen Panther* waren fett gedruckt und als Ganzes aus einer Zeitung ausgeschnitten worden. Sie hatten auch in der betreffenden Ausgabe direkt hintereinandergestanden, wohingegen *Die grauen* aus zwei einzelnen Wörtern zusammengesetzt war.

Er rief wieder das *VG*-Archiv auf und gab »Die grauen Panther« in Anführungszeichen in das Suchfeld ein. Drei Treffer. Die grauen Panther waren eine politische Organisation, die sich für die Rechte pensionierter Arbeitnehmer einsetzte. Zwei der

Treffer stammten vom Dezember 1987, drei Monate nach Nadia Kroghs Entführung, der letzte allerdings bezog sich auf eine Ausgabe, die drei Wochen davor, am 27. August 1987, erschienen war.

Wisting rief den Artikel auf und fand *Die grauen Panther* in der Bildunterschrift zu einem Foto, das den Ehrenvorsitzenden der Organisation zeigte.

Wisting ordnete die Fenster auf dem Bildschirm so an, dass sich die Zeitungsseite auf der einen und die Erpresserbriefe auf der anderen Hälfte befanden. Er verglich beide Seiten miteinander und stieß auf drei weitere Wörter, die sehr wahrscheinlich aus demselben Artikel stammten. *Preis*, *Millionen* und *Kronen*.

Die Fingerabdrücke waren auf den Wörtern *Panther* und *Millionen* gefunden worden sowie auf den letzten drei Buchstaben von *Nadia*. Der Name war aus den Ausschnitten *Na* und *dia* zusammengesetzt worden. Wisting startete in der ihm vorliegenden Ausgabe eine Suche nach *dia*. Es gab mehrere Treffer, bei denen das Wort *Multimedia* vorkam, und einen mit dem Wort *diagonal*.

Er rief die Titelseite der Zeitungsausgabe auf. Darauf ging es unter anderem um einen bewaffneten Raubüberfall in Bodø und einen Waghalsigen, der als einer der Ersten mit einem Fallschirm vom Felsen Prekestolen gesprungen war. Der Leitartikel auf Seite zwei beschäftigte sich mit dem damaligen Kommunalwahlkampf.

Irgendwann vor sechsundzwanzig Jahren hatte Martin Haugen einmal durch die gleiche Zeitungsausgabe geblättert. Daran bestand kein Zweifel.

Wisting stand auf und ging hinüber zum Büro der Kriminalaktenverwaltung. Einer der Kartons zum Fall Katharina Haugen war nicht mehr da. Wisting öffnete einen der anderen und nahm einen Ordner mit der Aufschrift *Finanzen* heraus.

Im Zusammenhang mit Katharinas Verschwinden waren

die Finanzen des Ehepaars Haugen genau unter die Lupe genommen worden. In erster Linie sollte überprüft werden, ob Katharina Geld abgezweigt haben könnte, um woanders ein neues Leben zu beginnen. Die Untersuchung hatte jedoch keine Hinweise darauf ergeben. Im Lichte der Krogh-Entführung betrachtet, gab es allerdings Hinweise, die eine Beteiligung von Martin Haugen aus rein finanziellen Motiven zumindest denkbar erscheinen ließen. Zwei Jahre vor Katharinas Verschwinden hatten die beiden Schwierigkeiten mit der Rückzahlung ihres Immobiliendarlehens bekommen. Die Situation hatte sich verschärft, als Martin nach Katharinas Verschwinden alle Ausgaben allein bestreiten musste. Nur durch eine Zinssenkung auf dem Kapitalmarkt hatte er das Haus behalten können.

Gerade als Wisting sich wieder vor den Bildschirm in seinem Büro gesetzt hatte, tauchte Nils Hammer an der Tür auf.

»Stiller möchte sich um drei Uhr noch mal mit uns zusammensetzen«, sagte er.

Wisting sah auf die Uhr. Bis dahin war es nur noch eine knappe Viertelstunde.

»Halb vier«, gab er zurück und öffnete wieder den Aktenordner. Das zuoberst liegende Dokument stand in Zusammenhang mit der Ausbezahlung einer Versicherungspolice, die auf Katharina Haugen ausgestellt war.

»Später als drei wird's wohl nicht gehen«, meinte Hammer. »Der Polizeipräsident und seine Kollegin aus Telemark kommen und der Staatsanwalt auch.«

Wisting hob den Kopf und sah Hammer an. Er begriff sehr wohl, was Stiller beabsichtigte. Die Anwesenheit der Polizeipräsidenten und des Staatsanwalts sollte Wisting unter Druck setzen, damit er sich mit dem Plan einverstanden erklärte, den die EU-Gruppe entwickelt hatte.

»In Ordnung«, sagte er und konzentrierte sich wieder auf die Papiere in dem Ordner.

Die Auszahlung der Versicherungssumme war erst vier Jahre nach Katharinas Verschwinden erfolgt. Dies entsprach den allgemeinen Gepflogenheiten bei der staatlichen Straßenbaubehörde, von denen Martin Haugen aber keine Kenntnis gehabt hatte. Wisting hatte ihm dabei geholfen, die Summe ausbezahlt zu bekommen. Es hatte sich um 100 000 Kronen gehandelt. Diese waren erst überwiesen worden, nachdem das zuständige Amtsgericht Katharina Haugen als verstorben erklärt hatte.

Wisting blätterte weiter und fand schließlich das, wonach er gesucht hatte. Es war die Kopie eines Briefes von der Sparkasse zum Thema Zahlungsrückstände, in dem vor einer möglichen Zwangsversteigerung des Hauses gewarnt wurde. Martin Haugen und die Bank waren letztlich zu einer Einigung gekommen, sodass die Maßnahme abgewendet werden konnte, aber der Brief war auf den 14. September datiert, fünf Tage vor Nadia Kroghs Entführung.

Nebenbei hatte Wisting eine Zeitleiste auf einen Zettel gezeichnet, auf die er die Daten der Entführung, des Briefs von der Bank sowie der beiden Erpresserbriefe eintrug. Was allerdings nicht hineinpasste, war, dass die besagte Zeitung vom 27. August stammte, also drei Wochen vor der Entführung erschienen war. Nichts war so alt wie die Zeitung von gestern. Deshalb hatten die meisten Menschen alte Zeitungsausgaben auch nicht wochenlang bei sich herumliegen. Wisting konnte sich nicht erinnern, bei seinen Besuchen bei Martin Haugen irgendwelche Zeitungsstapel gesehen zu haben. Dazu kam, dass seinerzeit auch noch kein Altpapier gesammelt wurde. Zeitungen wurden entweder verbrannt oder landeten mit anderen Dingen im Müll.

Sechsundzwanzig Tage lagen zwischen dem Tag, an dem Martin Haugen in der Zeitung geblättert hatte, und dem Tag, an dem der erste Brief bei den Eltern von Nadia Krogh aufgetaucht war. Es konnte mehrere Erklärungen dafür geben, dass ausgerechnet diese Zeitung verwendet worden war. Es konnte sogar sein, dass der Täter sie irgendwo aus dem Müll gefischt und mitgenommen hatte.

Wisting überflog auf dem Bildschirm die Zeitung, während er nach weiteren plausiblen Erklärungen suchte. Es war denkbar, dass Martin Haugen die Zeitung bei der Arbeit gelesen hatte. Als Nadia Krogh entführt wurde, hatte er auf einer Straßenbaustelle außerhalb von Porsgrunn gearbeitet. In dieser Gegend hatte er Katharina kennengelernt, aber Porsgrunn war auch Nadia Kroghs Heimatstadt.

Wisting war bei den Sportseiten und einem Artikel über die Marathonläuferin Grete Waitz angelangt, die wegen einer Verletzung nicht bei der Weltmeisterschaft in Rom teilnehmen konnte. Dann hielt er inne und blätterte zurück. Irgendetwas hatte seine Aufmerksamkeit erregt.

Er las die Überschrift des Artikels, den er übersprungen hatte, betrachtete das Foto und las auch die Bildunterschrift zweimal. Es war so, als blickte er in ein gleißendes Licht. Das Gefühl kam aus dem Nichts und lieferte ihm das, was er brauchte. Die Gewissheit darüber, dass Martin Haugen in Nadia Kroghs Entführung verwickelt war.

16

Adrian Stiller beobachtete den Sekundenzeiger an der Wanduhr im Besprechungsraum. Er hatte sich in diesem Moment dreiundvierzig Sekunden über 15 Uhr hinausbewegt.

Der Staatsanwalt und die beiden Polizeipräsidenten hatten ihre Plätze eingenommen. Christine Thiis und Nils Hammer waren ebenfalls anwesend. Der Einzige, der auf sich warten ließ, war William Wisting. Noch war es zu früh, dem eine Bedeutung beizumessen. Es konnte heißen, dass er sich Stillers Plan widersetzte und dies deutlich markieren wollte, aber es konnte auch eine ganz natürliche Erklärung geben.

Der Polizeipräsident füllte die Tasse seiner Kollegin aus Telemark. Beide trugen Uniform. Ivan Sundt war erst seit zwei Jahren als Chef der Polizei in Larvik tätig. Die Polizeipräsidentin aus Telemark konnte mehr Erfahrung vorweisen. Sie hieß Agnes Kiil und hatte den Medien erst kürzlich in einem größeren Rauschgiftfall Rede und Antwort gestanden. Sie war anwesend, weil der Fall Krogh eigentlich in den Polizeidistrikt Telemark und somit in ihren Verantwortungsbereich fiel. Ivan Sundt hatte die oberste Befehlsgewalt in dem Polizeidistrikt, in dem die Ermittlungen durchgeführt werden sollten. Beide hatten sich auf die Leitungsstelle für den neuen, zusammengelegten Polizeidistrikt beworben. Ein Durchbruch im Fall Krogh könnte sich für beide als karrierefördernd erweisen. Vermutlich würde es aber lange dauern, bis eine Lösung in Sichtweite kam, und noch länger, bis sich dafür irgendwelche Lorbeeren einheimsen ließen.

Wisting betrat den Raum mit zwei Minuten Verspätung. Er schloss die Tür hinter sich und begrüßte die Polizeipräsidenten und den Staatsanwalt mit einem Kopfnicken.

»Entschuldigen Sie meine Verspätung«, sagte er und legte einen Stapel Papiere auf den Tisch, ehe er sich setzte.

Bevor jemand anderer dazukam, ergriff Stiller das Wort. Er war zwar Gast im Polizeipräsidium, aber das hier war seine Show. Sein Fall.

»Danke, dass Sie gekommen sind«, begann er. »Ein paar von Ihnen hatten weniger Vorbereitungszeit als andere, umso mehr freue ich mich, dass Sie hier sind.«

Er räusperte sich und schob ein paar Papiere hin und her.

»Wie Ihnen bekannt ist, wurden die Ermittlungen im Fall Krogh wieder aufgenommen. Vor dem Hintergrund neuer Sachbeweise gilt Martin Haugen als Verdächtiger. Bis zu einer offiziellen Beschuldigung und eventuellen Verhaftung möchten wir eine eher unkonventionelle Ermittlungsmethode einsetzen.«

Er legte eine Pause ein, um Raum für Kommentare zu schaffen. Die Polizeipräsidentin aus Telemark nutzte die Gelegenheit:

»Ich persönlich bin sehr froh über diese Entwicklung«, begann sie. »Ein ungelöster Vermisstenfall wie dieser stellt eine große Belastung für die Familie und das Umfeld dar. Solche Geschehnisse erzeugen Unsicherheit, führen zu Spekulationen und schwächen das Vertrauen in die Polizei.«

Ivar Sundt stimmte zu und wandte sich an Wisting: »Diese Sache hat jetzt erst einmal oberste Priorität.«

Adrian Stiller äußerte sich kurz zu dem neuen Bericht über die Fingerabdrücke.

»Der Fall lässt sich allerdings nicht allein aufgrund der neuen Funde klären«, fuhr er fort. »Wir werden weitere Beweise und Indizien beschaffen müssen.«

»Und wie?«, fragte Ivar Sundt.

Stiller vermied es, Wisting anzusehen.

»In erster Linie durch Infiltration«, erwiderte er. »Wie den meisten bekannt sein dürfte, besteht bereits ein enges Band zwischen Martin Haugen und William Wisting. Das wollen wir uns zunutze machen.«

»Inwiefern?«, wollte Sundt wissen.

»Haugen trägt sein Geheimnis schon lange mit sich herum«, führte Stiller weiter aus. »Wir wollen versuchen, ihn dazu zu bringen, es zu lüften. Das ist aber etwas, was nur in vertrauter Umgebung stattfinden kann«, sagte er und richtete den Blick auf Wisting. Es fiel ihm schwer, dessen Gesichtsausdruck zu deuten.

»Haben Sie schon einen detaillierten Plan ausgearbeitet?«, fragte der Polizeipräsident.

Stiller nickte nachdenklich, um den Eindruck zu erwecken, dass sein Plan schon weiter gediehen sei, als es tatsächlich der Fall war.

»In der nächsten Woche wird bekannt gegeben, dass die EU-Gruppe die Ermittlungen im Fall Krogh wieder aufgenommen hat. Wir werden die Erpresserbriefe veröffentlichen und rechnen mit einem großen medialen Interesse. Das wird dann das Stemmeisen, um den Fall zu knacken. Wir sorgen dafür, dass Wisting bei Haugen ist, wenn die Nachrichten gesendet werden. Dann haben wir seine unmittelbare Reaktion und können ihn in die richtige Richtung stoßen.«

Der Staatsanwalt richtete sich etwas auf.

»Sind Sie dafür bereit, Wisting?«

Die Antwort kam schneller und fiel deutlicher aus, als Stiller erwartet hatte.

»Ja.«

»Keine persönlichen oder ethischen Bedenken?«

Der erfahrene Ermittler schüttelte den Kopf. Stiller wollte fortfahren, aber Wisting war noch nicht fertig.

»Ich habe die ethischen Grenzen schon vor langer Zeit überschritten«, sagte er.

Im Raum wurde es still.

»Als ich den Kontakt zu Martin Haugen wieder aufnahm, nachdem die Ermittlungen im Fall Katharina eingestellt worden waren, tat ich das, weil ich ihm nicht geglaubt habe«, fuhr er fort. »Ich hatte den Eindruck, dass er etwas verbarg. Bis heute glaube ich, dass er weiß, was mit Katharina geschehen ist, und ich habe in meinen Gesprächen mit ihm versucht, sein Geheimnis aus ihm herauszukitzeln.«

Die Stille hielt an.

»Wie kommst du darauf?«, fragte Christine Thiis nach einer Weile.

Wisting überlegte. Der Fall Katharina Haugen kam ihm vor wie ein Musikstück mit falschen Noten, aber es fiel ihm schwer, das den anderen zu erklären.

»Es geht um Nuancen«, sagte er. »Winzige Details in seinen Äußerungen, die sich manchmal verändern, wenn wir uns unterhalten. Nennen wir es Intuition oder Bauchgefühl. Ich hatte die ganze Zeit das Gefühl, dass irgendetwas nicht stimmt, und ich würde gern versuchen, mehr herauszufinden.«

Nils Hammer hatte sich zu seinem Kollegen gedreht. »Du hast also eine falsche Freundschaft angefangen?«, fasste er zusammen. »Beruhend auf deinem Bauchgefühl?«

»So hat es sich zumindest entwickelt«, sagte Wisting und nickte.

»Er ist zur Beerdigung deiner Frau gekommen«, erinnerte Hammer ihn.

»Viele waren da«, entgegnete Wisting.

»Und was ist bisher dabei herausgekommen?«, wollte Christine Thiis wissen.

»Nicht viel mehr, als dass sich mein Verdacht verstärkt hat«, gab Wisting zurück.

»Gut«, mischte sich die Polizeipräsidentin aus Telemark ein. »Wann startet diese Operation?«

»Wir haben umfassende Überwachungsmaßnahmen veranlasst, die bereits im Gange sind«, erklärte Stiller. »Wisting wird Haugen heute Nachmittag einen Besuch abstatten. Das ist der Startschuss. Dann sehen wir weiter.«

Die Besprechung drehte sich noch um die Klärung einzelner Formalitäten, ehe schließlich der Staatsanwalt und die beiden Polizeipräsidenten aufbrachen.

Adrian Stiller sah Wisting an.

»Danke«, sagte er. »Ohne Sie würden wir das niemals hinbekommen.«

Wisting nickte.

»Heute Vormittag schienen Sie noch sehr zu zweifeln«, fuhr Stiller fort. »Was hat Sie dazu veranlasst, jetzt doch mitzumachen?«

»Die *VG*«, erwiderte Wisting.

»Die *VG?*«, wiederholte Stiller verwundert.

Wisting drehte den Papierstapel herum, der vor ihm auf dem Tisch lag. Stiller erkannte die Titelseite der *VG*-Ausgabe, aus der die Buchstaben für den Erpresserbrief herausgeschnitten worden waren.

»Martin Haugen ist kein Zeitungsleser«, sagte Wisting und schob die Ausdrucke zu Stiller hinüber. »Ich kenne ihn. Er hat nicht mal die Lokalzeitung abonniert, und mit einer überregionalen Tageszeitung habe ich ihn nie gesehen.«

»Aha«, erwiderte Stiller und sah prüfend auf den ersten Ausdruck.

Wisting deutete mit dem Kopf auf den Papierstapel.

»Seite 17«, sagte er.

Stiller blätterte vor. Die Überschrift des Artikels lautete *Bessere Fahrbahn.* Es ging um eine neue Sorte Asphalt, die auf der Neubaustrecke der E18 durch Telemark verlegt werden sollte.

Der Belag sollte weniger Staubpartikel verursachen und den Lärm reduzieren.

»Nummer zwei von links«, erklärte Wisting.

Stiller betrachtete das Foto, auf dem fünf Straßenarbeiter vor einer Dampfwalze standen, aber erst, als er den Namen in der Bildunterschrift entdeckte, wurde ihm klar, womit er es eigentlich zu tun hatte.

»Martin Haugen!«, rief er.

Nils Hammer und Christine Thiis erhoben sich und kamen näher.

»Ich fand es eigenartig, dass ein Erpresserbrief aus Wörtern und Buchstaben einer fast vier Wochen alten Zeitung zusammengesetzt wurde. Insbesondere weil Haugen weder Zeitungen liest noch kauft. Aber natürlich ist klar, dass er an dem Tag eine Zeitung kauft, an dem er selbst darin abgebildet ist. Und ebenso klar ist, dass er die nicht sofort wieder wegwirft, sondern aufhebt.«

Stiller lehnte sich zurück. Er konnte nicht begreifen, dass der Polizei die Verbindung zwischen Martin Haugen und der Zeitung entgangen war. Allerdings hatte auch noch kein Verdacht gegen ihn bestanden, als die Zeitungsausgabe identifiziert worden war. Damals war sein Name nur zufällig auf Seite 17 gelandet. Ab jetzt würde sich alles nur um ihn drehen.

William Wisting erhob sich.

»Dann fangen wir an«, sagte er. »Ich fahre jetzt los und besuche Martin Haugen.«

17

Wisting hatte vergessen, dass er den Wagen auf dem Waschplatz in der Tiefgarage des Polizeipräsidiums abgestellt hatte. Erst als er auf den Hof trat, erinnerte er sich, schloss die Tür zur Garagenanlage auf, ging zum Wagen und fuhr dann hinaus in den Regen, in Richtung Kleivervei.

Im Laufe seines Berufslebens war er vielen Lügnern und Betrügern begegnet. Menschen, die nicht die Wahrheit sagten, sondern Geschichten auftischten, die ihnen besser passten. Einige davon hatte er geglaubt, andere durchschaut und viele bewusst ignoriert.

Seine lange Erfahrung machte es ihm leichter, eine Lüge zu erkennen. Wenn man aus einem Vernehmungsraum kam und überzeugt war, dass die befragte Person gelogen hatte, war oft von Intuition oder Bauchgefühl die Rede. Wisting aber hatte gelernt, dass es eigentlich eher darum ging, winzige Abweichungen in den Gefühlsreaktionen eines Menschen zu registrieren. Was Martin Haugen betraf, hatte er bemerkt, dass sein Lächeln manchmal eine oder zwei Sekunden zu spät kam, als ob er erst überlegen müsste. Außerdem hielt es zu lange an und wirkte steif. Wenn jemand die Wahrheit sagte, passten Körperhaltung, Gesichtsausdruck und Tonfall normalerweise zu dem, worüber er sprach. Bei Martin Haugen war ihm manchmal eine Art Widerspruch aufgefallen zwischen dem, was er sagte, und dem, wie er es sagte. Und schließlich trug auch das Ungesagte zu dem Eindruck bei, dass er ein Lügner war. Während eines Seminars, an dem Wisting einmal teilgenommen hatte, erzählte die Referentin, dass Lügner grundsätzlich dazu tendierten, Wörter wie »aber«, »oder«, »ausgenommen« und »während« zu vermeiden, weil sie Probleme mit komplexen Denkprozessen hätten. Darüber hinaus kommunizierten sie mit weniger Personalpronomen. In dem unbewussten Versuch, sich von den Lügengeschichten zu distanzieren, umgingen sie Wörter wie »ich«, »mich« und »mir«. All das passte zu Martin Haugen.

Wisting bog von der Straße auf den holperigen Schotterweg ab und hielt auf dem Hofplatz vor Haugens Haus. Dichter Rauch quoll aus einem Schornstein auf dem Dach und trieb als bläulicher Nebel zum Waldrand hin.

Wisting zögerte kurz, bevor er ausstieg und an die Haustür trat. Noch ehe er klingelte, öffnete Martin Haugen. Die schwarze Katze hockte zwischen seinen Beinen.

»Was für ein Wetter!« Martin Haugen winkte seinen Besucher herein. Wisting zog seine Jacke aus und folgte Martin in die Küche. Dieser hatte gerade gegessen. Noch immer lagen ein Stück Fleisch und eine Kartoffel auf seinem Teller. Er räumte alles weg und stellte eine Thermoskanne mit Kaffee auf den Tisch.

»Tut mir leid, dass ich gestern nicht zu Hause war«, sagte er und nahm zwei Tassen aus dem Schrank. »Es ist ja alles schon so lange her, und die Tage fließen ineinander.«

Wisting nahm am Küchenfenster Platz und musste daran denken, dass er im Jahr zuvor den Geburtstag seiner Mutter vergessen hatte. An diesem Tag ging er für gewöhnlich mit seinem Vater zum Grab, aber er hatte einfach nicht daran gedacht. Solche Dinge konnte man im Laufe der Zeit durchaus vergessen, doch Martin Haugens plötzliches Verschwinden hatte andere Ursachen.

Aber Wisting ließ sich nichts anmerken.

»Hat deinen Weg ja ganz schön erwischt«, sagte er und

blickte hinaus. »Der Regen«, fügte er hinzu, um zu verdeutlichen, was er meinte.

Haugen stimmte zu.

»Ich hab mich schon gefragt, ob ich Asphalt verlegen soll«, sagte er und nahm eine fertige Biskuitrolle aus dem Schrank.

»Tja, du bist schließlich vom Fach«, erwiderte Wisting und lächelte. Er überlegte, ein paar Fragen nach verschiedenen Asphaltsorten zu stellen, um das Gespräch auf den Zeitungsartikel aus dem Jahr 1987 zu lenken, ließ es aber bleiben.

»Du hast dir ja jetzt ein Schild angeschafft«, sagte er stattdessen.

»Welches Schild?«, fragte Martin und nahm den Kuchen aus der Verpackung.

»Einfahrt verboten«, erläuterte Wisting und deutete mit dem Kopf in Richtung Hauptstraße.

Martin drehte sich wieder zum Küchenschrank und nahm zwei Teller heraus.

Er lächelte. »Ach, das hat bei der Arbeit irgendwo rumgelegen.«

»Hast du Probleme mit fremden Autos oder Spaziergängern?«

Martin Haugen schüttelte den Kopf.

»Nicht besonders«, erwiderte er und schnitt den Kuchen auf. »Da waren ein paar ausländische Autos, die hier hochgefahren kamen und dann wieder umgekehrt sind. Litauer oder so was.«

Wisting dachte an die kleinen Überwachungskameras an den Fenstern und überlegte, ob er sie erwähnen sollte. Wenn Martin Haugen die Aufnahmen angesehen hätte, wüsste er ohnehin, dass Wisting sie entdeckt hatte.

Martin kam ihm zuvor.

»Ich hab ein paar Kameras aufgehängt«, sagte er.

»Ich hab's gesehen«, erwiderte Wisting. »Als ich dich gestern gesucht habe, bin ich einmal ums Haus gelaufen.«

Das Thema kam ihm gerade recht.

»Ist etwa deine Ex-Frau Inger Lise wieder aufgetaucht?«, fragte er.

Martin Haugen füllte die Tassen mit Kaffee.

»Nein«, sagte er. »Das hat nichts mit ihr zu tun. Ich bin ihr übrigens im Sommer zufällig begegnet, in Indre Havn. Sie scheint einen neuen Mann zu haben.«

Wisting verfolgte das Thema nicht weiter.

»Wie war's denn in der Hütte?«, fragte er stattdessen.

Martin Haugen schien die Frage nicht gehört zu haben und versorgte sich mit Kuchen.

»Du hast was von einem Loch im Dach erzählt?«, fuhr Wisting fort.

»Ja.« Martin ließ sich Zeit beim Kauen. »War nicht so schlimm, wie ich dachte, aber ich wollte auf jeden Fall runter und mir das ansehen.«

»Fährst du noch mal dahin?«, fragte Wisting.

»Muss ich wohl«, sagte Martin und nickte.

»Ich könnte mitkommen«, schlug Wisting vor. »Dann könnten wir auch ein paar Netze auslegen, wie beim letzten Mal.«

Ein Wochenende in der Hütte in Bamble würde sie eng zusammenführen und Wisting die Gelegenheit bieten, an ihn heranzukommen.

»Ich könnte wirklich mal ein paar Tage Erholung gebrauchen«, fuhr Wisting fort. »Im Augenblick habe ich nur Stress bei der Arbeit.«

Martin nickte und kaute weiter. Wisting legte sich ein Stück Kuchen auf den Teller.

»Hast du schon Pläne fürs nächste Wochenende?«, fragte er.

Martins Handy gab einen Piepton von sich. Er stand auf, trat an die Arbeitsplatte, wo das Telefon lag, und las die eingegangene SMS. Ohne darauf zu antworten, schob er das Handy in die Tasche.

»Am Wochenende?«, wiederholte Wisting, als Martin sich

wieder setzte. Er war mit den Gedanken ganz offensichtlich woanders.

»Hüttentour?«, fügte Wisting zur Erläuterung hinzu. »Am Wochenende?«

»Ja«, gab Martin zurück. »Das machen wir. Wir fahren in die Hütte.«

Wisting probierte den Kuchen. Martin Haugen wirkte unkonzentrierter als bei den Begegnungen in den Jahren zuvor.

»Es gibt nichts Neues«, sagte Wisting unaufgefordert.

Martin verstand, wovon er redete. Es waren im Laufe des Jahres keine neuen Spuren von Katharina aufgetaucht.

»Habt ihr diese Geschichte unten in Südnorwegen überprüft?«, fragte er.

Wisting nickte. Die Nachricht hatte sich im Sommer verbreitet. Eine Leiche war bei den Schären in der Nähe von Portør an Land geschwemmt worden. Anscheinend eine Frau, die lange im Wasser gelegen hatte.

»Ich hab da unten angerufen«, sagte er. »Die hatten aber schon einen Verdacht, um wen es sich handeln könnte. Das hat sich dann bestätigt. Eine ältere Frau, die um Ostern herum verschwunden ist.«

»Was glaubst du, wie sie wohl aussieht?«, fragte Martin. »Meinst du, dass da überhaupt noch was übrig ist?«

Wisting überlegte. In den ersten Jahren hatten sie so miteinander gesprochen, als könne Katharina noch am Leben sein. Nach und nach waren sie in ihren Unterhaltungen immer öfter davon ausgegangen, dass sie inzwischen tot war.

»Kommt ganz darauf an, wo sie ist«, sagte Wisting. »Ich glaube nicht, dass wir sie im Meer finden, wie die Frau im Süden.«

»Und wenn sie irgendwo vergraben ist?«, fragte Martin.

Wisting schob das Kuchenstück zur Seite. Es war das erste

Mal, dass Martin solche Fragen stellte. Er räusperte sich. Das Thema bereitete ihm Unbehagen.

»Kommt auf das Erdreich an«, sagte er. »Ist sie auf einem Friedhof begraben, wären wohl nur die Zähne und ein paar große Knochen übrig. Falls sie aber in einer luftdichteren Umgebung liegt wie in einem Moor oder in Lehmboden, dann ist wohl noch mehr von ihr erhalten.«

Er hielt kurz inne und fuhr dann fort:

»Falls jemand sie tatsächlich vergraben hat, dann ist sie wahrscheinlich auch in etwas eingewickelt, in eine Plane oder Plastikfolie. Das ist das Übliche. Dann könnten auch die Kleider noch intakt sein.«

»Hast du schon mal solche Leichen gefunden?«

»Ist schon vorgekommen.«

Martins Handy meldete sich erneut, aber er ignorierte es.

»Die Ungewissheit ist am schlimmsten«, sagte er. »Nicht zu wissen, was passiert ist.«

Wisting fiel kein Kommentar dazu ein. Ungewissheit war eines der immer wiederkehrenden Themen in Martins Äußerungen. Dass er darauf zu sprechen kam, wirkte einstudiert, und Wisting wusste schon, wie das weitere Gespräch verlaufen würde.

»Egal was passiert ist, wüsste ich einfach gern, was los ist«, sagte Martin. »Man hofft ja lange, irgendeine Erklärung oder Spur zu finden, die einem sagt, was passiert ist. Ich hab die Hoffnung auch nicht aufgegeben, aber es ist wohl mein Los, diese Ungewissheit mit mir herumzutragen.«

Sie verfolgten das Thema nicht weiter und redeten stattdessen wieder über das Wetter und insbesondere den Regen, der gar nicht mehr enden wollte. Martin wollte wissen, wie es der Enkelin ging, woraufhin Wisting von der Episode mit dem Kugelschreiber erzählte.

Schließlich erhob er sich und bedankte sich für den Kaffee.

»Ich muss mir noch eine neue Angelrute kaufen«, sagte er, um Martin an die Verabredung zur Hüttentour zu erinnern.

Haugen brachte ihn zur Tür.

»Ich bring ein paar Steaks mit«, sagte er. »Falls die Fische nicht beißen.«

Wisting drehte sich auf der Treppe um, reichte Martin zum Abschied die Hand und eilte zu seinem Wagen. Durch die regennasse Frontscheibe sah er, wie Martin das Handy aus der Tasche zog, bevor er die Tür schloss.

18

Wisting zog seine Karte durch den Scanner und gab den vierstelligen Code ein, der ihm den Zutritt zum Überwachungsraum gewährte. Nicht viele besaßen eine Schlüsselkarte für den kleinen Raum im obersten Stockwerk des Polizeipräsidiums. Die Kommunikationsüberwachung gehörte zu den verdeckten Ermittlungsmethoden der Polizei. Nur eine Handvoll der Mitarbeiter wusste, welche Ausrüstung sich in dem Kontrollraum befand, und noch weniger waren mit ihrer Bedienung vertraut.

Nils Hammer und Adrian Stiller wandten sich um, als er hereinkam.

»Er hat eine SMS bekommen, als ich bei ihm war«, sagte Wisting und warf einen Blick auf den Bildschirm, der den aktuellen Telefonverkehr anzeigte.

»Von einer Nummer, die auf einen gewissen Henry Dalberg registriert ist«, sagte Hammer und zeigte auf den Schirm. »*Wie geht es dir? Sehen wir dich am Montag?*«, las er vor.

»Das ist ein Arbeitskollege«, erklärte Wisting. »Als ich Martin gestern nicht erreichen konnte, wurde ich zu Dalberg durchgestellt. Er sagte, dass Haugen sich krankgemeldet habe.«

»Uns hat er erzählt, er sei in seiner Hütte gewesen«, gab Stiller zu bedenken.

Wisting nickte. Streng genommen war dies das erste Mal, dass er Martin Haugen bei einer Lüge ertappt hatte, aber das musste nicht viel bedeuten. Er wäre schließlich nicht der Einzige, der sich bei seinem Arbeitgeber krankmeldet, um etwas zu erledigen, für das er sonst nicht freibekommen hätte.

»Etwas später ist noch eine Nachricht eingetroffen«, fuhr Wisting fort.

»Von derselben Nummer«, bestätigte Hammer und legte den Zeigefinger auf den Bildschirm: *»Müsste mir die geänderte Vereinbarung mit Bryntesen ansehen wegen des Straßengrabens.* Er hat aber erst geantwortet, als du weg warst: *Bin Montag zurück. Wir klären das dann.«*

»Worüber haben Sie und Haugen gesprochen?«, wollte Stiller wissen.

»Über das Wetter«, erwiderte Wisting und fügte nach einer Pause hinzu: »Wir haben verabredet, am nächsten Wochenende in seine Hütte zu fahren.«

Stiller war anzusehen, dass ihm die Idee gefiel.

»Wir arbeiten gerade daran, den Fall bei *Tatort Norwegen* auf TV2 unterzubringen. Und einen Bericht über den Fall in den Zeitungen am Freitag«, sagte er. »Eine Hüttentour klingt perfekt.«

Einer der Bildschirme im Raum wurde heller.

»Er ist im Internet«, sagte Hammer.

Auf dem Schirm poppte ein Fenster mit einer Internetadresse auf, die zeigte, welche Seite Haugen gerade besuchte. Auf einem zweiten Bildschirm nebenan tauchte die entsprechende Seite selbst auf. Die Wettervorhersage des Meteorologischen Instituts.

»Er checkt das Wetter«, bemerkte Stiller.

In dem kleinen Textfenster erschien eine weitere Adresse. Der Bildschirm zeigte die Wetterprognose für Malvik im Süden von Trøndelag.

»Malvik?«, wunderte Hammer sich. »Wieso überprüft er die Wettervorhersage für Malvik? Will er da hinfahren?«

»Er hat da oben mal gewohnt«, sagte Wisting. »Als Katharina verschwand, hat er im Tunnelbau gearbeitet und in so einer Wohnbaracke gelebt.«

»Hat er noch Kontakt zu irgendwelchen Leuten da oben?«

Wisting biss sich auf die Unterlippe.

»Das glaube ich nicht.«

»Da oben regnet's auch«, warf Hammer ein.

Die Google-Startseite erschien auf dem Kontrollschirm.

»Leider können wir nicht sehen, wonach er sucht«, sagte Hammer. »Nur welche Seiten er aufruft.«

In dem kleinen Fenster erschien eine weitere Internetadresse. Auf dem großen Schirm tauchte die Titelseite der Zeitung *Trønder-Avisa* auf. Nach einer Weile klickte Martin Haugen eine Nachricht über einen Erdrutsch an der E6 südlich von Stavsjøfjellet an.

»Er war damals am Bau der Straße beteiligt«, sagte Wisting.

Die beiden anderen nickten. Eine Weile starrten alle schweigend auf den großen Bildschirm. Dann änderte sich die Ansicht. Martin Haugen rief die Homepage der Zeitung *Adresseavisen* auf und las eine Nachricht über den Erdrutsch. Die Fahrbahn war verengt, und der Verkehr wurde mit verminderter Geschwindigkeit an der Stelle vorbeigeleitet. Es war unklar, wann die Straße wieder für den normalen Gebrauch freigegeben werden konnte.

»Können wir seine Internetchronik sehen?«, fragte Wisting, obwohl er wusste, wie die Antwort lauten würde. »Zum Beispiel, welche Seiten er gestern aufgerufen hat?«

Hammer schüttelte den Kopf.

»Dazu müssten wir in seinen PC«, erklärte er. »Momentan stehen wir quasi vor der Tür und schnüffeln herum, welche Webadressen über seinen Internetanschluss runtergeladen werden. Wenn wir wissen wollen, was auf seinem Computer gespeichert ist, müssen wir uns bei ihm reinhacken. Aber dazu fehlt uns die passende Ausrüstung.«

»Okay«, sagte Adrian Stiller und nahm seinen Mantel von einem Stuhlrücken. »Das System funktioniert.« Er deutete auf die Bildschirme. »Solange wir keinen Druck machen, wird wohl nichts Aufregendes passieren. Ich schlage vor, wir machen jetzt Feierabend. Ich fahre über das Wochenende nach Oslo und bin am Montag zurück.«

Hammer war einverstanden und loggte sich aus. Wisting fiel ein, dass er sich um die Pizza kümmern musste. Er verabschiedete sich eilig und verließ den Raum noch vor den anderen.

19

Die Einkaufstüte riss, als Wisting sie aus dem Wagen nahm. Die meisten Sachen landeten auf dem Pflaster vor dem Haus. Die Mehlpackung war aufgeplatzt, und der Regen verwandelte den Inhalt in eine klebrige Masse.

Wisting fluchte in sich hinein und hob die Lebensmittel auf. Er hatte gehofft, es noch vor Thomas nach Hause zu schaffen, aber der Wagen seines Sohnes stand schon am Straßenrand. Thomas war vor über zwölf Jahren ausgezogen, besaß aber immer noch einen Haustürschlüssel und hatte sich offenbar selbst eingelassen.

Wisting nahm die Einkäufe auf den Arm und trug sie zur Tür. Mit zwei freien Fingern versuchte er, sie zu öffnen, stellte aber fest, dass sie verschlossen war. Er stöhnte, stellte die Einkäufe auf der Treppe ab und kramte seinen Schlüssel hervor. Bevor er hineinging, blickte er über die Schulter. Womöglich war Thomas zu Line und Amalie gegangen.

Als er die Sachen auf dem Küchentisch abstellte, überkam ihn das Gefühl, beim Einkauf im Laden etwas vergessen zu haben. Die Hefe.

Er trat an den Küchenschrank und überprüfte die Schachtel mit Trockenhefe. Es waren noch drei Päckchen übrig. Er musste seine Brille aufsetzen, um das Verfallsdatum lesen zu können. Wie vermutet war es um vier Monate überschritten. Allerdings hieß das nur, dass die Wirkung ein wenig reduziert war. Statt einer könnte er zwei Tüten Hefe verwenden.

Er holte eine Rührschüssel, knetete den Teig zusammen und

stellte ihn zum Gehen an die Seite, dann briet er das Hackfleisch für den Belag an.

Inmitten der Vorbereitungen kam Thomas zusammen mit Line und Amalie. Wisting trocknete sich die Hände an der Schürze ab und umarmte alle drei. Irgendwann in der Schulzeit hatte sich Thomas zu alt gefühlt für Umarmungen, aber seit einigen Jahren nahm er seinen Vater wieder in die Arme und drückte ihn, wenn sie sich sahen. Vermutlich seit seinem ersten Afghanistan-Einsatz. Inzwischen war er sieben Mal dort unten gewesen und hatte in medizinischen Notfällen mit seinem Helikopter Evakuierungen durchgeführt. Zwar war er nicht unmittelbar an Kampfhandlungen beteiligt gewesen, doch er hatte mehr als viele andere erfahren, welche Opfer der Krieg mitunter forderte.

»Ich hab dir ein Geschenk mitgebracht«, sagte Thomas und warf seinem Vater eine Plastiktüte zu. Wisting fing sie auf und zog ein khakifarbenes T-Shirt vom Militär heraus. Links oben stand in schwarzer Schrift *Kapitän Wisting.*

Kapitän war Thomas' militärischer Grad. Er leitete eine Schwadron und trug unter anderem die Verantwortung für die Luftunterstützung der beim Militär oder bei der Polizei agierenden Spezialkräfte. Wisting verspürte durchaus Stolz, wenn er daran dachte. Er bedankte sich und hielt sich das T-Shirt vor den Körper. Es schien zu passen.

»Ich bin mir nicht so ganz sicher, ob das hier gut geht«, sagte er und entfernte das Küchentuch von der Schüssel, in der der Teig lag.

»Wieso?«, fragte Line.

Mit Amalie auf dem Arm trat sie näher und spähte in die Schüssel. Der Teig hatte sich etwas gehoben, aber noch nicht genug.

»Der ist jetzt eine Stunde gegangen«, erklärte Wisting. »Ich hab Hefe genommen, die etwas zu alt war.«

»Das geht bestimmt gut«, meinte Thomas. »Ich mag dünnen Teig.«

Wisting zuckte mit den Schultern und teilte den Teig in zwei Hälften. Line ging mit Amalie ins Wohnzimmer, während Thomas in der Küche blieb und Wisting die Teighälften auf Backpapier legte.

»Im Kühlschrank ist Bier«, sagte er und begann den Teig auszurollen.

Thomas nahm zwei Flaschen heraus.

»Hast du den Code geknackt?«, fragte er.

»Den Katharina-Code?«, erwiderte Wisting mit einem Lächeln und schüttelte den Kopf.

Vor ein paar Jahren hatte Thomas einmal versucht, das Rätsel zu lösen. Wisting wusste gar nicht mehr, wie sie darauf gekommen waren, jedenfalls hatte er eine Kopie des Codes mit nach Hause genommen. Sie hatten sich über Navigation unterhalten und wie man sich in den Zeiten vor GPS orientiert hatte. Thomas hatte Wistings Vermutung geteilt, dass es sich um Bezugspunkte auf einer Landkarte handeln musste, aber die Art der Markierungen waren ihm im Zusammenhang mit Navigation und Kartografie noch nie untergekommen.

Line schaute zur Küchentür herein.

»Worüber redet ihr?«, wollte sie wissen.

»Nichts, was dich interessieren würde«, flachste Wisting.

»Der Fall Katharina Haugen«, erklärte Thomas.

»Er hat die Akten zurück ins Präsidium gebracht«, sagte Line und ging wieder ins Wohnzimmer.

»War ja vielleicht auch mal an der Zeit«, kommentierte Thomas.

»Ja, vielleicht«, sagte Wisting und verteilte den Belag auf die Pizzahälften.

»Warum bedeutet dir der Fall so viel?«, wollte Thomas wissen.

Wisting überkam plötzlich eine Art Schuldgefühl. Die Welt war so viel größer als sein Polizeidistrikt. Thomas hatte seinen Militärdienst in einem Teil der Welt absolviert, der weitaus brutaler und gnadenloser war, als Wisting es sich vorstellen konnte. Dort gab es viele schreckliche Einzelschicksale, um die sich in der westlichen Welt kaum jemand kümmerte.

»Denkst du, es ist falsch?«, fragte er und merkte gleich, dass es so klang, als nähme er eine Verteidigungshaltung ein. »Dass ich so viel Zeit in *einen* Fall stecke, in *einen* Menschen?«

Thomas schüttelte den Kopf.

»Nein, ich bin nur neugierig darauf, was dich antreibt«, sagte er.

Wisting überlegte, wie er es am besten erklären könnte, dass dieser Fall für ihn wie ein Virus war. Etwas, das von selbst nicht wieder verschwand.

»Ich mag es einfach nicht, einen ungelösten Fall liegen zu lassen«, erwiderte er schließlich und streute geriebenen Käse auf die belegten Pizzahälften.

Thomas nickte und schien zu verstehen, was er meinte.

Line kam wieder herein, und das Thema verebbte.

»Denkst du daran, dass du morgen auf Amalie aufpassen wolltest?«, fragte sie.

»Aber natürlich«, erwiderte Wisting. »Ich bin zwar alt, aber noch nicht senil.«

Eine halbe Stunde später stand die Pizza auf dem Tisch. Der Boden war hart und trocken, aber weder Thomas noch Line beschwerten sich.

»Und? Wie geht's dir, Thomas?«, erkundigte sich Line.

Dahinter steckte eigentlich die Frage, ob ihr Bruder jemanden kennengelernt hatte. Thomas hatte noch keine längere Beziehung geführt. Das lag in erster Linie an der Armee. Bevor er bei der Flugbereitschaft in Rygge stationiert wurde, hatte er seinen Dienst an vielen verschiedenen Orten absolviert. Die

Einsätze in Afghanistan hatten sich über vier Jahre erstreckt und einen Großteil seiner Zeit beansprucht.

Thomas parierte mit der Gegenfrage, wann Line sich denn endlich einen Mann zulegen wolle.

Line hatte eine längere Beziehung mit dem gleichaltrigen Dänen Tommy Kvanter geführt, der allerdings nicht Amalies Vater war. Der war Amerikaner und arbeitete für das FBI. Als Line ihn kennenlernte, hatte er sich nur ein paar Wochen in Norwegen aufgehalten, um an einem Fall zu arbeiten.

Auch Line umging eine direkte Antwort.

»Wie lange bleibst du denn?«, fragte sie stattdessen.

»Bis Dienstag«, erwiderte der Bruder.

Für gewöhnlich traf er sich immer mit alten Schulfreunden, wenn er nach Hause kam.

Wisting war satt und setzte sich Amalie auf den Schoß. Er saß jetzt mit den drei Menschen zusammen, die ihm am meisten bedeuteten, konnte sich aber dennoch nicht auf das Gespräch und das Geschehen am Tisch konzentrieren. Seine Gedanken schweiften ständig ab. Er dachte an den Tod. Ein Kreuz war ein Symbol für den Tod. Wenn es Katharina gewesen war, die die codierte Nachricht auf dem Küchentisch hinterlassen hatte, ergab das Ganze keinen rechten Sinn. Es sei denn, es handelte sich um Nadia Krogh, und der Code verriet, wo sie sich befand.

20

Im Verlagsgebäude der *VG* war ein neues Zugangssystem eingebaut worden. Line musste einen Mitarbeiter von der Wachgesellschaft um Hilfe bitten, um durch die Sicherheitsschleuse zu kommen, und wurde gleich ermahnt, ihre Zugangskarte aktualisieren zu lassen.

Sie stellte sich hinter eine Gruppe Menschen, die auf den Aufzug warteten und von denen sie niemanden kannte. Die Leute machten Platz, um die Aussteigenden herauszulassen, und drängten sich dann in der Aufzugkabine zusammen. Line hatte es nicht eilig und wartete auf die nächste Kabine. Die war allerdings ebenso voll und hielt zweimal an, bevor sie in der fünften Etage ankam.

Sie musste plötzlich an die Zeit zurückdenken, als sie die Redaktionsräume zum ersten Mal betreten hatte. Ihre Hände waren feucht gewesen, und ihr Kopf hatte nach einer schlaflosen Nacht leicht geschmerzt. Woran sie sich am besten erinnerte, waren die Uhren an der Wand, die die Zeit in New York, Tokio und anderen Weltmetropolen anzeigten. Ihre einzige Erfahrung als Journalistin hatte sie durch eine Urlaubsvertretung bei der Lokalzeitung gewonnen. Sie hatte sich wie eine dumme Anfängerin gefühlt und sich gefragt, ob die Aufgabe nicht viel zu groß für sie sei. Aber allein das Betreten der großen Redaktionsräume hatte rein mental etwas bei ihr bewirkt. Schnell hatte sie sich den Erwartungen ihrer Umgebung angepasst. Bei der *VG* herrschte eine Kultur, in der nur die Besten gut genug waren. Vom ersten Augenblick an war ihr von der Redaktionsleitung vermittelt worden, wie sie arbeiten sollte. Dabei waren Wissen und Erfahrung gar nicht so wichtig, sondern es ging eher um Fähigkeiten. Man musste nicht nur bestimmte Techniken beherrschen und gute Überschriften erfinden, sondern auch Konzentrationsfähigkeit und strategisches Denken unter Beweis stellen und die richtige Einstellung dazu mitbringen, wie eine Zeitung gemacht wurde. Es hatte gar nicht lange gedauert, bis Line ihren Platz gefunden und ihre Rolle ausgefüllt hatte, und das besser, als überhaupt von ihr erwartet worden war.

Sie zog den Schulterriemen ihrer Handtasche etwas näher zu sich heran, steuerte auf die Kaffeemaschine zu und suchte nach einem Pappbecher.

Einer der Reporter aus der Sportredaktion kam ihr entgegen. Line konnte sich an seinen Namen nicht erinnern.

»Gibt's keine Becher mehr?«, fragte sie.

Der Sportjournalist lächelte.

»Die Einwegbecher wurden abgeschafft«, sagte er und zeigte auf die Schranktür unter der Kaffeemaschine. »Du musst dir eine Gästetasse ausleihen.«

»Sparmaßnahmen?«, fragte Line und nahm einen weißen Porzellanbecher aus dem Schrank.

»Umweltschutz«, erwiderte der Kollege und stellte seine Tasse unter den Automaten.

Line wartete, bis sie an der Reihe war, und entschied sich für Kaffee mit Milch. Die Maschine brummte, stieß Dampf aus und füllte langsam die Tasse. Line nahm sie und betrat das Großraumbüro. Es war Samstag, die Schreibtische waren spärlich besetzt, aber hinter den Computerbildschirmen waren ein paar bekannte Gesichter zu sehen, die grüßten und lächelten. Der Platz, an dem sie für gewöhnlich saß, war leer, doch eine Snus-Dose und eine halb volle Colaflasche neben einem Stapel Notizpapier verrieten, dass er von jemand anderem benutzt wurde.

Harald Skoglund erhob sich von seinem Platz am Fenster, kam zu ihr und umarmte sie. Line und er hatten schon häufiger zusammengearbeitet.

»Bist du zurück?«, fragte er.

»Nicht ganz«, erwiderte Line. »Die wollen, dass ich irgendein Feature mache, als Freelancer.«

Sie warf einen Blick auf das verglaste Büro des Leiters der Nachrichtenabteilung.

»Ist Sandersen nicht da?«, fragte sie.

»Er ist in einer Besprechung«, erklärte Skoglund und deutete mit dem Kopf auf die nach oben führende Treppe.

»Und Frosten?«

»Der auch.«

Line fragte sich plötzlich, ob sie sich eine falsche Zeit notiert hatte, denn gerade mit diesen beiden Journalisten war sie verabredet.

Sie nahm ihre Tasse und ging nach oben. Die Wände der Konferenzräume waren ebenfalls verglast. Oben angekommen entdeckte sie Frosten und Sandersen im nächsten Besprechungsraum. Ein Mann, den Line nicht kannte, saß bei ihnen. Er trug einen dunklen Anzug und sah aus wie ein Rechtsanwalt.

Darauf spekulierend, dass die anderen sie durch die Glaswand entdecken würden, machte sie sich an ihrem Handy zu schaffen.

Hinter ihr kam Daniel Leanger die Treppe herauf. Er gehörte zu den jüngsten Mitarbeitern in der Abteilung, die über Verbrechen und Ähnliches berichteten.

»Hallo!«, sagte er und umarmte sie. »Auch etwas zu früh, wie ich sehe?«

Line war verwirrt.

»Wir sollen wohl zusammenarbeiten«, fuhr Daniel fort.

Line sah wieder zum Besprechungsraum hinüber. Bisher

hatte keiner der drei dort drinnen sie und Daniel wahrgenommen.

»Weißt du, worum es geht?«, fragte sie.

»Ich sitze jetzt seit zwei Wochen an dem Projekt«, entgegnete Daniel, kam aber nicht weiter. Sandersen hatte sie gesehen und kam an die Tür.

»Kommt rein!«, befahl er.

Line lächelte und wurde von ihren beiden Vorgesetzten umarmt. Dann ging sie um den Tisch und begrüßte zögernd den Mann mit den dunklen Locken.

»Adrian Stiller«, sagte er und reichte ihr die Hand. »Kriminalpolizei.«

Line wurde neugierig. Sie hatte schon viele Polizisten getroffen, sogar Ermittler von der Kripo, allerdings nie in der Zeitung und nie in einer Besprechung mit den Redaktionsleitern. Sie blickte von Stiller zu Frosten und Sandersen. Ganz offensichtlich hatten die drei vorab etwas besprochen.

Line nahm ihre Tasche ab, stellte die Kaffeetasse auf den Tisch und setzte sich.

»Herr Stiller von der Kripo ist der eigentliche Grund, weshalb wir hier sitzen«, begann Sandersen. »Er arbeitet in der neu eingerichteten Cold-Case-Einheit der Kripo oder der EU-Gruppe, wie es offiziell heißt. Dort wurde jetzt aktuell ein Fall wieder aufgenommen, bei dem wir um Unterstützung gebeten wurden.«

Line nahm ihren Notizblock hervor.

»Die Krogh-Entführung«, sagte Frosten und schob eine alte Titelseite über den Tisch.

Freund aus U-Haft entlassen stand über einem Foto eines Mädchens um die zwanzig mit toupiertem Haar. Und unter dem Bild war zu lesen: *Lösegeldforderung für Nadia.*

21

Adrian Stiller musterte Wistings Tochter. Die alte Zeitungsausgabe ließ ihre großen blauen Augen neugierig aufblitzen. Ihre Haare waren durch den Aufenthalt im Regen noch immer etwas feucht. Sie waren länger als auf den Fotos, die er gesehen hatte, und fielen ihr ins Gesicht, als sie sich über die Zeitung beugte. Während sie las, strich sie sich ein paar Strähnen hinter die Ohren, damit sie nicht im Weg waren.

»Die Kripo möchte gern, dass wir über den Fall schreiben«, sagte der Redaktionsleiter. »Und wir hätten gern, dass du das übernimmst.«

»Ich kenne den Fall doch überhaupt nicht«, wandte sie ein. »Als das passiert ist, war ich fünf oder so.«

Stiller beugte sich über den Tisch und kam Line etwas näher. Genug, um den schwachen Duft ihres Parfüms wahrzunehmen, der ihn an Lilien erinnerte.

»Das ist doch ein guter Ausgangspunkt«, sagte er. »Betrachten Sie die Sache mit neuen Journalistenaugen.«

»Warum dieser Fall?«, fragte sie.

»Er verdient eine Aufklärung«, erwiderte Stiller.

Line reichte die Antwort nicht aus.

»Ich wollte wissen, was zur Wiederaufnahme des Falles geführt hat. Gibt es irgendwelche neuen Sachverhalte?«

Stiller setzte ein entwaffnendes Lächeln auf. Ihm war klar, dass Line nicht dumm war. Sie war genau die Richtige für die Aufgabe, aber er wollte nicht von den neuen Fingerabdrücken erzählen. Noch nicht.

»Genau die erhoffen wir uns von einer Artikelserie in der *VG*. Deswegen haben wir auch um Zusammenarbeit ersucht. Wir wollen, dass der Fall neue Aufmerksamkeit erhält. Womöglich weiß irgendjemand etwas und ist jetzt bereit, es preiszugeben.«

Line warf einen Blick auf ihre beiden Vorgesetzten.

»Wir brauchen aber schon was Neues, um darüber schreiben zu können«, sagte sie.

Die beiden nickten.

»Das kriegen wir auch«, erklärte Sandersen. »Unter anderem werden wir die Erpresserbriefe veröffentlichen.«

Stiller öffnete eine Ledermappe und nahm die beiden Kopien heraus.

»Der Entführer ist einer unserer Leser«, fuhr Sandersen fort. »Er hat die Buchstaben und Wörter aus unserer Zeitung ausgeschnitten.«

Line nahm die beiden Briefe und hielt sie hoch.

»Exklusiv?«, fragte sie.

Stiller nickte.

»Wir sind von der Aufmerksamkeit der Öffentlichkeit abhängig«, sagte er. »Gleichzeitig brauchen wir eine gewisse Regie, um den bestmöglichen Effekt zu erzielen. Insofern konzentrieren wir uns auf Ihre Zeitung. Sie bekommen Zugang zu allen bisherigen Falldokumenten.«

»Zu allen?«

Stiller nickte.

»Das Material ist digitalisiert und lässt sich per Suchfunktion erschließen«, erklärte er. »Um die Sache voranzubringen, legen wir großen Wert auf die nötige Rücksichtnahme gegenüber Angehörigen und anderweitig involvierten Personen. Ihre Vorgesetzten meinten, Sie verfügten über das nötige Einfühlungsvermögen.«

»Sind die Angehörigen denn schon informiert?«, fragte Line.

Adrian Stiller zog ein weiteres Lockangebot aus dem Hut:

»Ja, und Nadias damaliger Freund ist zu einem Interview bereit. Er wurde damals zunächst verdächtigt, das Mädchen umgebracht zu haben, dann aber wieder freigelassen, als die Erpresserbriefe auftauchten. Er hat noch nie zuvor mit einem Journalisten über die Sache gesprochen.«

»Und die restliche Familie?«, wollte der junge Daniel Leanger wissen. »Zum Beispiel ihr jüngerer Bruder?«

Stiller hatte die Familie bereits über die Pläne informiert, aber sie hatte ganz deutlich zum Ausdruck gebracht, nicht mit der Presse reden zu wollen.

»So weit sind wir noch nicht«, gab er zurück.

Sandersen räusperte sich.

»Wir wollen mal zwei Dinge vorab klären«, sagte er und wandte sich direkt an Line. »Erstens: Hast du Interesse?«

»Ja, schon, aber wie umfangreich soll das Ganze denn werden?«

Jetzt schaltete sich Redaktionsleiter Frost ein:

»Wir haben uns gedacht, die Vorgeschichte in einer Serie von einzelnen Beiträgen aufzugreifen. Kommt natürlich immer darauf an, in welche Richtung das Ganze geht, aber wir haben zunächst mal an sechs Wochen gedacht, wobei es jede Woche einen neuen Höhepunkt geben sollte. Erst mal eine Rekapitulation des ganzen Falls, dann die Erpresserbriefe, gefolgt von einem eingehenden Porträt von Nadia Krogh, danach das Interview mit dem Freund und schließlich zwei Gespräche aus Polizeisicht, und zwar mit dem damaligen Ermittlungsleiter und mit Stiller, der die Sache jetzt leitet. So in etwa stellen wir uns das jedenfalls vor, aber es steht dir natürlich frei, auch andere Themen aufzugreifen.«

Sandersen übernahm das Gespräch:

»Daniel Leanger wird einen Podcast aus dem Ganzen machen, aber wir hätten gern deine Erzählerstimme.«

Lines Augenbrauen schnellten hoch.

»Einen Podcast?«

»Eine Hörfunkdokumentation«, erläuterte Frost, als ob ihr der Begriff völlig fremd wäre. »Wir haben auch schon Inserenten dafür. Daniel, kannst du mal erklären, wie ihr euch das gedacht habt?«

»Wir wollen eine multimediale Präsentation des ganzen Falls bringen«, erklärte der junge Journalist und sah Line an. »Mit Grafiken und Animationen, wobei der Podcast am wichtigsten ist. Du könntest auf den Artikel der Woche eingehen und dabei erzählen, was für Recherchen du jeweils gemacht hast, was du dir dazu überlegst und was für Gespräche du mit Leuten geführt hast und so weiter. So als ob du die Hörer direkt mitnimmst bei deiner Arbeit.«

Sandersen ergriff wieder das Wort.

»Bist du interessiert?«, wollte er wissen.

Line hob den Kugelschreiber zum Mund und kaute für einen Augenblick darauf herum.

»Am praktischsten wäre es ohnehin, wenn du von zu Hause aus arbeitest«, fuhr Sandersen fort. »Nadia Krogh wohnte in Porsgrunn, und das ist doch bloß eine halbe Stunde von dir entfernt.«

Stiller griff nach einer Karaffe mit Wasser und füllte sein Glas. Line drehte sich zu ihm.

»Gibt es einen Verdächtigen?«, fragte sie.

Stiller führte das Glas zum Mund. Das war zwar eine Frage, die er lieber nicht gehört hätte, aber dennoch gefiel sie ihm. Line war ihrem Vater sehr ähnlich. Steuerte direkt auf das Wesentliche zu.

Er ließ sich Zeit mit der Antwort. Schluckte und stellte das Glas wieder ab.

»Ja«, sagte er schließlich und bemerkte die Überraschung beim Redaktionsleiter und beim Leiter des Nachrichtenressorts. »Mehr möchte ich dazu jetzt nicht sagen, aber unser Plan sieht so aus, dass die mediale Aufmerksamkeit den Tatverdächtigen aus seiner Deckung hervorlockt und es so zu einer Festnahme kommt. Sie erfahren es als Erste. Die Bedingung ist allerdings, dass der erste Teil der Story am Freitag veröffentlicht wird.«

»Freitag?«, wiederholte Line. »Kommenden Freitag? Also, ich weiß wirklich nicht …«

Der Redaktionsleiter fiel ihr ins Wort. Er wollte sich die Chance offenbar nicht entgehen lassen.

»Daniel arbeitet schon seit zwei Wochen an dem Projekt«, sagte er. »Kriegen wir es hin, dass das erste Feature am Freitag steht?«

Daniel Leanger nickte.

»Die konzeptionelle Grafik und das Layout sind mehr oder weniger fertig. Beim ersten Beitrag geht es ja primär um eine Präsentation der Fakten. Die hab ich schon zusammengetragen, und ich hab auch mit einem Manuskript für den Podcast begonnen.«

»Die Antwort ist also ja?«

Der Redaktionschef richtete seinen Blick auf Line.

»Bist du dabei?«

»Ich bin dabei«, erwiderte sie, ohne zu zögern.

22

Daniel Leanger hatte einen der kleineren Besprechungsräume in ein Büro verwandelt, das sich auch abschließen ließ. Line war mit ihm gegangen, um sich einen Überblick zu verschaffen. An der Wand hing eine Landkarte, die große Teile der Region Grenland zeigte, darunter Porsgrunn, Skien und Bamble. Daniel hatte auch diverse Fotos aufgehängt: Pressebilder von der Suchaktion, aber auch Aufnahmen, die offenbar aus der Ermittlungsakte stammten. Zwei Porträts von Nadia und mehrere Fotos, die anscheinend bei einer Party entstanden waren.

»Sie ist nach einer Sturmfreiparty im Haus einer Freundin verschwunden«, erklärte Daniel und zeigte auf das Foto eines unauffälligen norwegischen Einfamilienhauses aus braunem Holz mit Unterkellerung und schrägem Dach. »Sie hat sich mit ihrem Freund gestritten und ist dann abgehauen. Er ist ihr gefolgt, hat sie aber nie wiedergesehen.«

Line setzte sich.

»Ich fühle mich etwas unwohl bei dem ganzen Plan«, sagte sie. »Wir werden benutzt. Dieser Typ von der Kripo versucht, die ganze Sache zu steuern.«

»Na, dass er das Tempo vorgibt, ist ja Teil der Abmachung.«

»Sicher«, sagte Line mit einem Lächeln. »Aber da ist noch was anderes. Wieso will er nicht sagen, wer der Verdächtige ist?«

»Das wird schon noch kommen«, wandte Daniel ein. »Die haben bei ihren Ermittlungen eine bestimmte Richtung eingeschlagen, wollen uns die Fakten aber noch nicht mitteilen.

Ich finde das in Ordnung. Jedenfalls vermeiden wir dadurch, dass wir in einer bestimmten Richtung voreingenommen sind.«

Line musste zustimmen.

»Übrigens wollte dieser Stiller dich unbedingt dabeihaben«, fuhr Daniel fort.

»Wie meinst du das?«

»Wie ich es verstanden habe, war dein Mitwirken sozusagen die Grundbedingung für ihn.«

»Und weswegen?«

Daniel Leanger zuckte mit den Schultern.

»Vielleicht hat er ja Hintergedanken?«, sagte er und grinste. »Hat er Fotos von dir gesehen?«

Line schnitt eine Grimasse.

»Ihm ist vermutlich aufgefallen, was du früher schon alles geschrieben hast«, sagte Daniel. »Da wäre er ja auch nicht der Einzige. Du müsstest dich übrigens mit dem hier vertraut machen«, fuhr er fort und reichte ihr ein modernes Aufnahmegerät. »Damit machen wir den Podcast.«

Line nahm das Gerät und betrachtete es skeptisch. Sie schrieb sehr gern. Dabei konnte sie sich für jede Formulierung Zeit nehmen, Wörter auswechseln oder Sätze verschieben. Das hier war etwas anderes. Aber sie hatte in letzter Zeit ein paar interessante Podcasts gehört und mochte das Medium und das Format.

»Willst du mal unsere Erkennungsmelodie hören?«, fragte Daniel.

Ohne eine Antwort abzuwarten, klappte er sein Laptop auf und spielte eine Datei ab.

»Du musst dir das mehrmals anhören«, sagte er, als Line nicht gleich reagierte. »Da steckt der richtige Drive drin. Nicht zu viel, aber genug, um die passende Atmosphäre zu schaffen.«

Line richtete den Blick auf die Landkarte, während sie zuhörte. Das Foto von dem braunen Holzhaus, in dem Nadia

Krogh zuletzt gesehen worden war, hatte Daniel mit einer Pinnwandnadel etwa in der Mitte der Karte befestigt.

»Bist du mal da gewesen?«, fragte sie.

»Ich dachte, wir könnten Anfang der Woche zusammen hinfahren«, erwiderte Daniel und drehte die Musik leiser. »Du brauchst natürlich erst mal ein paar Tage, um dich einzuarbeiten, bevor wir richtig loslegen.«

Line lehnte sich zurück. Sie hatte sechzehn Monate Pause von der Arbeit vereinbart, von denen noch etwa die Hälfte ausstanden. Sie lebte allein mit Amalie und hatte entschieden, sich in Stavern niederzulassen. Die Elternzeit wollte sie dafür nutzen, etwas Neues aufzubauen und als freie Journalistin Geld zu verdienen, außerhalb der Hauptstadt. Sie wollte nicht mehr als Nachrichtenreporterin durch die Gegend hetzen, doch dieser Auftrag war etwas anderes. Etwas, das sie wirklich gern tun wollte.

23

Stiller schloss die Tür zur Wohnung in der obersten Etage des großen Hauses in Grünerløkka auf.

Game on!, dachte er und sprach es gleich darauf laut aus: »Game on!«

Seine Schuhe klapperten über die frisch verlegten Fliesen im Flur. Er streifte sie ab, warf die Jacke über den Garderobenständer und betrachtete sich zufrieden in dem großen Spiegel.

Ermittlungen wurden oft mit einem Puzzle verglichen. Doch ihm gefielen Spiele mit höherem Einsatz. Bis jetzt hatte er die Ermittlung genau dahin manövriert, wo er sie haben wollte.

Er trat in die Küche, nahm ein Glas aus dem Schrank und hielt es unter den Wasserspender in der Kühlschranktür. Während er trank, schaltete er über sein Handy die Musikanlage ein. Sanfte elektronische Klänge legten sich über das Rauschen des Regens vor dem Fenster.

Er fragte sich, wie wohl der alte Ermittler in Larvik reagieren würde, wenn er erfuhr, dass seine Tochter in die Geschichte involviert worden war. Sie würde ihm bestimmt erzählen, dass sie über den Fall Krogh schreiben sollte. Wisting hingegen würde ihr nicht verraten, dass er an den geheimen Ermittlungen beteiligt war. Dafür war er viel zu professionell.

Die Musik aus dem Deckenlautsprecher wurde dunkler und melodischer. Sie verfolgte ihn, während er von einem Zimmer ins nächste ging. Streng genommen war die Wohnung für ihn allein zu groß. Ursprünglich hatte es zwei Dachwohnungen gegeben, doch als sein Vater das komplette Wohnhaus gekauft hatte, waren sie zusammengelegt und ihm als eine Art Hausmeisterwohnung angeboten worden. Allerdings kümmerten sich inzwischen andere um die Verwaltung des Mietshauses.

Die drei Kartons mit den Akten zum Fall Katharina standen auf dem Wohnzimmertisch. Am kommenden Montag würde er dafür sorgen, dass alles eingescannt wurde, damit die Akten in digitaler Form zugänglich wären. In alten Papieren herumzublättern hatte allerdings auch etwas. Er mochte dieses Gefühl.

Stiller setzte sich hin, legte die Füße auf den Tisch und griff nach einem der Ordner. Die Spuren von Wistings Arbeit waren noch erkennbar. Hier und da ragten farbige Klebezettel mit Stichwörtern hervor. Einzelne Wörter in den Dokumenten waren unterstrichen, an manchen Stellen gab es eine Bleistiftmarkierung am Rand.

Der schwarze Ordner, den er sich genommen hatte, enthielt Dokumentationen der polizeilichen Untersuchungen, die nichts Relevantes ergeben hatten. Es gab Berichte über Suchaktionen mit Tauchern, über Befragungen in der Nachbarschaft, Passagierlisten des Flug- und Schiffsverkehrs mit dem Ausland sowie Auflistungen der öffentlichen Nah- und Fernverkehrsverbindungen. An einigen Berichten waren mit Büroklammern Fotos befestigt worden. Das würde das Einscannen erschweren. Einer der Berichte drehte sich um den Rosenstrauß, der auf der Kommode im Flur gelegen hatte. Das Foto zeigte ein Bukett mit verwelkten Blumen. Aus dem Bericht ging hervor, dass es vierzehn Rosen der Sorte Acapella gewesen waren. Diese Blumen stammten aus den Niederlanden und waren an sechs Orten in der Stadt in Sträußen zu jeweils sieben Blumen verkauft worden. Das Bukett auf der Kommode im Flur der Haugens war höchstwahrscheinlich aus zwei Sträußen zusammengestellt worden. Die Ermittler hatten nicht klären können, wo diese beiden Sträuße verkauft worden waren, und folglich ebenso wenig, wer sie gekauft hatte.

Der Regen hämmerte gegen das Dachfenster. Stiller legte den Kopf zurück und schaute hinaus. Hatte Katharina die Rosen von jemandem geschenkt bekommen, oder hatte sie sie selbst gekauft? Wollte sie den Strauß behalten oder verschenken? Frauen kauften sich zwar manchmal selbst Blumen, Rosen allerdings nur selten. Abgesehen davon passte es nicht zu dem Koffer auf dem Bett. Der war so gepackt worden, als hätte Katharina geplant, lange wegzubleiben.

Stiller richtete sich etwas auf und betrachtete das Foto, das an den nächsten Bericht geheftet war. Die Kleidungsstücke waren ordentlich zusammengelegt und schienen systematisch in den Koffer gelegt worden zu sein, um Platz zu sparen. Auf einem von Wistings Klebezetteln stand: *Geplant?*

Stiller war der gleichen Ansicht. Es sah so aus, als hätte sie im Vorfeld geplant zu verreisen, anderenfalls wären die Sachen vermutlich eher nachlässig in den Koffer geworfen worden. Die Zusammenstellung des Kofferinhalts war allerdings eigenartig. Laut Bericht hatten zehn Paar Socken, zehn Unterhosen, fünf BHs, zehn T-Shirts, fünf Hosen, fünf Pullover, fünf Blusen und Trainingszeug im Koffer gelegen. Die Auswahl der Kleidungsstücke wirkte unpersönlich und sagte nichts über das Reiseziel aus. Ohnehin stellte sich die Frage, warum sie den Koffer nicht mitgenommen hatte, wenn man davon ausging, dass sie freiwillig fortgegangen war. Nichts auf den Bildern deutete darauf hin, dass sie gegen ihren Willen aus dem Haus verschleppt worden war. Es gab keinerlei Spuren irgendeines Kampfes. Keine umgestürzten Möbel oder heruntergerissenen Gegenstände. Die Teppiche auf dem Boden lagen vollkommen gerade, und die Schuhe im Flur waren paarweise nebeneinander aufgereiht.

Dann war da der Code. Der mysteriöse Zettel, der auf dem Küchentisch gefunden worden war. Bei der Kripo gab es eine Kopie des Zettels, die Stiller sich schon öfter angesehen hatte. Eine Art Muster aus verschiedenen Zahlenkombinationen und ein Kreuz. Der eine Strich war etwas länger als der andere, sodass es an ein christliches Kreuz erinnerte. Seine Platzierung auf dem Papierbogen wirkte keineswegs zufällig. Das Kreuz musste eine Markierung sein. Vor dem Hintergrund der Tatsache, dass Martin Haugen in den alten Entführungsfall verwickelt war, konnte sich Stiller nicht gänzlich von dem Gedanken befreien, dass das Kreuz etwas mit Nadia Krogh zu tun hatte.

Aber auch dieses Mal wurde er aus der codierten Nachricht nicht schlauer und legte die Kopie beiseite. Um sich einen Überblick über den Fall Katharina zu verschaffen, musste er systematisch vorgehen. Und ganz vorn beginnen.

24

Die Mikrowelle gab einen Signalton von sich. Wisting hatte schon die Befürchtung, dass er Amalie geweckt haben könnte. Er nahm das Pizzastück aus der Mikrowelle, trug es hinüber ins Wohnzimmer und bewegte sich leise zum Sofa hin. Amalie lag auf der Seite, zugedeckt, mit dem Schnuller im Mund und einem Kuscheltuch neben dem Gesicht.

Wisting hatte zwei Stühle mit den Rücklehnen an das Sofa herangerückt, sodass die Kleine nicht herausfallen konnte, wenn sie unruhig schlief oder plötzlich wach wurde und sich bewegte, aber es bestand keine Gefahr.

Er setzte sich in den Sessel auf der anderen Seite des Tisches und überlegte, ob er den Fernseher einschalten sollte. Aber er fürchtete, dass die Geräusche sie stören könnten. Stattdessen griff er nach dem Tablet, das er zu Weihnachten von Thomas bekommen hatte. Inzwischen hatte er sich an das Gerät gewöhnt und las damit in erster Linie Nachrichten.

Er loggte sich in das *VG*-Archiv ein und schrieb Nadia Krogh in das Suchfeld. Der erste Treffer war kaum mehr als eine Randnotiz, in der beschrieben wurde, dass eine Suchaktion gestartet worden war. Am Tag danach war ihr Gesicht auf der Titelseite erschienen. Die Suchaktion war erfolglos geblieben, woraufhin das Mädchen zur Fahndung ausgeschrieben worden war, weil eine kriminelle Handlung nicht mehr ausgeschlossen werden konnte. Der leitende Ermittler hatte Gaute Fallet geheißen. Wisting kannte ihn nicht. Die Polizei suchte nach möglichen Zeugen in dem Wohnviertel, wo Nadia Krogh zuletzt gesehen worden war. Es wurde angenommen, dass sie zum Haus ihrer Eltern in Heistad gehen wollte, weshalb Beobachtungen in diesem Gebiet für die Polizei von größtem Interesse waren.

Der nächste Treffer betraf die Nachricht, dass ihr Freund in Untersuchungshaft genommen worden war. Dazu war es gekommen, weil er bestritten hatte, ihr nach einem Streit gefolgt zu sein, wohingegen mehrere der anderen Partygäste ausgesagt hatten, dass er sich direkt nach ihr auf den Weg gemacht habe und nicht zurückgekehrt sei. Bei einem Termin vor dem Untersuchungsrichter hatte er zugegeben, ihr nachgegangen zu sein, weil er sie einholen und mit ihr reden wollte, aber dazu sei es nicht gekommen, weil er sie nicht gefunden hätte. Obwohl sie kaum mehr als eine Minute Vorsprung gehabt hatte, war sie spurlos verschwunden.

Wisting blickte von seinem Tablet auf und sah zu seiner Enkeltochter. Sie schlief noch immer tief und fest, woraufhin er sich wieder der Zeitung zuwandte. Der Brief der Entführer, der schließlich eingetroffen war, hatte es auf mehrere Titelseiten geschafft. Die Medien hatten von den Briefen erst erfahren, nachdem das Lösegeld nicht abgeholt worden war. Wenn die Briefe nicht dazu geführt hätten, dass Nadias Freund aus der U-Haft entlassen werden musste, wäre in der Öffentlichkeit möglicherweise nie etwas über Briefe und Lösegeld bekannt geworden. In den darauffolgenden Tagen war in den Zeitungen viel über den Fall berichtet worden, ohne dass es irgendwelche neuen Erkenntnisse dazu gab. Nach einer Weile war es dann still geworden. Die Krogh-Entführung verschwand zunächst aus der Berichterstattung, doch nach drei Jahren erschien plötzlich ein Interview mit Nadias Mutter. Sie erzählte von der unerträglichen Ungewissheit und versicherte, dass Nadia ständig in ihren Gedanken sei. Ihr ganzes Leben befinde sich im Wartemodus, und sogar die Trauer müsse warten, bis es eine endgültige Antwort gebe.

Wisting wünschte, dass Thomas sehen könnte, was er gerade las. Vielleicht würde sein Sohn dann endlich verstehen, warum er bestimmte Fälle nicht einfach aufgeben und vergessen konnte. Nadia Kroghs Mutter hatte es nicht einmal ertragen können, Bilder ihrer Tochter anzuschauen. Es hatte sie zu sehr geschmerzt.

Martin Haugen hatte erzählt, dass es ihm genauso ergangen sei. Er hatte Katharinas Fotos weggelegt. Das konnte unterschiedlich gedeutet werden. Es konnte aus Trauer geschehen sein oder hing womöglich mit einem Schuldgefühl zusammen. Vielleicht ertrug er es einfach nicht, dass sie ihn von einem Foto aus anblickte.

Wisting setzte seine Lektüre fort. Hannah Krogh versuchte, ihren Verlust zu beschreiben, kam aber wieder auf die Unsicherheit zurück: *»Man hofft ja ganz lange, dass die Polizei eine Spur findet«*, sagte sie der Zeitung, *»damit wir eine Erklärung für das bekommen, was damals passiert ist. Ich habe die Hoffnung nicht aufgegeben, weiß aber auch, dass es wohl mein Los ist, diese Ungewissheit mit mir herumzutragen.«*

Wisting las den Abschnitt zweimal, während ein Gefühl des Unbehagens in ihm hochkroch. Martin Haugen hatte erst gestern von demselben Los gesprochen. Natürlich konnte er zu der gleichen Erkenntnis wie Nadias Mutter gelangt sein, aber fast die ganze Aussage war identisch. Wisting hatte sich weder Notizen gemacht noch seine Aussage aufgezeichnet, aber Martin hatte diese Worte so oft wiederholt, dass Wisting die Formulierung sofort wiedererkannte.

Sofort kam ihm der Gedanke, dass Martin Haugen das Interview gelesen und Hannah Kroghs Reaktionsmuster nach Katharinas Verschwinden einfach imitiert hatte. Wisting spürte, wie sein Puls heftiger schlug als sonst, und ein kalter Schauer durchfuhr ihn. Allerdings musste er seine Gefühle beiseiteschieben, da Amalie angefangen hatte, sich zu regen. Gleich darauf begann sie zu weinen.

Wisting hob sie auf, nahm eine Rassel und ließ die Kleine damit auf seinem Schoß spielen, während er weiter über Hannah Kroghs schreckliches Verlustgefühl las. »*Wäre Nadia mit einem Schiff untergegangen und könnte niemals gefunden werden, hätte ich wenigstens eine Art Gewissheit*«, sagte sie.

Auch Martin Haugen hatte von Gewissheit gesprochen. Es war wie ein Plagiat. Ein Plagiat von Gefühlen.

Ein Geräusch ertönte von der Haustür. Amalie hielt mitten in der Bewegung inne und lauschte.

»Hallo!«, rief Line ins Haus hinein.

»Wir sind hier drinnen«, erwiderte Wisting.

Er legte das Tablet zur Seite und stellte Amalie auf den Boden. Sie schwankte ein wenig, aber Wisting hielt sie an den Armen fest, bis die Mama auftauchte und sie in die Arme schließen konnte.

Line hob ihre Tochter hoch und brachte sie zum Lachen.

»Na, alles gut gegangen?«, fragte sie.

»Sie ist gerade wach geworden«, sagte Wisting und deutete mit dem Kopf auf das improvisierte Kinderbett auf dem Sofa.

»Wo steckt denn Thomas?«

»Kaffeetrinken. Er wollte sich mit Jonny und Rolf treffen.«

Wisting nahm seine Kaffeetasse und brachte sie in die Küche.

»Wie ist es denn bei dir gelaufen?«, fragte er.

»Gut«, erwiderte Line, die ihm in die Küche gefolgt war. »Sie wollen, dass ich über einen alten, nie aufgeklärten Entführungsfall schreibe.«

Wisting drehte sich zu ihr.

»Welcher Fall denn?«

»Die Krogh-Entführung 1987 in Porsgrunn«, erklärte Line. »Kennst du den Fall?«

Wisting drehte sich wieder zur Kaffeemaschine und stellte die Tasse darunter.

»Ich kann mich daran erinnern. Und warum sollst du

jetzt darüber schreiben?«, fragte er und drehte ihr weiter den Rücken zu.

»Der Fall wird wieder aufgenommen. Ich schreibe eine Artikelserie, die parallel zu den Ermittlungen veröffentlicht wird.«

Wisting machte sich an der Kaffeemaschine zu schaffen. Eine unangenehme Vorahnung überkam ihn.

»Wie habt ihr denn erfahren, dass der Fall wieder aufgenommen wird?«, fragte er.

»Das Ganze ist eine Zusammenarbeit mit der Kripo«, erklärte Line. »Die haben die Initiative dazu ergriffen.«

Sie hatte sich an den Küchentisch gesetzt und fing an, ihre Tochter anzuziehen.

»Kennst du einen Kripobeamten namens Adrian Stiller?«, fragte sie. »Er war bei der Besprechung dabei.«

»Ich weiß, wer das ist«, bestätigte Wisting. »Und hast du den Auftrag angenommen?«, fragte er, um das Gespräch in eine andere Richtung zu lenken.

»Ich konnte schlecht Nein sagen«, erwiderte sie. »Genau solche Geschichten interessieren mich ja. Wir machen auch einen Podcast dazu.«

Wisting konzentrierte sich auf die Kaffeetasse. Er war ziemlich gereizt, versuchte aber, sich zu beruhigen. Adrian Stiller hatte zwar angekündigt, dass sie versuchen würden, die Krogh-Entführung in den Medien unterzubringen, hatte aber nichts von diesem Plan gesagt. Er musste eigentlich wissen, wer Line war, hatte aber vielleicht nicht gewusst, dass die Redaktion Line auswählen würde, um die Arbeit zu übernehmen.

»Wir haben übrigens ein paar Menschen namens Stiller in der Verwandtschaft«, fuhr Line fort. »Glaubst du, der gehört irgendwie zur Familie?«

Wisting wusste nicht, ob ihn sein Gesichtsausdruck und seine Stimme verraten könnten. Also nahm er einen großen Schluck Kaffee.

»Davon hab ich nie was gehört«, sagte er schließlich. »Ist das die Verwandtschaft auf Mutters Seite?«

Line setzte ihrer Tochter eine Mütze auf.

»Ich weiß nicht mehr«, sagte sie und band die Mütze unter Amalies Kinn fest. »Vielleicht können die sich ja auch mal den Fall Katharina ansehen?«

Wisting war seinen eigenen Gedanken gefolgt und hatte nicht zugehört.

»Wer?«, fragte er.

»Diese Cold-Case-Gruppe«, sagte sie und stand auf. »Vielleicht können die einen Blick auf den Fall Katharina Haugen werfen, wenn sie mit diesem hier fertig sind.«

»Vielleicht«, erwiderte Wisting und nickte. Er war kurz davor, etwas zu sagen, hielt sich aber zurück und sah Tochter und Enkelin nach, die zur Haustür gingen.

25

Am Montagmorgen wartete auf Wistings Handy eine Nachricht von Adrian Stiller. Er hatte sie um 02:23 Uhr geschickt, als Wisting noch im Tiefschlaf gelegen hatte. Stiller ließ ihn wissen, dass er den Vormittag bei der Kripo in Oslo verbringen wolle und erst um die Mittagszeit nach Larvik zurückkommen werde. Das war Wisting nur recht. Der Polizeipräsident hatte darauf bestanden, den Ermittlungen gegen Martin Haugen oberste Priorität einzuräumen, aber Wisting hatte noch immer eine Abteilung zu leiten. Nils Hammer fungierte zwar als sein Stellvertreter, doch der würde in nächster Zeit mehr als genug Zeit im Kontrollraum verbringen.

Es war bedeckt, als Wisting von zu Hause losfuhr. Die Straßen waren noch nicht wieder getrocknet, und dunkle Wolken kündigten weiteren Regen an.

Das Wochenende war ruhig gewesen, die Routineaufgaben waren daher schon vor zehn Uhr erledigt. Die nächste Stunde beschäftigte sich Wisting mal wieder mit der Konsequenzanalyse zur Polizeireform. Er hatte den Eindruck, dass die dazu von ihm eingebrachten Anmerkungen eigentlich Selbstverständlichkeiten waren. Größere Abteilungen bedeuteten mehr versammelte Fachkompetenz und bessere Möglichkeiten zum Austausch von Wissen und Erfahrungen. Wisting war eigentlich gegen die bevorstehenden Neuerungen, denn ihm gefielen die kleinen Einheiten und die Verankerung vor Ort. Andererseits war ihm bewusst, dass sich eine gemeinsame Ermittlungseinheit positiv auf die Effizienz der Polizeiarbeit auswirken würde, wodurch die wirklich wichtigen Fälle schneller bearbeitet werden könnten.

Adrian Stiller traf um kurz nach elf Uhr ein. Wisting wusste nicht, wie lange er in der Tür gestanden hatte, bis er ihn bemerkte.

»Haben Sie schon die Daten aus dem Kontrollraum geprüft?«, fragte Stiller mit einem Blick an die Decke.

»Wir wollten auf Sie warten«, erwiderte Wisting.

»Fein«, sagte Stiller. »Jetzt bin ich da. Wollen wir das gleich erledigen?«

»Augenblick«, sagte Wisting. »Wir müssen erst etwas anderes besprechen. Setzen Sie sich.«

Adrian Stiller trat auf einen der Stühle zu.

»Schließen Sie bitte die Tür«, fügte Wisting hinzu.

Stiller drehte sich um, schloss die Tür und setzte sich dann.

»Geht es um Ihre Tochter?«, fragte er unvermittelt.

Wisting war überrascht, dass Stiller das Thema von selbst anschnitt.

»Wie ich hörte, haben Sie sich am Samstag mit ihr getroffen?«

Stiller nickte, wirkte aber plötzlich beunruhigt.

»Haben Sie ihr von der Verbindung zum Fall Katharina Haugen erzählt?«

»Natürlich nicht«, sagte Wisting.

»Das mit den Fingerabdrücken auf dem Erpresserbrief ist vertraulich«, fuhr Stiller fort, als hätte Wisting das nicht begriffen. »Abgesehen davon erhält die *VG* Zugang zu dem gesamten Krogh-Komplex. Die wollen eine Artikelserie daraus machen.«

»Das ist mir schon klar«, gab Wisting zurück.

»Eine kluge Frau«, sagte Stiller. »Ich bin froh, dass sie die Sache übernehmen wird. Ich habe andere Artikel von ihr gelesen. Sie ist gut.«

»Sie glauben also nicht, dass daraus ein Problem werden

könnte?«, fragte Wisting. »Irgendwann wird sie ja von dem Verdacht gegen Martin Haugen erfahren.«

»Wir haben grünes Licht vom Staatsanwalt. Für ihn ist das kein Problem. Ist das für Sie ein Problem?«

Wisting dachte nach.

»Ich muss sie anlügen«, sagte er. »Ich muss Dinge zurückhalten, wenn sie mich fragt. Früher oder später wird sie verstehen, dass ich die ganze Zeit in dem Fall ermittle, über den sie schreibt. Ohne etwas darüber gesagt zu haben.«

»Ist das ein Problem für Sie?«, fragte Stiller erneut, ließ Wisting aber gar keine Gelegenheit zum Antworten. »Ihre Tochter ist ein Profi«, sagte er. »Sie wird bestimmt Verständnis dafür aufbringen.«

Wisting musste zugeben, dass er recht hatte. Er und Line hatten sich früher schon in ähnlichen Konfliktsituationen befunden. Bisher hatten sie diese aber immer unbeschadet überstanden.

»Der erste Artikel erscheint am Freitag«, fuhr Stiller fort. »Dann sitzen Sie und Haugen im Wagen, auf dem Weg zur Hütte. Sorgen Sie dafür, irgendwo unterwegs an einer Tankstelle zu halten und eine Ausgabe der *VG* zu kaufen. Dann haben Sie erst mal was, worüber Sie sich unterhalten können.«

Stiller schien äußerst zufrieden mit seinem Plan und lächelte.

»Wollen wir jetzt mal nachschauen, was er am Wochenende so getrieben hat?«, fragte er und stand auf.

Wisting nickte und erhob sich ebenfalls von seinem Stuhl. Sie holten Hammer in seinem Büro ab, gingen hinauf und schlossen die Tür zum Kontrollraum auf.

»Erst mal das Telefon«, sagte Hammer. Auf dem Bildschirm tauchte eine kurze Liste von Telefonnummern auf. Sie war chronologisch nach Datum und Uhrzeit geordnet und zeigte sowohl eingehende als auch abgehende Anrufe. Das System hatte die Nummern automatisch bei der Auskunft abgefragt und bereits identifiziert.

»Scheint ja nicht viel los gewesen zu sein«, sagte Hammer.

Am Freitagabend hatte Martin Haugen den Pizzaservice angerufen. Eine Stunde später war er von einer Nummer angerufen worden, die einem Telefonverkäufer zugeordnet werden konnte. Das Gespräch hatte fünf Sekunden gedauert. Samstagvormittag hatte Haugen eine Nummer gewählt, die auf einen gewissen Even Vomma in Kilebygda registriert war.

»Spiel das mal ab«, bat Wisting.

Hammer drückte auf ein paar Tasten, woraufhin es in den Lautsprechern zu rauschen anfing. Sie hörten einen Klingelton und dann einen Mann, der einen breiten Dialekt sprach:

»Ja, hier ist Even.«

Martin Haugen stellte sich vor. *»Ich hab eine Hütte am Eikedokkheia am Langen«*, fügte er hinzu.

»Ich weiß, wer Sie sind«, entgegnete der andere.

»Ich wollte da am kommenden Wochenende hin.«

Pause.

»Ich bin schon eine Weile nicht mehr dort gewesen«, fuhr Martin fort. *»Wie ist denn der Zustand des Wegs dorthin?«*

»Tja, nach dem Regen war ich nicht wieder da, aber letzten Monat hab ich auf der Gisholt-Seite ein paar Baumstämme rausgeholt. Da war's kein Problem. Dürfte es auch jetzt nicht sein. Der Weg ist ziemlich solide.«

»Gut. Der Schlüssel passt noch für die Schranke?«

»Das Schloss wurde ja vor zwei Jahren demoliert – oder waren's drei? Irgendjemand hat's zerschlagen. Bestimmt Wilderer oder so. Aber ich hab Ihnen doch einen neuen Schlüssel geschickt?«

»Ja, sicher«, erwiderte Martin. *»Ich wollte nur wissen, ob so was vielleicht noch mal passiert ist.«*

»Nicht dass ich wüsste«, sagte der andere. *»Aber dann wär die Schranke ja offen, und es gäbe kein Problem.«*

»*Gut. Und wie sieht's mit den Fischen aus?*«

»*Ach, wie immer.*«

Sie tauschten noch ein paar Höflichkeitsphrasen aus, dann wurde das Gespräch beendet.

»Glatt gelogen«, sagte Stiller und drehte sich zu Wisting. »Ich habe neben Ihnen im Wagen gesessen, als er gesagt hat, er sei in der Hütte gewesen und hätte das Dach repariert. Falls er nicht noch eine andere Hütte besitzt, hat er Sie angelogen.«

»Es gibt nur die eine«, sagte Wisting.

»Weshalb hat er dann gelogen?«

Hammer mischte sich ein.

»Ich kann gerade nicht erkennen, was das mit der Krogh-Entführung zu tun hat, oder auch mit dem Fall Katharina Haugen«, sagte er. »Martin Haugen kann doch nicht wissen, dass die Ermittlungen wieder aufgenommen wurden.«

»Ja, aber er hat irgendwas getrieben, wovon er nichts erzählen will«, sagte Wisting. »Etwas, das er lieber hinter einer Lüge versteckt.«

Hammer drehte sich wieder zum Bildschirm.

Es waren noch zwei Telefonate auf der Liste. Das erste war ein Anruf von einer Kirsten Solum aus Porsgrunn. Martin Haugen meldete sich und nannte seinen Namen.

»*Hallo Martin*«, sagte die Frau am anderen Ende der Leitung. »*Hier ist Tante Kirsten.*«

»*Hallo.*«

»*Wie geht's dir?*«

»*Gut, danke.*«

Es folgten ein paar nichtssagende Sätze, bevor Kirsten Solum auf den eigentlichen Grund ihres Anrufs zu sprechen kam.

»*Onkel Reidar hat ja bald Geburtstag*«, sagte sie. »*Er wird fünfundsiebzig. Wir haben uns gedacht, dass wir hier zu Hause feiern.*«

»*Am Wochenende?*«, fragte Martin. Seine Stimme klang so, als wolle er gern vorbeischauen.

»*Nicht am kommenden*«, erklärte Tante Kirsten. »*Ich spreche vom Samstag, dem 26. Um fünf Uhr.*«

Martin Haugen wirkte plötzlich weniger interessiert.

»*Wäre schön, wenn du kommen könntest*«, fuhr die Tante fort.

Martin bedankte sich für die Einladung, versprach zu kommen und beendete das Gespräch.

Das letzte Telefonat auf der Liste hatte er mit einem Mann in Sandefjord geführt. Martin Haugen nannte seinen Namen:

»*Ich interessiere mich für die Modellbausätze, die Sie zum Verkauf anbieten*«, sagte er.

»*Ja?*«

»*Sind die noch zu haben?*«

»*Es gibt ein paar Interessenten, aber noch hab ich sie hier*«, erklärte der Mann.

Sie einigten sich darauf, dass Martin Haugen die Bausätze für einen mit acht Rädern ausgestatteten Scania-T142-Sattelzugtieflader und für eine Peterbilt-359-Conventional-Zugmaschine kaufen würde. Er wollte noch am selben Abend vorbeikommen und sie abholen.

»Hat er das immer schon gemacht?«, fragte Stiller. »Modellbau?«

»Er besitzt eine größere Sammlung«, erwiderte Wisting. »Ich glaube, er hat sich damit beschäftigt, als er in diesen Baubaracken wohnte. Zum Zeitvertreib an den Abenden.«

Stiller zuckte mit den Schultern, ohne einen Kommentar abzugeben.

»Überprüfen wir mal das Internet«, sagte er.

Hammer wechselte zu einem anderen System. Es zeigte, dass Martin Haugen die Online-Ausgaben verschiedener Zeitungen aufgerufen hatte, aber auch einige Stunden auf dem Verkaufsportal *Finn.no* gewesen war. Neben verschiedenen Modellbausätzen hatte er sich Autos und Motorräder angeschaut.

»Er interessiert sich sehr für diese Straße da oben in Trøndelag«, sagte Hammer und rief die Bildschirmansicht einer Internetadresse auf, die Haugen besucht hatte. Es handelte sich um einen Artikel in *Adresseavisen* über die vom Erdrutsch betroffene Straße sowie ein Interview mit einem Vertreter vom Straßenbauamt.

Etwas weiter unten im Verzeichnis der aufgerufenen Internetadressen entdeckte Stiller plötzlich etwas anderes. Eine davon lautete: http://forschung.no/koerper/was-macht-der-tod-mit-dem-koerper.

Hammer rief die Seite auf. Es handelte sich um einen populärwissenschaftlichen Forschungsartikel, in dem beschrieben wurde, was nach dem Tod im Körper geschieht, von den ersten Stunden mit Totenstarre und Leichenflecken bis hin zu Verwesung und Zersetzung.

Fluchend ballte Stiller die Hände zu Fäusten.

»Ziemlich eindeutig«, sagte er.

»Das muss nichts heißen«, meinte Wisting.

»Nichts heißen?«, ereiferte Stiller sich. »Der Typ hat nach dem Verwesungsprozess von Leichen gesucht!« Er deutete auf die Auflistung der Internetseiten. Offenbar hatte er mehrere Suchergebnisse zum selben Thema gefunden.

»Er hat mich das Gleiche gefragt, als ich am Freitag bei ihm war«, erklärte Wisting. »Er wollte wissen, ob man Katharina überhaupt noch wiederfinden könnte. Ob nach den ganzen Jahren noch etwas von ihr übrig wäre.«

»Natürlich interessiert er sich dafür«, sagte Stiller. »Er hat sie vergraben, und jetzt fragt er sich, ob er befürchten muss, dass sie wieder auftaucht.«

»Sie vergessen, dass er ein Alibi hat«, warf Hammer ein.

»Aber nicht, was die Entführung von Nadia Krogh betrifft«,

wehrte Stiller ab und wandte sich an Wisting: »Wann genau in dem Gespräch hat er das gefragt?«

Wisting musste nachdenken.

»Er wollte wissen, ob wir einen Leichenfund in Südnorwegen untersucht hätten. Eine Frau, die an Land getrieben wurde«, sagte er schließlich. »Das hat ihn wohl darauf gebracht, wie Katharina aussehen würde, wenn man sie fände.«

»Na gut«, sagte Stiller und machte eine beinahe wegwerfende Handbewegung. »Aber war das bevor oder nachdem Sie vereinbart hatten, gemeinsam in die Hütte zu fahren?«

»Danach«, erwiderte Wisting. Er wusste, worauf Stiller hinauswollte. »Sie glauben, dass Nadia Krogh an der Hütte begraben ist?«

»Was sich in unseren Köpfen abspielt, ist eine ewige Reihe von Kettenreaktionen«, sagte Stiller. »Ein Gedanke löst den anderen ab. Und Martin Haugen gefällt offenbar der Gedanke nicht, dass Sie zu seiner Hütte fahren und nach Regenwürmern graben.«

»Wie dem auch sei, wir sollten seine Bewegungen genauestens verfolgen, und zwar nicht nur über die Handyortung«, hielt Hammer fest. »Falls er tatsächlich wissen will, ob noch etwas von ihr übrig ist, gibt's nur eine Möglichkeit, das herauszufinden: Er muss sie ausgraben.«

26

Draußen auf der Straße hielt ein Wagen an. Ein kleiner schwarzer Audi. Daniel Leanger beugte sich über das Lenkrad und spähte durch die Frontscheibe. Line winkte ihm vom Küchenfenster zu, um zu signalisieren, dass er das richtige Haus gefunden hatte und dass sie gleich herauskommen würde.

»Amalie ist gerade eingeschlafen«, sagte Line zu Thomas und zeigte ihm, wo die Gläser mit Kindernahrung standen.

Thomas war eingesprungen, um auf seine Nichte aufzupassen. Line hatte eigentlich gehofft, dass ihre Freundin Sofie sich um die Kleine kümmern könnte. Sie war nicht berufstätig und hatte eine Tochter, die nur wenige Monate älter als Amalie war. Doch Sofie hatte einen Termin in Oslo, wo ein Rechtsanwalt wieder einmal versuchte, zwischen ihr und ihrem Ex-Mann zu vermitteln.

»Wie lange schläft sie denn jetzt?«, wollte Thomas wissen.

»Bis sie wieder wach wird«, erwiderte Line mit einem schelmischen Lächeln. »Eine Stunde oder anderthalb«, fügte sie hinzu.

Thomas hatte keine Erfahrung mit Kindern, war aber schon am Vortag vorbeigekommen, um das Füttern und Windelwechseln zu üben. Immerhin konnte er einen Helikopter fliegen, da müsste er wohl auch in der Lage sein, sich ein paar Stunden um seine Nichte zu kümmern.

»Ruf mich an, wenn was ist«, sagte Line und ging nach draußen.

»Hast du dich mit dem Fall vertraut gemacht?«, fragte Daniel, als sie sich neben ihn gesetzt hatte.

»Ja, und es gibt einige Dinge, die ich gern wüsste. Die Frau, zu der wir jetzt fahren, zum Beispiel. Die die Party arrangiert hat ...«

»Warte mal«, sagte Daniel und zeigte auf die Ausrüstung für die Podcast-Aufnahme. »Wir reden darüber, wenn das Aufnahmegerät läuft.«

»Nicht alles, was mir im Kopf rumgeht, eignet sich aber für den Rundfunk«, warnte Line.

»Wir redigieren das natürlich vorher«, sagte Daniel und bog auf die Hauptstraße ab. »Ich will das Ganze nur so authentisch wie möglich haben.«

Anstatt die Einzelheiten des Falls und ihre Gedanken darüber zu erörtern, unterhielten sie sich über die Einteilung der Podcast-Episoden und den Inhalt der geplanten Artikel.

Sie hatten drei Interviewtermine vor sich. Das erste Gespräch sollte mit Liv Hovet stattfinden, einer ehemaligen Schulfreundin von Nadia Krogh und Gastgeberin der Party, auf der Nadia gewesen war. Danach würden sie mit dem Leiter vom Roten Kreuz sprechen, der damals bei der Suchaktion dabei gewesen war. Die dritte Verabredung war mit Kittil Nystrand, einem der Polizisten, die den Ort der geplanten Geldübergabe überwacht hatten.

»Der Polizist kann heute nicht«, erzählte Daniel. »Du musst später in der Woche mit ihm reden. Aber dafür hab ich uns einen Termin mit den grauen Panthern gesichert.«

»Die grauen Panther?«, wiederholte Line und dachte an die Unterschrift in den Erpresserbriefen.

»Der Ehrenvorsitzende«, erklärte Daniel. »Vidar Arntzen, er lebt jetzt in Skien. Ist nur ein kleiner Umweg für uns.«

Line konnte sich aus der Ermittlungsakte an den Namen erinnern. Es war niemals bekannt gemacht worden, dass die

Briefe der Erpresser mit *Die grauen Panther* und *Die grauen* unterzeichnet gewesen waren. Als sich die Ermittler damals nicht anders zu helfen gewusst hatten, waren sie der Spur nachgegangen und hatten den Leiter der Organisation befragt.

»Ich dachte, das könnte vielleicht der Titel der zweiten Episode sein. *Die grauen Panther*«, sagte Daniel. »Und darin berichten wir, was in den Erpresserbriefen gestanden hat.«

Line war einverstanden. Das war eine gute Idee. Nicht als Aufhänger für die eigentliche Geschichte, aber als Kuriosität und um zu illustrieren, wie breit gefächert die Polizei damals ermittelt hatte.

»Wie alt ist er denn jetzt?«, fragte sie. »Ich meine, wenn er damals schon Ehrenvorsitzender war …«

»Dreiundneunzig, aber er erinnert sich an alles. Er meinte zu mir, das sei das einzige Mal gewesen, dass die Polizei vor seiner Tür gestanden hätte.«

»Wir müssen auch was über das Aussehen der Erpresserbriefe bringen«, sagte Line. »Zum Beispiel, dass die Entführer Kroghs Adresse aus dem Telefonbuch ausgeschnitten hatten.«

»Ich habe versucht, diese Sekretärin aufzutreiben, die den Brief geöffnet hat, aber die ist gestorben«, berichtete Daniel. »Und die Telefonzelle existiert auch nicht mehr.«

»Vielleicht können wir ja eine der anderen Personen finden, deren Fingerabdrücke ebenfalls auf dem Telefonbuch waren?«, schlug Line vor. »Es waren drei. Die Namen stehen in den Polizeiberichten.«

»Gute Idee«, sagte Daniel und nickte.

»Falls die überhaupt zur Verfügung stehen«, fuhr Line fort. »Es muss ja immerhin einen Grund dafür gegeben haben, dass deren Fingerabdrücke bei der Polizei registriert waren.«

»Und wenn nicht, können wir versuchen, mit dem Briefträger zu reden«, meinte Daniel. »Dessen Namen haben wir auch. Die Polizei hat ihm damals Fingerabdrücke abgenommen, um sie von denen auf den Briefen unterscheiden zu können.«

Daniel folgte den letzten Anweisungen des Navis und bog in eine Wohnsiedlung aus den Siebzigerjahren ein, mit großen Gärten und Einfamilienhäusern, die einander in Stil und Form sehr ähnelten, aber mittlerweile durch verschiedenartige Anbauten erweitert worden waren.

Er hielt neben ein paar Mülltonnen an, die in Reih und Glied aufgestellt waren, ließ den Motor aber weiterlaufen.

»Da«, sagte er und zeigte auf ein Haus, das etwa dreißig Meter entfernt lag und fast vollständig von einer Thujahecke verborgen wurde.

»Wir sind früh dran«, sagte Line und schaute auf die Uhr.

»Wir sind auch noch nicht ganz fertig«, wandte Daniel ein, nahm die Ausrüstung und reichte Line das Mikrofon.

»Erzähl erst mal, wo wir sind und was wir hier wollen«, sagte er.

Line hatte sich schon zurechtgelegt, was sie sagen würde. Sie nahm ihren Notizblock aus der Handtasche und legte ihn zusammen mit einigen Ausdrucken aus der Ermittlungsakte auf ihren Schoß.

»Wir machen erst eine Tonprobe«, sagte Daniel und bat sie, bis fünf zu zählen.

Die Ausrüstung war startbereit, und Daniel signalisierte Line, dass sie anfangen sollte.

»Wir befinden uns im Glimmervei in Porsgrunn«, sagte sie und stellte sich dabei vor, wie sie selbst sich den Podcast anhörte.

»Wir, das sind Daniel Leanger und Line Wisting«, fuhr sie fort. »Wir produzieren diesen Podcast, und wir sind hergekommen, weil Nadia Krogh hier zum letzten Mal gesehen wurde.«

Sie legte eine kleine Pause ein.

»Wir sitzen im Auto. Im Haus dreißig Meter vor uns wohnt

Liv Hovet. Vor sechsundzwanzig Jahren wohnte sie auch schon hier. Damals war sie das jüngste Kind im Haus, inzwischen hat sie es von ihren Eltern übernommen und lebt hier zusammen mit ihrem Mann und ihren Kindern. Am Freitag, dem 18. September 1987, war sie allein zu Hause und hatte ein paar Freunde zu einer Party eingeladen. Eine davon war Nadia Krogh, ihre beste Freundin. Wir sind hier, um von ihr zu erfahren, was an diesem Abend eigentlich passiert ist.«

Line ließ das Mikrofon sinken.

»Das Haus liegt am Rand einer Siedlung, nahe am Wald«, fuhr sie fort. »Während wir heute hier sitzen, sind die Bäume kahl, und wir können den Eidangerfjord sehen, der etwa einen Kilometer entfernt liegt. Nadia verließ die Party an jenem Abend gegen halb zwölf. Sie sagte, sie wolle nach Hause. Am logischsten wäre es gewesen, wenn sie auf uns zugekommen wäre, also dorthin, wo wir jetzt stehen. Dann wäre sie nach einer Weile zur Hauptstraße gekommen und hätte von dort aus entweder die fünf Kilometer zu ihrem Haus in Heistad zu Fuß zurücklegen oder auf einen Bus warten können. Oder sie hätte versuchen können, per Anhalter zu fahren. Doch niemand weiß, was mit ihr geschehen ist. Und das wollen wir herausfinden.«

Daniel Leanger nickte zufrieden und fuhr dicht an das Haus heran.

»Lass das Aufnahmegerät laufen«, sagte er.

Die Äste eines mächtigen Obstbaums ragten über die Hecke auf die Straße hinaus. Zwei Vögel bedienten sich gerade an einem Meisenknödel in einem Netz, flatterten aber erschrocken weg, als sie die Autotüren zuschlagen hörten.

Line konnte das schwache Rauschen des Verkehrs von der E18 hören, die irgendwo hinter dem Wald entlangführte. Ihr kam der Gedanke, dass sie das Geräusch während der Aufnahmen vielleicht kommentieren sollte.

Daniel klingelte an Liv Hovets Haustür. Er hatte die Verabredung zu dem Interview mit ihr telefonisch vereinbart. Line hielt das Mikrofon diskret in der rechten Hand, um den Klingelton und die Begrüßung aufzunehmen.

Liv Hovet war blass, schlank und groß, mit dunklen kurzen Haaren. Sie hatte sich auf das Interview vorbereitet und im Wohnzimmer einen Tisch gedeckt. Wie erwartet reagierte sie skeptisch auf den Anblick des Aufnahmegeräts, obwohl Daniel sie am Telefon darauf hingewiesen hatte.

»Wir werden davon nur kurze Ausschnitte verwenden«, erklärte er. »Das Ganze ist wie bei einem schriftlichen Interview, nur dass wir an manchen Stellen etwas von Ihren Aussagen kommentieren.«

Er befestigte ein kleines Mikrofon an ihrer Brust und überprüfte die Tonqualität. Dann überließ er Line das Wort.

»Wer war Nadia Krogh?«, begann sie.

Die alte Schulfreundin verdrehte leicht die Augen, als wüsste sie nicht recht, wo sie anfangen sollte.

»Nadia war Nadia«, erwiderte sie. »Sie war immer gut gelaunt, vielseitig interessiert und nicht gerade zurückhaltend. Sie hat viel geredet und kein Blatt vor den Mund genommen. Wenn sie fand, dass jemand einen hässlichen Pullover anhatte oder so, hat sie das einfach rausgelassen. Sie hat immer ihre ehrliche Meinung gesagt.«

Line nickte, wollte die Frau aber nicht durch Kommentare oder Fragen ablenken.

»Tja, und schlau war sie«, fuhr Liv Hovet fort. »In der Schule war sie eine der Besten. Nadia hat davon gesprochen, dass sie Jura studieren wollte, um in der Firma ihres Vaters arbeiten zu können.«

Die Beschreibung stimmte mit den Angaben überein, die Line in der Ermittlungsakte gefunden hatte. Darin allerdings hatte Liv Hovet auch behauptet, dass Nadia ein ziemliches Temperament habe sowie verwöhnt, eifersüchtig und ständig auf Flirts aus gewesen sei. Aber das waren weniger schmeichelhafte Seiten ihrer Freundin, und es war naheliegend, dass Liv Hovet in einem Interview lieber nicht darüber sprechen wollte. Line würde später darauf zurückgreifen, wenn sie eine zusammenfassende Beschreibung von Nadia anfertigte.

»Und hübsch war sie auch«, schloss die ehemalige Schulfreundin. »Aber das wissen Sie. Sie haben die Fotos ja gesehen.«

Line nickte.

»Können Sie etwas über den Abend erzählen, an dem Nadia verschwunden ist?«, fragte sie.

Liv Hovet rieb mit den Handflächen über die Armlehnen ihres Sessels.

»Meine Eltern wollten in unsere Hütte fahren. Sie hatten mir erlaubt, ein paar Freunde einzuladen. Zehn oder zwölf«, sagte sie. »Aber dann sind viel mehr gekommen, über zwanzig.«

Wie Line aus der Ermittlungsakte wusste, waren es zweiunddreißig Gäste gewesen. Die Polizei hatte mit allen geredet.

»Die meisten waren aus meiner Klasse, aber es waren auch ein paar ältere Jungs gekommen. Robert, zum Beispiel.«

Robert Gran war Nadias Freund gewesen. Er war ein Jahr älter als sie, hatte einen Führerschein und ein Auto.

»Eigentlich ist gar nichts Besonderes passiert«, erzählte Liv Hovet. »Wir haben uns unterhalten, haben getanzt und getrunken, wie auf allen anderen Partys auch, aber dann gab es plötzlich ein Drama zwischen Robert und Nadia.«

»Was ist passiert?«

»Nadia ist zu mir gekommen. Sie hat geweint, und ich konnte kaum verstehen, was sie eigentlich geredet hat. Es ging jedenfalls um Robert und Eva. Die waren früher mal ein Paar gewesen, in der Mittelstufe, und auf der Party waren sie wohl plötzlich zusammen im Badezimmer verschwunden.«

Sie drehte den Kopf und schaute in Richtung Flur, wo das Badezimmer lag.

»Da drinnen ist nichts weiter passiert, das haben sie jedenfalls behauptet. Aber Nadia ist trotzdem abgehauen. Viel mehr weiß ich gar nicht. Da waren so viele Leute, die Musik war laut, und alles war etwas unübersichtlich. Ich hätte sie wohl zum Bleiben überreden oder ihr nachgehen müssen, aber jemand hatte ein Bild kaputt gemacht. Ich glaube, es war Olav. Er ist irgendwie drangestoßen, und dann ist es runtergefallen. Glas und Rahmen waren zerbrochen, und ich hab mich erst mal darum gekümmert.«

Liv Hovet hatte die Hände von den Armlehnen genommen und sie vor sich auf den Schoß gelegt.

»Mehr weiß ich eigentlich nicht«, wiederholte sie. »Am nächsten Tag hat Nadias Mutter angerufen und nach ihr gefragt. Na ja, und nach und nach hat die Sache dann immer größere Kreise gezogen. Mit Polizei und allem.«

»Haben Sie später noch mal mit Robert gesprochen?«, fragte Line.

Liv Hovet schüttelte den Kopf.

»Ich hab mit ihm gesprochen, als Nadia ging. Ich hab zu ihm gesagt, dass er ihr nachgehen sollte, aber danach hab ich nicht mehr mit ihm geredet. Ich wüsste gar nicht, ob ich ihn heute überhaupt wiedererkennen würde.«

»Aber er ist ihr an diesem Abend nachgegangen?«

»Ich hab nicht gesehen, dass er gegangen ist«, erklärte Liv Hovet. »Er ist auch nicht sofort gegangen, aber die anderen haben gesehen, dass er das Haus später verlassen hat.«

Line stellte ein paar Fragen zur Stimmung auf der Party, und Liv Hovet lieferte ihr eine Schilderung der Atmosphäre, in der sich jeder Zuhörer des Podcasts wiederfinden würde.

»Was ist mit Nadia passiert, was glauben Sie?«, wollte sie dann wissen.

»Erst dachten wir an einen Unfall«, erwiderte sie. »Dass sie durch den Wald gelaufen ist und sich ein Bein gebrochen hat oder so was. Aber sie wurde ja nicht gefunden. Dann habe ich gedacht, dass sie vielleicht nach Hause getrampt ist. Oder dass sie losgelaufen ist und ihr dann unterwegs jemand angeboten hat, sie mitzunehmen.«

Liv Hovet schien über ihre Worte nachzudenken.

»Ich habe jedenfalls nie geglaubt, was die Polizei damals gesagt hat. Dass Robert ihr nachgegangen ist und sie umgebracht hat. Und dann kamen ja auch die Briefe. Das konnte ja nur bedeuten, dass sie irgendjemand verfolgt und beobachtet hatte. Und sich dann irgendwo versteckt hat, um sie zu entführen.«

Line ließ die Worte ein wenig nachklingen.

»Haben Sie Bilder von sich und Nadia?«, fragte sie nach einer Weile. »Vielleicht ein Klassenfoto?«

Liv Hovet erhob sich. Daniel und Line folgten ihr ins Gästezimmer. Sie kniete sich vor einen Schrank, kramte ein Album hervor und blätterte es durch.

»Hier ist sie«, sagte sie nach einer Weile.

Es war ein Foto der Abschlussklasse. Liv Hovet zeigte auf ein Mädchen in der zweiten Reihe. Das Foto war etwa zwei Jahre vor Nadias Verschwinden aufgenommen worden, aber sie war gut darauf zu erkennen.

»Dürfen wir uns das mal ausleihen?«, fragte Line.

Liv Hovet nickte und nahm das Foto aus dem Album.

»Hier müssten noch mehr sein«, sagte sie und blätterte weiter. »Auch eins, wo sie zusammen mit Robert zu sehen ist.«

»Darf ich ein Foto von Ihnen machen?«, fragte Line, während die andere weitersuchte.

Liv Hovet sah auf.

»Von mir?«

»Ja, während Sie dasitzen und das Album durchblättern.«

Liv Hovet protestierte nicht.

Sie gab ihnen insgesamt fünf Bilder, auf denen Nadia zu sehen war. Eines davon zeigte sie zusammen mit ihrem Freund.

Es sah aus, als lachten sie über etwas. Nadia mit offenem Mund und leicht vorgeschobenem Kinn. Vielleicht lag es am Licht, dass Roberts Augen besonders dunkel, ja fast düster wirkten. Trotz des Lächelns, das seinen Mund umspielte.

»Wollen wir vielleicht eine Kleinigkeit essen, bevor wir uns mit diesem Typen vom Roten Kreuz treffen?«, schlug Daniel vor, nachdem sie sich wieder in den Wagen gesetzt hatten.

Line verspürte Hunger und war einverstanden. Sie fuhren nach Porsgrunn hinein und entdeckten ein Restaurant in der Storgate. Line bestellte einen Fisch- und Meeresfrüchtesalat, Daniel entschied sich für einen Burger.

»Was sie da über Robert und Eva im Badezimmer gesagt hat, müssen wir rausstreichen«, sagte Daniel. »Ich habe schon mit Eva gesprochen, sie möchte nicht an der Artikelserie mitwirken und auch nicht namentlich erwähnt werden.«

»Dann müssen wir die Information anders einbauen«, wandte Line ein. »Ich könnte aus dem Vernehmungsprotokoll vorlesen und sie anders nennen. Sie sagt jedenfalls, dass im Badezimmer nichts vorgefallen ist. Sie hätten sich nur unterhalten.«

»Robert Gran sagt das auch«, bestätigte Daniel.

Das Essen wurde gebracht.

»Vielleicht sollten wir eine weitere Erzählerstimme dabeihaben«, schlug Line vor und fing an zu essen. »Von jemandem, der überhaupt nicht im Fokus der Ermittlungen stand, aber vielleicht was Allgemeines zu diesem Fall sagen könnte. Darüber, wie die Lokalbevölkerung reagiert hat, zum Beispiel.«

Daniel gefiel die Idee.

»Ein Pfarrer oder ein Bürgermeister«, sagte er und machte sich über seinen Burger her. »Möglicherweise können wir jemanden auftreiben, der früher Lokalpolitiker war, aber heute landesweit bekannt ist. Das wäre gut! Irgendein Prominenter.

Vielleicht dieser Hotelkönig. Der kommt doch aus der Gegend und erinnert sich bestimmt an den Fall.«

»Ich glaube nicht, dass wir irgendwelche Prominenten mit einbeziehen sollten«, gab Line zu bedenken. »Ich dachte eher an einen Lokalreporter, der damals über den Fall geschrieben hat.«

Line und Daniel diskutierten noch über verschiedene Blickwinkel und Ansätze, einigten sich aber schließlich darauf, dass eine chronologische Aufzählung der Fakten in der ersten Reportage am wichtigsten sei.

Realf Tveten vom Roten Kreuz gehörte zu denjenigen, die beschreiben konnten, was sich nach dem Verschwinden von Nadia in dem kleinen Ort abgespielt hatte. Er empfing die beiden in der Geschäftsstelle der Hilfsorganisation und hatte bereits das Protokoll der Suchaktion aus dem Jahr 1987 herausgesucht. Daneben lagen verschiedene Karten, auf denen man alle Gebiete gekennzeichnet hatte, die damals durchsucht worden waren.

»Ich wusste ja, wer ihre Eltern waren«, erzählte Tveten. »Joachim und Hannah Krogh. Er war damals schon ziemlich bekannt, aber ich bin früher mit ihm zur Schule gegangen. Ziemlich umgänglicher Typ. Überhaupt nicht abgehoben oder arrogant, obwohl die Familie viel Geld hatte.«

»Wann haben Sie erfahren, dass Nadia vermisst wurde?«, fragte Line, um das Gespräch in die richtige Richtung zu lenken.

»Die Polizei rief am Samstag gegen zwei Uhr an«, erwiderte Realf Tveten. »Da hatten sie schon ihre Hundestaffel losgeschickt und wollten nun eine systematische Suche durchführen. Ich hab dann die Mannschaft zusammengetrommelt und hatte nach einer halben Stunde eine Einsatzzentrale eingerichtet.«

Er warf einen Blick auf das Protokoll und fuhr fort:

»In Absprache mit der Polizei haben wir uns auf die unmittelbare Nachbarschaft konzentriert. Wir haben in den Gärten der Anwohner gesucht, unter den Johannisbeersträuchern, auf Spielplätzen, in Schuppen und Garagen. Wir kannten das schon. Es kommt ja manchmal vor, dass sich irgendein Besoffener irgendwo hinlegt, um in Ruhe seinen Rausch auszuschlafen. Das Wetter war zwar nicht schlecht, aber sie hatte getrunken, und wir vermuteten, dass ihr übel geworden sein könnte. Womöglich hatte sie sich irgendwo hingelegt und sich erbrochen und war daran vielleicht erstickt.«

Line warf einen Blick auf das Aufnahmegerät, das Daniel in den Händen hielt. Die kleinen Leuchtdioden am Gerät blinkten im Rhythmus von Realf Tvetens Worten. Seine tiefe, leicht vibrierende Stimme hatte einen angenehmen Klang.

»Sobald ich mehr Leute zur Verfügung hatte, haben wir den Suchradius auf den Wald hinter dem Haus ausgedehnt.«

Er zog eine der Landkarten heran und zeigte darauf.

»Das Terrain ist hügelig, mit Felsen und Hängen. Wir sind davon ausgegangen, dass sie gestürzt und vielleicht bewusstlos war.«

Line nahm ihre Kamera hervor und schoss ein Foto von dem Tisch vor ihnen. Mit den Landkarten und den schraffierten Gebieten würde das Foto sehr effektvoll aussehen.

Tveten rollte eine größere Landkarte auseinander.

»Die Party hat hier stattgefunden«, sagte er und zeigte auf die entsprechende Stelle. »Und hier wohnen die Kroghs. Wir nahmen an, dass sie nach Hause wollte. Tatsächlich gab es drei Möglichkeiten, um dorthin zu gelangen. Sie konnte über die alte E18 gehen und der Straße bis nach Heistad folgen. Da hätte sie auch die Möglichkeit gehabt, in einen Bus zu steigen. Oder sie hätte über die neue E18 gehen können, die damals gerade gebaut wurde, aber die war dunkel und verlassen. Der kürzeste Weg hätte sie durch die Siedlung geführt, und dann wäre sie in Lundedal herausgekommen, auch wenn das bedeutet hätte, dass sie ein Stück durch den Wald hätte gehen müssen.«

Die drei Strecken waren auf der Landkarte rot markiert.

»Wir haben an allen drei Strecken gesucht. Es hätte ja auch die Möglichkeit bestanden, dass sie angefahren worden war und in einem Graben lag, aber es gab keinerlei Anzeichen für einen solchen Unfall.«

Daniel Leanger ergriff das Wort:

»Wo ist sie Ihrer Meinung nach abgeblieben?«, fragte er.

Realf Tveten lehnte sich zurück.

»Ich bin bei vielen Suchaktionen dabei gewesen«, sagte er, »im Gebirge, im Wald, auf See und in der Stadt. Die meisten Vermissten werden gefunden. In der Regel leben sie nicht mehr, aber sie werden gefunden. Sie sind entweder Opfer eines Unfalls, haben sich umgebracht oder wurden ermordet. Aber sie werden gefunden. Wenn wir sie nicht finden, dann findet sie früher oder später ein Jäger oder ein Wanderer. Ich war daher immer der Überzeugung, dass sie jemand in einem Auto mitgenommen hat und mit ihr weggefahren ist.«

»Die Entführer«, warf Line ein.

Tveten nickte. »Die Frage ist bloß, was danach passiert ist. Was ist mit Nadia geschehen, und warum wurde das Lösegeld nie abgeholt?«

Das Gespräch mit dem Mann vom Roten Kreuz hatte mehr Zeit in Anspruch genommen, als Line geplant hatte. Sobald sie wieder im Auto saß, rief sie Thomas an, um sich zu erkundigen, wie es zu Hause lief.

»Alles in Ordnung«, versicherte Thomas. »Ich bringe ihr gerade bei, wie man ein iPad benutzt.«

»Ein iPad?«

»Ich habe ihr ein paar Apps runtergeladen«, erklärte Thomas. »Sie sitzt auf meinem Schoß, drückt auf dem Gerät herum und lacht. Sie ist total eifrig und kriegt alles super hin. Es handelt sich übrigens um Lernspiele.«

Line hatte Amalie noch nie mit dem iPad spielen lassen, und erst vor Kurzem hatte sie die Kleine zum ersten Mal fernsehen lassen. Sie war der Ansicht, dass kleine Kinder vor allem deshalb vor Bildschirmen geparkt wurden, um den Eltern eine kleine Pause zu verschaffen.

»Hat sie denn auch was gegessen?«, fragte sie.

»Wir haben gegessen und die Windeln gewechselt, alles in bester Ordnung«, versicherte Thomas, bevor Amalie zu brabbeln begann und Aufmerksamkeit einforderte.

Line verabschiedete sich von den beiden und sagte, dass sie in etwa zwei Stunden wieder zu Hause sei.

Daniel hatte inzwischen die Adresse von Vidar Arntzen in das Navigationsgerät eingegeben.

»Der graue Panther«, erklärte er und folgte den Anweisungen auf dem Bildschirm.

»Lebt er allein?«, fragte Line.

»In einer Alten-WG«, erwiderte Daniel.

»Alten-WG?«, wiederholte Line erstaunt.

»Seniorenwohngemeinschaft wäre wohl die korrektere Bezeichnung«, sagte Daniel mit einem Lächeln. »Er hat sich schon damit beschäftigt, als er noch Ehrenvorsitzender war. Er hat sich mit ein paar Gleichaltrigen zusammengetan und ein Haus zu einer Art Seniorenwohnanlage umgebaut.«

Line warf einen Blick in die Unterlagen aus der Ermittlungsakte. Vidar Arntzen war nach einem langen Arbeitsleben als Architekt gerade in den Ruhestand getreten, als eines Tages zwei Polizisten in Zivil vor seiner Tür standen und fragten, ob er an der Entführung eines siebzehnjährigen Mädchens beteiligt sei. Line notierte sich die kurze Zusammenfassung und wollte sie später für den Podcast einlesen. Eine schöne Einleitung für die Wiedergabe des Gesprächs mit dem alten Mann.

Sie kamen an einem Schild vorbei, das auf Henrik Ibsens Elternhaus hinwies, bogen dann ab und hielten vor einer großen Holzvilla, die in einer idyllischen Umgebung lag, mit einem kleinen Fluss im Hintergrund. Feuchtes, welkes Laub von einem mächtigen Hofbaum bedeckte große Teile des Platzes vor dem Haus.

Als Line aus dem Wagen stieg, tapste sie in eine Pfütze. Sie sprang schnell zur Seite, spürte aber, dass Wasser in ihre Schuhe gedrungen war.

»Vidar Arntzen hat damals in Oslo gewohnt«, erklärte Daniel. »Das Haus hier ist bestimmt aus dem Familienbesitz.«

Sie betraten einen rezeptionsartigen Eingangsbereich, wo sich aber niemand aufhielt, und entdeckten ein Klingelbrett. Vidar Arntzen musste sie allerdings schon gesehen haben, denn er erschien unmittelbar nachdem sie bei ihm geklingelt hatten. Er war groß und dünn, trug einen buschigen Bart und hatte eine kleine Dokumentenmappe bei sich. Obwohl er schon sehr alt war, schienen sein Gehirn und sein Gehör noch bestens zu funktionieren. Er führte sie herum und erläuterte das Konzept der Seniorenwohngemeinschaft.

»Alles topmodern«, sagte er. »Lebensqualität und Pflegemöglichkeiten für ältere Menschen, die nicht allein in einem großen Haus mit Garten leben möchten. Darüber müssten Sie in Ihrer Zeitung schreiben. Die Politiker sollen mal darüber nachdenken. Statistisch gesehen trägt nämlich so eine Wohngemeinschaft dazu bei, dass ältere Menschen viel länger ein selbstbestimmtes Leben führen können, als wenn sie allein leben.«

Arntzen führte seine Besucher in einen Gemeinschaftraum, wo sie sich an das Ende eines langen Tisches setzten.

»Gibt es was Neues über das verschwundene Mädchen?«, fragte er, während Daniel ein Mikrofon an seiner Jacke befestigte.

»Nur dass die Polizei sich den Fall noch mal anschaut«, erwiderte Daniel. »Vielleicht können sie heute etwas herausfinden, was sie damals nicht herausfinden konnten.«

»Nach so vielen Jahren«, murmelte der alte Mann und schüttelte den Kopf. »Da sie irgendwann vor meiner Tür standen, können die ja damals nicht so viele Spuren gehabt haben.«

»Wieso ist die Polizei überhaupt zu Ihnen gekommen?«, fragte Line.

»Ich weiß gar nicht, wie viel ich erzählen darf«, erwiderte Arntzen. »Die Polizei hat mir damals gesagt, dass unser Gespräch der Schweigepflicht unterliegt.«

»Das ist lange her«, wandte Line ein. »Wir haben die Kopien sämtlicher Unterlagen aus der Ermittlungsakte vorliegen, insofern dürfen Sie die Schweigepflicht wohl ruhigen Gewissens als aufgehoben betrachten.«

»Sie wissen also von den grauen Panthern?«

Line nickte.

»Deswegen sind wir hier«, sagte sie.

»Nun, damals hatte ich mich gerade mit ein paar anderen zusammengetan und einen Verein gegründet, um mehr Rechte für Rentner zu erstreiten. Wir hießen offiziell Seniorenverein, wurden aber *Die grauen Panther* genannt. Genau so, wie sich die Entführer von Nadia Krogh bezeichnet haben.«

»Und was wollte die Polizei?«

»Die kamen zu mir, weil etwas über uns in der Zeitung gestanden hatte. Graue Panther ist doch ein feststehender Begriff, eine Bezeichnung für ältere Menschen, die noch fit und aktiv sind. Mit diesem Fall hatten wir natürlich gar nichts zu tun. Das hat die Polizei dann auch begriffen.«

Line warf einen Blick auf Daniel. Arntzens Geschichte war schnell erzählt, und sie wusste nicht, ob sich das Material für das Feature verwenden ließe. Viel gab es jedenfalls nicht her.

»Erzählen Sie doch bitte, wie es war, als die Polizei zu Ihnen kam«, fragte sie, um die Sache aus seinem anderen Blickwinkel zu betrachten.

»Das habe ich doch eben schon erzählt«, erwiderte der alte Mann mit einem Schulterzucken. »Sie kamen zu zweit, haben mich gefragt, ob ich Vidar Arntzen sei, und haben mir ihre Dienstausweise gezeigt. Wie die meisten anderen auch hatte ich von Nadia Krogh aus der Zeitung erfahren. Ich verstand überhaupt nicht, was die Polizisten von mir wollten. Das war wirklich ein kleiner Schock, das kann ich Ihnen sagen.«

»Wieso sollte Ihr Gespräch denn der Schweigepflicht unterliegen?«

»Na, wegen der grauen Panther«, erklärte Arntzen. »Die Polizei wollte nicht, dass Journalisten oder andere Leute erfahren, dass alte Rentner dahintersteckten.«

Line brauchte eine Weile, bis sie seine Ausführungen entschlüsseln konnte. Sie selbst hatte immer angenommen, dass der Name, den die Entführer für sich selbst verwendet hatten, zufällig aus dem Artikel über den Seniorenverein ausgeschnitten worden war. Dann aber wurde ihr klar, dass Vidar Arntzen offenbar nicht wusste, wie der Brief eigentlich gestaltet gewesen war, und dass er deshalb der Unterschrift mehr Bedeutung beigemessen und diese zudem anders interpretiert hatte als sie selbst.

»Hat die Polizei Ihnen den Brief der Entführer gezeigt?«, fragte sie.

Vidar Arntzen schüttelte den Kopf.

»Die haben mir auch nicht erzählt, was da drinstand, sondern nur, dass er mit *Die grauen Panther* unterschrieben war.«

»Ich würde Ihnen gern etwas zeigen«, sagte Line und zog ihr Laptop hervor, auf dem sie alle Falldokumente gespeichert hatte.

Der alte Mann beugte sich neugierig über den Tisch. Line benötigte einen Augenblick, um sich einzuloggen. Es gab einen

Polizeibericht, aus dem hervorging, dass es sich bei der Zeitung, die die Entführer verwendet hatten, um die *VG*-Ausgabe von Donnerstag, dem 27. August 1987, handelte und dass davon 332 468 Exemplare gedruckt worden waren, die an insgesamt 13 298 Verkaufsstellen ausgelegen hatten. Im Prinzip waren das unwichtige Details, die sich in dem Feature allerdings gut unterbringen ließen. Die Unterschrift *Die grauen Panther* war aus einem Artikel auf Seite 11 herausgeschnitten worden.

Line öffnete die betreffende Bilddatei und schob dem alten Mann auf der anderen Seite des Tisches das Laptop hin.

Er fischte eine Lesebrille aus der Tasche, setzte sie auf und bewegte beim Lesen die Lippen.

»Die haben *Die grauen Panther* aus einem Zeitungsinterview mit Ihnen herausgeschnitten«, erklärte Line.

Vidar Arntzen nickte.

»Deshalb also waren die damals so interessiert an der Zeitung«, sagte er und nahm die Brille wieder ab.

»Welche Zeitung?«

»Ich hatte die Zeitung aufbewahrt«, erzählte Arntzen. »Als die Polizei kam, hatte ich sie bei mir auf dem Tisch liegen. Aufgeschlagen auf der Seite mit dem Interview. Ich hatte es einem Bekannten gezeigt, der am Tag zuvor zu Besuch gewesen war.«

Line klappte das Laptop zu.

»Aber die beiden Polizisten haben natürlich gesehen, dass meine Zeitung völlig intakt war«, fuhr Vidar Arntzen fort. »Es muss noch ein paar andere gegeben haben, die ein Exemplar der gleichen Ausgabe aufbewahrt hatten.«

Line dachte über seine Bemerkung nach. Da gab es etwas, woran sie nicht gedacht und was sie auch in der Ermittlungsakte nicht entdeckt hatte. Nadias Eltern hatten den Brief von den Entführern am 22. September bekommen, aber die Zeitung, die verwendet worden war, stammte vom 27. August. Irgendjemand musste die Ausgabe bis dahin aufbewahrt haben.

Daniel brachte das Gespräch zum Abschluss. Er schaltete das Aufnahmegerät aus und versuchte dem alten Mann zu erklären, wo er sich die fertige Sendung würde anhören können, doch schon bald war ihm klar, dass Arntzen nicht ganz begriff, was ein Podcast überhaupt war.

Line bedankte sich für das Interview und erklärte, dass die Story auch in der gedruckten Zeitung erscheinen würde.

Draußen regnete es immer noch. Außerdem hatte der Wind aufgefrischt.

27

Der Wind musste die Richtung geändert haben. Der Regen trommelte schräg gegen das Bürofenster und verursachte ein gleichmäßiges Dröhnen.

Wisting saß über seinen Schreibtisch gebeugt. Er hatte sich eine Landkarte besorgt, auf der Martin Haugens Hütte eingezeichnet war, und versuchte die Zahlen aus dem Code mit verschiedenen Punkten im Terrain zu vergleichen. Zwei der Zahlen stimmten mit der Höhe zweier Berggipfel überein, aber das brachte ihn der Lösung nicht näher.

Adrian Stiller betrat das Büro.

»Ich habe einen Techniker gebeten, morgen einen Sender an Haugens Wagen anzubringen«, sagte er. »So etwas ist zuverlässiger und genauer, als ein Handy zu orten. Sobald wir wissen, wo er sich aufhält, gehen wir rein und durchsuchen sein Haus.«

»Eine heimliche Durchsuchung«, kommentierte Wisting.

»Er verbirgt irgendetwas. Ich will zu ihm rein, bevor Sie anfangen, Druck auf ihn auszuüben«, erklärte Stiller und setzte sich. »Falls er nämlich misstrauisch wird und glaubt, dass wir hinter ihm her sind, könnte er eventuelle Beweise vernichten. Das will ich vermeiden.«

»Was für Beweise könnten das denn Ihrer Meinung nach sein?«, fragte Wisting.

»Ich will in seinen Computer und nachsehen, was er da gespeichert hat«, erwiderte Stiller.

»Eine ziemliche Herausforderung«, sagte Wisting. »Er hat Kameras zur Überwachung aufgehängt.«

Stiller hob die Augenbrauen, und Wisting erzählte von den beiden Geräten, die er entdeckt hatte.

»Das macht die ganze Sache ja noch viel interessanter«, sagte Stiller. »Gibt's auch eine Alarmanlage?«

»Nein.«

»Gut. Aber die Kameras lassen vermuten, dass er ein paar Geheimnisse in seinem Haus hat.«

Wisting hatte den gleichen Gedanken gehabt, sagte aber nichts. Es gab jedenfalls etwas, wovor Martin Haugen glaubte, sich schützen zu müssen. Mal abgesehen von litauischen Gastarbeitern.

Stiller erhob sich plötzlich und trat ans Fenster.

»Da unten wohne ich«, sagte er nach einer Weile und zeigte auf das neue Hotel in Sanden. »Farris Bad.«

Dann schnitt er ein anderes Thema an:

»Hatten Sie eigentlich mal Kontakt zur Familie von Katharina?«, fragte er.

»In Österreich?«

»Ja.«

»Einige Jahre später habe ich mal mit ihrer Schwester gesprochen«, erklärte Wisting. »Dabei ging es darum, dass Katharina offiziell für tot erklärt wurde.«

Stiller drehte sich um.

»Sind sie sich ähnlich?«

»Ich habe nur ein Foto von ihr gesehen«, sagte Wisting. »Sie haben zwar nicht denselben Vater, sehen sich aber sehr ähnlich. Warum fragen Sie?«

»Ich habe eine Firma in London mit einer Rekonstruktion beauftragt, wie Nadia Krogh heute aussehen würde«, führte Stiller aus. »Sie wissen schon, basierend auf biometrischen Daten und so weiter.«

Wisting nickte. Er kannte die Technologie, hatte aber noch nie Verwendung dafür gehabt.

»Der Plan ist, dass wir die am Donnerstag bei *Tatort Norwegen* im Fernsehen zeigen«, fuhr Stiller fort. »Natürlich können wir nicht wissen, ob sie tatsächlich so aussehen würde. Egal welche Datenprogramme zum Einsatz kommen, letzten Endes sind es nur Vermutungen. Mit Katharina wäre das einfacher. Da hätten wir konkretere Anhaltspunkte, denen wir folgen könnten.«

»Haben Sie die Skizze gesehen?«, fragte Wisting.

»Ich bekomme sie morgen.«

Wisting lehnte sich auf seinem Stuhl zurück.

»Heißt das, Sie glauben, dass Nadia noch leben könnte?«, fragte er.

»Nein«, erwiderte Stiller, ohne zu zögern. »Wir machen das nur, um im Fernsehen etwas zeigen zu können. Um Aufmerksamkeit zu erregen. Die *VG* bekommt die Erpresserbriefe, und TV2 bekommt ein Gesicht.«

Er trat auf die Tür zu.

»Mit Katharina ist das etwas anderes«, sagte er. »Sie wirkte entschlossen. Sie hat schon einmal mit ihrer Familie gebrochen und ist ins Ausland gegangen, um ein neues Leben anzufangen. Sie kann es wieder getan haben. Und zwar mit mehr Erfahrung und mehr Erfolg als beim ersten Mal.«

28

Line liebte die späten Abendstunden, wenn Amalie bereits tief und fest schlief. Für gewöhnlich las sie dann oder beschäftigte sich mit Ahnenforschung, jetzt aber saß sie mit dem Laptop auf dem Schoß auf dem Sofa und schrieb. Ab und zu hielt sie inne, lauschte auf Geräusche aus dem Kinderzimmer, aber alles, was sie hörte, war der nicht nachlassende Regen.

Der Text, an dem sie arbeitete, enthielt Auszüge aus der Ermittlungsakte, Zitate aus Zeitungsartikeln über den Fall aus dem Jahr 1987 sowie Zeilen aus den Interviews, die sie zusammen mit Daniel geführt hatte. Er hatte ihr die Audiodateien geschickt, war aber momentan in Oslo, um den Inhalt des ersten Podcasts zu redigieren.

Line kam gut voran. In dem ersten Artikel ging es darum, die Fakten kurz und treffend zu beschreiben, aber so, dass sie das Interesse der Leser weckten, die den Fall idealerweise auch in der nächsten Woche verfolgen würden. Was ihr ein wenig fehlte, war ein Blick von außen auf den Fall. Line wollte sich mit einem Journalisten vom *Porsgrunns Dagblad* treffen, der seinerzeit über den Fall berichtet hatte und immer noch bei der Zeitung arbeitete. Das Problem war nur, dass er unter Umständen über den Fall schreiben könnte, bevor ihr erster Artikel erschienen war. Daran ließ sich nichts ändern. Andererseits war eine Lokalzeitung wie *Porsgrunns Dagblad* keine wirkliche Konkurrenz und hatte ohnehin einen ganz anderen journalistischen Ansatz.

Obwohl ihr Text vorläufig nur aus Bruchstücken bestand,

die noch zusammengesetzt werden mussten, las Line ihren Entwurf einmal durch. Ein wenig resigniert stellte sie ihr Laptop auf den Tisch, setzte sich gerade hin und stellte die Füße auf den Boden. Streng genommen war mit der Arbeit, die sie übernommen hatte, keine größere journalistische Herausforderung verknüpft. Sie war zwar interessant, doch ging es letztlich darum, Fakten zu sortieren und auf verschiedene Arten und in passenden Portionen zu präsentieren. Wie es momentan aussah, war sie nicht mehr als ein Werkzeug der Polizei. Alle Informationen waren vorab zusammengetragen worden. Wenn sie bei Lesern der Zeitung und Hörern des Podcasts echtes Interesse wecken wollte, müsste sie noch etwas mehr daraus machen. Etwas, das die Leser mitriss. Sie müsste etwas finden, was die Polizei übersehen oder fehlinterpretiert hatte. Eine Spur, die sie weiterverfolgen könnte. Erfahrungsgemäß ergab sich so etwas häufig, wenn die Geschichten gedruckt wurden. Es gab Leser, die lieber der Presse als der Polizei erzählen wollten, was sie wussten. Line war ungeduldig, konnte aber vorläufig nichts anderes tun, als abzuwarten.

29

Wisting wärmte den letzten Rest der Pizza in der Mikrowelle auf. Das Pizzastück hatte seit Freitagabend im Kühlschrank gelegen, sah aber noch völlig genießbar aus.

»Willst du Pizza?«, rief er Thomas zu, der im Wohnzimmer saß.

»Ich hab schon bei Line gegessen, danke«, antwortete sein Sohn und kam in die Küche.

Wisting nahm die Pizza heraus und setzte sich. Thomas nahm ihm gegenüber Platz.

»Warum machst du das?«, fragte er.

Wisting stach mit der Gabel in das Pizzastück. Es war in der Mikrowelle weich geworden und außerdem zu heiß, um aus der Hand gegessen zu werden.

»Was denn?«, fragte er und schnitt sich ein Stück ab.

»Mit diesen Fällen arbeiten. Immer die allerschlimmsten Sachen. Mord und Totschlag.«

Wisting dachte nach. Ab und an wurde ihm diese Frage gestellt. Die Menschen wollten wissen, ob er wegen seiner Arbeit nicht nächtelang wach lag. Manchmal passierte es natürlich, dass er nicht schlafen konnte, weil ein Fall in seinem Hinterkopf herumspukte, aber meistens geschah das aus fachlichen Gründen. Auf der Jagd nach etwas, das er vielleicht übersehen hatte, ließ er die Details eines Falls Revue passieren.

»Ich komme damit zurecht«, erwiderte er. »Mir gefällt es, dass ich dazu beitrage, Gerechtigkeit walten zu lassen. Wenn einer jemanden umbringt, dann soll er wissen, dass ihm jemand auf den Fersen ist und ihn zur Verantwortung zieht. Wenn niemand diese Arbeit machte, hätten wir eine Gesellschaft, in der das Recht des Stärkeren gelten würde.«

Thomas hörte ihm kommentarlos zu.

»Abgesehen davon finde ich das spannend«, fügte Wisting hinzu. »Ich könnte natürlich sagen, dass ich Polizist geworden bin, weil ich die Welt zu einem besseren Ort machen oder etwas verändern wollte, doch letzten Endes geht es wohl um die Faszination für Gewaltverbrechen.«

»Ist das nicht …« Thomas suchte nach dem passenden Wort. »… etwas gefühllos?«

»Ich hätte auch Verkehrspolizist werden können«, sagte Wisting mit einem Lächeln. »Aber ich wollte etwas anderes. Ich wollte versuchen, das Unfassbare zu verstehen. Wieso ein Mensch einen anderen töten kann. Das ist wie mit einem Pfarrer, der als Krankenhausseelsorger mit Sterbenden arbeitet. Er hätte doch genauso gut Hochzeiten und Taufen abhalten können. Warum entscheidet sich ein Arzt, auf einer Station für krebskranke Kinder zu arbeiten? So etwas ist schwierig und schmerzhaft, aber vielleicht entdeckt man dann einen Sinn in dem, was man tut.«

»Ich habe vor zwei Monaten eine Frau kennengelernt«, sagte Thomas. »Es fing schon an, ernst zu werden.«

Wisting widmete sich wieder seiner Pizza. Thomas hatte bisher nichts von einer neuen Freundin berichtet, doch Wisting ahnte schon, dass gleich ein *Aber* kommen würde.

»Sie hat erst nicht verstanden, was ich beruflich eigentlich mache. Als sie es dann verstanden hat, konnte sie nicht begreifen, wieso ich solch einer Arbeit nachgehe. In ihren Augen war ich ein Krieger, der andere tötet. Ich hab versucht, ihr zu erklären, was mich zu diesem Job motiviert hat, aber ich konnte es nicht.«

Wisting wusste nicht, was er erwidern sollte.

»Ich wollte ihr erklären, dass es darum geht, die Welt sicherer zu machen«, fuhr Thomas fort. »Aber natürlich geht es auch um das, was du beschrieben hast. Es gefällt mir, dass ich zu etwas Größerem beitragen kann. Ich kann mir gar nicht vorstellen, etwas anderes zu machen, wie etwa eine Linienmaschine zu fliegen oder so.«

»Vielleicht tragen wir das ja einfach in uns«, meinte Wisting. »Ich glaube, deiner Schwester ergeht es ebenso.«

Thomas stand vom Tisch auf.

»Fährst du morgen?«, fragte Wisting.

»Nein«, gab Thomas zurück. »Line ist anscheinend gerade an einer großen Story dran. Ich bleibe die ganze Woche und kümmere mich um Amalie.«

30

Ein Teil des Hotels ragte über den Strand und das Meer hinaus. Der Balkon von Stillers Zimmer lag auf der Seeseite. Er trat hinaus und nahm den Geruch von Tang und Salzwasser in sich auf. Am Hafen war ein Mann mit einem großen schwarzen Hund unterwegs. Stiller konnte sie im Schein einer Straßenlaterne sehen. Das Meer schlug seine kalten, schaumweißen Wogen gegen die Mole, auf der sie standen, und benetzte sie mit seiner aufpeitschenden Gischt.

Stiller blieb auf dem Balkon stehen, bis der Mann mit dem Hund nicht mehr zu sehen war. Auf dem Boden hatte er eine Tüte mit sechs Dosen Bier deponiert, von denen noch drei übrig waren. Die Lufttemperatur sorgte dafür, dass sie einigermaßen kalt blieben. Er löste eine Dose aus der Plastikverpackung, ging wieder hinein und setzte sich vor sein Laptop. Hoffentlich würde er müde von dem Bier. Er schlief für gewöhnlich schlecht, in Hotels sogar noch schlechter.

Das Gesicht von Nadia Krogh füllte den gesamten Bildschirm. Die Phantomzeichnung war kurz vor neun eingetroffen. In London war es zwar erst acht, doch ungeachtet dessen hatte sich jemand anscheinend viel Zeit genommen, um das beste Resultat zu erzielen.

Stiller öffnete die Bierdose und lehnte sich zurück. Für ihn war es eigentlich unwichtig, wie Nadia aussah. Irgendein IT-Nerd hätte vermutlich eine brauchbare Animation für wesentlich weniger Geld herstellen können.

Er schenkte sich den Inhalt der Dose in ein Glas und sah

wieder auf den Bildschirm. Gut möglich, dass sie so aussehen würde, wenn sie noch lebte, dachte er und nahm einen großen Schluck Bier. Allerdings glaubte er nicht daran, dass die Veröffentlichung der Phantomzeichnung etwas bewirken würde. Die Zeichnung war lediglich eine brauchbare Requisite, um den Fall überhaupt weiterzubringen.

Er richtete den Blick auf den Spiegel über dem Schreibtisch. Seine Augen waren gerötet, und die Haut drum herum sah geschwollen aus.

Schlafprobleme hatte er zum ersten Mal gehabt, als er bei seinen Eltern in Südafrika gewohnt hatte. Die Ursache war zweifellos Julia Ann gewesen. Doch selbst wenn er die Geschehnisse dort unten mit seiner Schlaflosigkeit in Verbindung bringen konnte, ließ sich das Problem dadurch auch nicht ohne Weiteres lösen.

Angefangen hatte es damit, dass er sich nach dem Hinlegen eine oder zwei Stunden hin und her wälzte. Im Lauf der Zeit war es immer schlimmer geworden. Er hatte verschiedene Medikamente ausprobiert, mit deren Hilfe er einige Stunden schlafen konnte, allerdings ohne sich danach ausgeruht zu fühlen. Nach etwa einem halben Jahr war alles vorbei gewesen, und er konnte wieder normal schlafen. Seit dieser Zeit hatte er immer wieder unter Schlaflosigkeit gelitten. Jetzt war es schon über ein halbes Jahr her, dass er eine ganze Nacht durchgeschlafen hatte.

Er schloss die Phantomzeichnung von Nadia Krogh und schickte sie dem Redaktionsleiter, mit dem er wegen der Vorbereitung der Donnerstagssendung in Kontakt stand. Dann richtete er seine Aufmerksamkeit wieder auf Martin Haugen. Er konnte sich einfach kein rechtes Bild von ihm machen. Aus den Unterlagen in der Akte ging nicht hervor, was für ein Mensch er eigentlich war. Er lebte allein, und sein sozialer Umgang schien sich auf Arbeitskollegen und ein paar ältere Verwandte zu beschränken. Die Kommunikationsüberwachung konnte vielleicht nach und nach dazu beitragen, ein deutlicheres Bild von ihm zu zeichnen, und auch die Durchsuchung seines Hauses würde dabei helfen. Doch vorläufig hatte Stiller das Gefühl, als gäbe es etwas, das Martin Haugen davon abhielt, sein Leben so zu führen, wie er es eigentlich wollte.

Adrian Stiller nahm einen weiteren Schluck Bier. Er kannte diese Art von Menschen. Menschen mit Geheimnissen, die tiefer verborgen lagen als die tiefsten Meeresschluchten. Aber genau solche Geheimnisse brachte er gern an die Oberfläche.

31

»Was Neues?«, fragte Wisting und schloss hinter sich die Tür zum Kontrollraum.

»Pornos«, sagte Hammer und deutete mit einem Kopfnicken auf den Bildschirm. »Anscheinend hat er was abonniert. Schon gestern Abend hat er sich damit beschäftigt. Wir können die Seiten, die hinter einer Bezahlschranke liegen, hier nicht aufrufen, aber die Internetadresse spricht ja für sich.«

»Extreme XXX«, las Wisting. Auf den Seiten schien es um Themen wie Sadomasochismus und Fesselspiele zu gehen.

»Keine Ahnung, wie wir das einordnen sollen«, meinte Hammer.

»Bringt einen jedenfalls ins Grübeln«, ergänzte Adrian Stiller und rieb sich die Augen. Er wirkte müde und schlecht gelaunt.

»Anrufe?«

»Nichts.«

»Was ist mit E-Mails?«

»Bei ihm ist nur Spam eingegangen.«

»Was anderes?«

»Möglicherweise plant er einen Urlaub. Er hat sich teure und exotische Reiseziele angeschaut, aber bis jetzt noch nichts gebucht.«

Stiller sah auf die Uhr.

»Zwei Techniker sind gerade unterwegs«, sagte er. »Die fahren zur Straßenmeisterei in Tønsberg und bringen einen Sender an seinem Privatwagen an. Den können wir dann bald hier auf dem Bildschirm sehen.«

»Ist das nicht riskant?«, fragte Wisting. »Mitten am Tag, auf einem Parkplatz direkt vor seiner Arbeitsstelle?«

»Die müssen natürlich sehen, wo er den Wagen abgestellt hat, aber das ist die beste Möglichkeit«, erwiderte Stiller. »Zu Hause steht sein Wagen in der Garage. Außerdem ist so etwas ganz schnell gemacht. Wäre schon erstaunlich, wenn jemand mitbekäme, was da vor sich geht.«

Wisting musste ihm recht geben.

»Und wenn das erledigt ist?«, fragte er.

»Ich habe die richterliche Genehmigung für eine verdeckte Hausdurchsuchung«, erklärte Stiller. »Die Techniker haben eine Ausrüstung dabei, mit der sich Haugens Festplatte auslesen lässt.«

»Und wie kommen wir rein?«

»Mit so was haben wir Erfahrung«, versicherte Stiller. »Kein Problem.«

»Wollen wir's hoffen«, sagte Wisting und machte sich wieder auf den Weg zu seinem Büro.

Verdeckte Hausdurchsuchungen kamen nicht jeden Tag vor. In der Regel fuhren sie zu einem Verdächtigen und zeigten ihm den Durchsuchungsbeschluss, und dann wurde die Hausdurchsuchung in Anwesenheit des Betreffenden durchgeführt. Oder sie wurde vorgenommen, nachdem derjenige in Untersuchungshaft gelandet war. Nur ganze zwei Mal war Wisting bei einer verdeckten Hausdurchsuchung dabei gewesen.

Sieben Minuten nach zwölf stand Adrian Stiller an der Tür zu Wistings Büro.

»Wir sind so weit«, sagte er. »Es geht los.«

Stillers Aufforderung war etwas abrupt gekommen, aber Wisting stand dennoch auf und folgte ihm in die Tiefgarage des Präsidiums. Dort wartete ein verdreckter Lieferwagen mit litauischem Kennzeichen. An der Seite klebte ein Magnetschild mit dem Bild eines Hammers und einer Säge.

»Kreativ«, kommentierte Wisting.

Er nahm an, dass es sich bei dem Mann hinter dem Steuer um einen der Techniker handelte, und grüßte ihn mit einem Kopfnicken. Nils Hammer hatte sich schon im Laderaum eingerichtet. Wisting stieg ein und begrüßte den zweiten Kriminaltechniker. Adrian Stiller kletterte nach ihm ins Wageninnere und zog die Seitentür zu, bevor der Wagen aus der Tiefgarage fuhr.

»Alles gut gelaufen?«, fragte Wisting und hatte dabei den Peilsender im Sinn, der an Martin Haugens Wagen befestigt sein sollte.

»War kein Problem«, sagte der Techniker und zeigte Wisting ein Tablet, auf dem eine stilisierte Landkarte zu sehen war. In der Mitte der Karte blinkte ein rotes Licht am Rand eines offenen Areals, das Wisting als Parkplatz identifizierte.

»Ich richte Ihnen das nachher im Kontrollraum ein, dann können Sie ihn von dort aus überwachen«, erläuterte der Techniker.

Die Heckscheiben des Lieferwagens waren dunkel getönt und ließen die grauen Wolken noch dunkler und bedrohlicher erscheinen.

Alle im Wagen zuckten zusammen, als der Fahrer plötzlich herunterschaltete und die Anhöhe nach Kleiver in Angriff nahm. Adrian Stiller telefonierte. Er wechselte ein paar Worte mit seinem Gesprächspartner, beendete das Gespräch und hob dann den rechten Arm vors Gesicht.

»Alles bereit«, sprach er in ein kleines Mikrofon an seinem Handgelenk.

Der Mann hinter dem Steuer schob den fast unsichtbaren Stöpsel in seinem Ohr zurecht und hob hinter der Scheibe, die Fahrerkabine und Laderaum trennte, den Daumen in die Luft.

»Wir haben den Strom gekappt«, erklärte Stiller. »Damit die Kameras nicht funktionieren.«

Die Reifen knirschten auf dem Schotterweg, der zum Haus führte. Ein paar Steinchen knallten von innen gegen die Radkästen. Der Wagen schlingerte, und Wisting drückte eine Hand gegen den Wagenhimmel, um das Gleichgewicht zu halten.

Der Fahrer fuhr in weitem Bogen über den Hofplatz und blieb dann seitlich vor dem Haus stehen. Wisting beugte sich vor, um hinauszusehen. Ohne Strom wirkte Martin Haugens Haus noch verlassener als bei seinem Besuch in der Woche zuvor.

Sie blieben hinten im Wagen sitzen, während der Fahrer ausstieg und zur Tür ging. Er drückte auf den Klingelknopf und trat wieder einen Schritt zurück.

»Do you need repair?«, sagte Stiller in gebrochenem Englisch, um zu demonstrieren, wie der Fahrer reagieren würde, wenn entgegen ihrer Vermutung doch jemand zu Hause wäre.

Aus dem Haus kam keine Reaktion. Der Fahrer trat wieder an die Tür und zog aus seiner Jackentasche einen Gegenstand, der einer Tasse ähnelte. Er stülpte ihn über das Zylinderschloss, und in weniger als einer Minute war die Tür geöffnet.

»Tut sich was?«, fragte Wisting und blickte den Techniker an.

Der überprüfte sein Tablet.

»Bisher nicht.«

Adrian Stiller zog die Seitentür auf und verteilte Handschuhe sowie Überzieher für die Schuhe. Der Techniker, der die Tür aufgemacht hatte, ging einmal durch das Haus, während die anderen im Flur warteten.

»Clear!«, rief er, um zu bestätigen, dass das Haus leer war.

Wisting ließ die anderen vorausgehen. Der Fußboden knarrte unter ihren Füßen.

»Zwei Computer«, sagte der Mann, der einmal durchs Haus

gegangen war. »Stationärer PC im Gästezimmer und Laptop im Wohnzimmer.«

Er zeigte auf das Gerät, das auf dem Wohnzimmertisch vor dem Fernseher stand. Der andere Techniker setzte sich und öffnete einen Koffer. Er nahm ein Laptop, eine Festplatte, einen Akku und die entsprechenden Kabel heraus.

»Dauert das lange?«, fragte Wisting.

»Kommt drauf an«, sagte der Techniker. »Wir müssen da erst mal rein, und dann ist die Frage, wie viele Daten er gespeichert hat. Könnte durchaus eine Stunde dauern.«

»Eine Stunde«, wiederholte Wisting und schaute aus dem Fenster. Der Regen hatte aufgehört, doch von den Bäumen tropfte es noch.

Eine Ecke des Wohnzimmers war als Büro eingerichtet. Auf dem Schreibtisch lagen Rechnungen und andere Papiere, und in einem Regal an der Wand standen mehrere Aktenordner, die nach Jahreszahlen geordnet waren. Adrian Stiller fing an, darin herumzublättern, während Hammer im Schlafzimmer verschwand.

Wisting ging in die Küche. An der Fensterwand stand eine Kommode. Sie befand sich hinter dem Stuhl, auf dem Martin Haugen für gewöhnlich saß. Er konnte sie erreichen, indem er sich einfach umdrehte.

Auf der Kommode stand ein Radio. Daneben lagen Prospekte von verschiedenen Ladenketten und einige Ausgaben eines Lifestyle-Magazins für Männer. Wisting wusste, dass Martin Haugen in der obersten Schublade seine Schlüssel und seine Geldbörse liegen hatte. Er zog sie auf und blickte hinein. Es befanden sich ein altes Handy mit Ladekabel, ein paar Kugelschreiber, ein kleiner Tacker, eine Tube Sekundenkleber, eine Schere und ein leeres Notizbuch darin.

»Hier haben wir was!«, rief Hammer von irgendwoher.

Wisting ging ins Wohnzimmer. Hammer kam aus dem

Schlafzimmer und hielt eine alte Zeitung hoch. Wisting erkannte die Titelseite. Die Zeitung enthielt das *VG*-Interview mit Nadia Kroghs Mutter, in dem sie über den Verlust der Tochter sprach.

»Ist das nicht ziemlich eigenartig?«, fragte Hammer.

Stiller stimmte ihm zu.

»Bitte dokumentieren und fotografieren Sie das«, bat er.

»Lag auf dem Boden einer Kommodenschublade«, erklärte Hammer.

»Legen Sie es an dieselbe Stelle zurück.«

Hammer nickte und tat wie geheißen. Wisting kehrte zu den Schubladen in der Küche zurück. In der zweiten lag ein Stapel Briefe, den er herausnahm und auf den Küchentisch legte. Unter dem Briefstapel entdeckte er einen Pass. Er gehörte Martin Haugen und war am 10. Oktober ausgestellt worden. Das lag gerade einmal fünf Tage zurück und stimmte mit dem Jahrestag von Katharinas Verschwinden überein. Passanträge wurden in der Regel schnell bearbeitet. Das hieß, er hatte den Pass Anfang letzter Woche beantragt und entweder am Tag zuvor oder direkt vor dem Wochenende zugesandt bekommen, möglicherweise sogar an dem Freitag, an dem Wisting nachmittags da gewesen war. Martin hatte keinerlei Reisepläne erwähnt.

Wisting legte den Pass zurück in die Schublade und blätterte durch den Briefstapel. Es waren Schreiben vom Finanzamt, von der Versicherungsgesellschaft und von der Bank. Wisting überflog sie und achtete darauf, die Reihenfolge nicht zu verändern.

Unten im Stapel lag ein weißer Umschlag ohne Absender und Adresse.

Wisting legte die anderen Briefe beiseite, öffnete den unfrankierten Umschlag und zog den Bogen, der darin lag, vorsichtig heraus. Noch bevor er ihn ganz herausgezogen hatte, spürte er, wie das Adrenalin durch seinen Körper schoss. Der

Anblick des Inhalts raubte ihm fast den Atem. Es traf ihn wie ein Schlag vor die Brust und machte ihn schwindelig.

»Stiller«, sagte er und schluckte, hatte aber nicht laut genug gesprochen.

Er trat einen Schritt zur Seite, stützte sich am Küchenstuhl ab und rief abermals nach Stiller.

Der Kollege von der Kripo kam in die Küche. Wisting hielt ihm den Inhalt des Umschlags hin. Es waren drei Wörter auf einem Bogen Papier.

Ich weiß es.

Jeder Buchstabe der knappen Nachricht war aus einer Zeitung ausgeschnitten und auf das Papier geklebt worden, genau wie in den Erpresserbriefen im Fall Nadia Krogh. Die Art und Weise war ein unmissverständlicher Hinweis. Irgendjemand wusste etwas über einen Zusammenhang zwischen Martin Haugen und Nadia Krogh.

»Der lag in der Schublade«, sagte Wisting und deutete auf die Kommode.

Stiller wollte den Umschlag sehen.

»Ohne Adresse«, kommentierte Wisting.

Stiller hielt den Umschlag gegen das Licht.

»Da ist ein kleines Loch drin«, sagte er.

Wisting blickte auf den Bogen in seiner Hand. Auch der hatte ein entsprechendes Loch von der Größe einer Stecknadel. Die beiden Ermittler waren sich einig, dass der Brief mit einer Nadel an die Tür gesteckt worden war.

»Sieht nicht sonderlich alt aus«, sagte Stiller.

»Schwer zu sagen«, erwiderte Wisting, war aber im Grunde der gleichen Meinung. »Vielleicht haben auch seine Überwachungskameras etwas damit zu tun. Die hat er anscheinend installiert, nachdem er das hier erhalten hat.«

Hammer kam jetzt auch in die Küche. Er fluchte, als er den Brief zu sehen bekam.

Wisting versuchte nachzudenken. Der Absender wollte Martin Haugen offenbar begreiflich machen, dass jemand wusste, was er getan hatte.

»Da haben wir die Bestätigung«, sagte Stiller und richtete den Blick auf Wisting. »Glauben Sie nicht, dass er Ihnen von dem Brief erzählt hätte, wenn er unschuldig wäre? Wenn er gar nicht wüsste, worum es geht?«

Wisting nickte.

»Das ist ein Dilemma«, meinte Hammer.

»Wie meinst du das?«

»Der Absender weiß offenbar, was Martin Haugen getan hat«, erklärte Hammer. »Es könnte jetzt Fingerabdrücke oder DNA-Spuren auf dem Brief geben, die uns eventuell verraten könnten, wer der Absender ist. Aber dafür müssten wir den Brief mitnehmen. Doch dann kapiert Haugen, dass jemand in seinem Haus gewesen ist.«

Wisting ließ Hammer den Brief halten, während er einen Beweisbeutel aus der Jackentasche zog.

»Den nehmen wir mit«, sagte er entschieden. »Wir müssen darauf setzen, dass er den Brief in nächster Zeit nicht aus der Schublade nehmen will. Und falls er anfängt, danach zu suchen, können wir nur hoffen, dass er glaubt, ihn verlegt zu haben. Schlimmstenfalls erzeugt das Unsicherheit.«

Er zog einen zweiten Beutel für den Umschlag hervor.

»Das wirft einige Fragen auf«, sagte Hammer. »Es ist nie bekannt gemacht worden, wie die Erpresserbriefe ausgesehen haben. Streng genommen wissen das nur die Polizei und die Entführer. Aber der Absender dieses Briefes anscheinend auch.«

»Nadias Familie weiß es ebenfalls«, gab Stiller zu bedenken. »Im Laufe der vergangenen zwanzig Jahre können die Angehörigen darüber geredet haben. Tja, und letzte Woche haben die Journalisten von der *VG* sie zu sehen bekommen.«

»Aber niemand von denen weiß, dass Haugen aufgrund der neuen Fingerabdruckanalysen als verdächtig gilt«, wandte Hammer ein.

Adrian Stiller zuckte mit den Schultern.

»Möglicherweise ziehen wir zu schnelle Schlussfolgerungen«, sagte er. »Bei diesem Zettel kann es ja auch um was völlig anderes gehen. Dass der Absender etwas anderes weiß. Womöglich hat Haugen den selbst zusammengebastelt, und er plant gerade einen neuen Coup.«

Wisting fand alles nicht sehr einleuchtend.

»Ich habe hier vorige Woche einen Mann gesehen«, sagte er. »Ich war spätabends hier, genau an dem Jahrestag. Der Typ hat versucht sich zu verstecken, ist aber in den Wald gelaufen, als er begriffen hat, dass ich ihn gesehen habe.«

»Haben Sie bemerkt, ob da ein Umschlag an der Tür gehangen hat?«, fragte Stiller.

Wisting schüttelte den Kopf, trat wieder in den Flur, öffnete die Haustür und stellte sich davor. Direkt unter der geriffelten kleinen Glasscheibe in der Mitte der Tür sah er ein kleines Loch, das von einer Heftzwecke oder einer Stecknadel herrühren konnte.

»Am Donnerstag hat er hier nicht gehangen«, konstatierte er.

»In Ordnung«, sagte Stiller und nahm die beiden Beweisbeutel an sich. »Ich gebe sie den Jungs fürs Labor mit, und dann sehen wir ja, ob uns das weiterbringt.«

Wisting ging wieder in die Küche, legte die anderen Briefe zurück in die Schublade und öffnete die nächste. Sie enthielt Zeitschriften, Wochenmagazine und einen Stapel Weihnachtskarten. Wisting sah sie sich näher an. Sie stammten von der Tante und den Onkeln aus Porsgrunn. Jedes Jahr hatten sie das Gleiche geschrieben, einen kurzen Text mit den besten Wünschen zum Weihnachtsfest und für das neue Jahr. Zwischen den Weihnachtskarten gab es auch Geburtstagsgrüße von denselben Familienmitgliedern. Sie alle bezeugten, wie klein der Umgangskreis von Martin Haugen tatsächlich war.

Je tiefer Wisting in den Stapel der alten Karten vordrang, desto vergilbter und steifer war das Papier, aus dem sie gemacht waren. Fast ganz unten lag ein Umschlag, der eine ganz andere Form als die übrigen hatte, beinahe quadratisch. Er zog die Karte heraus und hielt ein Foto von Line und Thomas in der Hand. Es war eine Dankeskarte für das Geldgeschenk, das sie zur Konfirmation bekommen hatten. Es war fünfzehn Jahre her, aber die Karte war in einem Stapel liegen geblieben, der mit jedem Jahr ein wenig größer geworden war.

Mit einem Mal kam es Wisting extrem übergriffig vor, dort in der Küche zu stehen und in der Schublade eines anderen Menschen herumzukramen. Zur Konfirmation hatten Line und Thomas Geschenke von Freunden und Verwandten bekommen. Martin Haugen hatte zu diesem Kreis gehört.

Wisting legte den Kartenstapel zurück und schloss die Schublade.

In den nächsten dreißig Minuten durchsuchte er alle anderen Schubladen und Schränke in der Küche. Besonders genau sah er sich den Inhalt eines blauen Krugs auf dem Fensterbrett und einer Schüssel auf dem Kühlschrank an. Der Techniker im Wohnzimmer hatte seine Arbeit mit dem Laptop abgeschlossen und war ins Gästezimmer gegangen, um die Daten des dortigen Computers zu kopieren.

Oben auf den Hängeschränken über der Arbeitsplatte standen sechs große Porzellanbecher mit einfachen Lebensweisheiten. Wisting stellte sich auf die Zehenspitzen und nahm einen Becher herunter, auf dem *Deine beste Zeit ist jetzt. Genieß den Kaffee!* zu lesen war. Dabei löste sich eine fettige Staubschicht, die sich zusammenklumpte und in das Waschbecken herunterfiel. Er sammelte alles auf, um keine Spuren zu hinterlassen, und stopfte sich den Dreck in die Hosentasche.

Der Becher enthielt ein paar ausländische Münzen. Er stellte ihn zurück und ging bei Nummer zwei vorsichtiger ans Werk. *Das Leben ist lang. Das Glück heißt Kaffee.* Am Boden des Bechers lag ein Schlüssel. Mit zwei Fingern nahm Wisting ihn heraus. Er blieb an seinem Einmalhandschuh kleben, woraus Wisting schließen konnte, dass er dort schon lange gelegen und sich das Bratenfett auf ihm angesammelt hatte. Der Schlüssel war nicht beschriftet, doch anhand von Form und Größe vermutete er, dass er zu einer Tür oder einem großen Hängeschloss passte.

Wisting legte ihn zurück und untersuchte den nächsten Becher. Er war genauso leer wie die restlichen drei.

»Bewegung!«, wurde aus dem Gästezimmer gerufen.

Die Ermittler scharten sich um den Mann mit dem Tablet. Wisting sah, dass sich der rote Punkt in Bewegung gesetzt hatte, südlich über die E18.

»Das System hat sich aufgehängt«, erklärte der Techniker. »Er ist tatsächlich schon vor siebzehn Minuten losgefahren.«

Wisting sah auf die Uhr. Martin Haugen hatte noch zwei Stunden seines Arbeitstages vor sich, doch der rote Punkt bewegte sich in ihre Richtung.

»Dann ist er in etwa zehn Minuten hier«, rechnete Hammer aus.

Der Bildschirm am Laptop der Kriminaltechnik zeigte, dass das Gerät Daten von Martin Haugens Computer herüberlud.

»Wie lange dauert es noch?«, fragte Stiller.

»Ich brauche die zehn Minuten«, erwiderte der Techniker.

»Okay«, gab Stiller zurück. »Sind die Trackingdaten verlässlich? Sind wir jetzt zu hundert Prozent synchron?«

Der Techniker nickte.

»Dann brechen wir hier ab, sobald der Wagen von der E18 abfährt.« Stiller wandte sich an Wisting und Hammer. »Die anderen sorgen dafür, dass alles wieder so aussieht wie zuvor und dass wir nichts liegen lassen. Dann setzen wir uns in den Wagen.«

Wisting trat in die Küche und verschaffte sich einen Überblick. Alles sah unberührt aus. Zusammen mit Hammer ging er hinaus zum Lieferwagen und setzte sich hinein. Stiller war schon vorausgegangen. Wisting sah auf die Uhr. Es waren vier Minuten vergangen. Die nächste Minute verging im Schneckentempo, die folgende ebenso. Nach sieben Minuten tauchte endlich der Fahrer an der Haustür auf. Er lief über den Hofplatz, setzte sich in den Wagen und ließ den Motor an, bevor er mit seiner Ausrüstung noch einmal zurückging, um das Schloss wieder zu verriegeln. Dann kam endlich auch der zweite Techniker mit seinem Koffer und seiner Ausrüstung aus dem Haus.

Ein dunkler Schatten bewegte sich an der Hauswand entlang.

»Die Katze!«, stöhnte Wisting.

Das Tier schlich die Treppe hinauf und schlüpfte genau in dem Augenblick durch den Türspalt, als der Fahrer die Tür zumachen wollte.

Wisting stieg aus dem Wagen und rannte zum Haus hinüber.

Die Katze hatte feuchte Fußabdrücke auf dem Fußboden hinterlassen, ebenso der Techniker, der ihr nachgelaufen war. Wisting folgte den Spuren ins Wohnzimmer.

»Miez, miez, miez!«, rief er, konnte die Katze aber nicht entdecken.

Er beugte sich hinunter, schaute unter den Tisch und sah plötzlich zwei grüne Augen hinter dem Sofa aufblitzen. Als er auf sie zuging, sprang die Katze weg und lief in die Küche.

Wisting und der Techniker folgten ihr. Sie lief einmal um die Stühle herum und setzte sich dann mitten unter den Tisch.

Wisting versuchte, sie anzulocken, aber das Tier beachtete ihn nicht. Der Techniker trat vorsichtig auf die Katze zu, doch sie ließ sich nicht einfangen und flitzte wieder ins Wohnzimmer. Nach einem weiteren erfolglosen Versuch gelang es Wisting schließlich, sie zu packen. Die Katze sträubte sich, aber Wisting trug sie ins Freie. Der Techniker bückte sich und wischte mit seinem Jackenärmel die feuchten Flecken vom Fußboden. Dann schloss er die Tür und verriegelte sie mithilfe seines Spezialwerkzeugs. Wisting ließ die Katze frei und stieg wieder in den Wagen. Adrian Stiller, der mit Hammer gewartet hatte, ließ die Seitentür geräuschvoll ins Schloss fallen. Der Fahrer stieg ein und setzte den Wagen in Bewegung.

»Position?«, fragte Stiller.

»Immer noch E18«, erwiderte der Techniker und spähte dabei auf das Tablet. »Er ist nicht abgefahren, sondern auf der Straße geblieben.«

»Dann will er also gar nicht nach Hause?«

Der andere schüttelte den Kopf.

»Er bewegt sich in Richtung Telemark.«

Der Lieferwagen erreichte die Hauptstraße. Wisting warf einen Blick zum Haus von Steinar Vassvik, aber Haugens Nachbar war nirgendwo zu sehen.

»Haben wir alles, was wir wollten?«, fragte Stiller.

»Zwei Festplatten«, bestätigte der Techniker. »Ich mache im Laufe des Nachmittags Kopien, dann können Sie sich alles ansehen.«

Wisting bat um das Tablet. Der Techniker reichte es ihm. Der rote Punkt auf dem Bildschirm hatte die Grenze zwischen Vestfold und Telemark passiert.

32

Line warf einen Blick auf den Tachometer. Wenn sie wie jetzt in Gedanken versank, neigte sie dazu, unbewusst langsamer zu fahren. Die Tachonadel lag knapp über neunzig. Ein großer Pick-up scherte hinter ihr aus und überholte sie.

Line gab etwas mehr Gas.

Sie hatte zwei Interviewtermine vor sich. Das erste Gespräch wollte sie mit Geir Hansen vom *Porsgrunns Dagblad* führen, das zweite mit dem Polizisten Kittil Nystrand, der um vier Uhr seine Schicht antrat.

An der Abzweigung nach Porsgrunn verließ sie die E18. Die Zeitungsredaktion befand sich in der Jernbanegate, die Line auch ohne Navigationsgerät sofort fand. Es handelte sich um ein tristes graues Gebäude gegenüber dem Bahnhof. Die Besucherparkplätze waren alle belegt, aber Line entdeckte einen freien Platz in der nächsten Seitenstraße, wo sie zwei Stunden kostenlos stehen konnte.

Sie war fast eine halbe Stunde zu früh und nahm das Aufnahmegerät heraus, um eine Einleitung einzusprechen.

»Wir befinden uns auf dem Weg zur Redaktion vom *Porsgrunns Dagblad*, oder *PD*, wie man hier sagt«, begann sie. Line hatte sich für die Bezeichnung *wir* entschieden, obwohl Daniel nicht anwesend war. Denn *wir*, das waren jetzt die Hörer und sie.

»*PD* ist eine kleine Lokalzeitung für Porsgrunn und Bamble. Sie erscheint fünfmal in der Woche und hat eine Auflage von gut dreitausend Exemplaren. Geir Hansen arbeitet hier seit über vierzig Jahren als Journalist und hat Reportagen und Artikel über kleine und große Ereignisse geschrieben. Eines der Ereignisse, über die er am meisten berichtet hat, ist die Entführung von Nadia Krogh.«

Line schaltete das Gerät aus und legte es wieder in die Handtasche. Sie war froh, den Lokalreporter ausfindig gemacht zu haben. Am Telefon hatte er sehr interessiert und aufgeschlossen gewirkt. Das letzte Mal hatte die Zeitung vor etwa einem Jahr über Nadia Krogh geschrieben. Die Entführung lag zu diesem Zeitpunkt fünfundzwanzig Jahre zurück. Hansen schien froh zu sein, dass er nach all den Jahren bei der Lokalzeitung noch einmal über den Fall hatte berichten dürfen. Und natürlich wollte er wissen, weshalb die *VG* sich jetzt ebenfalls der Geschichte widmete. Line hatte ganz bewusst nicht erwähnt, dass der Fall wieder aufgenommen worden war. Diese Neuigkeit wollte sie selbst am Freitag mit ihrem Artikel verbreiten und hatte daher nur vage von einem Podcast-Feature gesprochen.

Bis zu dem vereinbarten Termin waren es noch zwanzig Minuten. Line versuchte, etwas Zeit totzuschlagen, und las noch einmal die Aussagen von Nadias Freund Robert Gran durch. Adrian Stiller hatte den Kontakt zu ihm hergestellt, und sie war gespannt darauf, was er erzählen würde, wenn sie ihn wie vereinbart am Samstag traf. Der Polizei hatte er drei verschiedene Versionen darüber präsentiert, was am Abend von Nadias Verschwinden passiert war. Insofern war durchaus nachvollziehbar, dass sich der Verdacht gegen ihn gerichtet hatte. Line würde ihm ein paar schwierige und kritische Fragen stellen müssen.

Um fünf vor zwei stieg sie aus dem Wagen und ging hinüber zur Zeitungsredaktion. Vor dem Eingang stand ein älterer Mann mit einem Kaffeebecher in der einen und einer Zigarette in der anderen Hand. Line hatte im Internet Bilder von Geir Hansen gesehen und erkannte ihn sofort.

Offenbar hatte auch er seine Hausaufgaben gemacht. Er schenkte ihr ein breites Lächeln, nahm einen letzten Zug von der Zigarette und drückte sie dann in einem Aschenbecher aus.

Line schaltete das Aufnahmegerät wieder ein und ging zu ihm. Ihre Hand sah in seiner ganz klein aus.

»Herzlich willkommen«, sagte Geir Hansen. »Kommen Sie doch mit hinein.«

Line folgte ihm in die erste Etage. Sie kamen an einer Küchenzeile vorbei, wo Geir Hansen seinen Kaffeebecher auffüllte. Line ließ sich ein Glas Wasser geben und ging dann hinter dem Journalisten her durch einen engen Gang, in dem es muffig roch.

Sie setzte sich auf einen Stuhl, während Geir Hansen ein wenig Ordnung auf seinem Schreibtisch machte.

»Die Krogh-Entführung«, sagte er, wie um sich selbst mit dem Thema vertraut zu machen. »Ich arbeite seit zweiundvierzig Jahren als Journalist, bin aber noch nie interviewt worden.«

Line lächelte. Nicht immer ließ sich eine Story vorantreiben, wenn ein Journalist einen anderen Journalisten befragte.

»Erinnern Sie sich, wann Sie zum ersten Mal von der Geschichte gehört haben?«, fragte sie.

Geir Hansen nickte.

»Das war ja zunächst kein Entführungsfall, sondern ein Vermisstenfall. So etwas kommt immer mal wieder vor. Ein Teenager kommt nach einer Party nicht nach Hause. Als die Suchaktion eingeleitet wurde, war es dann auch eine Story für die Zeitung. Die Leute werden neugierig, wenn sie Polizei, Rotes Kreuz und freiwillige Helfer sehen.«

Er warf einen schrägen Blick auf das Aufnahmegerät, als hindere es ihn daran, seine Gedanken frei zu formulieren.

»Die Polizei hat die Suchaktion schon früh eingeleitet«, fuhr er fort. »Vielleicht hing das damit zusammen, dass es sich um die Tochter von Joachim Krogh handelte, aber offenbar war bald klar, dass sie nicht bei ihrem Freund oder im Haus ihrer Schulfreundin übernachtet hatte. Im Gegenteil, sie hatte die Party schon früh verlassen. Irgendetwas musste also passiert sein.«

Hansen legte eine kleine Pause ein.

»Tja, und es war natürlich eine dramatische Entwicklung, als ihr Freund beschuldigt wurde«, sagte er. »Zunächst wurde ihm vorgeworfen, falsch ausgesagt zu haben, und dann wurde er des Mordes beschuldigt. So etwas hatte ich hier in der Gegend jedenfalls noch nie erlebt. Ich erinnere mich noch an den Termin vor dem Haftrichter. Ich hatte noch nie so viele Pressevertreter auf einmal gesehen. Robert Gran wurde hereingeführt und wirkte in gewisser Weise fast unberührt von dem, was sich um ihn herum abspielte. Kalt wirkte er. Zynisch. Hat bloß düster vor sich hin gestarrt.«

Ein Handy klingelte. Geir Hansen zog es aus der Hosentasche, warf einen Blick aufs Display und drückte das Gespräch weg.

»Und dann kam die große Wende«, fuhr er fort. »Etwa zwei Wochen nach Nadias Verschwinden wurden wir zu einer Pressekonferenz eingeladen, was für uns Journalisten nur zwei Dinge bedeuten konnte. Entweder hatte ihr Freund gestanden, oder sie hatten die Leiche gefunden. Oder beides. Aber so war es nicht. Uns wurde mitgeteilt, dass die Polizei seit einer Woche in Kontakt mit Personen stehe, die behaupteten, Nadia Krogh entführt zu haben, und Lösegeld forderten. Niemand hatte das so kommen sehen. Im Raum wurde es total still, wie nach einer Explosion. Und dann kam das Blitzlichtgewitter.«

Hansen nahm einen großen Schluck aus seinem Kaffeebecher.

»Den Rest der Geschichte kennen Sie ja«, sagte er. »Der Freund wurde freigelassen. Und Nadia wurde nie gefunden.«

Line wollte das Gespräch in eine andere Bahn lenken.

»Was haben denn die Menschen über die Ereignisse gedacht?«, fragte sie.

»Ich glaube, die Leute wussten nicht recht, was sie glauben sollten«, erwiderte Geir Hansen. »Dass ein junges Mädchen vermisst wurde, hat den Menschen zunächst natürlich Angst gemacht. Die Verhaftung von Robert Gran war dann eine Erleichterung, hat die Leute aber auch schockiert. Als dann das mit der Entführung bekannt wurde, waren die meisten wohl ziemlich verwirrt. Joachim Krogh, Nadias Vater, war ein umstrittener Mann. Das ist er übrigens immer noch. Viele meinten, dass die Sache mit ihm zu tun haben könnte. Er befand sich damals mitten in einer Umstrukturierungsphase und hatte die Holzfabrik gerade stillgelegt, als es passierte. Es hieß dann, dass sich einer der ehemaligen Angestellten vielleicht rächen wollte. Immerhin waren fast hundert Menschen arbeitslos geworden, die teilweise ihr ganzes Leben dort gearbeitet hatten. Allerdings hatte die Entführung den gegenteiligen Effekt, denn die Menschen bekamen Mitleid mit Krogh. Niemand erwartete, dass Krogh wegen der dramatischen Ereignisse seine Entscheidung der Fabrikschließung zurücknehmen würde. Ganz im Gegenteil. Politiker und Gewerkschaften hielten sich sehr zurück. Sogar diejenigen, die behaupteten, dass Joachim Krogh die Situation wirtschaftlich ausnutze und dass das geforderte Lösegeld im Vergleich zu seinem Firmengewinn nur Peanuts sei, hatten das Gefühl, dass sie nicht protestieren und einen trauernden Vater angreifen könnten.«

Geir Hansen erzählte, wie er den Fall weiterverfolgt hatte. Er war dabei gewesen, als die Taucher den Eidangerfjord durchsucht hatten und als der Wald nach einer Leiche durchkämmt worden war. Angeblich Hellsichtige hatten behauptet zu wissen, wo Nadia sich befand, und es kamen Meldungen, sie sei in einer anderen Stadt oder in einem anderen Land gesehen worden. Das Ganze war immer rätselhafter geworden.

Line konnte einige von Hansens Aussagen gut gebrauchen und hatte schon Ideen, welche von diesen Informationen vielleicht von einer anderen Erzählerstimme berichtet werden könnten.

Sie überzeugte sich davon, dass die Aufnahme geklappt hatte, und schaltete das Gerät aus. Geir Hansen erhob sich, um sie zur Tür zu begleiten.

»Ich glaube immer noch, dass es ihr Freund war«, sagte er.

»Wieso?«

»Nennen Sie es Bauchgefühl. Irgendwas stimmt nicht mit dem Mann.«

»Und die Erpresserbriefe?«, fragte Line. »Die wurden doch verschickt, als er in Untersuchungshaft saß.«

»Die können doch auch von jemand anders geschickt worden sein, der ihm helfen wollte, aus dem Gefängnis zu kommen«, sagte Hansen. »Sobald Robert Gran freigelassen wurde, hat man nichts mehr von den Entführern gehört.«

»Es wurde aber noch ein Foto hinzugefügt«, wandte Line ein. »Ein Foto von Nadia und ihrem Bruder, das sie in der Geldbörse hatte, als sie verschwunden ist.«

Geir Hansen zuckte mit den Schultern und lächelte.

»Vermutlich haben Sie recht«, sagte er. »Es muss einen Mitwisser gegeben haben. Jemanden, der wusste, was mit Nadia geschehen war und wo sie sich befand.«

Line bereute, dass sie das Aufnahmegerät ausgeschaltet hatte. Aber vermutlich hatte sich Hansen gerade deswegen erst jetzt mit seinen ganz persönlichen Ansichten vorgewagt.

Er nahm sich eine neue Zigarette, schob sie zwischen die Lippen und folgte Line nach draußen.

»Und wer könnte das gewesen sein?«, fragte Line, als sie auf der Straße standen.

»Ich weiß es nicht«, musste Hansen zugeben und zündete

die Zigarette an. »Ich weiß nur, dass Robert Gran noch immer bei seiner Mutter lebt.«

Auf dem Weg zum Auto dachte Line, dass sie jetzt immerhin schon eine weitere Sichtweise gehört hatte, bevor sie sich mit Nadias Freund traf.

Der Gedanke verschwand allerdings schnell, als sie vor ihrem Wagen stand. Ein gelber Zettel an der Frontscheibe. Line fluchte. Noch ein Strafmandat.

Sie blickte umher, um herauszufinden, ob der Mann oder die Frau vom Ordnungsamt noch in der Nähe war, konnte aber niemanden entdecken. Dann verglich sie das Schild und ihre Uhr. Sie war nicht länger als zwei Stunden weg gewesen, hatte aber offenbar die halbe Stunde nicht eingerechnet, die sie mit Vorbereitungen im Auto verbracht hatte.

Das zweite Strafmandat in einer Woche. Line setzte sich in den Wagen und warf den gelben Zettel neben sich auf den Beifahrersitz. Gereizt und frustriert ließ sie den Motor an und gab etwas zu viel Gas, sodass die Reifen leicht quietschten, als sie den Wagen auf die Fahrbahn lenkte.

Eigentlich hatte sie geplant, in ein Café zu gehen und einen Salat zu essen, während sie das Interview mit dem Polizisten vorbereitete, doch auf einmal hatte sie keine Lust mehr dazu. Stattdessen ging sie in ein Lebensmittelgeschäft und kaufte eine Flasche Wasser und Knäckebrot, das sie im Wagen aß.

Auf dem Weg zur Verabredung mit Kittil Nystrand rief sie Thomas an. Ihm und Amalie ging es gut. Ab Neujahr würde sie einen Kindergartenplatz für Amalie haben, doch bis dahin war sie darauf angewiesen, dass sich jemand um die Kleine kümmerte, wenn sie beruflich unterwegs war.

Line war etwas zu früh. Kittil Nystrand begann seine Arbeit um vier und hatte sich für halb fünf mit ihr verabredet. Nachdem es den ganzen Tag bewölkt gewesen war, fing es jetzt wieder an zu regnen.

Line schaltete das Aufnahmegerät ein, während sie den Motor im Leerlauf beließ. Die Scheibenwischer schoben das Regenwasser von der Frontscheibe.

»Ich befinde mich am Campingplatz Olavsberget in Porsgrunn«, fing sie an. »Es ist außerhalb der Saison. Der Campingplatz ist geschlossen, nur das Sanitärhäuschen ist beleuchtet, und ich sehe ein schwaches Licht über dem Kiosk, der direkt an der Einfahrt zum Platz steht. Vor sechsundzwanzig Jahren lagen hinter dem Kiosk drei Millionen Kronen in einem Müllsack. Darüber wollen wir sprechen, wenn wir uns gleich mit dem Polizeibeamten Kittil Nystrand unterhalten.«

Line hatte den Satz noch nicht zu Ende gesprochen, als ein Streifenwagen auf den Vorplatz fuhr. Fast zehn Minuten vor der vereinbarten Zeit. Der Wagen kam neben ihrem zu stehen, und die Seitenscheibe wurde heruntergelassen.

»Sind wie hier verabredet?«, fragte der Mann hinter dem Steuer.

Seine Stimme klang etwas grob und passte zu seinem Äußeren: kurz geschnittene Haare, markante Wangenknochen und eine kräftige Kinnpartie.

»Wollen Sie zu mir rüberkommen?«, fragte er.

Line nickte, nahm ihre Ausrüstung mit und stieg zu ihm in den Streifenwagen. Sie hatte ihn darauf hingewiesen, dass sie das Gespräch aufnehmen würde und Auszüge davon in dem Podcast gesendet werden könnten.

»Sie haben damals einige Zeit hier verbracht?«, begann Line das Interview.

Der Polizist nickte.

»Ich habe damals bei der Drogenfahndung gearbeitet«, erzählte er. »Wir waren eine Gruppe, die für Beschattungen abgestellt war. Eines Nachmittags wurden wir zu unserem Abteilungsleiter gerufen. Es war ein Donnerstag. Wir wurden kurz über die Situation in Kenntnis gesetzt. Nadia Krogh sei entführt worden, und die Familie habe eine Lösegeldforderung bekommen. Das Geld sollte hier deponiert werden, in einem schwarzen Müllsack hinter dem Kiosk. Wir bekamen den Auftrag, loszufahren und uns in Position zu bringen, bevor Joachim Krogh mit dem Geld auftauchen würde.«

»Wie lautete denn eigentlich der Plan?«, fragte Line.

»Joachim Krogh wollte das Lösegeld für seine Tochter zahlen. Unser Job war es, dem Geld zu folgen. Wir sollten nicht eingreifen, sondern nur beobachten. Immerhin bestand das Risiko, dass irgendjemand zufällig vorbeikommen und den Sack entdecken könnte.«

Eine Nachricht wurde über Polizeifunk durchgegeben. Kittil Nystrand dämpfte die Lautstärke.

»Die Leute, die in dem Kiosk gearbeitet haben, wussten von nichts«, fuhr er fort. »Dem Inhaber wurde lediglich gesagt, dass wir im Zusammenhang mit einer Drogensache Verdächtige beschatteten. Damals führte ja noch die E18 hier vorbei. Da war immer viel Verkehr, und am Kiosk herrschte meist reger Betrieb. Der Plan war, dass die Entführer das Geld einstecken und wir sie dann verfolgen sollten. Sobald wir uns eingerichtet hatten, bekamen wir Verstärkung aus Oslo. Zusammen waren wir drei Einheiten. Jeweils zwei in Zwölfstundenschichten, während sich die dritte Einheit ausruhte. Achtzehn Mann, mit Autos und Motorrädern. Außerdem stand in Geiteryggen noch ein Flugzeug bereit. Ich hab in einem Auto gesessen, das von außen wie ein Klempnerwagen aussah. Ungefähr da, wo wir jetzt stehen.«

»Und was ist passiert?«, wollte Line wissen.

»Nichts«, seufzte der Polizist. »Das Problem war, dass in den Erpresserbriefen die Zeitangabe fehlte. Da stand bloß, wo das Geld deponiert werden sollte. Es wurde nicht abgeholt, und wir haben nichts weiter von den Entführern gehört. Nach dem Wochenende haben wir dann die Beschattung heruntergefahren, und gegen Ende der Woche wurde die ganze Operation eingestellt. Wir haben das Geld eingepackt und sind zum Präsidium gefahren.«

Auf der Hauptstraße fuhr ein Lastwagen vorbei. Line wartete, bis sich das dröhnende Geräusch wieder gelegt hatte.

»Waren Sie früher schon mal an so etwas beteiligt, oder danach?«

»Nein.«

»Haben Sie sich Gedanken darüber gemacht, was eigentlich passiert sein könnte?«

»Viele«, erwiderte der Polizist. »Aber keiner davon hat mich zur Lösung des Falls geführt.«

33

Der rote Punkt, der das Auto von Martin Haugen darstellte, war jetzt auf einem der Bildschirme im Kontrollraum zu sehen. Der Verdächtige befand sich am Stadtrand von Porsgrunn und hatte einige Hundert Meter abseits der E18 angehalten.

Hammer wechselte von der Kartenansicht zu einer Luftaufnahme der Umgebung. Der Wagen stand in einem Industriegebiet, in dessen Mitte sich eine große Sandgrube befand. An den Rändern schien sie bereits wieder von Pflanzen überwuchert zu werden, lag aber immer noch wie eine offene Wunde in der Landschaft.

»Er hat vor einem Firmengebäude angehalten«, sagte Hammer und suchte die dazugehörige Adresse heraus. »Montér Baustoffhandel. Was macht er da?«

»Nadia Krogh ist damals ganz in der Nähe verschwunden, nur ein paar Kilometer weit weg«, erklärte Stiller und zeigte auf den Bildschirm. »Die Sandgrube wurde auch nach ihr durchsucht.«

»Irgendwelche Aktivitäten auf seinem Telefon?«, fragte Wisting.

»Nein, aber die Triangulation zeigt, dass sich sein Telefon am selben Ort wie der Wagen befindet«, erläuterte Hammer. »Er sitzt also selbst hinter dem Steuer.«

»Wir hätten ihn direkt beschatten sollen«, sagte Stiller. »Dann könnten wir sehen, was er da treibt.«

»Vielleicht kauft er ja einen Spaten?«, mutmaßte Hammer.

Im selben Moment setzte sich der rote Punkt wieder in Bewegung. Schweigend verfolgten die drei Männer im Kontrollraum die Bewegung des Wagens. Er fuhr durch das Zentrum von Porsgrunn und über eine Brücke in den Stadtteil Vestsiden, wo er sich über die Landstraße weiter in westliche Richtung bewegte.

»Er will in die Hütte«, sagte Wisting.

Hammer drehte sich zu ihm.

»Ist das nicht ziemlich verdächtig?«, fragte er. »So lange ist er nicht da gewesen, und dann fällt ihm plötzlich ein, dass er früher Feierabend macht und zur Hütte rausfährt?«

Wisting setzte sich schweigend auf einen freien Stuhl. Der rote Punkt bewegte sich durch Kilebygda, bog nach etwa zehn Minuten von der Hauptstraße ab und blieb stehen.

»Die Schranke«, meinte Wisting.

Hammer vergrößerte den Ausschnitt der Luftaufnahme. Ein schmaler Weg schlängelte sich durch den Wald. Der rote Punkt bewegte sich jetzt langsamer und kam nach weiteren zehn Minuten abermals zum Stehen.

»Hier ist die Hütte«, erklärte Wisting und zeigte auf ein Gebäude, das an einem lang gestreckten See lag. »Die Straße führt nicht ganz dahin, er muss das letzte Stück zu Fuß gehen.«

»Haben Sie die Koordinaten?«, fragte Stiller.

Hammer platzierte den Mauszeiger in die Mitte des Bildes und bekam Längen- und Breitengrad angezeigt.

»Ich rufe die Helikopterbereitschaft an«, sagte Stiller und wählte eine auf seinem Handy gespeicherte Nummer.

Wisting hörte, wie Stiller seinen Namen nannte.

»Wir führen die elektronische Überwachung eines Zielobjekts in Verbindung mit einem Mordfall durch«, erklärte er. »Wäre es möglich, dass Sie uns mit einem kurzen Überflug unterstützen, damit wir sehen können, was der Verdächtige aktuell macht?«

Nach Stillers Gesichtsausdruck zu deuten war die Antwort

positiv ausgefallen. Er gab die Koordinaten durch und versprach, das Hilfsersuchen in Schriftform nachzureichen.

»Können wir Fotos bekommen?«, fragte Stiller und notierte sich etwas, bevor er das Gespräch beendete.

»Machen die das?«, fragte Hammer.

»Sie haben gerade einen Auftrag in Agder erledigt«, erklärte Stiller. »Sie müssen jetzt nur nach Kjevik zum Auftanken, und dann geht's zurück zur Basis. In einer Dreiviertelstunde fliegen sie über ihn hinweg.«

»Und wir bekommen Livebilder?«

Stiller riss eine Seite von seinem Notizblock ab und reichte sie Hammer.

»Diese Adresse«, sagte er.

Hammer öffnete ein neues Bildschirmfenster, auf dem sie später die Direktübertragung vom Helikopter würden sehen können. Bis dahin dauerte es noch eine Weile, doch Wisting wagte nicht, den Raum zu verlassen. Alle drei starrten auf den leeren Bildschirm.

»Ich glaube, er hat sie beide getötet«, sagte Hammer und kramte eine Snus-Dose aus der Hosentasche. »Nadia und Katharina. Zwei Vermisstenfälle mit einem gemeinsamen Nenner: Martin Haugen.«

Wisting hatte ähnliche Überlegungen angestellt, war aber zu einem anderen Schluss gekommen. Als Katharina verschwand, hatte sich Martin Haugen nachweislich in einem anderen Teil des Landes aufgehalten, acht Autostunden von zu Hause entfernt.

Eine Weile diskutierten die drei Ermittler über ihre Ideen, doch die Theorie über einen direkten Zusammenhang der beiden Fälle und eventuelle Motive wirkte konstruiert und ein wenig zu spekulativ.

Plötzlich tauchten auf dem Bildschirm Videoaufnahmen aus dem Helikopter auf. Erst waren die Bilder verzerrt, dann konnten die Ermittler schräg auf einen Wald hinunterblicken. Durch den Regen wirkten die Aufnahmen grau, die Einzelheiten am Boden waren schwer zu erkennen.

Stillers Telefon klingelte. Ein Anruf aus dem Helikopter. Er schaltete den Lautsprecher am Handy ein.

»Wir werden in circa zehn Minuten über dem Zielobjekt sein«, erklärte der Pilot. Die Hintergrundgeräusche aus dem Cockpit waren deutlich zu hören. »Wir kommen von Südsüdost herein. Die Flughöhe beträgt sechshundert Meter. Wir gehen auf fünfhundert herunter, müssen da aber bleiben, um nicht identifiziert zu werden. Ich gehe davon aus, dass das in Ihrem Sinne ist?«

»Unbedingt«, erwiderte Stiller. »Können Sie mit der Kamera näher heranfahren?«

»Wenn das Ziel in Sicht kommt, stellen wir die Kamera darauf ein«, erwiderte der Pilot. »Dann gehen wir dichter ran.«

Die Verbindung wurde für einen Augenblick unterbrochen, dann war der Pilot zurück.

»Sechzig Sekunden«, gab er durch.

Die Kamera senkte sich schräg hinunter und erfasste den Bereich vor dem Helikopter.

»Vierzig Sekunden.«

Auf der rechten Bildseite tauchte ein länglicher See auf. Der Zielpunkt der Kamera streifte über die Landschaft hinweg.

»Haben Sie Sicht?«, fragte der Pilot.

Stiller bejahte.

An einem Punkt mitten im Wald tauchte ein Gebäude auf. Die Kamera fokussierte darauf und ging dichter heran. Der Regen ließ die Szene grau und konturlos erscheinen.

»Da scheint's Bewegung auf dem Dach zu geben«, gab der Pilot durch.

»Da ist er!«, rief Hammer und zeigte auf den Bildschirm.

Die Kamera fuhr noch näher heran. Die Ermittler konnten

eine Leiter an der Hauswand und eine Person auf dem Dach erkennen. Haugen unterbrach seine Tätigkeit, hielt sich eine Hand an die Stirn und sah zu dem Helikopter hinauf.

Dann wurde das Bild wieder kleiner, und der Mann und die Hütte verschwanden zwischen den Bäumen.

»Wollen Sie noch einen Überflug?«, fragte der Pilot.

Wisting schüttelte den Kopf. Stiller bedankte sich bei dem Piloten und brach die Verbindung ab.

Hammer ließ die Aufnahme zurücklaufen und fror das Bild des Mannes auf dem Hüttendach ein.

»Na, das war ja nicht sehr spannend«, sagte er.

»Kommt drauf an, wie man es sieht«, warf Stiller ein.

Wisting gab ihm recht.

»Er hat behauptet, er hätte das Dach vorige Woche repariert«, sagte er. »Wir wissen, dass das nicht stimmt.« Er zeigte auf das Standbild. »Er versucht gerade, seine Lüge zu vertuschen. Damit er nicht entlarvt wird, wenn ich am Wochenende mit ihm in die Hütte fahre.«

34

Line hatte sich im Keller ein Arbeitszimmer eingerichtet, benutzte es aber nur selten. Es gefiel ihr viel besser, mit dem Laptop auf dem Schoß auf dem Sofa zu liegen und ihre Notizen über Wohnzimmertisch und Fußboden zu verteilen. Außerdem brauchte sie im Wohnzimmer kein Babyfon, um zu hören, ob Amalie wach geworden war oder noch schlief.

Thomas saß im Sessel und sah sich eine Dokumentation im Fernsehen an. Weder Line noch Amalie, die bei offener Tür im Kinderzimmer schlief, fühlten sich dadurch gestört.

Die Arbeit an dem Podcast und der Artikelserie war schneller und einfacher gelaufen, als Line es sich vorgestellt hatte. Am kommenden Tag würde sie nach Oslo fahren, um bei der Kripo ein Interview mit Adrian Stiller zu führen, danach wollte sie in die Redaktion und ihren beiden Chefs präsentieren, was sie zusammengestellt hatte. Bis zur Fertigstellung blieb ihr dann nur noch ein Tag.

Im Augenblick beschäftigte sie sich mit dem Material über Nadias Ex-Freund, Robert Gran. Adrian Stiller hatte ihr eine E-Mail mit Kontaktinformationen und Hintergrundmaterial zugeschickt. Vermutlich war das mehr, als die Polizei eigentlich herausgeben durfte, aber es ersparte allen Beteiligten Zeit, und außerdem konnte Line die Informationen bereits als verifiziert betrachten.

Wie Geir Hansen erzählt hatte, lebte Robert Gran bei seiner Mutter. Die angegebene Adresse lautete Slottsbrugate, nur einen Steinwurf vom Zentrum Porsgrunns entfernt. Robert hatte nicht immer dort gewohnt. Er hatte zwei Kinder von verschiedenen Frauen, mit denen er eine Weile zusammengelebt hatte. Namen, Geburtsdaten und Adressen der beiden Frauen waren angegeben. Wie Line den Unterlagen entnehmen konnte, hatte Robert Grans letzte Beziehung vor drei Jahren geendet, danach war er zurück zu seiner Mutter gezogen.

Seine Eltern hatten sich zwei Jahre nach der Krogh-Entführung getrennt. Der Vater hatte wieder geheiratet. Auch seine Adresse war in der Ermittlungsakte angegeben. Die Mutter hatte keinen neuen Partner.

Robert Gran war ein Jahr älter als Nadia. Sie waren ein Paar geworden, als Nadia in die Oberstufe kam. Er war eine Klasse über ihr gewesen. Inzwischen war er vierundvierzig und als Logistikarbeiter in einem Baumarkt tätig. Auch seine Einkünfte waren in Lines Unterlagen verzeichnet.

Zum ersten Mal war er am Samstagvormittag um 13:45 Uhr vernommen worden, etwa vierzehn Stunden nachdem Nadia die Party verlassen hatte. Er sagte aus, betrunken gewesen zu sein und nicht allzu viel von den Geschehnissen mitbekommen zu haben. Nadia war sauer gewesen, weil er sich mit einem anderen Mädchen unterhalten hatte, und nach einer Weile hatte er dann verstanden, dass sie gegangen war. Kurz vor acht Uhr abends war er abermals befragt und damit konfrontiert worden, dass andere Partybesucher ihn mit Nadia im Flur hatten streiten sehen. Irgendwann hatte sie ihm schließlich den Rücken zugekehrt, hatte ihre Jacke vom Haken genommen und war gegangen. Mehrere Partyteilnehmer hatten dann ausgesagt, dass er ihr einige Minuten später gefolgt war. Er hatte das in der Vernehmung bestritten und sich darauf berufen, viel zu betrunken gewesen zu sein, um sich überhaupt an etwas zu erinnern. Andere Partybesucher hingegen hatten geäußert, dass er so gut wie gar nichts getrunken habe. Im Verlauf der Vernehmung wurde ihm vorgeworfen, falsche Angaben gemacht zu haben.

Er war festgenommen und am darauffolgenden Montagmorgen dem Untersuchungsrichter vorgeführt worden. Er hatte seine Aussage dann dahingehend abgeändert, dass er Nadia nachgegangen sei, um mit ihr zu reden, doch er habe sie nicht mehr gesehen. Anstatt zur Party zurückzukehren, sei er nach Hause gegangen.

Thomas erhob sich aus seinem Sessel und ging mit einem leeren Glas in die Küche.

»Möchtest du etwas?«, fragte er.

Line schüttelte den Kopf.

Adrian Stiller hatte der E-Mail ein Foto neueren Datums beigefügt. Es war mit *Nicht zur Veröffentlichung freigegeben* überschrieben und sollte Line offenbar nur einen Eindruck davon verschaffen, wie Robert Gran aussah, bevor sie ihn treffen würde. Obwohl er auf dem Foto ein wenig düster und ernst wirkte, war er ein gut aussehender Mann. Die Augen allerdings waren dunkel und riefen den Eindruck hervor, dass er etwas verbarg.

Im ersten Moment hatte Line gedacht, das Foto stamme aus dem Passregister beim Einwohnermeldeamt, aber irgendetwas stimmte nicht an den Maßen. Vermutlich war es dem Fotoregister der Polizei entnommen, aber so beschnitten, dass die dazugehörige Nummer am unteren Bildrand nicht zu sehen war.

35

Stiller öffnete die Balkontür seines Hotelzimmers und ließ etwas frische Luft herein. Durch die zusätzliche Festplatte, die mit dem Laptop verbunden war, war es im Zimmer warm und stickig geworden.

Er blieb an der Tür stehen. Die raue Seeluft legte sich wie ein Film über sein Gesicht.

Die Festplatte enthielt zwei Ordner, die von Martin Haugens Computer kopiert worden waren. Sein Laptop im Wohnzimmer hatte er am meisten verwendet, es enthielt aber keine persönlichen Dateien. Der stationäre Computer hingegen hatte sich als viel interessanter entpuppt. Die beiden Überwachungskameras an Haugens Haus waren mit diesem Gerät verbunden gewesen. Das Programm war am Montag der Vorwoche installiert und so eingerichtet worden, dass Aufnahmen erfolgten, sobald in einem bestimmten Bereich Bewegungen zu verzeichnen waren. Einige Male war der Mechanismus von der Katze ausgelöst worden, doch nachdem Stiller die Aufnahmen sortiert hatte, konnte er genau feststellen, wann Haugen in den letzten Tagen gegangen und gekommen war. Wisting war zu sehen, der am Donnerstag dreimal bei Haugen gewesen war. Der nächste Ausschnitt zeigte Martin Haugens Rückkehr nach Hause. Der Zeitangabe in der rechten oberen Ecke war zu entnehmen, dass es 03:27 Uhr in der Nacht zu Freitag gewesen war. Die nächste Aufnahme zeigte ihn selbst und Wisting, als sie am Freitagvormittag vor Haugens Haus gestanden hatten.

Stiller trat zurück an den Schreibtisch, ließ die Balkontür

aber angelehnt. Der rote Punkt des Peilsenders an Haugens Wagen war wieder in Bewegung. Haugen war bis nach Anbruch der Dunkelheit in der Hütte geblieben, dann hatte sich der Punkt langsam über den Forstweg und zurück in Richtung Larvik bewegt. Seit etwa einer halben Stunde verharrte er bewegungslos in Vallermyrene außerhalb von Porsgrunn. Die Karte zeigte an, dass es dort einen Imbiss gab. Jetzt war Martin Haugen anscheinend satt, denn er hatte sich auf den Heimweg begeben.

Mithilfe der Überwachungskameras hatten die Ermittler eine einfache Zeitleiste erstellen können. Haugen war am Mittwoch um 11:23 Uhr von zu Hause losgefahren und in der Nacht zu Freitag, also vierzig Stunden später, zurückgekommen. Bevor er weggefahren war, hatte er einen neuen Reisepass beantragt und Überwachungskameras gekauft. Es war durchaus denkbar, dass das Ganze durch den anonymen Brief ausgelöst worden war. *Ich weiß es.* Das hatte Martin Haugen anscheinend aufgeschreckt. Stiller gefiel der Gedanke. Verängstigte Menschen taten irrationale Dinge.

Er rieb sich die Augen und merkte, wie müde er war. In der Nacht zuvor hatte er drei Stunden geschlafen und bezweifelte, dass er in der bevorstehenden Nacht wesentlich mehr Schlaf bekommen würde, auch wenn ihm jetzt die Augen zufielen. Es war schon länger her, dass ihm der Unterschied zwischen müde und schläfrig klar geworden war.

Stiller verfolgte weiter die Bewegungen des roten Punkts auf dem Tablet. Nach etwa zwanzig Minuten endeten sie vor dem Haus in Kleiver.

Stiller nahm sein Handy und informierte Wisting per SMS, dass Martin Haugen nach Hause gekommen war.

36

Das Handy gab ein weiteres Signal von sich. Wisting schaute nach. Wieder eine Nachricht von Adrian Stiller. Er hatte die Kopien der Dateien von Martins Computer durchgesehen. Das Interessanteste waren die Überwachungskameras, die zeigten, dass Martin vierzig Stunden von zu Hause weg gewesen war.

Wisting antwortete mit einem knappen *OK*. Dann erhob er sich aus seinem Sessel im Wohnzimmer und ging in die Küche. Er war rastlos und fing an, die Arbeitsplatte aufzuräumen, auf der Thomas das Brotmesser und das Holzbrett liegen gelassen hatte.

Martin Haugen hatte sein Haus aus bestimmten Gründen verlassen, die er niemandem verraten wollte. Was den Grund für seine Abwesenheit betraf, hatte er sowohl Wisting als auch seine Arbeitskollegen belogen.

Die laufende Überwachung gestattete den Ermittlern, Haugens Aufenthaltsort zu jeder Zeit im Blick zu haben, doch sie verriet nichts darüber, wo er sich in der vergangenen Woche aufgehalten hatte. Es gab allerdings eine Methode, um dies herauszufinden.

Wisting nahm sein Handy und schrieb eine SMS an Stiller: *Verkehrsdaten der letzten Woche.*

Stiller würde die Nachricht sofort verstehen. Die zeitlich zurückliegenden Verbindungsdaten des Mobiltelefons würden zeigen, mit wem Martin Haugen Kontakt gehabt hatte und wo er während seiner vierzigstündigen Abwesenheit gewesen war.

Die Antwort kam schnell: *Bin schon dabei.*

Drei Wörter hatten Martin Haugen zu seinen unbekannten Aktivitäten veranlasst. *Ich weiß es.* Die anonyme Nachricht war, wie bei der Krogh-Entführung, eine einfache Buchstabenmontage und musste offenbar äußerst erschütternd gewirkt haben.

Aber wer war diese Person, die offenbar etwas wusste?

Wisting ging zurück ins Wohnzimmer. Er hatte den Ordner mit der Aufschrift *Inger Lise Ness* von der Arbeit mit nach Hause genommen. Sie hatte Martin Haugen möglicherweise am besten gekannt, denn sie hatte mehrere Jahre mit ihm zusammengelebt, bevor er Katharina kennengelernt hatte. Doch ihre ganzen Aussagen gegenüber der Polizei waren unter Berücksichtigung ihres mentalen Zustandes beurteilt worden.

Dass Inger Lise Post gestohlen hatte, war eines der größten Probleme für Martin und Katharina gewesen. Sie hatten ihre Rechnungen nicht rechtzeitig bezahlt, was zu Inkassoforderungen und Mahnverfahren führte. Wisting nahm ein Dokument aus dem Ordner, auf dem die Gegenstände von Katharina Haugen aufgelistet waren, die man in Inger Lises Kommode gefunden hatte. Am Rand hatte Wisting einen Haken neben eine Rechnung von der Versicherungsgesellschaft gesetzt, die auf den 21. September 1987 datiert war. Das war der Montag nach Nadias Verschwinden gewesen, was bedeutete, dass Inger Lise Ness an Martin Haugens Briefkasten gewesen sein musste, während die Entführer Nadia festgehalten hatten.

In der Vernehmung hatte Inger Lise Ness die Schikanen zugegeben, weswegen der Eindruck entstanden war, dass ihre Taten von Wut und Frustration über Martin Haugen motiviert gewesen waren. *Sie wissen nicht, wie er eigentlich ist,* wurde sie an einer Stelle zitiert. *Sie wissen nicht, was er getan hat. Sie wissen nicht, was ich weiß.* Seinerzeit waren ihre Aussagen als Versuch der Rechtfertigung und Schuldübertragung interpretiert worden. Jetzt gab es gute Gründe, sich zu fragen, ob sie tatsächlich etwas wusste.

37

Die Abteilung für ältere und ungelöste Fälle befand sich in der fünften Etage des Kripogebäudes am östlichen Stadtrand von Oslo. Adrian Stiller war noch nicht dazu gekommen, sein Büro einzurichten. Es war so gut wie leer, abgesehen von ein paar Regalen mit Ordnern, einem Schreibtisch mit einem Computerbildschirm sowie einem Bürostuhl.

Er hatte nicht viele Stunden auf diesem Stuhl gesessen. Seine Arbeit in der EU-Gruppe spielte sich überwiegend draußen in den Polizeidistrikten ab, wo die ungelösten Fälle warteten. Wenn er nicht mit Line Wisting verabredet gewesen wäre, hätte er sich auch an diesem Tag nicht in seinem Büro aufgehalten. Natürlich wäre es auch praktisch für beide gewesen, sich in Larvik zu treffen, aber Stiller fand es besser, dass Line nichts über seinen Aufenthalt in der Stadt wusste.

Fünf Minuten vor zwölf wurde ihm vom Empfang gemeldet, dass seine Besucherin eingetroffen sei. Er ging hinunter, um sie abzuholen. Mit einem Aufnahmegerät in der Hand wartete sie auf ihn. Er begriff sofort, dass es eingeschaltet war, ließ sich aber nichts anmerken, während sie einander begrüßten, und hieß sie willkommen.

Sie hielt das Gerät vor sich, sodass die Geräusche, die beim Durchziehen der Zugangskarte durch den Scanner sowie beim Eingeben des Codes entstanden, mitaufgenommen wurden. Als die Tür hinter ihnen zugefallen war, stellte Line das Gerät auf Pause.

»Wie läuft es?«, fragte er, während sie auf den Aufzug warteten.

»Gut«, versicherte Line. »Der Großteil steht. Ich brauche nur noch ein paar Worte von Ihnen über die Gründe für die Wiederaufnahme der Ermittlungen im Fall Krogh.«

Die Aufzugtüren öffneten sich. Stiller und Line traten in die Kabine. Er stand so dicht neben ihr, dass er den schwachen, süßlichen Duft ihres Parfüms wahrnehmen konnte. Automatisch musste er dabei an den Sommer denken.

Auf dem Weg in sein Büro nahm er aus der Teeküche zwei Gläser und eine Karaffe Wasser mit. Er bot ihr Kaffee an, doch sie lehnte ab. Sie setzten sich.

Line wirkte entschlossen. Ihr Notizblock lag auf dem Tisch, und das Aufnahmegerät war eingeschaltet, noch bevor er die Gläser gefüllt hatte.

»Aus welchem Grund haben Sie sich entschieden, den Fall Krogh wieder aufzurollen?«, fragte sie.

Stiller war auf die Frage vorbereitet, konnte aber den tatsächlichen Grund – dass Martin Haugens Fingerabdrücke auf dem Brief der Entführer entdeckt worden waren – nicht nennen. Diese Information wollte er erst zu einem späteren Zeitpunkt preisgeben.

»Die Krogh-Entführung ist außergewöhnlich«, sagte er stattdessen. »In der norwegischen Kriminalgeschichte hat es nichts Vergleichbares gegeben. Eine eiternde Wunde für die Polizei, die Angehörigen und die Lokalbevölkerung.«

Stillers Worte waren leeres Gerede. Politikergeschwafel. Ausführungen, die genauso gut ein Polizeipräsident hätte herunterleiern können. Line Wisting war mit der Antwort nicht zufrieden.

»Was macht den Fall denn so besonders?«, wollte sie wissen.

»Entführungen dieser Art sind immer etwas Besonderes«, erwiderte Stiller. »Sie kommen nicht häufig vor. Wir müssen uns in anderen Ländern und auf anderen Kontinenten umschauen, um etwas Vergleichbares zu finden.«

»Ist das der Grund dafür, dass der Fall nicht gelöst wurde?«, fuhr Line fort. »Hat es an entsprechender Fachkompetenz gemangelt?«

Stiller musste vorsichtig sein. Welche Meinung er sich auch immer über den Fall gebildet hatte, so war doch klar, dass die EU-Gruppe niemals Kollegen für ihren Einsatz bei alten Fällen kritisieren durfte.

»Der Fall Krogh hatte seinerzeit absolute Priorität«, versicherte er. »Die besten Ermittler waren damit befasst. Die besondere Herausforderung lag wie in allen Vermisstenfällen in der Suche nach einem Tatort. Aber den gibt es nicht.«

Das Gespräch ging weiter. Stiller erläuterte, wie die EU-Gruppe zusammengesetzt und organisiert war und dass die Polizei ständig neue Arbeitswerkzeuge zur Verfügung gestellt bekam, um schwierige Fälle zu lösen.

»Doch obwohl Sachbeweise und DNA-Spuren sehr wichtig sind, führen oft erst neue Informationen zur Aufklärung. Informationen von jemandem, der etwas weiß«, führte er aus. »Und diese Person muss anfangen zu reden.«

Stiller empfand seine Worte als passende Abschlussbemerkung und deutete mit einem Nicken an, dass Line das Aufnahmegerät abschalten konnte.

»Wissen Sie, wer diese Person ist?«, fragte sie bei eingeschaltetem Gerät.

Stiller gab keine Antwort. Line ließ um des Effekts willen die Stille nachwirken, bevor sie das Gerät ausschaltete und in ihre Handtasche legte, wie um zu demonstrieren, dass alles, was er jetzt sagen würde, buchstäblich *off the record* erfolgte.

»Sie wissen doch mehr«, fuhr sie fort, als er weiter schwieg. »Darauf zu warten, dass die richtige Person bald redet, klingt nicht eben nach einer starken Ermittlungsstrategie.«

»Es geht auch mehr darum, die richtige Person zum Reden

zu *veranlassen*«, stellte er klar und schenkte ihr ein breites Lächeln.

»Werden Sie Robert Gran erneut befragen?«, wollte sie wissen.

»Das haben wir schon getan.«

»Ich werde ihn am Samstag interviewen«, erklärte Line.

»Und das habe ich arrangiert«, erinnerte er sie.

»Ich weiß«, gab Line zurück. »Ich frage mich nur, ob es etwas über ihn gibt, das ich wissen sollte.«

»Zum Beispiel?«

»Ob er zum Beispiel vorbestraft ist.«

Stiller nickte.

»Was hat er getan?«

»Dinge, die nicht gut sind.« Stiller war zwar nicht danach zumute, aber er musste Line immerhin etwas geben. »Er ist wegen Gewaltanwendung verurteilt.«

»Gewalt gegen wen?«

»Seine Ex-Freundin. Er darf sich ihr nicht mehr nähern.«

Stiller konnte förmlich sehen, wie der Journalistin die Gedanken durch den Kopf schossen. Sie schien ihre Fragen zu sortieren und zu überlegen, welche sie zuerst äußern sollte.

»Aber stellt ihn das nicht in ein ganz anderes Licht?«, fragte sie. »Gewalt gegen die Freundin? Das lässt ihn ja beinahe schon als Gewohnheitstäter erscheinen.«

Sie sprach das Offensichtliche aus, aber dort lag nicht der Fokus. Die Ermittlung ging in eine andere Richtung.

»Vergessen Sie nicht, dass Sie sich jetzt in unruhigem Fahrwasser bewegen«, sagte er. »Der Schuldige befindet sich irgendwo dort draußen. Der Job, den Sie hier übernommen haben, kann dazu führen, dass Sie ihm eines Tages von Angesicht zu Angesicht gegenüberstehen. Ich würde es daher verstehen, wenn Sie lieber auf das Interview verzichten wollten.«

Line Wisting schüttelte den Kopf.

»Das will ich keinesfalls«, erwiderte sie. »Ich will nur so viel wie möglich im Voraus wissen.«

Sie schob ihren Stuhl zurück und erhob sich, blieb aber an Ort und Stelle stehen.

»Ist er es, den Sie verdächtigen?«, fragte sie. »Gegen den sich die inoffiziellen Ermittlungen richten?«

Stiller zögerte die Verneinung der Frage so lange hinaus, bis Line Wisting nicht mehr sicher sein konnte, was er eigentlich meinte.

»Wir sind auf dem Weg in eine bestimmte Richtung«, sagte er nach einer Weile. »Wenn wir Glück haben, kann ich Ihnen kommende Woche etwas dazu sagen, für den nächsten Artikel. Aber im Augenblick ist das noch zu früh.«

Wistings Tochter schien sich damit zu begnügen.

38

Wisting konnte von seinem Bürofenster zu Inger Lise Ness hinübersehen. Sie lebte in einer Wohnung in einem Vierfamilienhaus in der Kirkestrede, dicht neben den Eisenbahngleisen und höchstens sechshundert Meter Luftlinie vom Präsidium entfernt.

Er brauchte einen Vorwand, um mit ihr zu sprechen. Ein anonymer Brief hätte durchaus ihrem Stil entsprochen, aber wenn sie tatsächlich etwas wusste, würde sie vermutlich nicht ohne Weiteres der Polizei davon erzählen. Also würde er sich langsam vortasten müssen. Dafür brauchte er einen Vorwand. Und den hatte er gefunden.

Laut Strafregister war sie erst kürzlich wegen Betrugs verurteilt worden. Nachdem sie längere Zeit arbeitslos gewesen war, hatte sie einen Teilzeitjob in einem Ladengeschäft angenommen, aber weniger Stunden auf ihrer Meldekarte vom Arbeitsamt vermerkt, als sie tatsächlich gearbeitet hatte. Über einen Zeitraum von anderthalb Jahren hatte sie fast einhunderttausend Kronen mehr Arbeitslosengeld bezogen, als ihr zugestanden hätte. Momentan wartete sie auf einen freien Platz zum Abbüßen ihrer Gefängnisstrafe von neunzig Tagen.

Wisting griff nach dem Telefonhörer, wählte die Nummer der Strafvollzugsbehörde und ließ sich mit einer Sachbearbeiterin verbinden, die er von früher kannte.

»Ich würde Sie gern um einen kleinen Gefallen bitten«, sagte er.

»Worum geht es?«

»Um eine Verurteilte namens Inger Lise Ness«, erklärte er. »Könnten Sie dafür sorgen, dass sie in der Warteschlange etwas vorrückt?«

»Das sollte sich einrichten lassen«, antwortete die Sachbearbeiterin.

Eine Weile blieb es still, während die Frau im Computersystem suchte.

»Es gibt einen freien Platz in der Haftanstalt Sandefjord, in drei Wochen«, sagte sie schließlich. »Reicht Ihnen das?«

»Hervorragend. Jetzt wäre es noch besonders wichtig, dass die Anordnung zum Haftantritt an mich geht, damit ich sie persönlich übergeben kann.«

»Normalerweise geht so etwas ja über den Postweg«, wandte die Sachbearbeiterin ein.

»Bitte schicken Sie die Papiere an mich. Ich sorge dann dafür, dass die Verurteilte zum vorgesehenen Termin erscheint.«

Inger Lise Ness würde wohl kaum darauf reagieren, dass ein Polizeibeamter in Zivil vorbeikam und ihr die Ladung zum Haftantritt persönlich überreichte.

»Mir soll's recht sein«, sagte die Sachbearbeiterin. »Ich füge noch eine Informationsbroschüre hinzu. Wenn ich das heute abschicke, dürften Sie es morgen vorliegen haben.«

Wisting bedankte sich, nannte seine Adresse und legte auf.

39

Das Sicherheitssystem hatte dieses Mal keine Einwände gegen Line. Ein grünes Licht blinkte, irgendwo in der Vorrichtung klickte es, dann hatte sie die Schranke passiert.

Die Krogh-Entführung gehörte zu den Fällen, über die ausschließlich im kleinen Kreis gesprochen werden sollte. Nur wenige in der Zeitung durften etwas von den Plänen wissen, bevor der erste Artikel der Serie in Druck ging. Andererseits gab dieser Fall Anlass zu allerlei Spekulationen. Mittlerweile schienen alle davon zu wissen und wollten unbedingt mehr darüber erfahren.

Line beantwortete alle an sie gerichteten Fragen höflich, aber reserviert und eilte dann ins Büro, wo Daniel saß. Sie wusste, dass er schon länger an dem Projekt arbeitete, und war angenehm überrascht, wie schnell alles erledigt war. Das meiste lag zur Veröffentlichung bereit. Nur der erste Artikel und die Redaktion des Podcasts standen noch aus. Laut Plan sollte der Artikel auf Papier und bei *VG+* am Freitagmorgen erscheinen. Im Laufe des Tages sollte dann zusätzliches Material online gestellt werden. Der Podcast würde ab vierzehn Uhr abrufbar sein. Bis dahin waren es noch achtundvierzig Stunden. Anschließend würde die Arbeit am zweiten Artikel beginnen.

Auf einer separaten Website sollte alles über die Krogh-Entführung zusammengestellt werden. Die Gestaltung der Seite mit einer Collage aus alten Dokumenten, Fotos und Zeitungsausschnitten war ansprechend und gelungen.

Line blätterte in einigen ausgedruckten Unterlagen aus der Ermittlungsakte.

»Ich weiß gar nicht, ob ich an diese Entführungsgeschichte glauben soll«, sagte sie.

»Weshalb zweifelst du?«

»Weil die Entführer einfach aufgegeben haben. Sie haben zwei Briefe geschickt und genau erklärt, wo das Geld bereitliegen sollte, aber sie haben nicht einmal den Versuch unternommen, es dort abzuholen. Für mich sieht das so aus, als hätten sie einfach aufgegeben.«

»Vielleicht haben sie ja kalte Füße bekommen?«

»Vielleicht, aber das Ganze wirkt irgendwie halbherzig.«

»Inwiefern?«

»Ich habe mir ein paar andere klassische Entführungsgeschichten angesehen, die meisten davon aus den USA, wie die Entführung des Sohnes von Frank Sinatra, aber auch Fälle aus Deutschland und Frankreich. In all diesen Fällen enthalten die Briefe der Entführer detaillierte Anweisungen zur Geldübergabe, und es wird davor gewarnt, die Polizei einzuschalten. Die Entführer von Nadia haben bloß einen Satz geschrieben: *Deponiert das Geld in einem schwarzen Müllbeutel hinter dem Kiosk Olavsberget.*«

»Und sie haben ein Foto hinzugefügt«, erinnerte Daniel sie.

Line hatte eine Kopie des Fotos vor sich liegen. Es zeigte Nadia und ihren jüngeren Bruder, aufgenommen in einem Foto-Automaten. Sie hatten die Köpfe zusammengesteckt, damit beide aufs Foto passten. Offenbar hatten sie Spaß gehabt, denn sie lachten in die Kamera. Das Bild hatte im Portemonnaie gelegen, das Nadia stets bei sich trug.

»Eigentlich beweist das gar nichts«, meinte Line.

»Es hat jedenfalls gereicht, um ihren Freund wieder laufen zu lassen.«

»Die Erpresserbriefe können genauso gut ein Ablenkungsmanöver gewesen sein«, wandte Line ein. »Und zwar in der Absicht, ihn freizubekommen.«

Daniel hob eine Hand.

»Spar dir das bitte auf!«, sagte er. »Die Briefe kommen im nächsten Teil vor. Jetzt müssen wir erst mal ins Studio und die aktuelle Episode zusammenbauen.«

Gemeinsam gingen die beiden ins Tonstudio hinüber. Daniel setzte sich an das Kontrollpult, während Line vor dem Mikrofon Platz nahm und ihre Unterlagen auf dem Tisch verteilte.

»Ich bin etwas unsicher, wie ich mich ausdrücken soll, wenn ich mich auf den besagten Abend beziehe«, sagte Line.

Daniel sah auf. »Inwiefern?«

»Soll ich von dem Abend sprechen, ›an dem sie verschwand‹ oder ›an dem sie entführt wurde‹?«

Daniel dachte eine Weile nach.

»Der Abend, an dem sie verschwand«, sagte er schließlich. »Das bringt den Inhalt auf den Punkt und klingt aus deinem Mund am natürlichsten.«

Zu unbekannten Hörern durch ein Mikrofon zu sprechen war leichter, als Line sich vorgestellt hatte. Sie hatte zwar eine Art Drehbuch vorliegen, sprach aber trotzdem frei. Während der Aufnahme wanderten ihre Gedanken immer wieder zu dem Foto von Nadia und ihrem Bruder zurück.

Sie hob den Blick vom Manuskript und richtete ihn genau auf das Mikrofon vor sich.

»Eine Frage wird in diesem Podcast noch besonders wichtig sein«, hörte sie sich selbst sagen. »Bisher habe ich diese Frage noch keinem meiner Gesprächspartner gestellt, weil ich gar nicht dachte, dass sie wichtig sein könnte. Die Polizei hat diese Frage unter anderem Liv Hovet gestellt, die zu den Letzten gehörte, die Nadia am 18. September 1987 lebend gesehen haben. Die Frage lautet: Hatte sie irgendetwas bei sich? Oder ganz konkret ausgedrückt: Hat sie ihre Handtasche mitgenommen, als sie an jenem Abend die Party im Glimmervei verließ? Die Ermittler haben diese Frage vermutlich routinemäßig gestellt, ebenso wie alle Partyteilnehmer gefragt wurden, welche Sachen Nadia an dem Abend ihres Verschwindens getragen hatte. Auf die Frage nach der Handtasche hat die Polizei unterschiedliche Antworten bekommen. Warum diese Frage so wichtig ist, erfahren Sie kommende Woche in der nächsten Folge von *Das Mysterium Nadia Krogh*. Dann werden Sie hören, was die Entführer an Nadias Eltern geschrieben haben und was sich noch in diesem Brief befand.«

40

Line ließ sich aufs Sofa fallen. Sie war völlig erschöpft. Es war ein langer Tag gewesen, und sie war froh, Thomas bei sich zu haben. Er hatte Amalie schon ins Bett gebracht, als sie nach Hause kam. Auch um das Abendessen hatte er sich gekümmert: Hähnchensandwich mit Bacon und Brie.

»Wusstest du eigentlich, dass wir weitläufig mit diesem Fernsehkoch verwandt sind?«, fragte sie und schnitt etwas von dem Sandwich ab.

»Mit welchem denn?«, fragte Thomas und griff nach der Fernbedienung. »Jamie Oliver?«

»Nein, mit dem Norweger. Hellstrøm.«

Thomas schien diese Information nicht weiter zu beeindrucken.

»Na ja, also nicht direkt verwandt«, korrigierte Line sich. »Aber eine der Schwestern unserer Ururgroßmutter war mit dem Bruder seines Urgroßvaters verheiratet.«

Thomas sah für einen Augenblick so aus, als denke er tatsächlich über die Art des Verwandtschaftsverhältnisses nach, zuckte aber schließlich mit den Schultern und widmete seine Aufmerksamkeit dem Fernseher.

Line aß das halbe Sandwich. Die andere Hälfte wickelte sie in Plastikfolie und legte sie in den Kühlschrank. An der Kühlschranktür klebte eine Reihe von Bildern aus einem Foto-Automaten. Drei Versionen von Thomas und Amalie. Auf dem ersten lächelte ihre Tochter vergnügt und schaute fast direkt in die Kameralinse, auf dem letzten hingegen war ihr die aufkeimende Ungeduld schon anzusehen.

»Habt ihr Fotos gemacht?«, rief Line in Richtung Wohnzimmer.

»Ja«, gab Thomas fröhlich zurück. »Ich hab das schönste Foto selbst behalten.«

»Wo steht denn eigentlich so ein Automat?«, fragte Line.

»Im Einkaufszentrum«, erklärte Thomas. »Das war auch kein normaler Automat, sondern eine Miniaturlok für Kinder, bei der Fotos geschossen werden, wenn man sich daraufsetzt.«

Line ließ sich wieder aufs Sofa fallen.

»Vielen Dank«, sagte sie und sah ihren Bruder an, »dass du dich so toll um Amalie kümmerst.«

Thomas nickte kurz und richtete den Blick wieder auf den Bildschirm. Wie seinem Vater fiel es ihm schwer, Lob anzunehmen.

Line nahm ihr Laptop, um noch ein paar Dinge an dem Artikel zu ändern. Es ging nur um ein paar Kleinigkeiten, die schnell erledigt wären. Doch anstatt das Dokument zu öffnen, rief Line das Ahnenforschungsprogramm auf und gab den Namen Stiller ein.

In ihrer Verwandtschaft gab es drei Treffer. Ein Zweig ging von einem ihrer Ururururgroßväter aus, dessen Schwester 1862 einen Anders Stiller aus Mysen geheiratet hatte. Sie hatten zwei Söhne bekommen, Ole und Lars. Laut Quellenverzeichnis stammten die Angaben aus einem digitalisierten Kirchenbuch. Line beschloss, die Sache weiterzuverfolgen, wenn sich die Zeit dazu bot.

»Ist das nicht der Fall, an dem du gerade arbeitest?«, fragte Thomas und zeigte auf den Fernseher.

Line blickte auf. Sie bekam noch mit, dass der Name Nadia Krogh fiel und ein Gesicht gezeigt wurde.

»Was war das denn?«, fragte sie, obwohl sie genau verstanden hatte, worum es ging.

»Werbung für *Tatort Norwegen* morgen«, erklärte Thomas. »Die behandeln anscheinend die Krogh-Entführung.«

Line richtete sich auf und stellte das Laptop vor sich auf den Tisch.

»Das können die doch nicht machen!«, empörte sie sich.

Thomas sah sie verdutzt an. Line zog ihr Handy aus der Tasche und wählte Frostens Nummer.

Er antwortete wie immer: kurz angebunden und unfreundlich.

»Sollten wir die Krogh-Entführung nicht exklusiv bekommen?«, fragte Line.

»Ja, sicher.«

»TV2 bringt gerade einen Teaser«, sagte Line. »Die senden das morgen Abend bei *Tatort Norwegen.*«

Der Redaktionsleiter fluchte laut.

»Adrian Stiller«, sagte er dann. »Er spielt ein doppeltes Spiel. Das war so nicht abgemacht.«

»Wie lautet denn die Abmachung?«, fragte Line.

»Wir sollten die Briefe der Entführer bekommen«, sagte er. »Exklusivmaterial zur Veröffentlichung, aber wir haben keine Abmachung über die alleinigen Rechte an dem Gesamtfall. Ich bin einfach davon ausgegangen, dass wir als Erste über alles informiert werden.«

Auch Line war wütend.

»Was machen wir?«, fragte sie. »Sollen wir vorziehen? Morgen in Druck gehen? Ich könnte den Artikel in einer Stunde fertig haben.«

»Nein«, sagte Frosten entschieden. »Wir gehen vor wie geplant, bringen aber eine Nachricht, dass die Ermittlungen in dem Entführungsfall wieder aufgenommen wurden. Und wir kündigen einen Podcast mit exklusivem Material für Freitag an. Wir nutzen die TV2-Sendung als Teaser für unsere eigene Berichterstattung. Kannst du mir in fünfundvierzig Minuten etwas liefern?«

»Geht in Ordnung«, versicherte Line. »Redest du mit ihm?«

»Mit wem?«

»Stiller. Damit es nicht zu weiteren Überraschungen kommt. Oder willst du, dass ich das mache?«

»Ich kümmere mich darum. Ihr zwei sollt ja Freunde bleiben.«

Sie beendeten das Gespräch. Amalie hatte in ihrem Zimmer zu wimmern angefangen. Thomas stand auf.

»Ich geh zu ihr«, sagte er.

Line bedankte sich und zog das Laptop zu sich heran.

41

Adrian Stiller hatte die Polizeibeamten vor Ort in einen der kleineren Konferenzräume gebeten: William Wisting, Nils Hammer und Christine Thiis. Die Tür war geschlossen, die rote Lampe draußen auf dem Gang war eingeschaltet.

Hammer stand am Fenster und ließ die Jalousien herunter.

»Welches Wetter ist denn für morgen gemeldet?«, fragte er.

Wisting setzte sich.

»Es soll weiter regnen«, erwiderte er. »Wieso fragst du?«

»Wolltest du nicht auf Hüttentour?«, gab Hammer zurück.

»Das Wetter wird schön«, mischte sich Christine Thiis ein. »Das ganze Wochenende kein Niederschlag und nur leicht bewölkt. Zeitweise auch sonnig.«

Adrian Stiller setzte sich ans Tischende und wartete darauf, dass die anderen ihre Plätze einnahmen.

Schließlich setzte auch Hammer sich.

»Heute geht es los«, sagte Stiller. »TV2 bringt die Krogh-Entführung heute Abend als Hauptthema in *Tatort Norwegen*. Livesendung. Ich werde im Studio sein.« Er wandte sich an Wisting. »Können Sie dann zu Haugen fahren? Ich wüsste gern, wie seine spontane Reaktion ausfällt.«

»Das könnte ein bisschen unnatürlich wirken«, entgegnete Wisting. »Und verdächtig.«

Stiller nahm einen Zeitplan hervor.

»Ich hab mir dazu was ausgedacht«, sagte er und las vor: »Um 20:15 Uhr schicken Sie ihm eine SMS und schreiben, dass Sie länger arbeiten müssen, aber später gern kurz vorbeikommen würden, um über die Hüttentour zu reden. Sie müssen sich ja wegen der Einkäufe absprechen und praktische Dinge regeln.«

Wisting nickte.

»Die Fernsehsendung beginnt um 21:40 Uhr. Sie müssten kurz davor bei Martin Haugen eintreffen.«

»Und wenn er gar keinen Fernseher laufen hat?«, gab Hammer zu bedenken.

Stiller war noch nicht fertig und fuhr fort, ohne auf die Zwischenbemerkung einzugehen.

»Der Beitrag über Nadia Krogh wird sechzehn Minuten nach Sendungsbeginn gebracht, um 21:56 Uhr. Sobald das Thema in der Sendung angeschnitten wird, schickt Hammer Ihnen eine SMS und bittet Sie, TV2 einzuschalten.«

Stiller beugte sich hinunter, nahm ein Handy aus seiner Aktentasche und schob es über den Tisch.

»Benutzen Sie dieses Telefon«, sagte er zu Hammer und richtete dann den Blick auf Wisting. »Sie müssen die Nummer dieses Handys auf Ihrem Telefon unter ›Line‹ speichern. Dann sieht es so aus, als ob Ihre Tochter anruft und Sie bittet, den Fernseher einzuschalten. Und Sie bitten dann Haugen darum, kurz TV2 anzuschauen.«

Stiller warf einen Seitenblick auf Hammer und wandte sich dann wieder an Wisting.

»Erzählen Sie ihm, dass Ihre Tochter im Auftrag der *VG* mit der Krogh-Entführung arbeitet. Sagen Sie, dass Sie sich an den Fall erinnern, und fragen Sie ihn, ob er das auch tut.«

Stiller konnte Wisting ansehen, dass er sich unwohl fühlte angesichts des Plans. Der ältere Kollege griff nach einem Kugelschreiber und rückte dann mit seinem Stuhl ein Stück vom Tisch ab, als nehme er Abstand von der Idee.

»Sie werden natürlich verdrahtet«, fuhr Stiller fort. »Ein mikroskopisch kleines Ding, das Sie das ganze Wochenende tragen werden. Es wird durch die Stimme aktiviert und speichert für achtundvierzig Stunden die Daten. Die Batterielaufzeit ist doppelt so lang. Wenn es also einmal angebracht ist, brauchen Sie sich um nichts weiter zu kümmern.«

Wisting spielte mit dem Kugelschreiber herum. Er wirkte sehr skeptisch.

»Morgen machen wir mehr Druck. Wenn Sie heute Abend mit ihm reden, müssen Sie sich darauf einigen, dass Sie mit Ihrem Wagen fahren. Wir bringen einen Peilsender an und richten es im Übrigen so ein, dass wir direkt hören können, was gesagt wird. Morgen müssen Sie unterwegs dann irgendwo an einer Tankstelle eine *VG* kaufen. Wenn Sie auf halbem Weg zur Hütte sind, schickt ›Line‹ Ihnen eine SMS mit einem Link zu dem Podcast, den Sie sich dann im Wagen anhören können. Der dauert vierunddreißig Minuten, was heißt, dass Sie den bis zur Ankunft in der Hütte nicht zu Ende hören können. Zwei Stunden später schickt Ihnen ›Line‹ eine weitere Meldung und fragt, was Sie von dem Podcast halten. Das gibt Ihnen dann einen Vorwand, sich die Sache zu Ende anzuhören und auch mit Haugen darüber zu reden.«

Nils Hammer meldete sich zu Wort.

»Und das soll ihn zu einem Geständnis bringen?«, fragte er skeptisch.

»Die Krogh-Entführung soll zu einem Gesprächsthema werden«, erwiderte Stiller. »Ermittlungen bestehen zu fünfzig Prozent aus Psychologie. Manchmal braucht man keine Beweise. Da reicht es, wenn der Verdächtige sich selbst in ein Netz verstrickt, aus dem er nicht wieder herauskommt.«

Wisting sagte nichts. Stiller verteilte Kopien des Schlachtplans.

»Es gibt jede Menge Unwägbarkeiten«, sagte Wisting nach einer Weile. »Da kann viel schiefgehen.«

»Machen Sie sich keine Gedanken«, beruhigte ihn Stiller.

»Zunächst mal geht es nur darum, Haugens Gedanken in Bewegung zu setzen. Ihn verletzbar und unsicher zu machen. Ihn etwas weichzukochen, damit er leichter zu packen ist, wenn die Zeit reif wird. Er muss begreifen, dass das, was ihn bei einem Geständnis erwartet, weitaus besser ist, als weiter ein dunkles Geheimnis mit sich herumzutragen.«

42

Der Bildschirm im Kontrollraum zeigte bei Haugen eine ungewöhnlich starke Aktivität. Während ihrer Besprechung hatte er sieben verschiedene Nummern angerufen.

Hammer rollte seinen Stuhl näher an den Schreibtisch heran und spielte die Aufnahme des ersten Telefonats ab, das Haugen mit einem Mann in Sandefjord geführt hatte.

Er nannte seinen Namen.

»*Es geht um die Luftpistole, die Sie bei Finn inseriert haben*«, sagte Haugen.

Wisting warf einen Blick auf den Bildschirm, der Haugens Datenverkehr zeigte.

»Er ist noch bei der Arbeit«, kommentierte Stiller. »Er muss einen Computer in seinem Büro benutzt haben.«

Das aufgenommene Gespräch endete mit der Vereinbarung, dass Martin Haugen zwischen 16:00 und 18:00 Uhr bei dem Verkäufer vorbeikommen würde, um sich die Luftpistole anzusehen.

»Was will er bloß mit einer Luftpistole?«, fragte Stiller.

Hammer besuchte das Verkaufsportal Finn.no und versuchte, die Telefonnummer zu entdecken, die Haugen angerufen hatte. Ohne Erfolg. Auch der Name des Verkäufers war nicht zu finden. Hammer gab Sandefjord als Suchbereich ein. Es gab vier Treffer für Luftpistolen. Hammer klickte jede einzelne Anzeige an und entdeckte in der dritten den Namen des Verkäufers. Auf dem Foto sah die Luftpistole wie eine echte Waffe aus. In der Beschreibung hieß es, sie sei die Kopie einer schweizerischen SIG und werde mit 12-Gramm-CO_2-Patronen betrieben.

Wisting hob die Augenbrauen, aber niemand im Raum sagte etwas.

Hammer spielte die nächste Aufnahme ab. Es war ein ganz ähnliches Gespräch. Martin Haugen vereinbarte mit einem Anbieter, bei diesem vorbeizukommen und sich eine Luftpistole anzusehen. Die Polizisten hörten sich drei weitere Telefonate an. In allen ging es um den Kauf einer Luftpistole.

»Er hat Angst«, stellte Hammer fest. »Er hat keine Zulassung für den Kauf einer echten Waffe und weiß auch nicht, wohin er gehen soll, um sich eine illegale zu beschaffen. Jetzt beschränkt er sich auf die zweitbeste Möglichkeit. Etwas, womit er jemanden bedrohen und erschrecken kann.«

Auf einem der Bildschirme setzte sich der rote Punkt, der seinen Wagen darstellte, plötzlich in Bewegung.

»Er macht sich auf den Weg«, kommentierte Hammer.

Alle drei beobachteten, wie sich Haugens Wagen über die Landstraße in Richtung Tønsberg bewegte.

»Er fährt nicht nach Hause«, stellte Wisting fest.

»Offenbar ist er unterwegs, um sich eine Luftpistole zu kaufen«, meinte Stiller.

Auch bei den letzten beiden Gesprächen ging es um eine Luftpistole. Mit Ausnahme von einem Anbieter, der erst am folgenden Tag erreichbar wäre, hatte Martin Haugen mit allen anderen vereinbart, zwischen sechzehn und achtzehn Uhr vorbeizuschauen.

Der rote Punkt war zur Ruhe gekommen. Hammer überprüfte die Adresse. Sie befand sich im Stadtzentrum.

»Da wohnt aber keiner von den Pistolentypen«, sagte er und blickte von seinen Notizen auf.

Wisting schaute auf die Uhr.

»Ist auch noch zu früh«, meinte er.

Zehn Minuten lang beobachteten die drei den roten Punkt. Nichts geschah. Die elektronischen Geräte hinter den Bildschirmen summten und rauschten. Die Luft in dem kleinen Kontrollraum wurde zusehends wärmer und stickiger.

»Wir hätten ihn direkt beschatten müssen«, sagte Stiller seufzend.

Wisting zuckte mit den Schultern und ging zur Tür.

»Sagt mir Bescheid, wenn es interessant wird.«

Er ging zu seinem Büro, blieb dann einen Moment am Schreibtisch stehen und trommelte mit den Fingern auf den Stuhlrücken. Ihm wurde bewusst, dass er sich auf die Hüttentour freute.

43

Es war halb sieben am Abend. Draußen regnete es immer noch.

Wisting hatte seinen Bericht über die bevorstehende Umorganisierung der Polizeidistrikte zu Ende geschrieben und sich in der Kantine noch etwas zu essen geholt. Der Bericht war nicht so gründlich und umfassend geworden, wie er es sich gewünscht hatte.

Adrian Stiller kam herein. Er hatte Hemd und Sakko gewechselt und sich eine Krawatte umgebunden. Seine Augen waren immer noch rot gerändert, aber das Engagement, das er ausstrahlte, ließ ihn alles andere als müde wirken.

»Ich mach mich jetzt auf den Weg«, sagte er. »TV2.«

»Viel Glück.«

Stiller bedankte sich mit einem Kopfnicken.

»Werden Sie das heute Abend tragen?«, fragte er und deutete auf Wistings Hemd.

»Wieso?«

Stiller gab keine Antwort, sondern stellte eine kleine Pappschachtel auf dem Schreibtisch ab.

»Sind Sie schon mal verwanzt worden?«, fragte er.

»Das ist lange her. Damals gab es noch diese kleinen Kassettenrekorder, die gerade so in die Innentasche passten.«

»Das hier ist das Allerneueste.« Stiller öffnete die Schachtel, die eine kleine Tube Klebstoff, eine Rolle Klettband und die eigentliche Aufnahmeeinheit enthielt, die einem kleinen schwarzen Knopf ähnelte.

»Sie müssen nur daran denken, das Gerät einzuschalten«,

sagte er und zeigte Wisting, wie die Wanze mittels eines winzigen Schiebereglers aktiviert wurde.

»Obwohl es so klein und unschuldig wirkt, sollten Sie das Gerät irgendwo befestigen, wo es nicht zu sehen ist«, fuhr Stiller fort.

Er griff nach einer Schere, schnitt ein Stück des Klettbands ab und bat Wisting aufzustehen.

»Textilkleber«, erklärte er, öffnete die kleine Tube und presste ein paar Tropfen heraus, die er auf die Rückseite des Klettbands strich.

»Nicht bewegen«, bat er und klebte das Klettband auf die Rückseite von Wistings Hemdtasche.

»Klettband?«, wunderte Wisting sich.

»NASA-erprobt«, beruhigte ihn Stiller. »Jetzt fest andrücken.«

Wisting führte die Hand zur Brust und drückte den kleinen Streifen fest.

»Martin Haugen war bei der Bank«, erzählte Stiller, während sie darauf warteten, dass der Klebstoff trocknete. »Er war vor vier Stunden in der *DNB*-Filiale in Tønsberg und hat eine größere Summe abgehoben.«

Wisting dachte an den roten Punkt, den sie vor vier Stunden auf dem Bildschirm beobachtet hatten.

»Ich habe die Überwachung seiner Finanzen veranlasst«, fuhr Stiller fort. »Sobald es ungewöhnliche Bewegungen auf seinem Konto gibt, bekomme ich Bescheid.«

»Wie viel?«, fragte Wisting.

»Fünfundzwanzigtausend Kronen«, erklärte Stiller und signalisierte Wisting, dass er die Hand jetzt wegnehmen könne. »Das ist die Maximalsumme, die er abheben kann, ohne Bargeld vorzubestellen.«

»Hat er irgendeinen Grund angegeben?«

Stiller nahm die Wanze aus der Pappschachtel. Die Rückseite war mit einem wolligen Material überzogen, das das Gegenstück zum Klettband bildete.

»Das muss man bei größeren Beträgen immer«, sagte er und warf Wisting das kleine Aufnahmegerät zu. »Er sagte, es ginge um einen eventuellen Autokauf.«

Wisting befestigte das Gerät an der Innenseite seiner Hemdtasche.

»Sie müssen Ihre Kleidung für die Hüttentour präparieren, damit Sie die Wanze immer und überall dabeihaben können«, sagte Stiller.

»Verursacht das Geraschel von der Kleidung nicht zu viel Lärm?«

»Nicht so schlimm. Außerdem kann das weggefiltert werden.«

Nils Hammer kam herein und schloss die Tür hinter sich.

»Sehen Sie es?«, fragte Stiller und richtete seinen Blick wieder auf Wisting.

»Was denn?«, fragte Hammer.

»Das Mikrofon.«

Hammer musterte Wisting von oben bis unten und schüttelte dann den Kopf. Wisting riss die Aufzeichnungseinheit vom Klettband ab und zeigte sie Hammer.

»Keine Leitungen, keine Leuchtdioden«, erklärte Stiller.

Hammer nahm das kleine Mikrofon zwischen die Finger, betrachtete es von allen Seiten und gab es Wisting zurück.

»Martin Haugen hat sich eine Walther-CP88-Luftpistole gekauft«, ließ er die anderen wissen und berichtete, wie er die Bewegungen des Mannes zu fünf verschiedenen Adressen verfolgt hatte. »Den beiden letzten hat er per SMS abgesagt. Anscheinend hat er das Gesuchte gefunden.«

»Was hat die gekostet?«, fragte Wisting.

»Tausendsiebenhundert, sofern er den angegebenen Preis bezahlt hat.«

Er reichte Wisting eine Kopie des Inserats. Die Pistole auf dem Foto lag in einem blauen Plastikkasten. Sie ähnelte einer echten Waffe. Wer immer die Mündung auf sich gerichtet sähe, würde den Unterschied nicht bemerken. Das Magazin reichte für acht Schüsse. Mit der Pistole wurden fünfhundert winzige Stahlkugeln geliefert. Vermutlich würde es wehtun, wenn man davon getroffen wurde, dennoch war die Waffe eher dazu geeignet, jemanden zu erschrecken, als ernstlich zu verletzen.

»Ich fahre jetzt los«, sagte Adrian Stiller noch einmal und trat auf die Tür zu. »Die Krogh-Entführung wird in der ersten Hälfte der Sendung erwähnt. Ich mache mich in der Werbepause auf den Rückweg und dürfte kurz vor Mitternacht wieder hier eintreffen. Können wir uns dann für die Evaluierung treffen?«

Wisting wollte eigentlich vorschlagen, das telefonisch zu machen oder mit der Evaluierung bis zum nächsten Tag zu warten, doch er sagte nichts. Stattdessen stimmte er Stillers Vorschlag mit einem Kopfnicken zu.

44

Es war zehn nach acht. Wisting betrat den Kontrollraum. Nils Hammer saß an einem der Schreibtische und las eine Zeitschrift. Auf keinem der Bildschirme waren irgendwelche Aktivitäten zu verzeichnen.

»Ist er zu Hause?«, fragte Wisting.

»Sein Wagen steht jedenfalls da.«

»Irgendwelche anderen Bewegungen?«

»Vor einer Stunde war er im Internet. Hat verschiedene Online-Zeitungen gelesen.«

Wisting nahm sein Telefon und schrieb eine SMS:

Arbeite heute länger. Passt es dir, wenn ich gegen halb zehn kurz vorbeikomme?

»Wir folgen Stillers Plan«, sagte er zu Hammer.

Der deutete mit dem Finger auf Wistings Brusttasche. Offenbar wollte er ihn davor warnen, etwas Kritisches über Stiller zu äußern.

Drei Minuten später war es Viertel nach acht, und Wisting drückte auf »Senden«. Im nächsten Moment tauchte der Inhalt der SMS auf dem Hauptbildschirm vor ihnen auf. Neben der Zeitangabe und anderen technischen Daten, die Wisting nicht einordnen konnte, wurde angezeigt, über welche Basisstation die Nachricht gesendet worden war.

Nach einer halben Minute erschien auch Martin Haugens Antwort auf dem Bildschirm:

Passt gut.

Im selben Moment signalisierte Wistings Handy den Eingang der SMS.

»Schritt eins ausgeführt«, sagte Hammer und grinste.

Um 21:38 Uhr rollte Wistings Wagen über den holperigen Schotterweg und hielt vor Haugens Haus. Die Frontscheinwerfer erhellten die Hausfassade. Martin Haugens Gesicht tauchte am Küchenfenster auf, als hätte er dort gesessen und gewartet.

Wisting warf einen Blick auf das Mikrofon an seiner Hemdtasche, dann stieg er aus und ging zum Haus. Er hörte, wie der Schlüssel im Schloss gedreht wurde, dann öffnete sich die Tür.

»Komm rein«, sagte Martin.

Die Katze stand zwischen seinen Beinen und spähte nach draußen.

»Ich dachte nur, wir unterhalten uns noch ein bisschen über morgen«, meinte Wisting und schloss die Tür hinter sich.

Er folgte Martin in die Küche. Das Geräusch des Fernsehers im Wohnzimmer drang herüber. Es klang nach einem ausländischen Sender.

»Wann wollen wir denn morgen losfahren?«, fragte Wisting. »Wäre ja schön, wenn wir noch im Hellen an der Hütte ankommen.«

»Dann müssten wir gegen vier aufbrechen«, meinte Martin und nahm zwei Tassen aus dem Küchenschrank. »Unterwegs müssten wir auch noch mal anhalten und was einkaufen.«

»Vier klingt gut«, sagte Wisting. »Ich könnte etwas früher im Büro Schluss machen.«

Martin stellte die Tassen auf den Tisch.

»Ich auch«, sagte er und schenkte ihnen Kaffee ein.

»Ich dachte, wir nehmen meinen Wagen«, fuhr Wisting fort. »Wenn wir deinen Pick-up nehmen, muss das Gepäck im Freien auf der Ladefläche liegen.«

Martin schüttelte den Kopf und stellte die Kanne zurück auf die Wärmeplatte.

»Wir müssen mit dem Pick-up fahren«, sagte er. »Die Straße ist nach dem Regen nicht gut befahrbar. Da kommen wir mit deinem Wagen nicht durch.«

Dagegen konnte Wisting nichts einwenden.

Amalie lag auf dem Rücken und schlief. Sie hatte den Mund leicht geöffnet, ihre Lippen sahen ein wenig trocken aus, und ihr Atem ging ruhig und regelmäßig.

Line stand gern einfach nur da und sah ihre Tochter an. Jetzt zog sie vorsichtig die Tür zu und kehrte zu ihrem Platz vor dem Fernseher im Wohnzimmer zurück.

»Stell das mal bitte etwas lauter«, sagte sie zu Thomas, als *Tatort Norwegen* anfing.

Der Moderator hieß die Zuschauer willkommen. Line kannte ihn. Er war ein ausgezeichneter Kriminaljournalist mit einem großen Netzwerk und guten Quellen. Sein persönliches Engagement war bekannt, und er schilderte die Fälle stets aus einem besonderen Blickwinkel.

Die Themen des Abends wurden vorgestellt. Es sollte um eine gefährliche neue synthetische Droge gehen und um eine Überfallserie auf Imbisse. Danach sollte der brutale Überfall auf eine ältere Frau zur Sprache kommen, und anschließend würde vor einer Gruppe von umherreisenden Einbrechern gewarnt werden, die sich auf Elektrogeschäfte spezialisiert hatten.

»Außerdem wollen wir einen Rückblick auf einen der bekanntesten Entführungsfälle in der norwegischen Kriminalgeschichte werfen«, fuhr der Moderator fort. »1987 wurde die damals siebzehnjährige Nadia Krogh von unbekannten Tätern entführt, die drei Millionen Kronen als Lösegeld für ihre Freilassung verlangten. Das Geld wurde an der vereinbarten Stelle hinterlegt, jedoch nie abgeholt. Niemand hat Nadia jemals wiedergesehen. Vielleicht können die wieder aufgenommenen Ermittlungen mit ihren modernen Untersuchungsmethoden neue Antworten liefern.«

Line lehnte sich zurück.

»Mit mir im Studio befindet sich wie immer unsere Expertenrunde.« Der Moderator stellte zwei Männer und eine Frau vor, die an einem Tisch standen. Line hatte die Sendung schon mehrfach gesehen und kannte die anderen Personen. Es waren ein pensionierter Ermittler, ein ehemaliger Polizeijurist und eine Strafverteidigerin.

»Doch zunächst wollen wir uns ansehen, was aus den Fällen der letzten Woche geworden ist«, sagte der Moderator und ging zu einem uniformierten Polizeibeamten, der für die eingehenden Hinweise zuständig war.

Line stand auf und ging in die Küche, um sich etwas zu trinken zu holen.

Wisting hatte den SMS-Signalton an seinem Handy extralaut gestellt. Er trank seinen Kaffee in kleinen Schlucken, damit die Tasse nicht leer war, bevor die Nachricht von Hammer eintraf.

»Ich hab mir die Wettervorhersage angeguckt«, sagte er in Ermangelung eines anderen Gesprächsthemas. »Soll angeblich besser werden.«

»Wird aber auch Zeit«, meinte Martin Haugen. »Das derzeitige Wetter hier ist einfach zu trostlos.«

Die Katze setzte sich zu seinen Füßen. Wisting wollte gerade sagen, dass das feuchte Wetter jedenfalls die Pilze im Wald gut wachsen ließ, als sein Handy vibrierte und einen Signalton von sich gab.

Er fischte es aus der Tasche und hielt es etwas von sich weg, um besser lesen zu können.

»Hm«, sagte er und verlieh seinem Gesicht einen bekümmerten Ausdruck und hoffte darauf, dass Martin Haugen nun fragen würde, was denn passiert sei.

Martin allerdings drehte sich höflich zur Seite und stand dann auf, um noch mehr Kaffee zu holen.

»Von Line«, sagte Wisting, während Martin Kaffee einschenkte. »›Schalt mal TV2 an‹, schreibt sie.«

Wisting warf einen Blick in Richtung Wohnzimmer, um Martin zu signalisieren, dass er der Aufforderung seiner Tochter gern folgen würde.

Wortlos stellte Martin die Kaffeekanne weg und ging ins Wohnzimmer. Wisting folgte ihm. Martin nahm die Fernbedienung und wechselte zu dem entsprechenden Kanal.

Stiller hatte im Fernsehstudio einen Platz zugewiesen bekommen. Ein kleiner Klebestreifen auf dem Boden zeigte an, wohin er seinen rechten Fuß setzen sollte.

Zu Beginn wurde ein fertiger Beitrag über Nadia Krogh gesendet. Eine Landkarte machte die Zuschauer mit den geografischen Gegebenheiten vertraut. Eine Zeitleiste wurde gezeigt, die bis in den September 1987 zurückreichte. Alte Pressefotos und Zeitungsartikel glitten über den Bildschirm, während eine Reporterstimme die dazugehörenden Fakten referierte.

Der Aufnahmeleiter zählte die Sekunden bis zum Ende des Beitrags herunter und erteilte dem Moderator mit einer deutlichen Handbewegung das Wort.

Er blickte in die Kamera und fing an zu reden:

»Heute bei uns im Studio ist Kommissar Adrian Stiller von der neu eingerichteten Abteilung für ältere und ungelöste Fälle bei der Kripo.«

Er wandte sich seinem Gast zu.

»Herr Stiller, weswegen wurden die Ermittlungen in diesem alten Entführungsfall wieder aufgenommen?«

Stiller erwiderte seinen Blick.

»Weil es sich um einen Fall handelt, der gelöst werden kann«, erwiderte er und bemühte sich, seine Stimme fest und ruhig klingen zu lassen. »Und offenbar liegt die Lösung in dem uns vorliegenden Ermittlungsmaterial.«

Er hielt inne und warf einen kurzen Blick auf das sogenannte Expertengremium, um sowohl dieses als auch die Fernsehzuschauer von seinem Optimismus zu überzeugen. Immerhin konnte Stiller seine Aussage auch belegen. Martin Haugens Fingerabdrücke waren die ganze Zeit da gewesen. Wenn dieser Teil des Falls in der kommenden Woche besprochen würde, müssten ihm die Experten recht geben.

»Wie gehen Sie an so ein Material heran?«, fragte der Moderator.

»Wir berücksichtigen technische und taktische Gesichtspunkte«, erläuterte Stiller. »Das gesamte beschlagnahmte Material wird mithilfe neuer Technologien und neuer Methoden genau untersucht.«

»Im Hinblick auf mögliche DNA-Spuren?«, wollte der Moderator wissen.

»Unter anderem«, entgegnete Stiller. »Es geht um Analysen, die mit moderner Technik durchgeführt werden.«

Der Aufnahmeleiter hielt einen Finger in die Luft, um anzuzeigen, wie viel Zeit noch übrig war.

»Wie sieht die taktische Ermittlung aus?«

»Wir haben alle schriftlichen Informationen aus dem ursprünglichen Fall digitalisiert«, erklärte Stiller. »Jetzt isolieren wir die verschiedenen Geschehnisse voneinander und setzen sie mithilfe eines modernen elektronischen Tools wieder zusammen. So erhalten wir ein ganz neues Bild davon, was geschehen sein könnte.«

»Und haben Sie in dieser Hinsicht schon etwas herausgefunden?«

Diese Frage war in der Vorbereitungsrunde nicht gestellt

worden. Der Moderator improvisierte, aber Stiller ließ sich nichts anmerken.

»Die Arbeiten haben gerade erst begonnen«, erwiderte er.

Der Moderator warf einen kurzen Blick auf seine Fragekarten.

»Gibt es denn irgendwelche neuen Informationen?«, fuhr der Moderator fort und war wieder bei der vereinbarten Reihenfolge der Fragen angelangt.

»Deswegen sind wir ja hier«, sagte Stiller und nickte. »Alte Fälle wieder aufzurollen führt immer ein Stückchen weiter. Wir sind davon überzeugt, dass irgendjemand etwas weiß.«

Stiller hätte am liebsten direkt in die Kamera geblickt, um seine Worte unmittelbar an Martin Haugen zu richten, der hoffentlich zusammen mit Wisting vor dem Fernseher saß und zuschaute. Stattdessen wiederholte er:

»Irgendjemand weiß etwas. Vielleicht ist es ihm vor sechsundzwanzig Jahren schwergefallen, seine Informationen preiszugeben, aber mittlerweile hat sich womöglich etwas verändert.«

»Inwiefern?«

»Es könnte sich um einen Menschen handeln, der seinerzeit in einem Abhängigkeitsverhältnis gelebt und deshalb lieber geschwiegen hat. Aber diese Person könnte sich mittlerweile in einer anderen Lebenssituation befinden.«

»Der Zeitaspekt ist hier also gar nicht von Nachteil?«, hakte der Moderator nach.

»Nicht unbedingt«, gab Stiller zurück. »Dasselbe gilt im Übrigen für die taktischen Ermittlungen. Auch wenn ein Fall zum gegebenen Zeitpunkt umfangreich untersucht worden ist, können wir heute mit frischem Blick die alten Beweise anschauen und uns ganz neue Fragen stellen.«

Der Moderator änderte seine Beinstellung, um einen Themenwechsel anzudeuten.

»Halten Sie es für möglich, dass Nadia Krogh noch am Leben ist?«, fragte er.

»Damit werden wir uns eingehend beschäftigen«, erwiderte Stiller. »Und deswegen haben wir von Spezialisten ein Porträt anfertigen lassen, das zeigt, wie Nadia Krogh heute aussehen würde.«

Wisting stand etwas seitlich hinter Martin Haugen, der stumm auf den Bildschirm starrte.

»Line schreibt gerade über diesen Fall«, erklärte er und trank einen Schluck Kaffee aus der Tasse, die er mit ins Wohnzimmer genommen hatte. »Sie hat lange daran gearbeitet, es soll eine ganze Artikelserie werden. Der erste erscheint morgen. Aber es wird ihr nicht gefallen, dass TV2 ihr zuvorgekommen ist.«

Martin legte die Hand auf den nächsten Stuhlrücken, als müsse er sich irgendwo abstützen.

»Die senden auch einen Podcast«, fügte Wisting hinzu.

Haugen schwieg und verfolgte weiter den Fernsehbeitrag.

»Kannst du dich an die Sache erinnern?«, fragte Wisting nach einer Weile.

»Ja, vage«, erwiderte Martin und drehte sich zu Wisting. »Warst du damals an den Ermittlungen beteiligt?«

Wisting schüttelte den Kopf. Auf dem Bildschirm war Adrian Stiller zu sehen.

Martin wirkte blass. Wisting versuchte, seine Körpersprache zu deuten. Seine Hand krümmte sich weiter um die Rückenlehne des Stuhls, und sein Mundwinkel zuckte fast unmerklich, aber es ließ sich daraus nichts Bestimmtes ableiten.

»Eigentlich bin ich ja gar kein Fan von solchen Fernsehformaten«, behauptete Wisting und sah, dass Martin zustimmend nickte.

Es entsprach nicht ganz der Wahrheit. Er hatte solche Sendungen zwar noch nicht so oft gesehen, mochte sie aber. Das Format vermittelte den Zuschauern einen Eindruck von der Arbeit der Polizei und hatte sich als nützlicher Beitrag zur Aufklärung von Kriminalfällen erwiesen. Wisting wollte Martin allerdings zeigen, dass er auf seiner Seite stand. Das war wichtig für das Wochenende, das sie zusammen verbringen würden.

»Solche Sendungen sind zynisch und spekulativ«, fügte er hinzu und nahm noch einen Schluck Kaffee.

Martin Haugen ließ die Stuhllehne los und verschränkte die Arme vor der Brust. Sein Atem ging etwas schwerer.

»Es soll der Unterhaltung dienen«, sagte Wisting. »Ich finde allerdings, dass man keine Unterhaltung dieser Art produzieren sollte.«

Martin Haugen drehte sich zu ihm. Wisting glaubte, etwas in seinem Blick zu erkennen. Etwas, das ihn bewegte und ergriff. Dann war es wieder verschwunden.

»Soll ich dich dann morgen um vier abholen?«, fragte Haugen.

Line saß vornübergebeugt vor dem Fernseher und verfolgte jedes Wort, das Adrian Stiller äußerte. Er war stark geschminkt, und sein müder Gesichtsausdruck war nicht mehr zu erkennen.

Bis jetzt war in der Sendung nichts erwähnt worden, was Line nicht auch in ihrem Artikel bringen würde. Ganz im Gegenteil. Die Art und Weise der Darstellung im Fernsehen war oberflächlich und simpel. Die *VG*-Leser würden viel mehr bekommen.

»Halten Sie es für möglich, dass Nadia Krogh noch am Leben ist?«, fragte der Moderator gerade.

Stiller nickte, als sei die Frage abgesprochen.

»Damit werden wir uns eingehend beschäftigen«, erwiderte er. »Und deswegen haben wir von Spezialisten ein Porträt anfertigen lassen, das zeigt, wie Nadia Krogh heute aussehen würde.«

Line öffnete den Mund, um zu protestieren. Darüber hatte Adrian Stiller nicht ein einziges Wort verloren.

Der Moderator schaute in die Kamera.

»Zum ersten Mal präsentieren wir hier die Phantomzeichnung, die zeigt, wie Nadia Krogh heute aussehen könnte«, sagte er, bevor im Fernseher eine Bleistiftskizze erschien.

Line fasste sich an den Kopf und stöhnte. Im selben Moment teilte sich der Bildschirm in zwei Hälften. Die linke Seite zeigte das Foto von Nadia Krogh als Jugendliche, die rechte ihr mutmaßliches Aussehen in der Gegenwart.

»Wie sind Sie vorgegangen, um diese Skizze herzustellen?«, fragte der Moderator.

Adrian Stiller setzte zu einer Erklärung an, doch Line hörte nicht mehr zu. In den wenigen Stunden bis zum Druck ihres eigenen Artikels würden die Vorher-/Nachher-Bilder von Nadia Krogh in allen großen Zeitungen online gestellt werden. Ihr Artikel würde nur noch wie ein Abklatsch wirken.

Martin Haugen ging zurück in die Küche. Der Fernseher lief weiter. Die Expertenrunde äußerte sich zu dem alten Entführungsfall.

»Oder wollen wir versuchen, noch etwas früher loszukommen?«, fragte Martin, offenbar völlig unberührt von der Fernsehsendung.

»Vier Uhr ist perfekt«, gab Wisting zurück und folgte ihm aus dem Wohnzimmer.

Sein Telefon klingelte. Er nahm es aus der Tasche und sah »Line« im Display aufleuchten. Es musste etwas Wichtiges sein, dachte er. Es war nicht verabredet gewesen, dass Hammer ihn jetzt anrief.

Er blieb in einigem Abstand zu Martin stehen, damit der

Hammers tiefe Stimme nicht hören konnte. Wisting war überrascht, Lines Stimme zu hören, nachdem er den Anruf angenommen hatte.

»Bist du zu Hause?«, fragte sie.

»Ich bin auf dem Weg«, erwiderte er, trat an die Arbeitsplatte und stellte die leere Kaffeetasse darauf ab. »Ich bin kurz zu Martin Haugen gefahren. Wieso fragst du?«

»Ich wollte nur wissen, ob du vielleicht ferngesehen hast«, sagte sie. »Es geht um die Krogh-Entführung.«

»Wir haben uns die Sendung hier angeschaut. War das für dich jetzt ein Strich durch die Rechnung?«

»Ich hatte gedacht, dass wir die Einzigen sind, die über den Fall schreiben«, entgegnete Line. »Das hätte uns jedenfalls mehr Leser und mehr Hörer verschafft. Jetzt ist ein bisschen die Luft raus, könnte man sagen.«

»Meinst du nicht, dass das auch die umgekehrte Wirkung haben könnte?«, fragte Wisting. »Dass das Interesse wächst und die Leser noch mehr wollen?«

»Vielleicht«, sagte Line. »Ich finde nur, dass das Ganze ziemlich hinterhältig ist von diesem Stiller. Er hat die ganze Zeit davon gewusst, aber keinen Ton gesagt. Stattdessen hat er uns im Glauben gelassen, dass wir uns ganz exklusiv mit dem Fall beschäftigen. Als hätte er das alles genau geplant.«

»Was sagen sie in der Redaktion?«, fragte Wisting, um keinen Kommentar abgeben zu müssen.

»Ich hab versucht, Frosten anzurufen, kann ihn aber nicht erreichen. Ich versuche es später noch mal. Kommst du noch kurz bei mir vorbei?«

»Kann ich machen«, versprach Wisting.

Martin Haugen hatte sich wieder gesetzt.

»Das war Line«, erklärte Wisting und schob das Handy wieder in die Hosentasche.

»Hab ich schon verstanden«, erwiderte Martin und lächelte.

Wisting blieb neben dem Küchentisch stehen.

»Sie ist ziemlich enttäuscht«, sagte er. »Aber so ist das mit Journalisten. Sie wollen unbedingt die Ersten sein. Diesmal wurde sie auf der Ziellinie geschlagen.«

»Wie geht es ihr denn sonst?«, wollte Martin wissen.

»Verhältnismäßig gut«, gab Wisting zurück. »Sie arbeitet im Moment frei. Der Markt ist ziemlich tough, und die Bezahlung wird immer schlechter.«

»Ist lange her, dass ich sie zuletzt gesehen habe«, meinte Martin.

Wisting warf einen Blick auf die Küchenschublade, in der sich, wie er wusste, die Dankeskarte für die Glückwünsche zur Konfirmation befand. Er hätte Martin vorschlagen sollen, ihn einmal zu besuchen und bei der Gelegenheit auch Amalie kennenzulernen, brachte es aber nicht über die Lippen.

»Thomas war die ganze Woche zu Hause«, sagte er stattdessen. »Er hat das Kindermädchen gespielt und auf Amalie aufgepasst, während Line an der Artikelserie gearbeitet hat.«

Er trat auf die Haustür zu. Martin erhob sich, um ihn zu verabschieden.

»Grüß Thomas und Line bitte von mir«, sagte er.

»Das mache ich«, versicherte Wisting, wusste aber, dass es nicht dazu kommen würde.

Martin blieb an der Tür stehen, während Wisting über den Hofplatz zu seinem Wagen ging.

»Dann sehen wir uns morgen um vier!«, rief er ihm nach.

45

Das Licht an der Straßenlaterne vor Lines Haus war ausgefallen. Gleich morgen würde er es der Stadtverwaltung melden.

Er parkte direkt neben dem Zaun, nahm das Mikrofon aus der Brusttasche und ließ es im Wagen auf der Ablage an der Mittelkonsole liegen. Dann stieg er aus und ging hinüber zum Haus. Die Tür war nicht verschlossen. Er öffnete sie, ohne zu klingeln. Thomas war immer noch da. Seine Schuhe standen hinter der Haustür. Wisting zog seine aus und klopfte leicht an den Türrahmen zum Flur, bevor er eintrat.

Thomas saß mit der Fernbedienung in der Hand vor dem Fernseher. Line hatte ihr Laptop auf dem Schoß. Sie blickte auf und winkte ihn herein.

»Hast du mit jemandem gesprochen?«, fragte Wisting.

»Ja«, erwiderte Line. »Die Krise ist vorbei.«

Thomas verdrehte die Augen.

»Dafür war sie hier umso größer«, bemerkte er.

»Ich mag es bloß einfach nicht, zum Narren gehalten zu werden«, sagte Line. »Er hätte genauso gut mit offenen Karten spielen können.«

»Polizeiarbeit ist kein Spiel mit offenen Karten«, gab Wisting zu bedenken und setzte sich. »Und für Journalisten gilt dasselbe.«

»Übrigens sind wir vermutlich mit ihm verwandt«, warf Thomas ein. »Line hat irgendeinen Ururur-was-auch-immer aus Mysen gefunden, der Stiller hieß.«

»Wenn er noch mehr solche Tricks auf Lager hat, dann schlage ich zurück«, sagte Line.

»Wie das?«

»Ich kann schreiben, dass sie einen Verdächtigen haben.«

Wisting sah zum Fernseher hinüber.

»Haben sie das denn?«, fragte Thomas und richtete sich im Sessel auf.

»Er hat es bei unserer ersten Begegnung gesagt und es bei meinem Interview noch einmal bestätigt.«

»Und wer ist es?«, wollte Thomas wissen.

»Das sagen sie natürlich nicht. Aber wir werden es als Erste erfahren.«

Auf dem Fernsehbildschirm unterhielten sich zwei Mediziner über eine seltene Krankheit. Wisting tat so, als interessiere ihn der Beitrag.

Thomas drehte sich zu ihm um.

»Glaubst du, sie haben einen Verdächtigen, oder ist das bloß Gerede?«

Wisting stand auf. Er war nicht in der Stimmung, die Situation zu retten, die Stiller geschaffen hatte.

»Wenn er das sagt, dann ist es wohl so«, erwiderte er und trat auf die Tür zu. »Aber ich finde nicht, dass du das schreiben solltest.«

»Willst du schon gehen?«, fragte Line.

Thomas war ebenfalls aufgestanden.

»Ich werde auch gehen«, sagte er.

»Ich geh nicht nach Hause«, erklärte Wisting. »Ich muss noch mal ins Büro.«

»Ist was passiert?« Line war neugierig.

Er blickte sie an und suchte nach einer passenden Antwort.

»Du wärst jedenfalls die Erste, die davon erfahren würde«, sagte er schließlich lächelnd.

Nils Hammer stand am Personaleingang auf der Rückseite des Präsidiums und schloss auf, als Wisting den Wagen auf dem Hof abstellte. Er wartete an der Tür und ließ Wisting den Vortritt.

»Was denkst du über Stiller?«, fragte er.

»Er wirkt sehr zielorientiert«, erwiderte Wisting. »Wie einer, der nach oben will.«

»Ich habe mit einem Kollegen gesprochen, der vor einigen Jahren mit ihm Streife gefahren ist«, berichtete Hammer. »Er sagt ungefähr das Gleiche. Zielgerichtet und ergebnisorientiert, aber seine Methoden sind mitunter wohl etwas fragwürdig.«

Sie warteten auf den Aufzug.

»Inwiefern?«, fragte Wisting.

Der Aufzug kam. Hammer wartete, bis sich die Türen hinter ihnen wieder geschlossen hatten.

»Einmal haben sie auf der E18 in einem Zivilfahrzeug gesessen und die Geschwindigkeit der Vorbeifahrenden gemessen«, erläuterte Hammer. »Stiller hat hinten an die Heckscheibe ein rotes F für ›Fahranfänger‹ geklebt, damit niemand Verdacht schöpfte. Na, du weißt ja, wie die Leute an solchen Fahranfängern vorbeirasen.«

»Kreativ und ungewöhnlich«, meinte Wisting.

»Und gegen die Vorschriften«, ergänzte Hammer. »Einmal hat er andere provoziert, schneller zu fahren, und zu einem richtigen Wettrennen eingeladen. Aber er hat dann frühzeitig um Versetzung gebeten, bevor eine große Sache draus wurde.«

Die Aufzugtüren öffneten sich wieder. Der Korridor in der Ermittlungsabteilung lag im Dunkeln. Nur aus dem Büro, das Stiller benutzte, fiel ein dreieckiges Licht auf den Fußboden draußen. Als er Schritte hörte, kam Stiller zur Türöffnung. Die Krawatte war verschwunden.

»Haben Sie die Sendung sehen können?«, fragte er.

»Ist alles nach Plan gelaufen«, erklärte Wisting.

»Und wie hat Haugen reagiert?«, wollte Stiller wissen.

»Schwer zu deuten«, erwiderte Wisting. »Allerdings kam es mir so vor, als hätte er sich etwas unwohl gefühlt.«

»Wie genau?«

»Für einen Augenblick hat er wie gelähmt gewirkt. Er stand reglos da und hat auf den Fernseher gestarrt. Dann war es wieder vorbei.«

»Hört sich nicht so an, als wäre das schwer zu deuten«, meinte Stiller. »Wollen wir in den Kontrollraum gehen?«

Wisting nickte und machte sich auf den Weg, gefolgt von den beiden anderen.

»Aber das muss nichts heißen«, fuhr Wisting fort. »Ganz objektiv betrachtet, kann das eine völlig normale Reaktion gewesen sein. Der Beitrag kann ihn an Katharinas Verschwinden erinnert haben.«

Stiller zog eine Tüte Fisherman's aus der Tasche.

»Das glauben Sie doch wohl selbst nicht«, sagte er mit einem Lächeln und bot Wisting von den Pastillen an. »Haben Sie die Aufnahme?«

Wisting nahm sich ein Halsbonbon, fischte das kleine Gerät aus der Hemdtasche und reichte es Stiller.

Der hielt die Tüte mit den Pastillen auch Hammer hin, der den Kopf schüttelte und eine Snus-Dose aus der Hosentasche zog.

»Sind Hinweise aus der Bevölkerung eingegangen?«, fragte er.

»Jede Menge«, entgegnete Stiller. »So eine Zeichnung zur besten Sendezeit zu präsentieren bedeutet natürlich eine Flut von Hinweisen. Die Menschen wollen sie überall gesehen haben.«

»Und andere Tipps?«, fragte Hammer. »Die interessant sein könnten?«

Stiller schüttelte den Kopf.

»Nichts, was in unsere Richtung gehen würde.«

Wisting überlegte, ob er von Lines Reaktion auf die Fernsehsendung erzählen sollte, ließ es aber sein. Er fand zwar durchaus Gefallen an Stillers Kreativität, doch wie er seine Tochter benutzte, gefiel ihm gar nicht.

Hammer zog seine Karte durch das Lesegerät, gab den Code ein und hielt den anderen die Tür auf. Die elektronischen Gerätschaften in dem kleinen Raum gaben allerlei Geräusche von sich. Wisting und Stiller blieben stehen, während Hammer die Bildschirme zum Leben erweckte.

»Keine Gespräche oder Textnachrichten«, berichtete er. »Dafür war er im Internet aktiv.«

Das Protokoll von Martin Haugens Internetaktivitäten der letzten Stunden erschien auf dem Schirm. Zeile um Zeile lauter verschiedene Internetadressen. Er hatte ausschließlich nach *Nadia Krogh* gesucht.

Stiller schlug triumphierend mit der Faust auf den Stuhlrücken.

»Yes!«, sagte er. »Jetzt geht's los.«

46

Das Hotelzimmer lag im Dunkeln. Stiller saß mit Ohrstöpseln vor dem Fenster und hörte sich die Unterhaltung zwischen Wisting und Haugen an. Ein großes Frachtschiff kam den Fjord heraufgefahren. Der riesige Bug drehte langsam in Richtung Containerhafen ab.

Stiller lauschte der Aufnahme bereits zum zweiten Mal. Ab und zu war das Rascheln von Wistings Hemd zu hören, was bedeutete, dass die Geräusche technisch weggefiltert werden müssten. Ein Abschnitt des Gesprächs, in dem es um Wistings Tochter ging, war allerdings problemlos zu verstehen. Martin Haugen hatte sich nach Lines Befinden erkundigt. Es klang nach einer aufrichtigen Frage und nicht nur nach einer Höflichkeitsphrase. Wisting erzählte, wie schwierig es geworden sei, als freie Journalistin zu arbeiten. Das Gespräch lief auf eine vage Möglichkeit zu, die nicht ganz zu greifen war. Vielleicht konnten sie es sich irgendwie zunutze machen. Line hatte hart und intensiv an der Krogh-Geschichte gearbeitet, war aber im Hinblick auf den Zeitpunkt der Veröffentlichung geschlagen worden. Möglicherweise könnte Wisting mit der Niederlage seiner Tochter Sympathie wecken.

Es war kurz nach ein Uhr nachts. Stiller überlegte, ob er sich umziehen und in den Fitnessraum des Hotels hinuntergehen sollte. Eine Stunde auf dem Laufband, gefolgt von einem Saunagang. Vielleicht würde das ja den ersehnten Schlaf bringen?

Er stand auf und warf einen Blick auf seinen Computer. Er

hatte unzählige Artikel zum Thema Schlaflosigkeit gelesen, die sich teilweise widersprachen. Manche Experten nannten Schlaflosigkeit ein Symptom, andere erkannten darin eine Krankheit. Es gab zahlreiche Ratschläge darüber, was man tun sollte, doch soweit Stiller den Artikeln hatte entnehmen können, wussten die Forscher nicht einmal, was Schlaf eigentlich war.

Es war ihm klar, dass er aufhören musste, den Amateurforscher zu spielen, und stattdessen lieber professionelle Hilfe in Anspruch nehmen sollte, aber das war nicht so einfach. Die Ärzte würden viele Fragen haben, die es zu beantworten galt. Außerdem kam er schon irgendwie zurecht. Sehr gut sogar. Wenigstens hatte er nicht mehr unter Albträumen zu leiden.

Er ging ins Bad, schaltete das Licht ein und zwinkerte sich selbst im Spiegel zu. Wem gehörte das Gesicht, das ihn daraus anstarrte? Zu wem gehörten diese unschlüssigen Züge? Er runzelte die Stirn und dachte, dass das Leben nicht immer so wie jetzt gewesen war.

47

Adrian Stiller war sich gar nicht bewusst, dass er mit offenen Augen dalag, bis plötzlich ein schwaches bläuliches Licht das Hotelzimmer erhellte.

Er drehte den Kopf zum Nachttisch hin. Das Handy hatte keinen Ton von sich gegeben, doch auf dem Display war eine eingegangene Nachricht zu erkennen.

Das Bett knarrte, als er sich auf die Seite drehte. Er nahm das Telefon zur Hand und sah, dass die Nachricht ein automatisch ausgelöstes Signal des Peilsenders an Martin Haugens Wagen war, der sich in Bewegung gesetzt hatte.

Stiller schwang die Beine aus dem Bett und loggte sich in das Überwachungsprogramm ein. Es dauerte ein paar Sekunden, bis er sich auf dem kleinen Kartenausschnitt orientiert hatte. Der rote Punkt hatte den Kleivervei verlassen.

Stiller verfolgte die Bewegung des Wagens zur E18, wo er nach Westen abbog.

Vier Minuten später saß Stiller ebenfalls im Wagen. Martin Haugen befand sich vierzehn Komma sieben Kilometer vor ihm und war offenbar unterwegs nach Porsgrunn. Vielleicht fuhr er gerade zu Nadia Kroghs Leiche, oder er war beruflich unterwegs.

Daran allerdings wollte Stiller nicht recht glauben.

Während er Wistings Nummer wählte, sah er auf die Uhr am Armaturenbrett. Sie zeigte in diesem Moment exakt 02:00 Uhr an.

Wisting ging sofort ans Telefon.

»Haugen ist mit dem Wagen los«, sagte Stiller. »Er ist unterwegs nach Porsgrunn.«

»Wo sind Sie?«, wollte Wisting wissen.

»Ein paar Kilometer hinter ihm.«

»Brauchen Sie Unterstützung?«

»Kommt darauf an, wohin er will.«

»Ich fahre ins Präsidium«, erklärte Wisting. »Ich überprüfe die Daten im Kontrollraum und schau mal, ob es irgendeinen Hinweis auf seine Pläne gibt.«

»In Ordnung«, sagte Stiller und bedankte sich. »Ich muss Schluss machen, solange ich telefoniere, kann ich ihn übers Handy nicht verfolgen.«

»Okay«, gab Wisting zurück. »Ich melde mich, sobald ich was weiß.«

Das Gespräch wurde beendet, und der Kartenausschnitt erschien wieder auf dem Display. Der Abstand zu Haugen hatte sich auf dreizehn Komma acht Kilometer reduziert.

Die Schnellstraße war um diese Tageszeit fast leer. Stiller begegnete nur dem einen oder anderen Lastwagen und konnte ein hohes Tempo halten. Der Abstand zu Martin Haugen verringerte sich, aber er würde ihn wohl nicht einholen können.

Er blickte in den Rückspiegel, wechselte die Spur und überholte einen Sattelzug. Elf Komma drei Kilometer vor ihm passierte Haugen die Abfahrt nach Porsgrunn und fuhr weiter westwärts. Stiller erhöhte die Geschwindigkeit. Die Fahrbahn war feucht, allerdings regnete es nicht. Die Sicht war gut. Der kräftige Motor des Wagens brummte gleichmäßig vor sich hin. Laut Bordcomputer konnte er noch dreihundertsechsundzwanzig Kilometer zurücklegen, bis der Tank leer war. Doch so weit würde er vermutlich nicht fahren müssen.

Abwechselnd sah er auf die Uhr am Armaturenbrett und die Zahl, die den Abstand zwischen ihm und Haugens Wagen anzeigte. Falls beide ihre aktuelle Geschwindigkeit hielten, würde er ihn in knapp zwölf Minuten einholen.

Plötzlich bewegte sich der rote Punkt weg von der Schnellstraße. Der Abstand verringerte sich weiter. Vermutlich war die zulässige Höchstgeschwindigkeit dort, wo Haugen entlangfuhr, geringer als hier.

Stiller kannte sich in der Gegend nicht aus. Er nahm das Handy vom Beifahrersitz, reduzierte das Tempo und lenkte den Wagen mit einer Hand, während er die Landkarte auf dem Display inspizierte. Wie es aussah, war Haugen unterwegs in ein Gebiet, das Heistad hieß. Stiller kannte den Namen. In dieser Gegend hatte Nadia Krogh gewohnt.

Sechs Minuten später fuhr Stiller von der Schnellstraße ab. Der rote Punkt zeigte, dass Haugen anscheinend in einem Wohnviertel angehalten hatte. Die Kartenansicht verschwand vom Display, als Wisting anrief.

»Es gibt einen abgehenden Anruf«, sagte er. »Zu Hannah Krogh.«

Stiller riss erstaunt den Mund auf, sagte aber nichts.

»Das Gespräch wurde sofort unterbrochen, nachdem sie rangegangen ist«, fuhr Wisting fort. »Sie konnte gerade noch ihren Namen nennen.«

»Sie und Joachim Krogh wohnen doch in Heistad, oder?«, hakte Stiller nach.

»Er hat sich deren Telefonnummer und Adresse im Internet rausgesucht«, erklärte Wisting.

»Genau da ist er jetzt.«

»Wie weit entfernt sind Sie?«

»Drei oder vier Minuten.«

»Brauchen Sie Unterstützung?«

»Kommt drauf an, was er vorhat. Was glauben Sie?«

Am anderen Ende der Leitung blieb es einen Augenblick still.

»Vielleicht möchte er ihnen etwas mitteilen«, sagte Wisting schließlich.

»Mitten in der Nacht?«

»Hat keine Bedeutung, solange es wichtig ist, was er zu erzählen hat.«

Stiller musste das Gespräch abbrechen, um wieder auf die Karte sehen zu können.

»Setzen Sie sich ins Auto«, sagte er. »Kommen Sie her!«

Er legte auf, und das Display zeigte wieder den Kartenausschnitt. Der rote Pfeil befand sich noch immer an derselben Stelle. Stiller entdeckte eine Abkürzung, die in das Gebiet führte. Drei Minuten später blieb er in einer Entfernung von dreihundert Metern zu Haugens Wagen stehen und schaltete den Motor aus. Laut Karte waren er und Martin Haugen nur noch durch ein Wäldchen getrennt. Stiller zoomte näher heran und sah eine gestrichelte Linie, die durch den Wald führte. Ein schmaler Weg.

Er stieg aus dem Wagen, blickte sich um und fand nach einem Augenblick den gut ausgetretenen Pfad. Die Dunkelheit umschloss ihn, als er zwischen den Bäumen entlanglief, doch nach wenigen Augenblicken sah er Licht von der Siedlung auf der anderen Seite des Waldes.

Haugens Pick-up stand in der Einfahrt zu einem großen, mit Kopfsteinpflaster überzogenen Hofplatz, der von einem schmiedeeisernen Tor zur Straße hin abgetrennt war. Der hintere Teil des Pick-ups ragte ein Stück auf die Straße hinaus. Das Haus war zweigeschossig mit Erkern, hohen Giebeln und großen dunklen Fenstern. Weit und breit war kein Mensch zu sehen. Keinerlei Lebenszeichen.

Von seinem Standort aus konnte Stiller das Führerhaus des Pick-ups nicht sehen. Er musste zurück in den Wald, ein paar Meter weiter und erst dann wieder hinaus auf die Straße gehen.

Schließlich sah er, dass eine Person hinter dem Lenkrad hockte. Martin Haugens Gesicht wurde vom Licht der nächsten Straßenlaterne schwach erhellt. Er saß ganz reglos da und blickte zum Haus der Familie Krogh hinüber. Die Uhr zeigte 02:41. Seit neun Minuten saß Haugen in seinem Wagen.

Stiller verharrte in der Dunkelheit und wartete, ohne allerdings genau zu wissen, worauf. Nach etwa fünf Minuten zog er sich wieder ein Stückchen in den Wald zurück und rief Wisting an.

»Er sitzt vor dem Haus der Kroghs im Wagen«, gab er durch.

»Okay«, erwiderte Wisting mit leichter Besorgnis in der Stimme.

Stiller erläuterte ihm, wo er den Wagen abstellen und wie er durch den Wald kommen könnte.

»Ich bin in zehn Minuten da«, versprach Wisting.

Stiller schaltete sein Handy auf lautlos und steckte es in die Hosentasche, damit er die Vibration spürte, falls jemand anrief. Dann schlich er sich zurück auf die Straße. Martin Haugen saß immer noch im Wagen. Der Abstand zu ihm betrug etwa vierzig Meter.

Ein Stück entfernt wurde in einem Haus Licht angeschaltet. Haugen zuckte leicht zusammen, aber es reichte, damit Stiller erkennen konnte, dass er wach war und lebte.

Zwei Minuten danach wurde das Licht wieder ausgeschaltet. Fast im selben Moment raschelte es im Unterholz hinter ihm, und Wisting erschien.

»Er sitzt einfach nur da«, flüsterte Stiller und sah auf die Uhr. »Das geht schon fast eine halbe Stunde so.«

Wisting zog ein kleines Fernglas heraus und hielt es sich vor die Augen.

Stiller lehnte sich an einen Baum.

Zwanzig Minuten vergingen, ohne dass etwas geschah. Abermals sah Stiller auf die Uhr.

»Fast eine Stunde«, sagte er.

Er hatte kaum den Satz beendet, als die Tür des Pick-ups geöffnet wurde und Martin Haugen ausstieg. Er blieb neben dem Wagen stehen und blickte weiter auf das große Haus.

»Was machen wir, wenn er reingeht?«, flüsterte Stiller.

Wisting gab keine Antwort.

Martin Haugen ging weiter und blieb dann im Licht der Straßenlaterne vor dem Tor stehen. Dann drehte er sich plötzlich um, setzte sich wieder in den Wagen und ließ den Motor an. Stiller und Wisting kauerten sich am Waldrand zusammen, bis der Wagen weggefahren war.

Dann liefen sie zurück durch den Wald. Neben Stillers Wagen blieben sie stehen und verfolgten auf dem Display Haugens Bewegungen. Er bog wieder auf die E18 und fuhr denselben Weg zurück.

»Ich glaube, er ist kurz davor«, sagte Stiller und drehte sich zu Wisting. »Ich glaube, er will den Eltern sagen, was er mit Nadia getan hat.«

Wisting sagte nichts, aber Stiller konnte ihm ansehen, dass er das Gleiche dachte.

»Vermutlich braucht er nur einen kleinen Anstoß«, fuhr er fort. »Und den müssen Sie ihm geben.«

48

»Er hat einfach nur dagesessen?«, fragte Hammer ungläubig.

Wisting zog seinen Stuhl an den Konferenztisch und sah seinen Kollegen über den Rand der Tasse müde an.

»Fast eine Stunde«, sagte er.

»Wird dann heute vermutlich ein kurzer Abend für euch«, erwiderte Hammer.

Adrian Stiller stand an der kleinen Küchenzeile und gab ein weißes Pulver in ein mit Wasser gefülltes Glas.

»Wo befindet er sich denn gerade?«, fragte er Hammer und blickte schräg zur Decke in Richtung Kontrollraum.

»Bei der Arbeit.«

»Wir müssen seinen Wagen nehmen«, sagte Wisting. »Der Weg zur Hütte ist zu schlecht für meinen. Er holt mich um vier Uhr ab.«

Stiller rührte mit einer Gabel im Glas herum und stürzte dann den Pulverdrink mit angewidertem Gesicht hinunter.

»In Ordnung«, sagte er. »Sie bekommen zwei Aufnahmegeräte, damit Sie im Laufe des Samstags wechseln können. Beide haben zwar ausreichende Speicherkapazität und Batterielaufzeit, aber Sie brauchen ein Back-up.«

Christine Thiis hatte ihrer Unterhaltung zugehört.

»Bräuchten wir nicht auch eine Absicherung vor Ort?«, fragte sie und sah Wisting an. »Du verbringst zwei Tage ganz allein mit ihm.«

»Das hab ich schon oft getan«, gab Wisting zurück.

»Aber nicht in der Absicht, etwas aus ihm rauszukitzeln«, wandte Christine Thiis ein.

»Der Polizeihubschrauber ist eine halbe Stunde entfernt«, sagte Stiller. »Achten Sie nur darauf, dass Ihr Akku immer aufgeladen ist, damit Sie eine Nachricht schicken können, falls was passiert.«

Er ging zu seinem Aktenkoffer, der neben der Tür stand, und beugte sich über ihn.

»Ich hab was für Sie«, sagte er und nahm eine Flasche heraus.

Wisting nahm sie in Empfang. Es war ein Hennessy.

»Trinkt Haugen überhaupt Cognac?«, fragte Christine Thiis.

»Das ist seine Marke«, gab Hammer zurück. »Er hatte eine halbe Flasche davon bei sich zu Hause stehen.«

»Den hier muss er in jedem Fall probieren«, sagte Stiller. »Eine Jubiläumsausgabe. Hat fast viertausend Kronen gekostet. Sie müssen sich irgendeine Geschichte ausdenken. Dass Sie die Flasche geschenkt bekommen haben oder so.«

»Wann bist du wieder zu Hause?«, wollte Hammer wissen.

Wisting zuckte mit den Schultern.

»Wir haben nichts vereinbart«, sagte er. »Vermutlich am Sonntag so gegen vier.«

»Achtundvierzig Stunden«, sagte Stiller und nickte. »In achtundvierzig Stunden kann viel passieren.«

49

Amalie lag in ihrem Laufstall auf dem Bauch und spielte mit einer Rassel. Ab und zu rüttelte sie heftig daran, um dann innezuhalten und das Spielzeug genau zu untersuchen.

Line saß auf dem Sofa und las den ersten Artikel, der inzwischen online war. Die Redaktion hatte die Phantomzeichnung von Nadia Krogh eingesetzt, um die Leser zum Anklicken des Links zu veranlassen. Lines Artikel war unverändert. Das Bild, das Nadias mögliches Aussehen zeigte, war in einer Infobox in den Artikel eingebaut worden. Als Copyright unter dem Foto war *Polizei/TV2* angegeben.

Der gesamte Programmbeitrag von TV2 ärgerte Line. Stiller hätte die ganze Sache auch anders steuern können, dachte sie. TV2 hätte den Beitrag genauso gut eine Woche später bringen können. Dann wäre der Fall Krogh schon durch ihren Artikel in der Öffentlichkeit bekannt gewesen und hätte noch mehr Leser vor die Fernsehbildschirme gelockt.

Line suchte sich Stillers Nummer heraus und rief ihn an. Ohnehin musste sie wissen, ob die Fernsehsendung zu weiteren Hinweisen geführt hatte.

Sie ließ es lange klingeln, ohne dass er dranging.

Line schickte ihm eine SMS, verwies auf *Tatort Norwegen* und fragte, ob es etwas Neues in dem Fall gab. Genau darauf musste sie sich in nächster Zeit konzentrieren. Die Artikelserie und der Podcast mussten etwas Neues hervorbringen oder auf irgendeine Weise die Frage beantworten, was mit Nadia Krogh geschehen war.

50

Um halb zehn wurde im Polizeipräsidium die Post verteilt. Wisting ging in den Kopierraum und leerte sein Postfach. Es war die übliche Mischung aus Dokumenten zu laufenden Strafverfahren, diversen Rundschreiben und anderen Briefen. Inmitten des Stapels lag ein großer Umschlag von der Strafvollzugsbehörde. Wisting ließ alles andere außer Acht und öffnete den Umschlag. Er enthielt ein Schreiben an Inger Lise Ness mit Angaben darüber, wo und wann sie sich zwecks Antritt ihrer Haftstrafe einzufinden habe. Daneben gab es eine Informationsbroschüre, in der erklärt wurde, was sie ins Gefängnis mitbringen durfte, welche Ausbildungs- und Freizeitangebote die Haftanstalt bereithielt und welche Telefonzeiten und Besuchsregelungen galten.

Wisting nahm den Umschlag und ging hinunter zu seinem Wagen. Die Wettervorhersage hatte anscheinend recht behalten. Der Regen hatte aufgehört, der Wind hatte gedreht, und die Wolkendecke war aufgerissen. Am Himmel waren blaue Stellen erkennbar.

Martin Haugens Ex-Frau aufzusuchen war ein spontaner Einfall gewesen, eine Idee, die nicht wirklich auf einem konkreten Verdacht fußte. Wisting wusste nicht, was er eigentlich erreichen wollte, und konnte sich daher nur intuitiv vortasten. Aber so war der ganze Fall gelagert. Es mangelte an Substanz, weshalb einem nichts anderes übrig blieb, als nach den richtigen Druckpunkten zu suchen.

Der Name stand auf einem Schild über der Türklingel: Inger Lise Ness. Einen anderen Namen gab es hier nicht.

Er drückte auf den Klingelknopf, hörte aber nichts von drinnen. Also wartete er einen Moment, drückte erneut und kam zu dem Schluss, dass die Klingel nicht funktionierte. Stattdessen klopfte er an.

Irgendwo im Inneren der Wohnung wurde etwas gerufen. Wisting war nicht sicher, ob es *Herein!* bedeuten sollte, und blieb an der Tür stehen. Nach einem Augenblick erschien Inger Lise Ness. Sie war acht Jahre älter als Martin Haugen. Der Altersunterschied war jetzt noch deutlicher zu sehen: Ihre Haare waren inzwischen grau, und ihr Gesicht war von Falten überzogen.

»Ich bin von der Polizei«, sagte Wisting.

»Ich weiß doch, wer Sie sind«, erwiderte Inger Lise Ness.

»Darf ich hereinkommen?«, fragte er.

»Worum geht es?«

»Ich habe hier ein paar Unterlagen für Sie«, erklärte Wisting. »Eine Aufforderung zum Haftantritt.«

Inger Lise Ness seufzte demonstrativ und ließ ihn eintreten. Sie setzten sich in die Küche. Wisting informierte sie darüber, wann sie sich wo einzufinden habe, und ließ sich das Schreiben quittieren.

»Darf ich etwa mein Strickzeug nicht mitnehmen?«, fragte sie, während sie aufmerksam die Informationsbroschüre durchlas.

»Nicht, wenn es nicht auf der Liste steht«, erwiderte Wisting.

»Drei wetterfeste Jacken«, las Inger Lise Ness vor. »Was soll ich mit drei Jacken, wenn ich im Gefängnis sitze?«

Wisting zuckte mit den Schultern und legte die unterschriebene Kopie des Schreibens zurück in seine Aktenmappe.

»Und einen Gebetsteppich«, fuhr Inger Lise Ness fort. »Einen Gebetsteppich darf ich mitnehmen, aber kein Strickzeug.«

Wisting erhob sich. Er war sich etwas unsicher, wie er das Gespräch auf das Thema lenken sollte, dessentwegen er eigentlich gekommen war.

»Haben Sie Martin Haugen mal wieder getroffen?«, fragte er.

Obwohl Martin doch für beide einen Bezugspunkt bildete, wirkte Inger Lise Ness überrascht angesichts der Frage.

»Wie käme ich denn dazu?«, fragte sie und legte die Broschüre zur Seite. »Ich bin fertig mit dieser Geschichte. Das ist lange her.«

»Sie ist nie gefunden worden«, sagte Wisting.

»Interessiert mich eigentlich nicht«, erwiderte Inger Lise Ness und strich sich mit der Hand über ihren faltigen Hals.

Wisting versuchte ihren Gesichtsausdruck zu deuten, doch das Einzige, was er darin lesen konnte, war die Verwunderung über den Umstand, dass sie plötzlich über alte Geschichten redeten.

»Wir erwägen, die Ermittlungen wieder aufzunehmen«, sagte Wisting. »Die ganze Geschichte erneut aufrollen und noch einmal mit allen Befragten reden.«

Inger Lise Ness schwieg.

»Ich glaube, irgendjemand weiß etwas, ohne es bisher preisgegeben zu haben«, fuhr er fort.

Abermals versuchte er herauszufinden, ob seine Worte eine Reaktion bei der Frau auslösten, doch ihm fiel nichts auf.

»Kommen Sie bloß nicht zu mir«, warnte sie.

»Sie haben mal gesagt, dass wir gar nicht wüssten, wie er eigentlich ist«, fügte er hinzu.

»Wer?«

»Martin Haugen. Sie haben während einer Vernehmung ausgesagt, wir wüssten gar nicht, wie er eigentlich sei.«

Inger Lise Ness war aufgestanden und bewegte sich jetzt langsam auf die Tür zu, als sei sie darauf erpicht, ihren Gast schnell wieder loszuwerden.

»Kann schon sein«, sagte sie.

Wisting folgte ihr zur Tür.

»Wie ist er denn?«, fragte er. »Eigentlich?«

»Keine Ahnung«, sagte Inger Lise Ness. »Das sagt man doch so. Es liegt alles lange zurück, und ich kenne ihn nicht mehr. Interessiert mich auch nicht.«

Wisting wagte einen letzten Vorstoß.

»Aber Sie haben ihn einmal gekannt?«

»Ich bin fertig mit ihm«, sagte Inger Lise Ness. »Es hat lange gedauert und mich einiges gekostet. Aber ich bin fertig mit Martin Haugen.«

Wisting kam nicht weiter. Er bedankte sich, ohne eigentlich zu wissen, was er mit dem Besuch hatte erreichen wollen.

51

Der Rucksack aus grünem Nylonstoff war etwa dreißig Jahre alt. Wisting erinnerte sich, dass er ihn damals ziemlich teuer gefunden hatte. Das war ewig her, damals waren Line und Thomas noch Kinder gewesen, und sie hatten die Sonntage gemeinsam auf Wanderungen im Wald, im Gebirge oder an der Küste verbracht. Der Rucksack hing auf dem Dachboden. Wisting hatte ihn zuletzt benutzt, als er vor fünf oder sechs Jahren mit Martin Haugen in dessen Hütte gefahren war. Schlafsack und Angelausrüstung befanden sich ebenfalls dort. Jetzt suchte er alles zusammen.

Martin Haugens Ferienhütte war einfach ausgestattet, ohne Wasser und Strom. Das Wasser musste aus einem Bach geholt werden, und die Mahlzeiten wurden auf einem Holzofen aus Gusseisen zubereitet. Alles war umständlich, aber zugleich entspannend. Man vergaß die Zeit und bekam Abstand zu den Dingen, mit denen man sich im Alltag beschäftigte. Dieser Ausflug in die Hütte würde allerdings ganz anders sein. Er würde Wisting eine Menge abverlangen.

Vermutlich würde er das ganze Wochenende mehr oder weniger in denselben Sachen herumlaufen, dennoch packte er zwei Paar dicke Socken, zwei Unterhosen, einen dicken Pullover, eine Trainingshose und zwei zusätzliche T-Shirts ein. Die einzige Möglichkeit, sich zu waschen, bestand in einer großen Schüssel mit Wasser, das in einem Kessel erhitzt werden musste.

Er zog eine Armeehose an und befestigte ein Messer am Gürtel, streifte sich ein Langarmshirt über und entschied sich für ein kariertes Wollhemd mit zwei Brusttaschen. Bevor er es anzog, nahm er das Abhörgerät und setzte sich an den Küchentisch, um einen Streifen Klettband an der Hemdtasche zu befestigen. Nach einigen Überlegungen präparierte er auch die Innenseiten seiner Jackenärmel auf dieselbe Weise.

Thomas kam aus seinem Zimmer im ersten Stock herunter.

»Wann fährst du denn?«, fragte er.

»Ich werde um vier Uhr abgeholt«, erwiderte Wisting. »Und was ist mit dir?«

»Ich fahr am Samstagnachmittag«, sagte Thomas. »Line will morgen diesen Ex-Freund von Nadia Krogh interviewen. Ich passe dann auf Amalie auf.«

»Schön, dass du mal wieder zu Hause warst«, sagte Wisting. »Bei Line und bei mir.«

Thomas ging nicht auf die Bemerkung ein.

»Sie ist gerade etwas gestresst«, sagte er. »Sie hat nämlich noch ein Strafmandat bekommen.«

»Das vorige liegt da drüben«, sagte Wisting und deutete auf das Küchenregal, wo er für gewöhnlich seine eigenen Rechnungen aufbewahrte.

»Das hat sie bestimmt schon bezahlt«, sagte Thomas. Er trat an das Regal und zog den gelben Plastikstreifen heraus. »Ich nehme es mit zu ihr«, fügte er hinzu.

Als Thomas gegangen war, holte Wisting seine Kulturtasche aus dem Badschrank. Bevor er sie in den Rucksack steckte, nahm er den Reiserasierer und eine kleine Flasche Shampoo heraus, denn er wollte nur das Nötigste mitnehmen. Im selben Moment kam ihm die Idee, Streichhölzer einzupacken. Er holte zwei Schachteln und legte sie in die Seitentasche des Rucksacks.

Zu guter Letzt packte er Adrian Stillers Cognacflasche ein und stopfte sie vorsichtig zwischen Schlafsack und Wollpullover.

Einen Augenblick lang stand er reglos da und starrte auf den gepackten Rucksack. Irgendein Denkprozess war ausgelöst worden, es ging dabei um Katharina Haugen, aber er kam einfach nicht darauf, was es war. So ähnlich wie bei einem Lied, wenn einem die nächste Zeile nicht einfallen wollte. Fast zu greifen, aber eben nur fast. Systematisch führte er sich alles noch einmal vor Augen, was er im Laufe des Tages getan hatte.

Nach und nach griffen die Gedanken ineinander, und schließlich wurde es ihm klar. Nicht als plötzlicher Einfall, sondern als langsam heraufdämmernde Erkenntnis, was sich in den letzten Tagen vor ihrem Verschwinden in Katharina Haugens Kopf abgespielt hatte.

Wisting war schon unterwegs ins Schlafzimmer, um die Ermittlungsunterlagen aus dem Kleiderschrank hervorzuholen, als ihm einfiel, dass sie sich nicht mehr dort befanden. Er rief Nils Hammer an.

»Ich brauche deine Hilfe«, sagte er ohne weitere Erläuterung. »Du musst für mich in Stillers Büro gehen und die Mappe 04–11 aus der Akte Katharina suchen. Auf Seite sechs und sieben sind Fotos, fotografier sie mir bitte und schick sie mir zu.«

»Mappe 04–11?«, wiederholte Hammer.

»Genau.« Wisting sah auf die Uhr. Es war Viertel vor vier. »Ich brauche die Fotos sofort.«

Im Anschluss rief er die Strafvollzugsbehörde an, bekam aber niemanden an den Apparat. Die Angestellten waren anscheinend schon nach Hause gegangen. Daraufhin rief er die Auskunft an und ließ sich mit dem Frauengefängnis in Sandefjord verbinden.

Er nannte seinen Namen und sagte, er habe eine etwas ausgefallene Frage, deren Beantwortung eilig sei.

»Es gibt eine Informationsbroschüre für Verurteilte, die ihre Haftstrafe antreten müssen«, sagte er. »Haben Sie so etwas vielleicht gerade in Griffweite?«

»Das nicht, aber ich weiß, welche Broschüre Sie meinen.«

»Könnten Sie mir freundlicherweise ein Foto der Seite zuschicken, auf der beschrieben wird, welche privaten Gegenstände in der Zelle erlaubt sind?«

Die Frau am anderen Ende der Leitung war etwas verwundert, versprach ihm aber zu tun, worum er gebeten hatte.

Die Fotos von Nils Hammer trafen auf Wistings Handy ein. Er machte sich gar nicht die Mühe, sie anzusehen, sondern rief abermals die Auskunft an und bat darum, mit Steinar Vassvik im Kleivervei verbunden zu werden.

Es klingelte eine Weile, bis Vassvik sich meldete.

Wisting konzentrierte sich darauf, möglichst ruhig zu klingen.

»Seit Katharinas Verschwinden sind jetzt vierundzwanzig Jahre vergangen«, sagte er und griff mit der freien Hand nach einem Kugelschreiber. »Ich habe mir den Fall noch mal angesehen und bin ein paar alte Unterlagen durchgegangen.«

»Ja?«

»Ich hätte da noch eine abschließende Frage«, sagte Wisting.

»Ja?«, wiederholte Vassvik.

»Im Vernehmungsprotokoll steht, Sie hätten sich ein paar Bücher von ihr ausgeliehen, am Tag bevor sie verschwand.«

»Ich hab sie mir nicht ausgeliehen«, sagte Vassvik. »Katharina meinte, ich könnte sie behalten. Ich hab sie immer noch, falls das ein Problem sein sollte.«

»Da steht außerdem, dass sie eine ganze Tüte mit Büchern dabeihatte und dass Sie sich fünf Bücher ausgesucht hätten«, zitierte Wisting aus dem Gedächtnis.

»Ja, das stimmt.«

»Warum gerade fünf?«, fragte Wisting.

»So viele durfte ich mitnehmen«, sagte Steinar Vassvik. »Ich musste doch in den Knast. Mehr war nicht erlaubt. Fünf Bücher.«

»Haben Sie mit Katharina darüber gesprochen?«

»Wovon reden Sie?«

Wisting warf einen Blick auf die Uhr. Es war fünf vor vier. Martin Haugen könnte jeden Augenblick vorbeikommen. Wenn er Antworten haben wollte, musste er jetzt die entscheidenden Fragen stellen.

»Hatten Sie damals eine Liste über die Dinge vorliegen, die Sie mit ins Gefängnis nehmen durften?«, fragte er.

»Ja.«

»Hat Katharina diese Liste gesehen?«

»Sie war hier, als ich gepackt habe«, erwiderte Vassvik.

»Dann hat sie die Liste also gesehen?«

»Ja.«

Wistings Handy gab einen Signalton von sich.

»Danke«, sagte er. »Das war alles, was ich wissen wollte.«

Er beendete das Gespräch und öffnete die Nachricht von Nils Hammer. Das Foto auf Seite sechs der Mappe zeigte Katharina Haugens geöffneten Koffer auf dem Bett. Wisting fuhr mit zwei Fingern über das Display und vergrößerte den Ausschnitt. Der Koffer war ordentlich gepackt. Wisting erinnerte sich an die Auflistung aus dem Bericht. Zehn Paar Socken, zehn Unterhosen, fünf BHs, zehn T-Shirts, fünf Hosen, fünf Pullover, fünf Blusen und Trainingszeug.

Er öffnete das Foto, das er aus dem Frauengefängnis in Sandefjord bekommen hatte. Die Anzahl der Kleidungsstücke auf der Liste in der Informationsbroschüre stimmte mit dem Inhalt des Koffers überein. Die Anzahl der Bücher, die man mitbringen durfte, war tatsächlich auf fünf beschränkt. In der untersten Zeile war das aufgeführt, was – wie Wisting jetzt wusste – Katharina Haugen außerdem noch einpacken wollte. Es war gestattet, ein persönliches Foto ohne Glas und Rahmen ins Gefängnis mitzunehmen.

Wisting wechselte erneut zu den Aufnahmen aus der Akte. Auf Seite sieben war der Wohnzimmertisch abgebildet, auf dem fünf Bücher lagen. Daneben war ein Foto von Katharina und Martin zu sehen, das aus dem Rahmen genommen worden war, in dem es wohl ursprünglich gestanden hatte.

Katharina hatte den Koffer für einen Gefängnisaufenthalt gepackt.

Die Erkenntnis verwirrte Wisting zunächst. Ein Teil des Rätsels war gelöst, aber gleichzeitig wurden weitere Fragen aufgeworfen. Er wusste mit Sicherheit, dass Katharina nicht zu einer Haftstrafe verurteilt gewesen war. Wie mochte das alles zusammenhängen? In gewisser Weise passte es in das Gesamtbild von Katharina Haugen. Die Freundin aus dem Chor hatte berichtet, dass sie sich irgendwann sehr verändert habe und depressiv geworden sei – als gebe es etwas, das sie quälte.

Noch bevor er seinen Gedanken zu Ende bringen konnte, hörte er von draußen Motorengeräusch und zwei laute Huptöne.

52

Martin Haugen hatte die Heckklappe an seinem Pick-up geöffnet. Wisting schob den Rucksack zusammen mit der Angelrute unter die Abdeckung an der Ladefläche.

»Augenblick noch«, sagte er, lief zurück zur Haustür und schloss auf.

Er hatte das Aufnahmegerät an der Innenseite des rechten Jackenärmels angebracht, genau so, wie die Mitarbeiter vom Personenschutz ihre Funkmikrofone befestigten. Wisting wollte sich nur vergewissern, dass das Gerät eingeschaltet war, bevor er sich in den Wagen setzte. Der winzige Schieberegler zeigte ein grünes Feld. Das Reservegerät lag in der Innentasche.

Wisting ging wieder hinaus und schloss hinter sich ab.

»Ich musste nur nachsehen, ob ich die Kaffeemaschine ausgeschaltet habe«, sagte er lächelnd und setzte sich ins Auto.

Martin Haugen nahm hinter dem Lenkrad Platz. Er grinste über Wistings Vergesslichkeit, ansonsten war sein Gesichtsausdruck nur schwer zu deuten.

»Viel zu tun heute im Büro?«, fragte er.

»Nicht mehr als sonst auch«, erwiderte Wisting. »Soll mal wieder alles umorganisiert werden.«

Er berichtete von der geplanten Zusammenlegung der Polizeidistrikte und erklärte, welche Konsequenzen dies für seinen Arbeitsalltag haben würde. Martin Haugen hörte zu, schien aber nicht sonderlich an dem Thema interessiert zu sein. Nach einer Weile schwiegen sie. Wisting war unruhig. Er hätte gern weitergegeben, was er zuvor entdeckt hatte.

»Ach, Mist«, sagte er und zog sein Handy aus der Tasche. »Ich muss kurz jemandem bei der Arbeit eine Nachricht schicken.«

Er rief Nils Hammers Nummer auf.

»Es geht um eine Sache, die ich vergessen habe«, fügte er erklärend hinzu. »Freitagnachmittags ist es immer etwas hektisch.«

Er hielt das Handy so, dass Martin ihm beim Eintippen nicht zusehen konnte.

Sitze mit MH im Wagen, schrieb er, obwohl Hammer vermutlich im Kontrollraum hockte und den roten Punkt auf dem Bildschirm genau verfolgte. *Vergleich mal das Foto von Katharinas Koffer mit dieser Liste,* schrieb er weiter und hängte das Foto von der Liste an.

Dann tippte er eine weitere Nachricht an Hammer: *Ich glaube, Katharina wollte sich der Polizei stellen. Sie hat sich auf einen Gefängnisaufenthalt vorbereitet.*

Mit dem Telefon in der Hand saß er da und wartete auf eine Antwort. Der Asphalt auf der Schnellstraße nach Telemark war schadhaft, und die Vibrationen setzten sich durch die Federung bis in die Sitze fort.

»Wollt ihr hier nicht mal neuen Asphalt verlegen?«, fragte er.

»Im Sommer«, erwiderte Martin.

»Das ist doch dein Job, oder? Du entscheidest, wann die Zeit für neuen Asphalt gekommen ist.«

»Nein, ich entscheide das nicht«, gab Martin zurück. »Aber ich melde die Schäden und die Abnutzung.«

»Wie oft müsst ihr asphaltieren?«

»Kommt ganz auf die Belastung an«, erklärte Martin. »Wie viele Schwertransporte sind unterwegs, wie viele Winterreifen mit Spikes, solche Sachen eben.«

Wisting warf einen beiläufigen Blick auf seinen Jackenärmel. Für einen Außenstehenden mochte die Unterhaltung banal klingen, aber er wollte das Gespräch in eine bestimmte Richtung lenken.

»Kommt es auch auf die Qualität des Asphalts an?«, fragte er und hatte dabei den Zeitungsartikel aus der *VG* vom 27. August 1987 im Hinterkopf.

»Ja, natürlich. Bei der Fahrbahndecke gibt es mittlerweile große Verbesserungen«, erwiderte Martin und fing an, über Mischverhältnisse und Strapazierfähigkeit zu reden.

Wisting überlegte, die Unterhaltung weiterzuführen, entschied sich aber anders. Fürs Erste sollte es reichen. Wenn Martin eines Tages damit konfrontiert würde, dass sich seine Fingerabdrücke auf dem Brief der Erpresser befanden und dass es in der dafür verwendeten Zeitung einen Artikel gegeben hatte, in dem er selbst über eine neue und widerstandsfähige Asphaltsorte sprach, würde er vielleicht begreifen, was Wisting angedeutet hatte.

Das Handy gab einen Signalton von sich. Eine Nachricht von Hammer. *Dann kann ich mir nur einen Fall vorstellen, bei dem sie sich schuldig gemacht hat: Nadia Krogh.*

Wisting schaltete das Display aus, sobald er die SMS gelesen hatte. Hammer hatte seine Gedanken in Worte gefasst. Im Laufe der letzten Stunden hatte er die These entwickelt, dass Katharina und Martin Haugen Nadia Krogh entführt hatten, doch irgendetwas schiefgegangen war. Das schlechte Gewissen hatte an ihr gezehrt und sie schließlich überwältigt. Sie hatte beschlossen, sich der Polizei zu stellen, und war bereit, für ihre Tat ins Gefängnis zu gehen. Was allerdings bedeutete, dass sie Martin ebenfalls ins Gefängnis gebracht hätte. Hier gab es so etwas wie ein Motiv. Die einzige Möglichkeit zu verhindern, dass Katharina sie beide verriet, bestand darin, sie verschwinden zu lassen. Es gab nur ein Problem bei dieser Theorie. Martin Haugen hatte ein Alibi. Wisting war es unzählige Male durchgegangen. Martin Haugen hatte sich zum Zeitpunkt von

Katharinas Verschwinden acht Autostunden entfernt auf einer Baustelle befunden.

»Schlechte Nachrichten?«, fragte Haugen.

Wisting blickte auf sein Handy. »Nichts, an dem ich momentan etwas ändern könnte.«

Er beugte sich zur Frontscheibe vor und schaute nach oben. Der Himmel über ihnen war bis auf ein paar vereinzelte Wolken strahlend blau.

»Wir haben jedenfalls gutes Wetter«, sagte er.

»Heute Abend wird's wohl zu spät, um noch Netze auszulegen«, meinte Martin. »Wir könnten aber versuchen, ein paar Fische aufzuspießen. An der Hütte stehen zwei Fischspeere.«

Wisting hatte so etwas noch nie getan, wusste aber, dass man dabei im Dunkeln mit einem starken Licht am Bug des Bootes in seichtes Gewässer ruderte und die Fische aufspießte, die von dem Licht paralysiert wurden. Die Methode war so effizient, dass sie tatsächlich verboten worden war.

»Ist denn das überhaupt erlaubt?«, fragte er.

»Arbeitest du jetzt bei der Angelpolizei?«, fragte Martin und grinste. »Ich will ja nur ein paar Fische rausholen, damit wir was zum Abendessen haben. Macht bestimmt Spaß. Ich hab das zuletzt als kleiner Junge getan.«

Wisting lachte und war einverstanden. Martin beendete das Thema, indem er auf ein Straßenschild zeigte.

»Das da hat Katharina aufgestellt«, sagte er.

Wisting konnte gerade noch hinschauen, bevor sie vorbeigefahren waren. *Porsgrund* stand auf dem Schild, mit dem Hinweis, die nächste Abzweigung nach rechts zu nehmen.

»Steht immer noch da«, sagte Martin und lächelte. »Ich muss jedes Mal lachen, wenn ich daran vorbeifahre. Katharina war nicht so gut in Rechtschreibung. In der Schilderwerkstatt hat damals ein Schwede gearbeitet, dem ist der Fehler auch nicht aufgefallen. Als es schließlich jemandem aufgefallen ist, haben sie beide protestiert und behauptet, Porsgrund würde stimmen. Immerhin stünde ja überall *Porsgrunds Porzellanfabrik* auf den Toiletten und Waschbecken. Das Schild durfte stehen bleiben. Und da steht es jetzt seit fünfundzwanzig Jahren.«

Wisting war die Strecke viele Male gefahren. Auch er hatte den Schreibfehler bemerkt, aber nie weiter darüber nachgedacht. Porsgrund war einfach die alte Schreibweise des Ortsnamens.

Martin Haugen folgte der Beschilderung und verließ die E18.

»Wollen wir da vorn etwas einkaufen?«, fragte er und zeigte auf einen Supermarkt.

Wisting nickte.

»Was brauchen wir denn?«, fragte er.

»Auf jeden Fall Eier und Speck«, erwiderte Martin.

53

Stiller sah dem roten Punkt zu, der sich in ein Einkaufsgebiet hineinbewegte und dort zum Stehen kam.

»Proviant«, bemerkte Hammer.

Stiller nickte und richtete den Blick auf sein Laptop, das er auf dem Schoß liegen hatte.

»Ich hab die Verbindungsdaten von seinem Telefon«, sagte er. »Die letzten neunzig Tage. Was seine Gesprächspartner angeht, ist das nicht weiter interessant. Er benutzt sein Handy meist beruflich. Aber dafür verrät es uns, wo er in der letzten Woche war.«

»Und wo war er?«

»In Malvik«, erklärte Stiller. »Es gibt drei unbeantwortete Anrufe in diesem Zeitraum. Alle von Wisting, und alle sind über eine Basisstation in Malvik hereingekommen.«

»Die Wettervorhersage«, sagte Hammer. »Er hat mehrmals die Wettervorhersage für Malvik angeschaut. Der Regen hat da eine Überschwemmung verursacht, Teilstücke der E6 waren abgerutscht. Vielleicht wollte er ja hin, um sich das anzugucken. Er war wohl der Verantwortliche, als die Straße damals gebaut wurde.«

Stiller war auf dieselbe Idee gekommen.

»Aber weshalb sollte er lügen?«, wunderte er sich. »Er muss da oben noch was anderes vorgehabt haben.«

»Gibt es keine Telefonate, die man mit dieser Fahrt in Verbindung bringen könnte? Irgendwelche Verabredungen oder so?«

»Er schickt eine SMS an einen Arbeitskollegen, als er am 10. Oktober um kurz nach acht Lillehammer passiert, danach versucht Wisting, ihn zu erreichen.«

»Lillehammer um kurz nach acht?«, wiederholte Hammer. »Dann muss er ja mitten in der Nacht von zu Hause weggefahren sein.«

Stiller ignorierte die Bemerkung. Er scrollte durch die Liste mit Haugens Telefonverbindungen, als ließe sich dort etwas Entscheidendes finden. Der Schlafmangel hatte ihn unkonzentriert werden lassen, und er hatte Schwierigkeiten, einen klaren Gedanken zu fassen. Schließlich erhob er sich, ging zur Tür und entschuldigte sich bei Hammer.

»Ich bin gleich wieder da.«

Er lief die Treppe hinunter zu seinem improvisierten Büro und zog eine Tüte Koffeinpulver hervor. Dieses Mittel hatte er häufiger benutzt, als er noch in Südafrika gelebt hatte. Es wurde in Norwegen nicht vertrieben, aber er hatte sich eine größere Menge davon gekauft, als er zuletzt bei seinem Vater zu Besuch gewesen war.

Auf seinem Schreibtisch stand ein leeres Glas. Er nahm es mit zur Toilette und füllte es. Dann riss er die Tüte auf und ließ das Pulver direkt in seinen Mund rieseln, bevor er es mit Wasser hinunterspülte. Er wartete einen Augenblick, denn er wusste, dass die Wirkung nach und nach eintreten würde.

Das Handy klingelte. Es war Leif Malm. Er saß vermutlich in seinem Büro in Oslo und wollte einen Statusbericht, bevor er sich ins Wochenende aufmachte.

Stiller leerte das Glas vollständig und meldete sich dann.

»Na, wie läuft's?«, fragte Malm.

So eröffnete er fast alle seine Telefongespräche.

»Ganz nach Plan«, erwiderte Stiller. »Sie sind jetzt unterwegs zur Hütte, aber wir haben keine Überwachung eingerichtet und werden wohl erst am Sonntag erfahren, wie es gelaufen ist.«

»Hätten wir das tun sollen?«, fragte Malm. »Seine Hütte verwanzen?«

Stiller hatte das Büro verlassen und war wieder auf dem Weg in den dritten Stock.

»Wir haben darüber nachgedacht. Der Plan war, Wistings Wagen entsprechend auszurüsten, aber der ist für die Forstwege da unten nicht geeignet. Zur Beweissicherung werden die Gespräche jetzt aufgezeichnet.«

Stiller klopfte an die Tür des Kontrollraums.

»Und die aktuelle Risikoeinschätzung?«, fragte Malm.

»Immer noch gering«, versicherte Stiller.

Hammer öffnete die Tür. Der rote Marker auf dem Bildschirm befand sich noch an derselben Stelle.

»Na, dann wünsch ich Ihnen ein schönes Wochenende«, sagte Malm und beendete das Gespräch.

Stiller spürte das Koffein durch seine Adern rauschen. Er setzte sich, schloss für einen Moment die Augen und versuchte, sich zu konzentrieren.

»Können Sie bitte mal im Strafregister nach Emil Slettaker suchen?«, fragte er und öffnete die Augen.

Hammer drehte sich um.

»Wer ist das denn?«

»Der Mann, dem Haugen die Luftpistole abgekauft hat.«

Nils Hammer nickte und setzte sich an die Tastatur. Er gab die Adresse in das Einwohnermeldeverzeichnis ein, um Geburtsdatum und Personennummer des richtigen Emil Slettaker zu finden. Dann markierte und kopierte er die elf Ziffern, gab sie in die Suchmaske des Strafregisters ein und drückte auf »Enter«.

»Von jedem ein bisschen«, sagte er. »Aber nur Kleinigkeiten.«

Stiller beugte sich zum Bildschirm vor. Es gab mehrere Verkehrsverstöße, ein paar kleinere Drogenvergehen, zwei Fälle von Körperverletzung sowie zwei Verstöße gegen das Waffengesetz.

Stiller gefiel nicht, was er dort sah.

»Was ist mit dem Ersten auf der Liste?«, fragte er.

Hammer rief Haugens Anrufprotokolle auf und suchte die Namen und Telefonnummern aller Personen heraus, mit denen er wegen der Luftpistole in Kontakt gewesen war.

»Gunnar Fischer«, verkündete Hammer und startete eine Suche im Strafregister. »Das Einzige, was ich finde, ist ein Einbruch, den er vor zwei Jahren bei der Polizei gemeldet hat. Da ging's offenbar um den Sandefjord Paintball-Club. Er ist da als Vorsitzender aufgeführt.«

Stiller kniff zweimal die Augen zusammen und spähte dann wieder auf den Bildschirm.

»Okay«, sagte er. »Geben Sie mir doch bitte mal die Telefonnummer von diesem Emil Slettaker.«

Hammer tat, worum er gebeten wurde. Stiller wählte die Nummer und schaltete den Lautsprecher an seinem Handy ein. Sie hörten das Anrufsignal in der Leitung.

»Emil Slettaker«, meldete sich schließlich eine Stimme.

»Hier ist Stein Arnesen«, sagte Stiller und blickte auf den großen Bildschirm. »Ich rufe wegen der Walther an, die Sie inseriert haben. Ist die noch zu haben?«

»Ja.«

Stiller wechselte einen Blick mit Hammer.

»Ich könnte Ihnen tausend dafür geben«, bot er an.

»Fünfzehnhundert«, schlug der Mann am anderen Ende vor. Offenbar war er verhandlungsbereit.

»Nein, tut mir leid, zu dem Preis bekomme ich sie auch woanders«, meinte Stiller und brach das Gespräch ab, ehe der andere dazu kam, den Preis noch weiter zu senken.

Hammer sah Stiller nachdenklich an.

»Ich dachte, Haugen hätte die Pistole gekauft«, sagte er.

Stiller schwieg.

»Zeigen Sie mir mal die Anzeige von diesem Typen aus dem Paintball-Club«, sagte er dann. »Gunnar Fischer.«

Hammer tat wie geheißen, und Stiller wählte die Nummer. Der Mann meldete sich sofort.

»Bin ich mit Gunnar Fischer vom Sandefjord Paintball-Club verbunden?«, fragte Stiller.

»Ja, und wer sind Sie?«

Stiller nannte seinen Namen.

»Ich rufe von einer Spezialabteilung der Kriminalpolizei an«, sagte er, wohl wissend, wie steif und formell sich das anhörte. »Wir fahnden nach einem Mann, der Sie möglicherweise aufgesucht hat, um eine Luftpistole zu kaufen, die Sie inseriert haben.«

Nach einem kurzen Schweigen erwiderte der Mann am anderen Ende der Leitung: »Hab mir so was schon gedacht.«

Stiller schwieg, um den anderen zum Weiterreden zu zwingen.

»Er war gestern Nachmittag hier«, fuhr Fischer fort. »Ich weiß nicht, wie er heißt, aber ich habe seine Nummer in meinem Handy.«

»Erzählen Sie doch bitte mehr über Ihre Begegnung«, bat Stiller.

»Er war eigentlich gar nicht an der Luftpistole interessiert«, sagte Fischer. »Als er hier auftauchte, wollte er wissen, ob ich auch andere Waffen hätte. Echte Waffen. Er hat wahrscheinlich gedacht, dass ich so ein Waffenfreak bin, weil ich mehrere Anzeigen geschaltet hatte. Aber ich hab dann gleich klargestellt, dass er bei mir an der falschen Adresse ist. Ich hab solche Waffen auch nicht.«

»In Ordnung«, sagte Stiller.

»Und was mach ich jetzt?«, fragte Fischer.

»Nichts«, erwiderte Stiller. »Wir schicken nach dem

Wochenende jemanden zu Ihnen, um Ihre Aussage aufzunehmen. Es ist aber wichtig, dass Sie keinen Kontakt zu dem Mann aufnehmen. Kommen Sie nicht auf die Idee, ihn anzurufen oder so.«

»Natürlich nicht«, versicherte Fischer.

Stiller bedankte sich, beendete das Gespräch und drehte sich zu Hammer.

»Sprechen Sie mit der Polizeijuristin«, bat er. »Wir brauchen einen Durchsuchungsbeschluss und einen Haftbefehl für Emil Slettaker. Wir müssen herausfinden, was für eine Waffe Martin Haugen sich besorgt hat.«

54

Der Einkaufswagen wurde langsam voller. Neben Eiern und Speck hatten sie Brot, Würstchen und Bohnen in Tomatensoße hineingelegt. Außerdem hatten sie zwei große Steaks eingepackt für den Fall, dass die Fische nicht bissen, sowie Erdnüsse und zwei Sixpacks Bier. Als sie an der Kasse standen, war Wisting sich unsicher, ob alles in die Rucksäcke passen würde.

Am Zeitungsständer war die *VG* ausverkauft. Wisting spähte zur Kasse nebenan. Auch dort war das entsprechende Fach leer. An allen anderen Kassen bot sich der gleiche Anblick.

»Gibt's keine *VG* mehr?«, fragte er.

»Sind schon seit einer ganzen Weile ausverkauft«, sagte das junge Mädchen an der Kasse. »Brauchen Sie eine Tüte?«

»Ich zahle«, bot Martin Haugen an und zog seine Geldbörse hervor. »Wir können später abrechnen.«

Wisting packte die Waren in zwei Tüten und trug sie zum Wagen.

»Fahr mal da zur Tankstelle rüber«, bat Wisting und deutete die Straße hinunter. »Ich hätte wirklich gern eine *VG*. Line schreibt heute einen Beitrag über Nadia Krogh.«

Der Zeitungsständer vor der Tankstelle war ebenfalls leer. Martin Haugen blieb zwischen zwei Zapfsäulen stehen. Wisting betrat den Tankstellenshop, aber auch dort war die Zeitung ausverkauft.

»Na ja, vielleicht nicht so verwunderlich«, sagte er, als er sich wieder in den Wagen setzte. »Sie hat ja hier gewohnt.«

Er schnallte sich an.

»Erinnerst du dich?«, fragte er. »Hast du nicht damals ganz in der Nähe gearbeitet?«

Martin Haugen drehte sich zur Seite, warf einen Blick in den Seitenspiegel und ließ ein Motorrad vorbeifahren, bevor er den Wagen zurück auf die Straße lenkte.

»Alle haben darüber geredet«, erwiderte er. »Die Polizei hat damals die Baubaracken durchsucht und ist mit Hunden durch die Gräben an der neuen Straße gelaufen.«

»Hast du damals in einer der Baracken gewohnt?«

»Nein, Katharina und ich sind jeden Tag gependelt. Sie saß im Baustellenbüro, und ich konnte als Vorarbeiter die Tagschichten übernehmen.«

»Stimmt, die freien Abende sind mit das Beste, seit ich Kommissar bin«, bemerkte Wisting, um das Gespräch in Gang zu halten und gleich zur nächsten Frage zu kommen. »Und an den Wochenenden? Hattest du da auch frei?«

Nadia Krogh war in der Nacht zu Samstag, dem 19. September 1987 verschwunden. Wisting bezweifelte, dass sich aus dieser Zeit noch Listen über die Arbeitsschichten an der Baustelle finden ließen.

»Im Großen und Ganzen schon«, sagte Martin. »Wenn wir hinter dem Plan zurücklagen, kam es natürlich mal vor, dass wir auch am Wochenende oder an den Abenden arbeiten mussten.«

»Und was hat Katharina gemacht, wenn du Überstunden schieben musstest?«

»Wenn das vorher feststand, ist sie mit dem Motorrad gefahren, um unabhängig von mir nach Hause zu kommen. Und wenn es sich ungeplant ergeben hat, gab es für sie immer genügend im Büro zu tun. Oder sie ist zu einer Freundin nach Hause gegangen.«

Wisting nickte. Als Katharina nach Norwegen gekommen war, hatte sie in Porsgrunn gewohnt und dann einen Job im Planungsbüro für den Bau der neuen Schnellstraße bekommen.

Dort hatte sie auch Martin Haugen kennengelernt. Irgendwo in der Ermittlungsakte standen die Namen von vier Freundinnen aus Porsgrunn. Sie alle waren nach Katharinas Verschwinden vernommen worden, aber die Gespräche hatten keine neuen Hinweise ergeben. Die Aussagen der Freundinnen gehörten zu dem Teil der Unterlagen, der als uninteressant eingestuft war. Der Kontakt zu ihnen war nach Katharinas Einzug bei Martin nach und nach weniger geworden. Ihre engste Freundin hatte ausgesagt, sie habe etwa vier Monate vor Katharinas Verschwinden zum letzten Mal mit ihr telefoniert. Allerdings hatte der Fall jetzt einen neuen Ansatzpunkt bekommen. Vielleicht konnten die Freundinnen ja etwas darüber sagen, wie Katharina sich zum Zeitpunkt von Nadia Kroghs Entführung verhalten hatte.

»Hieß eine von ihnen nicht Ellen?«, fragte Wisting. »Ich glaube, ich habe im Rahmen der Ermittlungen damals mit zwei von ihren Freundinnen gesprochen.«

»Ja, das kann sein.« Martin nickte.

Wären sie mit Wistings Wagen gefahren, hätten Stiller und Hammer jetzt im Kontrollraum sitzen und die Direktübertragung der Unterhaltung hören können. Sie hätten wohl das Gleiche wie Wisting gedacht und die protokollierten Aussagen der alten Freundinnen wieder hervorgekramt. Wisting erwog, eine SMS zu schicken, ließ es aber bleiben.

»Wann ist die Straße eigentlich fertig geworden?«, fragte er stattdessen und warf einen Blick durch die Heckscheibe in Richtung Schnellstraße.

»Das lief etappenweise«, sagte Martin. »Die Straße war 1988 fertig, und ich habe oben in Trøndelag beim Bau der E6 weitergemacht.«

»In den Nachrichten haben sie gesagt, die sei gesperrt«, warf Wisting ein. »Dass der ganze Regen zu einem Erdrutsch geführt hätte. Jedenfalls auf der einen Fahrbahn.«

Martin Haugen bremste scharf und bog nach rechts ab, wo sich eine weitere Tankstelle befand.

»Willst du gucken, ob die hier eine Zeitung haben?«, fragte er und blieb mit dem Wagen zwischen den Zapfsäulen und dem Laden stehen.

Wisting stieg aus und betrat den Tankstellenshop. Es gab noch zwei Exemplare der *VG*. Lines Artikel stand auf der Titelseite. Sie hatten ein Foto von Nadia aus den Achtzigerjahren abgedruckt und als Schlagzeile *Mysterium Nadia Krogh* gewählt.

Er nahm die Zeitung aus dem Ständer, legte sie auf die Theke und bezahlte.

Martin Haugen wartete mit laufendem Motor. Als sie wieder fuhren, schlug Wisting die Zeitung auf. Der Artikel erstreckte sich über drei Seiten. Ganz unten waren zwei kleine Fotos von Line und einem jüngeren Kollegen namens Daniel Leanger abgedruckt. Eine Landkarte zeigte, wo Nadia Krogh gelebt hatte. Auf einem Foto war das Haus zu sehen, in dem die Party stattgefunden hatte, und auf einem anderen die Freundin, die dort wohnte. Auf der dritten Seite war ein Foto von Adrian Stiller abgedruckt. Am Ende des Artikels wurde auf den Podcast und den nächsten Artikel der Serie hingewiesen, der sich mit den Briefen der Entführer beschäftigen sollte.

»Und? Gut geworden?«, fragte Martin Haugen, ohne den Blick von der Straße zu nehmen.

Wisting faltete die Zeitung wieder zusammen.

»Ich lese das heute Abend in der Hütte«, sagte er.

Eine Weile fuhren sie schweigend weiter. Martin drehte die Lautstärke am Autoradio höher und drückte auf den Sendersuchlauf, bis er Musik gefunden hatte, die ihm gefiel. Wisting lehnte sich zurück. Er wartete auf eine Nachricht von Hammer, der sich als Line ausgeben und ihn bitten würde, den Podcast anzuhören. Sie hatten vereinbart, dass er die Nachricht schicken sollte, wenn sie die halbe Strecke hinter sich gebracht hatten. Wisting hatte sich zusammen mit Hammer die Karte angeschaut und festgestellt, dass die Brücke nach Vestsiden in Porsgrunn etwa auf der Hälfte der Strecke lag. Dort waren er und Martin vor fünf Minuten entlanggefahren.

Der Vollsfjord erschien auf der linken Seite. Eine Möwenschar umkreiste ein Boot. Martin legte den linken Arm an das Seitenfenster und konzentrierte sich auf die Straße. Sie waren hinter einen Lastwagen geraten, der sehr langsam fuhr. Die Straße war zum Überholen viel zu schmal und zu kurvig, sodass ihnen nichts anderes übrig blieb, als dem Lastwagen zu folgen.

Nach ein paar Kilometern fuhr der Lastwagen rechts ran. Martin packte das Lenkrad mit beiden Händen und fuhr vorbei.

Endlich gab das Handy einen Piepton von sich. Wisting nahm es aus der Tasche. Er hatte Lines Namen am Ende mit einem Punkt versehen, um gleich erkennen zu können, wenn die Nachricht von Hammer kam.

»Von Line«, erklärte er und drehte sich zu Martin. »Sie möchte, dass ich mir ihren Podcast anhöre. Ist das in Ordnung?«

Martin dämpfte die Lautstärke des Autoradios.

»Ich weiß gar nicht, wie so was funktioniert«, sagte er.

»Ich auch nicht«, erwiderte Wisting.

Er drückte auf den Link in der Nachricht und schaltete den Lautsprecher an seinem Handy ein. Martin drehte das Radio ab. Nach ein wenig Instrumentalmusik füllte Lines Stimme das Wageninnere, und sie lauschten. Martin bog in Richtung Kilebygda ab, auf beiden Straßenseiten war jetzt Wald.

Line hatte eine gute Erzählstimme – frei und leicht, gleichzeitig aber konzentriert und ernst. Sie erläuterte die groben Zusammenhänge des Falls, zeichnete ein Bild von Nadia Krogh und versprach den Zuhörern, dass sie alles versuchen werde, um herauszufinden, was mit ihr geschehen war. Die Story hatte eine gute Spannungskurve und war journalistisch geschickt aufgebaut.

Martin Haugen behielt beide Hände am Lenkrad. Sein Gesichtsausdruck verriet keinerlei Reaktion. Nach etwa zehn Minuten bog er von der Hauptstraße ab und hielt vor einer Schranke, die den Forstweg absperrte. Er nahm den Gang heraus und zog die Handbremse an.

»Ich kann das machen«, bot Wisting an.

Er unterbrach den Podcast, ließ sich von Martin den Schlüssel geben und stieg aus.

»Das Schloss ist etwas tückisch«, warnte Martin.

Wisting stocherte mit dem Schlüssel in dem Vorhängeschloss herum, bekam es aber schließlich auf und hob die Schranke an, sodass Haugen durchfahren konnte. Dann ließ er sie wieder sinken und schloss ab.

Der Weg war von Schlaglöchern übersät. Wisting schaltete das Handy ab und ließ Martin Haugen manövrieren. Einige Male musste er dicht an den Rand fahren, um Risse im Untergrund und Erdhaufen zu umschiffen. Lange Äste kratzten an der Karosserie entlang, und Wisting war froh, dass sie nicht sein Auto genommen hatten.

Holpernd fuhr der Wagen weiter, traf ein weiteres Schlagloch und steckte fest. Martin Haugen trat das Gaspedal durch. Die Reifen drehten durch und ließen den Pick-up auf den Graben am Wegesrand zuschlingern, bevor sie plötzlich wieder griffen und sich der Wagen aus seinem Loch befreien konnte.

»Als mein Großvater die Hütte damals übernommen hat, gab's hier noch keinen Forstweg«, erklärte Martin. »Die sind mit dem Boot hierhergefahren. Und das Baumaterial wurde übers Eis hertransportiert.«

Nach einigen Kilometern teilte sich der Weg. Wisting hatte das vage Gefühl, die Stelle von seinem letzten Aufenthalt wiederzuerkennen. Martin Haugen nahm die Abzweigung nach links. Hier schien der Weg geradezu unüberwindbar. Der Kies war völlig verschwunden, und der Untergrund bestand aus weichem Waldboden, in den der Regen tiefe Furchen gegraben hatte.

»Oben auf dem Hügel wird's besser«, versicherte Martin.

Er behielt recht. Vom Hügel führte der Weg wieder hinunter. Das Regenwasser hatte sich in einem Bach gesammelt, der parallel zum Weg verlief. Nach einem weiteren Kilometer gelangten sie zu einem großen Wendeplatz. Ein paar morsche Stämme zeugten noch immer von Zeiten, in denen hier Bäume gefällt und abtransportiert worden waren.

Der Ort war von Gras überwuchert, das an der Unterseite des Wagens entlangschabte, als Martin den Wagen wendete und am Beginn eines Pfads abstellte. Wisting griff nach der Zeitung und stieg aus. Die Bäume um sie herum rauschten laut.

Martin trat an die Rückseite des Pick-ups und öffnete die Heckklappe. Sie verteilten die Lebensmittel auf die Rucksäcke. Die leichtesten Lebensmittel landeten in einer Plastiktüte. Martin erklärte sich bereit, sie zu tragen. Dann warfen sie sich die Rucksäcke über und gingen los.

55

Die Papierarbeit war schnell erledigt. Christine Thiis hatte sich ohne Weiteres davon überzeugen lassen, dass Emil Slettaker eine illegale Waffe an Martin Haugen verkauft haben könnte. Sie hatte seine Verhaftung sowie die Durchsuchung seines Hauses nach weiteren Waffen genehmigt. Hammer hatte für den Einsatz eine Mannschaft zusammengetrommelt.

Zwei Streifenwagen fuhren vor Slettakers Haus vor. Vier Männer stiegen aus und klingelten an der Tür. Adrian Stiller saß in einem Wagen auf der anderen Straßenseite und beobachtete die Szene. Emil Slettaker öffnete die Tür. Der Größte der Polizeibeamten überreichte ihm den schriftlichen Durchsuchungsbeschluss. Slettaker las sich die Papiere durch, während ihm weitere Einzelheiten erklärt wurden. Danach durfte er sich Schuhe und Jacke anziehen, bevor er in Handschellen zu einem der Streifenwagen geführt wurde.

Stiller stieg aus, ging zu dem Streifenwagen und bat die Polizisten, einen Moment mit dem Abtransport von Slettaker zu warten.

Im Inneren des Hauses hatten die uniformierten Polizisten bereits mit der Arbeit begonnen. Ein Zimmer nach dem anderen wurde systematisch nach Waffen durchsucht.

Emil Slettaker schien allein in dem Haus zu leben. Es war einfach, aber praktisch eingerichtet. In der Küche war der Backofen eingeschaltet. Stiller spähte durch die verglaste Ofentür und entdeckte zwei große Backkartoffeln in Aluminiumfolie. Er schaltete den Ofen ab und trat an die Arbeitsplatte. Dort lag ein größeres Fleischstück und wartete auf die Zubereitung. Im Wohnzimmer lief gerade eine Sportsendung.

»Planänderung«, sagte einer der Polizeibeamten lakonisch.

Ein anderer Polizist tauchte am Ende des Flurs auf.

»Was gefunden?«, fragte Stiller.

»Eine Luftpistole«, antwortete der Polizist und zeigte sie Stiller. Es handelte sich um die Waffe aus dem Internet.

»Okay, machen Sie weiter«, bat Stiller.

Er verließ das Haus und setzte sich neben Emil Slettaker auf die Rückbank des Streifenwagens. Wegen der Handschellen auf dem Rücken saß Slettaker unbequem, und er wand sich hin und her. Seine anfängliche Verwunderung hatte sich in Zorn verwandelt. Er fluchte und verlangte zu wissen, was vor sich ging.

»Ich habe Ihren Ofen abgeschaltet«, sagte Stiller ruhig.

Der Mann fluchte erneut und behauptete, dass er nichts Unrechtes getan habe und sich auch nichts bei ihm finden ließe.

»Hören Sie mir mal zu«, sagte Stiller.

»Wer sind Sie, verflucht?«, fragte Slettaker.

Stiller nannte seinen Namen.

»Ich arbeite für eine Spezialabteilung der Kripo«, erklärte er. Emil Slettaker schwieg.

»Es ist mir egal, ob Ihr Steak da drinnen im Laufe des Wochenendes verfault«, fuhr Stiller fort. »Es ist mir egal, ob Sie heute Abend Ihr Fußballspiel verpassen. Sie sind mir egal. Nur eines interessiert mich: Was für eine Waffe haben Sie dem Mann verkauft, der gestern zwischen 17:34 und 17:49 Uhr bei Ihnen gewesen ist?«

Die Zeitangaben stammten vom Peilsender an Haugens Pick-up. Die Nennung dieser Angaben würde den Eindruck erwecken, als wüsste die Polizei mehr, als es tatsächlich der Fall war.

Stiller sah zum Haus hinüber. Der Polizeibeamte an der Tür signalisierte, dass sie nichts weiter gefunden hatten.

»Ich muss es jetzt wissen«, sagte Stiller.

Der Mann schwieg immer noch.

»Sie sind mir völlig egal«, wiederholte Stiller. »Sobald Sie mir meine Frage beantworten, nehme ich Ihnen die Handschellen ab und lasse Sie zurück ins Haus gehen, wo Sie in Ruhe Ihr Steak braten können.«

Emil Slettaker schluckte.

»Er wollte eine Luftpistole«, sagte er.

Stiller rückte dichter an ihn heran.

»Aber das wollte er nicht wirklich«, zischte Stiller. »Es war nur ein Vorwand, um mit Ihnen in Kontakt zu kommen. Was hat er Ihnen stattdessen abgekauft?«

Slettaker sah zum Haus und dann zu Stiller.

»Eine Glock 34«, erwiderte er.

»Funktionsfähig?«

»Ja, ein Modell mit langem Lauf.«

»Munition?«

»Ja, zwei Reihen im Magazin, also siebzehn Patronen.«

Stiller wartete.

»Er hat eine zusätzliche Schachtel bekommen, fünfzig Patronen.«

»Was hat er bezahlt?«

»Zwanzigtausend.«

»Wo ist das Geld jetzt?«

»Im Wohnzimmer. In einem DVD-Cover.«

»Gut. Wir nehmen es mit.«

Stiller lief um den Wagen herum und öffnete die andere Hecktür. Emil Slettaker stieg aus. Einer der uniformierten Polizisten kam zu ihnen und öffnete die Handschellen.

»Worum geht's hier eigentlich?«, fragte Emil Slettaker. »Ist das irgend so 'n Terrorscheiß, oder wie?«

Er bekam keine Antwort.

»Was passiert jetzt?«, wollte er wissen.

»Wir sind hier fertig, aber Sie hören demnächst noch von der lokalen Polizeidienststelle«, erwiderte Stiller.

Slettaker nickte und sah sich um, ob einer der Nachbarn etwas von den Geschehnissen mitbekommen hatte.

»Ich werde aussagen, dass Sie mit uns zusammengearbeitet haben, das wird das Strafmaß reduzieren. Wichtig ist jetzt noch, dass Sie unter keinen Umständen versuchen, mit dem Käufer Kontakt aufzunehmen.«

Stiller starrte Slettaker durchdringend an.

»Verstehen Sie das?«, fragte er. »Das würde alles für Sie nur viel schlimmer machen.«

Emil Slettaker nickte. Stiller drehte sich um und ging hinüber zu seinem Wagen.

56

Nach einem etwa zehnminütigen Fußmarsch erspähte Wisting das graue Dach zwischen den Bäumen vor ihnen. Die Hütte lag auf einer Lichtung mitten im Wald. Ursprünglich war es ein kleiner Hof gewesen, der einem der Großbauern unten im Ort gehört hatte. Martin Haugens Vorfahren hatten dort bis zum Beginn des 20. Jahrhunderts gelebt. Bis zu vier Erwachsene und neun Kinder hatten zeitweilig in dem Häuschen gewohnt und sich mithilfe von zwei Kühen, Hühnern sowie ein paar Ziegen und Schafen versorgt.

Martins Großvater war der Letzte der Familie, der im Wald geboren worden war. Nach dem Krieg hatte er den Hof gekauft und die heruntergekommene Blockhütte instand gesetzt.

Ursprünglich hatte es noch zwei weitere Gebäude gegeben, eine Scheune und einen Stall. Die Scheune war vermutlich irgendwann abgebrannt, denn es waren nur ein paar überwucherte Steinhaufen übrig geblieben. Die eine Hälfte des Stalls war durch eine schwere Schneelast zusammengestürzt, die andere Hälfte mit Plumpsklo und Holzschuppen stand noch. An der Südseite waren die alten Fensterbretter und der hölzerne Dachüberstand erneuert worden.

Martin Haugen ging zur Tür, schloss auf und ließ Wisting vorausgehen.

Es gab eine Küche, eine Wohnstube und zwei kleine Zimmer mit Schlafkojen. Wisting zog unter dem niedrigen Türbalken den Kopf ein und ging in das Schlafzimmer, das er beim letzten

Mal benutzt hatte. Er stellte den Rucksack ab und hörte Martin im Nebenzimmer das Gleiche tun.

Vom Stubenfenster aus konnte er den Langen sehen. Abendlicher Dunst hatte sich über den See gelegt, sodass die Umrisse des Waldes am anderen Ufer gerade noch erkennbar waren. Mitten auf der zum Wasser abfallenden Wiese stand ein alter Apfelbaum. Die Blätter waren bereits abgefallen, aber noch immer hingen ein paar kleine rote Früchte an den Ästen.

Martin kam mit zwei Bierdosen aus seinem Zimmer und reichte eine davon Wisting.

»Ich schlage vor, dass wir den Ofen anwerfen und einen Happen essen«, sagte er und öffnete seine Dose.

Wisting war einverstanden und begleitete Martin zum Holzschuppen. Gleich hinter der Tür stand ein Hackklotz mit einem hineingerammten Beil. Martin stellte die Bierdose zur Seite, nahm die Axt und fing an, ein paar große Scheite zu Anmachholz zu zerkleinern.

Wisting blieb draußen stehen. Er trat zwei Schritte zur Seite, um das Tageslicht in den Schuppen fallen zu lassen. Dichter Wald umgab den ehemaligen Hof. Wisting drehte sich zum Wasser hin. Ein Entenpaar schwamm über den See. Abgesehen von den Axtschlägen im Schuppen war es ganz still.

Als die Schläge verklungen waren, trat Wisting in den Schuppen, sammelte einen Teil des Anmachholzes auf, trug es hinüber und füllte damit den Holzkasten in der Küche. Martin folgte ihm mit einem Stapel Holzscheiten im Arm und einem Fischspeer in der Hand. Das Gerät ähnelte einer Heugabel, aber die Zinken hatten Widerhaken, damit der aufgespießte Fisch nicht zurück ins Wasser fallen konnte. Die Spitzen der Zinken glänzten wie frisch geschliffen.

»Wir sollten das Boot raussetzen, damit das Holz etwas aufquellen kann«, sagte er, stellte den Speer ab und gab die Scheite in den Kasten.

Wisting hockte sich vor den Ofen und öffnete die Tür.

»Ist es lange her, dass das Boot auf dem Wasser war?«, fragte er und legte etwas Anmachholz in den Ofen.

»Letztes Jahr«, erwiderte Martin und reichte ihm eine Streichholzschachtel. »Vermutlich müssen wir ein bisschen Wasser schöpfen.«

Wisting machte Feuer im Ofen. Die Flammen griffen rasch um sich. Er wartete, bis sie etwas größer geworden waren, gab dann ein paar dickere Holzscheite hinzu und schloss die Tür wieder. Mit den Bierdosen in der Hand liefen sie hinunter zum Ufer.

Das Holzboot lag kieloben auf zwei Baumstämmen und war mit einer Plane zugedeckt. In den Falten hatte sich welkes Laub gesammelt.

Sie entfernten die Plane und betrachteten das alte Ruderboot. Die flache Unterseite war mit Teer eingerieben und wirkte intakt. Gemeinsam drehten sie das Boot um. Nach dem Regen der letzten Tage war der Wasserstand im See hoch, sodass sich das Boot leicht hinausschieben ließ. Martin nahm das am Bug befestigte Tau und wickelte es um einen Baum, bevor er die Ruder und einen kleinen roten Eimer an Bord nahm, der als Schöpfkelle diente. Durch einen kleinen Spalt am Achtersteven drang etwas Wasser ein, aber das Holz würde im Laufe einiger Stunden aufquellen und die feinen Ritzen abdichten.

Abendliche Dunkelheit war hereingebrochen. Als die beiden wieder in der Hütte waren, konnten sie den See nicht mehr erkennen.

Martin warf ein Holzscheit in den Ofen, entfernte ein paar der Ofenringe und stellte eine Bratpfanne aufs Feuer.

»Wollen wir uns einfach ein paar Würstchen braten?«, fragte er und gab ein Stück Butter in die Pfanne, das gleich zu schmelzen begann.

Wisting nickte und entzündete eine Petroleumlampe. Durch ihr mattes Licht warfen Tisch und Stühle lange Schatten.

Schon nach kurzer Zeit wurde es warm in der kleinen Hütte. Wisting zog seine Jacke aus und hängte sie über einen Stuhlrücken. Dann nahm er die Zeitung aus dem Rucksack, setzte sich hin und las Lines Artikel. Martin legte die Würste in die Pfanne und wendete sie in regelmäßigen Abständen.

»Was mag damals passiert sein? Was glaubst du?«, fragte Wisting. Er sah von der Zeitung auf.

Martin griff nach der Bierdose und nahm einen Schluck.

»Wovon redest du?«

»Nadia Krogh«, erklärte Wisting. »Das ist wirklich ein besonderer Fall.«

Martin spielte mit dem Verschluss der Bierdose und verzog den einen Mundwinkel zu einem Lächeln.

»Ich weiß es nicht«, sagte er.

Wisting hielt ihm die Zeitungsseite mit der rekonstruierten Zeichnung von Nadia entgegen.

»Ich glaube nicht, dass sie noch lebt«, sagte er. »Irgendetwas muss ihr passiert sein.«

»Sie wurde entführt«, erwiderte Martin. Er drehte die Würstchen in der Pfanne abermals um und murmelte etwas über die Unberechenbarkeit der Menschen.

Wisting bat ihn, das Gesagte zu wiederholen.

»Bei unberechenbaren Menschen weiß man nie so genau, woran man ist«, sagte Martin.

»In gewisser Weise hast du wohl recht«, gab Wisting zurück und faltete die Zeitung zusammen. »Vermutlich sind die Täter unberechenbar, aber nicht unbedingt instabil oder psychisch krank. Allerdings glaube ich nicht, dass sie Nadias Tod bewusst miteinkalkuliert haben.«

Wisting hatte einen Köder ausgelegt. Er rechnete nicht damit, dass Martin sofort anbeißen würde, aber der Köder könnte dort liegen und langsam in sein Bewusstsein einsinken, sodass es ihm irgendwann leichter fallen würde zu gestehen, was er getan hatte.

Wisting hatte sich für die Hüttentour natürlich einen Plan zurechtgelegt, genau so, als würde er einen Vernehmungsraum betreten. Seine Hypothese lautete, dass Martin Nadia Krogh umgebracht hatte und dass infolgedessen Katharina das gleiche Schicksal erleiden musste. Alles, was Wisting in den Unterhaltungen erwähnen würde, basierte auf dieser Theorie, und alle Antworten, die Martin gab, würden vor ebenjenem Hintergrund gedeutet werden. Wisting hatte sich schon eine ganze Liste von Themen zurechtgelegt, die er ansprechen wollte, um Martins Gedanken in die entsprechende Richtung zu lenken. Die Aussage, dass Nadia Kroghs Tod nicht unbedingt geplant gewesen sein musste, war nur einer von vielen möglichen Eröffnungsspielzügen.

»Die wenigsten Mörder«, fuhr Wisting fort, »denen ich begegnet bin, waren kalt, zynisch oder berechnend. Fast niemand von ihnen hätte sich vorher überhaupt vorstellen können, jemals einen Menschen umzubringen. Aber sie haben es getan. Und im Augenblick der Tat war auch keiner von ihnen geistesgestört. Und auch nicht davor oder danach.«

Der Bratendunst aus der Pfanne vermischte sich mit dem Petroleumgeruch. Martin drehte den Kopf weg und wedelte den Dunst mit der Hand zur Seite. Wisting konnte sehen, dass seine Worte einen Nerv bei ihm getroffen hatten. Nichts, was sich auf der Tonaufnahme heraushören ließ, aber doch etwas, das Wisting als Bestätigung interpretierte. Martin zeigte bereits die ersten klassischen Anzeichen von Unsicherheit. Er vermied Augenkontakt, lächelte in unpassenden Momenten und hielt ständig die Hände in Bewegung.

»In der Regel handelt es sich um Menschen, die in eine Extremsituation geraten sind, an der Grenze dessen, was sie kontrollieren oder ertragen können«, erläuterte Wisting. »Das endet dann oft mit Mord im Affekt. Aus Wut oder aus Verzweiflung.«

Martin nahm die Pfanne vom Ofen und legte die Ofenringe wieder in die Öffnung.

»Ich glaube, die sind fertig«, sagte er.

»Sehen lecker aus«, meinte Wisting.

Martin zog eine Schublade auf, schloss sie wieder, öffnete eine zweite und nahm ein Brotmesser heraus. Wisting packte das Graubrot aus und reichte es Martin. Der legte es auf ein Holzbrett, schnitt zwei Scheiben ab und legte eine Wurst auf jede.

»Irgendwo gibt's hier auch Senf«, sagte er und öffnete eine der Schranktüren.

Er nahm ein Glas heraus und reichte es Wisting. Im schwachen Lichtschein ließ sich das Haltbarkeitsdatum nicht ausmachen, aber Wisting gab etwas Senf dazu und wickelte die Brotscheibe um die Wurst.

Sie aßen schweigend. Das Holz im Ofen knackte. Martin öffnete die Tür und legte zwei neue Scheite in die Glut.

57

Die Zahlen sahen nicht allzu gut aus. Der Hauptartikel über Nadia Krogh stand seit zwölf Uhr online. Es hatte zwei verschiedene Hinweise auf der Startseite gegeben, aber bislang waren weniger als hunderttausend Leser dem Link gefolgt. Die *VG*-Online-Ausgabe hatte täglich eins Komma fünf Millionen Nutzer, was bedeutete, dass sich weniger als zehn Prozent der Leser für den Fall interessierten. Das Ziel lag bei zweihunderttausend Lesern, erst dann konnte man von einer guten Story reden. Hoffentlich würden sich die Zahlen im Laufe des Abends verbessern.

Die Zahlen für den Podcast zu ermitteln würde längere Zeit in Anspruch nehmen. Es ließ sich nur messen, wie viele Menschen über die Onlineseiten der Zeitung darauf zugegriffen hatten. Das waren etwa eintausendzweihundert. Eigentlich eine katastrophal niedrige Zahl, aber Line war darauf vorbereitet. Das Potenzial eines Podcasts lag darin, dass nach dem Schneeballeffekt immer mehr Menschen darauf aufmerksam wurden. Nach und nach würden die nächsten Sendungen eine ständig wachsende Schar von Zuhörern haben.

Amalie saß in ihrem Laufstall. Sie wirkte gelangweilt und hatte offenbar Hunger.

Line lächelte sie an.

»Ja, mein Schatz«, sagte sie. »Gleich essen wir was.«

Sie griff nach ihrem Handy und rief Twitter auf. Es gab erstaunlich viele Treffer zu Nadia Krogh, die meisten jedoch betrafen Kommentare über die TV2-Sendung oder bezogen sich auf Nutzer, die das Bild mit Nadias vermutetem Aussehen geteilt hatten.

Line legte das Handy weg, nahm Amalie mit in die Küche und setzte sie in den Kinderstuhl, bevor sie ein Leberwurstbrot zubereitete. Sie teilte es in vier Stücke und gab Amalie einen Schnuller, dann stellte sie den Teller auf den Tisch. Danach schmierte sie sich selbst ein Butterbrot und aß zusammen mit ihrer Tochter.

Nach dem Essen badete sie Amalie und legte sie dann ins Bett. Die Kleine schlief fast sofort ein, und Line setzte sich wieder an den Computer.

Die Leserzahl hatte sich in der vergangenen Stunde um fast zehntausend erhöht. Das war vielversprechend, doch nun musste Line sich auf den nächsten Artikel konzentrieren. Die Veröffentlichung der Originalbriefe von den Entführern würde die Klickzahlen vermutlich deutlich erhöhen.

Als Ausgangsmaterial hatte Line die Briefe, den Polizisten, der das Lösegeld bewacht hatte, und den grauen Panther, mit dem sie sich unterhalten hatte. Allerdings hätte sie gern etwas mehr gehabt. Am besten etwas ganz Neues.

Es gab zwei Dinge, die ihr bei dem vorliegenden Material aufgefallen waren. Erstens das, was der 93-jährige Ehrenvorsitzende gesagt hatte – dass nämlich »graue Panther« ein Begriff war, der für ältere Menschen verwendet wurde, die noch fit und aktiv waren. Und zweitens die Bemerkung des Journalisten beim *Porsgrunn Dagblad*, der ein mögliches Rachemotiv hinter der Entführung vermutet hatte. Nadias Vater hatte zu diesem Zeitpunkt gerade seine Holzfabrik geschlossen, und viele Menschen hatten ihre Arbeit verloren. Menschen, die dort ihr ganzes Leben verbracht hatten. Ältere Menschen.

Die Theorie war ziemlich weit hergeholt. Line beschloss, sie zu ignorieren und sich stattdessen auf Nadias damaligen Freund, Robert Gran, zu konzentrieren. Obwohl sie sich auf das Interview am folgenden Tag vorbereiten musste, blätterte sie erneut in der digitalen Ausgabe der Zeitung, die die Entführer benutzt hatten. Sie stutzte angesichts des Fotos von Vidar Arntzen. Er hatte darauf hingewiesen, dass die Zeitung schon etwa drei Wochen alt gewesen sei, als die Entführer ihre Briefe verfassten. Line fragte sich, wieso jemand ausgerechnet diese Ausgabe verwendet haben sollte.

Eine einleuchtende Antwort war, dass die Entführer die Ausgabe rein zufällig aus einem Stapel von Zeitungen herausgezogen hatten. Vermutlich hätte sich Line diese Frage auch dann gestellt, wenn es die Zeitung vom Vortag oder die vom darauffolgenden Tag gewesen wäre und die Entführer sich als *Die roten Hunde* oder *Die schwarzen Katzen* bezeichnet hätten.

Sie blätterte noch etwas weiter, dann wieder zurück, rief aber schließlich eine andere Internetseite auf.

58

Martin Haugen legte zwei weitere Holzscheite in den Ofen und griff nach dem Fischspeer.

»Wollen wir's versuchen?«, fragte er.

Wortlos nahm Wisting seine Jacke vom Stuhlrücken und zog sie über.

»Ich nehme die Lampe«, sagte er.

Draußen war es sternenklar, der Mond würde sich bald über die Baumkronen erheben. Der feuchte Boden unter ihren Füßen gluckste ein paarmal, als sie zum Boot hinunterliefen. Die Luft war kalt und feucht.

Obwohl das Boot ein Jahr im Trockenen gelegen hatte, war das Holz schnell aufgequollen und hatte erstaunlich wenig Wasser durch die Ritzen gelassen. Wisting kletterte als Erster an Bord, setzte sich auf die hintere Ruderbank und stellte die Petroleumlampe vorsichtig neben sich ab. Dann nahm er den kleinen Plastikeimer und fing an zu schöpfen, während Martin die Vertäuung löste, das Boot weiter ins Wasser hinausschob und gleichzeitig an Bord sprang.

Das Wasser plätscherte gegen den Bug. Martin Haugen setzte sich Wisting gegenüber und nahm die Ruder. Er presste die Füße gegen einen der Spanten, krümmte den Rücken und strich die Riemen. Im schwachen Schein der Lampe sah er alt und mager aus.

Für einen Moment hatte Wisting das Gefühl, sich selbst in Martin Haugen zu sehen. Auch an ihm hatte der Zahn der Zeit genagt. Die Jahre waren verstrichen, während er seiner Arbeit nachgegangen war, und er wünschte, er hätte mehr Momente wie diesen erlebt. Er spürte die Zufriedenheit, die aus dem Zusammensein mit einem anderen Menschen erwuchs, wenn man einfach nur gemeinsam angelte und die Ruhe, die Dunkelheit und die Spannung miteinander teilte.

»Auf der anderen Seite gibt es einen Laichplatz«, sagte Martin, deutete mit dem Kinn in die entsprechende Richtung und bewegte das Boot mit nur einem Ruder, sodass es sich drehte.

Der Holzkahn glitt langsam vorwärts. Das Wasser tropfte von den Ruderblättern, wenn Martin sie anhob und zum nächsten Zug ausholte. Einige Male wandte er den Kopf, um den Kurs in der Dunkelheit zu überprüfen.

Wisting schöpfte weiter Wasser aus dem Boot und dachte dabei an die Nacht, in der Katharina Haugen verschwunden war. Es gab nur wenige gesicherte Anhaltspunkte über die Geschehnisse, doch die vorhandenen gaben Martin ein Alibi.

Der Schöpfeimer kratzte über den Boden des Bootes. Wisting goss den letzten Wasserschwall in den See und legte den Eimer weg.

»Wie tief ist es hier?«, fragte er und starrte in das dunkle Wasser.

»An der tiefsten Stelle etwa sechzig Meter«, erklärte Martin. »Aber nicht hier in der Bucht. Hier sind es nicht mehr als zehn oder zwölf Meter.«

Sie näherten sich dem Waldrand auf der anderen Seeseite. Die Bäume zeichneten sich vor dem sternenklaren Himmel deutlich ab.

Martin hob die Ruder an, und das Boot glitt ruhig weiter. Ein Stückchen links vor ihnen konnten sie das Plätschern eines Baches hören.

Martin tauchte die Ruderblätter wieder ins Wasser und korrigierte den Kurs.

»Geh nach vorn«, flüsterte er, als ob seine Stimme die Fische erschrecken könnte.

Wisting nahm die Petroleumlampe und legte sich halbwegs in den Bug hinein. Sie hatten das Land fast erreicht. Der Wald stand bis dicht an das Ufer und verstärkte die Dunkelheit.

Die Petroleumlampe hatte einen Schirm, sodass das Licht auf das Wasser abstrahlte, ohne Wisting zu blenden.

»Siehst du was?«, fragte Martin.

Wisting drehte die Flamme auf, beugte sich über die Reling und hielt die Lampe dicht über die Wasseroberfläche.

»Sandboden.«

Martin machte einen weiteren Ruderzug und führte sie noch dichter an den Bachlauf heran. Ein Schatten huschte über den Grund.

»Ein Fisch!«, rief Wisting.

Martin manövrierte das Boot bis an das Ufer heran. Der Bootskiel scharrte über den Sand, aber der Wasserstrom aus dem Bach schob sie wieder zurück in tieferes Gewässer.

»Wir müssen vertäuen«, sagte er.

Wisting stellte die Lampe auf die vordere Bank. Dann nahm er das Tau und sprang an Land, sobald Martin sie dicht genug an das Ufer gebracht hatte. Er vertäute das Boot und stieg wieder an Bord. Der Kahn trieb zwei Meter auf den See hinaus, dann spannte sich das Tau, und er lag ganz ruhig im Wasser.

Martin nahm die Ruder herein, griff nach dem Speer und stand auf. Der Kahn schaukelte. Wisting hielt die Lampe fest.

Martin kam nach vorn, kniete sich hin und beugte sich mit erhobenem Speer über die Reling, bereit zum Zustoßen. Wisting hockte sich mit der Lampe direkt neben ihn. Der Seegrund lag einen knappen halben Meter unter ihnen und bestand aus Sand und kleinen Kieseln. Ein paar braune Unterwasserpflanzen bewegten sich in der Strömung des Bachs.

Ganz am Rand des Lichtkegels bewegte sich etwas. Wisting beugte sich ein Stückchen vor, aber die Bewegung verscheuchte den Fisch.

Schweigend blieben sie nebeneinander liegen. Martin senkte den Speer noch etwas weiter ab, bis die drei Zinken ins Wasser ragten. Ein dunkler Fisch glitt in den Lichtzirkel und verharrte an Ort und Stelle. Martin stieß zu. Das Wasser wurde aufgewirbelt, sodass nicht erkennbar war, ob er getroffen hatte, doch als er den Fischspeer herauszog, hing der noch zappelnde Fisch an den Zinken. Der Bauch des Tiers war orangerot, der Rücken schimmerte grünlich.

Martin zog den Fisch mit einer raschen Bewegung ab, brach ihm das Genick und warf ihn auf den Boden des Bootes.

»Fünfhundert Gramm«, schätzte er und wusch sich das Fischblut von den Händen. »Wir brauchen noch zwei, das reicht fürs Abendessen.«

Abermals beugte er sich über die Reling. Es dauerte nicht lange, bis ein weiterer Fisch auftauchte. Doch dieses Mal verfehlte Martin ihn. Das Gleiche passierte ihm noch einmal, aber schließlich traf er erneut und zog einen Saibling aus dem Wasser, der anderthalb Mal so groß war wie der erste.

Er pflückte ihn vom Speer ab, brach ihm das Genick und warf ihn zu dem anderen. Dann richtete er den Speer auf Wisting.

»Willst du es auch mal versuchen?«

Wisting nahm den Speer und reichte Martin die Petroleumlampe. Für eine Weile vergaß Wisting alles andere und konzentrierte sich einzig und allein auf die Bewegungen am Grund des Sees. Katharina und Nadia waren aus seinen Gedanken gelöscht.

Ein großer Saibling tauchte auf und glitt langsam in die Mitte des Lichtkegels. Wisting hielt den Atem an und verstärkte den Griff um den Speerschaft. Dann stieß er zu. Seine Hand und sein Arm verschwanden im Wasser, bis er merkte, dass der Speer auf den Grund traf. Er zog ihn heraus, wusste aber schon vorher, dass er den Fisch verfehlt hatte.

Martin lachte und forderte ihn zu einem neuen Versuch auf.

Der aufgewirbelte Sand legte sich wieder. Durch den missglückten Versuch war Wistings Jackenärmel ganz nass geworden. Das Wasser tropfte herunter und durchbrach die ruhige Oberfläche, schien die Fische aber nicht zu verscheuchen. In kürzester Zeit tauchten zwei kleine Saiblinge auf. Ihre leeren schwarzen Augen starrten in das Licht, dann schossen sie plötzlich davon, als hätte sie jemand erschreckt.

Aus dem Schatten des Bootes kam ein neuer Fisch angeschwommen. Das Licht ließ seinen schlanken Körper glänzen. Er machte eine ausladende Bewegung mit der Schwanzflosse und glitt exakt unter den Fischspeer.

Wisting stieß zu und merkte sofort, dass er getroffen hatte. Er zog den Speer heraus und sah, dass der Fisch an einer der Zinken festhing. Er war größer als die beiden anderen, sein Bauch leuchtete rot.

Martin zog den Fisch vom Speer ab, brach ihm das Genick und warf ihn zu den anderen.

Sie hatten genug für eine Mahlzeit, aber das Speerfischen machte Spaß. Sie versuchten es weiter und konnten noch zwei laichbereite Saiblinge aufspießen.

Wisting merkte, dass der Arm, der im Wasser gewesen war, langsam kalt wurde. Sie kamen überein, zurück zur Hütte zu rudern. Erst als Martin sich wieder in die Riemen legte, wurde Wisting klar, dass es der Arm mit dem Aufnahmegerät war, den er ins Wasser getaucht hatte.

Vorsichtig tastete er mit den Fingern die Innenseite seines Ärmels ab. Der kleine Aufnahmechip steckte noch immer an dem Klettband fest, aber Wisting zweifelte daran, dass er noch funktionierte. Bis jetzt hatten die Gespräche allerdings auch nichts enthalten, was gegen Martin hätte verwendet werden können. Wisting würde das Ersatzgerät so bald wie möglich aktivieren müssen.

Das Boot setzte am Ufer auf. Martin zog die Ruder ein und ging als Erster an Land. Er zog das Boot etwas weiter herauf und vertäute es, bevor Wisting herauskletterte.

Sie säuberten die Fische am Ufer und gingen dann zur Hütte hinauf. Martin machte neues Feuer im Ofen, während Wisting weitere Petroleumlampen und zwei Kerzen entzündete. Eine der Lampen nahm er mit in sein Schlafzimmer, zog die feuchten Sachen aus und schlüpfte in trockene. Er nahm das andere Mikrofon heraus und befestigte es an der Brusttasche seines Hemds.

Als er wieder in die Küche trat, kochten Kartoffeln in einem Topf. Die Fische warteten auf ihre Zubereitung.

Martin reichte ihm eine neue Bierdose und nahm einen Schluck aus seiner. Wisting setzte sich auf einen Hocker. Seine Gedanken wanderten wieder zu Nadia und Katharina. Es musste einfach einen Zusammenhang zwischen den beiden Fällen geben. Aufgrund seines Alibis konnte Martin nicht direkt für Katharinas Verschwinden verantwortlich sein, aber daraus ergaben sich auch neue Möglichkeiten. Katharina konnte vielleicht allein hinter der Entführung von Nadia gesteckt haben, oder sie hatte mit einer anderen Person zusammengearbeitet.

Wisting wurde plötzlich bewusst, dass Martin ihn ansah.

»Hattest du irgendwann mal Lust, einfach zu verschwinden?«, fragte er.

Die Kartoffeln kochten sprudelnd.

»Also, nicht für immer und ewig«, antwortete Wisting und fragte sich, worauf Martin hinauswollte. »Wenn ein Fall sich nicht weiterbewegt oder mir ein Reporter schwierige Fragen stellt, dann hätte ich schon manchmal Lust, den ganzen Mist einfach anderen zu überlassen und mich aus dem Staub zu machen, aber sonst eigentlich nicht. Und du?«

»Ab und an könnte ich es mir durchaus vorstellen, abzuhauen und ein neues Leben zu beginnen. An einem anderen Ort und ohne die alten Probleme mit sich herumzuschleppen.«

»Und wohin würdest du dann gehen?«, fragte Wisting.

»Ich weiß nicht«, sagte Martin. »Am liebsten zurück in die Vergangenheit und noch mal neu anfangen. Aber ohne dabei dieselben Fehler zu begehen.«

»Welche Fehler hast du denn gemacht?«

Martin richtete den Blick auf eine Stelle irgendwo in der Dunkelheit.

»Inger Lise war ein Fehler«, sagte er. »Ich hätte sie niemals heiraten dürfen.«

Wisting lächelte.

»Da würde ich jetzt nicht widersprechen.«

»Ansonsten ist es wohl eher die Summe vieler kleiner Fehler«, fuhr Martin fort. »Ich habe jetzt die Hälfte meines Lebens hinter mir, aber eigentlich nichts erreicht. Es gibt nichts, worauf ich zurückblicken könnte. Ich habe keine Familie, habe keine aufregenden Reisen gemacht, habe nichts Besonderes erlebt und mache seit dreißig Jahren dieselbe Arbeit.«

»Das tue ich auch«, entgegnete Wisting.

»Aber du hast eine interessante Arbeit, einen spannenden Alltag.«

In der kleinen Küche wurde es still. Martin nahm ein Holzscheit aus dem Kasten und legte es in den Ofen.

»Glaubst du, das mit Katharina war ein Fehler?«

Martin holte tief Luft und ließ sie dann zwischen zusammengebissenen Zähnen langsam wieder entweichen.

»Sie zu heiraten war das einzig Richtige, was ich getan habe. Es ist nur leider alles ganz anders geworden, als wir es uns gedacht hatten«, erwiderte er.

Wisting gab keine Antwort. Anscheinend wollte Martin noch mehr loswerden.

»Manchmal denke ich, dass sie es vielleicht bereut hat, mit mir zusammen zu sein«, fuhr er fort. »Dass sie einfach verschwunden ist, um woanders weiterzumachen – so wie sie damals ihre Heimat verlassen hat. So war sie einfach. Für sie war das Wichtigste, die Vergangenheit hinter sich zu lassen. Ich kann das nicht. Ich stehe immer noch an derselben Stelle. Immer noch im Wartemodus.«

Für einen Moment hatte Wisting bei Martin so etwas wie Reue und Missmut gespürt. Er hatte eine Gelegenheit gesehen, das Gespräch in Richtung eines Geständnisses zu lenken oder Martin zumindest zur Einsicht zu bringen, dass es nötig war, seine Schulden zu begleichen, um im Leben weiter voranzukommen. Doch jetzt hatte sich die Unterhaltung in eine andere Richtung entwickelt. Martin stand auf und stellte die Pfanne auf den Ofen.

»Wo ist denn die Butter abgeblieben?«, fragte er und sah sich um.

»Die hängt draußen«, erklärte Wisting.

Er ging zur Tür und holte eine der Einkaufstüten, die sie an der Außenwand an einen Haken gehängt hatten, um die Lebensmittel kühl zu halten. Dann gab er ein großes Stück Butter in die Pfanne.

Die Fische lagen schon auf der Arbeitsplatte bereit. Martin schnitt die Fischhaut auf beiden Seiten mehrmals ein. Als die Butter hellbraun war, legte er die Fische in die Pfanne und gab Salz und Pfeffer dazu.

»Ich denke nicht, dass sie aus eigenen Stücken weggegangen ist«, sagte Wisting. »Ich glaube, jemand hat sie umgebracht.«

Die Fische brutzelten in der Pfanne. Martin schwieg.

»Ich habe den Gedanken nicht aufgegeben, dass wir diese Person finden«, fuhr Wisting fort. »Aber du solltest darauf vorbereitet sein, dass diese Person nicht so ist, wie du sie dir vorgestellt hast.«

Martin nahm einen Schluck aus der Bierdose und schob einen der Fische in der Pfanne mit der Gabel etwas umher. Wisting beugte sich auf seinem Hocker vor.

»Sehr wahrscheinlich geht es um einen Menschen wie du und ich«, sagte er. »Ich spreche aus Erfahrung. Als ich damals bei der Polizei anfing, habe ich das eher schwarz-weiß gesehen. Ich dachte, es gäbe gute Menschen und böse Menschen, aber nach einer Weile habe ich begriffen, dass es komplizierter ist.«

Martin wendete die Fische. Die Haut war braun und knusprig geworden.

»Ich habe in meinem Berufsleben genug erlebt, um zu verstehen, dass jeder in der Lage ist, jemanden zu töten, sofern die Umstände ihn dazu zwingen«, fuhr Wisting fort. »Meist ist der Täter ein Mensch, der unter einem so großen Druck steht, dass er die Tötung eines anderen als einzigen Ausweg begreift. Aber abgesehen davon, dass er einen anderen umgebracht hat, unterscheidet ihn so gut wie nichts von dir oder mir.«

Wisting hatte das nicht nur gesagt, damit Martin die Schuld auf die äußeren Umstände schieben könnte oder weil es ihm dadurch leichter fiele, eine Rechtfertigung für seine Taten zu finden. Tatsächlich lag eine tiefere Wahrheit in seinen Worten.

»Jeder Mensch ist fähig, einen anderen zu töten, solange er einen Grund hat«, führte er weiter aus. »Es geht nicht darum, zu töten oder nicht zu töten, sondern darum, ob es sich bei dem Opfer um einen *unschuldigen* Menschen handelt oder um jemanden, der auf irgendeine Art und Weise eine Bedrohung für uns darstellt.«

Wistings Resümee hätte eigentlich eine Erwiderung hervorrufen müssen. Martin Haugen hätte protestieren und fragen sollen, was Katharina denn Schreckliches getan habe, um ein solches Schicksal zu verdienen. Doch anstatt sich zu äußern, griff er nach einem Messer und stach es in eine der Kartoffeln.

»Ich glaube, die sind fertig«, sagte er und zog den Topf an die Seite. »Kannst du bitte rausgehen und das Wasser abschütten?«

»Mein Punkt ist, dass man auch dann ein anständiger Mensch sein kann, wenn man etwas Schlimmes getan hat«, sagte Wisting und erhob sich. »Jeder von uns hat irgendwann einmal bei anderen Leid hervorgerufen. Wir können die Menschen nicht in brav und unartig oder in gut und böse einteilen. Wir sind nicht entweder-oder, sondern sowohl-als auch.«

Er streifte sich zwei Ofenhandschuhe über und trug den Topf nach draußen. An der Hüttenwand blieb er stehen und warf einen Blick durch das Fenster. Er war unsicher, ob er mit seinen Bemerkungen etwas erreicht hatte. Es ging darum, Martin auf ein Geständnis vorzubereiten. Wenn die Zeit reif war und die Polizei ihn mit ihrem Verdacht konfrontierte, würde Martin verstehen, dass Wisting ihn nicht tadelte oder verurteilte, sondern Verständnis für ihn aufbrachte.

Als er wieder in die Küche kam, lagen die Fische auf den Tellern, und Martin gab etwas Sauerrahm in die Pfanne, um eine Soße zuzubereiten.

Sie trugen ihre Teller in die Wohnstube und setzten sich einander gegenüber.

Die Kartoffeln waren etwas zu hart und hätten ein paar Minuten länger kochen können. Der Fisch war perfekt.

»Sehr gut«, sagte Wisting.

Sein Handy signalisierte den Eingang einer SMS.

»Ich hab meins ausgeschaltet«, erklärte Martin. »Das ist fast das Beste, wenn ich hier bin«, fügte er hinzu und sah sich im Zimmer um. »Zu Hause esse ich gern vor dem Fernseher, aber hier klinke ich mich völlig aus.«

Wisting lächelte und sah auf das Display. Die Nachricht war von Line mit Punkt.

»Von Line«, erklärte er entschuldigend.

Wollte dir nur eine schöne Tour wünschen, schrieb Hammer. *Das Wetter soll das ganze Wochenende schön bleiben. Grüß Martin!*

Das war ein Code. Wenn Hammer oder Stiller etwas Wichtiges mitzuteilen hatten, würden sie zuerst eine Nachricht schicken, in der das Wetter erwähnt wurde. So lautete die Verabredung. Die nächste Nachricht würde dann etwas enthalten, was Martin unter keinen Umständen sehen durfte.

»Ich soll Grüße ausrichten«, sagte er und schrieb zurück: *Schönes Wochenende!*

Mit dem Telefon in der Hand blieb er am Tisch sitzen. Die nächste Nachricht kam so schnell, dass sie schon im Voraus geschrieben worden sein musste: *MH hat scharfe Waffe. Glock 34 mit Munition.*

Martin pflückte sich eine Gräte aus dem Mundwinkel. Wisting sah erst ihn und dann wieder das Handy an. Er hatte keine Ahnung, wie Hammer oder Stiller das herausgefunden hatten, konnte sich aber vorstellen, dass es etwas mit der Luftpistole zu tun hatte. Ungeachtet dessen hieß das, dass Martin Haugen sich unter Druck gesetzt fühlte und dass er Angst vor etwas hatte.

»Sie will wissen, ob ich mir den Podcast angehört habe«, sagte Wisting und löschte die Nachricht. »Sie will meine Meinung dazu haben. Können wir uns den Rest anhören?«

Martin nickte. Wisting setzte die Wiedergabe des Podcasts an der Stelle fort, wo er sie unterbrochen hatte. Die beiden Männer hörten zu und aßen dabei. Line zeichnete den Fall gut nach. Zum einen berichtete sie von den Gesprächen mit ihren Interviewpartnern, zum anderen ließ sie diese selbst zu Wort kommen. Darüber hinaus steuerte sie Informationen aus der Ermittlungsakte bei und zitierte aus Artikeln und Sendungen anderer Medien. Auf diese Weise wurden die Informationen auf dramaturgisch geschickte Weise aufgearbeitet.

Wisting versuchte, Martins Reaktionen einzufangen. Doch erst gegen Ende der Sendung nahm er etwas wahr, das als nervöse Bewegung hätte gedeutet werden können. Line sprach über Nadia Kroghs Handtasche und fragte sich, ob sie diese mitgenommen hatte, als sie die Party frühzeitig verließ. Martin fiel plötzlich die Gabel aus der Hand. Der Stuhl scharrte über den Boden, als er sich bückte, um sie aufzuheben. Line stellte den Hörern in Aussicht, dass sich die nächste Episode mit den Briefen der Erpresser beschäftigen würde. Dann war die Sendung vorbei.

Wisting nahm sein Telefon und beendete die Wiedergabe des Podcasts. Der Akku zeigte noch einundzwanzig Prozent Leistung. Kurz vor dem Aufbruch in die Hütte war alles so schnell gegangen, dass Wisting es versäumt hatte, das Gerät aufzuladen. Die Wiedergabe über die Lautsprecher hatte viel Strom benötigt.

»Wie findest du es?«, fragte er.

»Sie ist gut«, erwiderte Martin.

»Ich muss ihr antworten«, sagte Wisting und lächelte. »Etwas über den Inhalt. Hattest du das Gefühl, Nadia Krogh nähergekommen zu sein?«

Martin schob den Teller von sich. Er war leer.

»Ja«, sagte er.

»So sehr, dass du neugierig wirst auf die Lösung dieses Rätsels?«, wollte Wisting wissen.

Martin setzte die Bierdose an die Lippen, doch sie war leer, und er drückte sie in der Hand zusammen.

»Das Ganze ist etwas eigenartig«, sagte er. »Es erinnert mich an Katharina.«

Er stand auf und zeigte auf Wistings Bierdose.

»Möchtest du auch noch eine?«

»Ja, gern.«

Martin lief durch die Küche und trat auf die Vortreppe hinaus. Das Licht der Petroleumlampe flackerte im Luftzug. Auf dem Rückweg legte er zwei neue Scheite in den Ofen. Wisting trank seine Bierdose aus und nahm die neue, die Martin ihm reichte, während er sich wieder hinsetzte.

Wisting überkam plötzlich der Wunsch, dass das, was sich zwischen ihnen beiden abspielte, nichts anderes wäre als das, wonach es aussah: zwei Männer in einer Hütte, die Bier tranken und sich unterhielten.

»Ich habe mir immer gewünscht, dass ich dir eines Tages erzählen könnte, was mit Katharina geschehen ist«, sagte er. »Aber bisher haben wir weder einen Verdächtigen noch ein Motiv. Aber ich glaube, es stimmt, was dieser Ermittler gestern im Fernsehen über Nadia Krogh gesagt hat. Irgendjemand weiß, was passiert ist.«

Das Bier schäumte, als er die Dose öffnete.

»Bei Mordermittlungen geht es ja nicht nur darum, den Täter zu überführen«, fuhr er fort, »sondern auch um das Motiv, das einen Menschen dazu bringt, jemanden zu töten.«

Wisting führte die Bierdose an die Lippen und gab Martin die Gelegenheit, etwas zu sagen.

»Hast du mal darüber nachgedacht, was eigentlich dahinterstecken könnte?«, fragte er, als Martin stumm blieb. »Aus welchem Grund jemand sie umgebracht haben könnte?«

Es war eine sehr persönliche Frage. Ihre Unterhaltung hatte eine Intimität, die vor zehn oder fünfzehn Jahren nicht möglich gewesen wäre. Doch die regelmäßigen Treffen hatten sie enger zusammengebracht und es Wisting ermöglicht, solche provokativen Fragen zu stellen.

»Ich möchte am liebsten gar nicht darüber nachdenken«, erwiderte Martin. »Es gibt da draußen so viele Verrückte. Menschen, die andere vergewaltigen, töten und dann die Leiche verscharren. Ihr hattet doch vor einigen Jahren so einen Fall mit einem Serienmörder. Wie viele Frauen hatte der noch mal entführt und umgebracht?«

Wisting nickte. Ein sexuelles Motiv war naheliegend. In den Unterhaltungen mit Martin war der Serienmörder des Öfteren Thema gewesen. Er war aus den USA nach Norwegen geflohen, allerdings erst 1990, sodass er unmöglich etwas mit Katharinas Verschwinden zu tun haben konnte.

»Mir ist noch eine andere Möglichkeit eingefallen«, sagte Wisting.

»Was denn?«

Wisting zögerte. Er wollte das Gespräch auf die These lenken, dass sich Katharina der Polizei stellen wollte und sich auf einen Gefängnisaufenthalt vorbereitet hatte.

»Rache«, sagte er und spielte dabei den möglichen Gesprächsverlauf in Gedanken durch.

Martin gab keine Antwort und schien Wistings Worte erst einmal sacken zu lassen.

»Kann sie irgendetwas getan haben, wofür andere sich an ihr rächen wollten?«, fuhr Wisting fort.

Martin schüttelte den Kopf. »Was sollte das sein? Das wüsste ich doch.«

»Vermutlich hast du recht«, meinte Wisting. »Aber es gibt da eine Sache, an die ich öfter gedacht und für die ich keine Erklärung gefunden habe.«

»Was denn?«

»Ihr Koffer.«

»Was ist damit?«

»Das ist jetzt zwar nur eine Theorie«, sagte Wisting. »Aber ich könnte mir vorstellen, dass sie den Koffer fürs Gefängnis gepackt hat.«

Erstaunlicherweise kam von Martin keinerlei Reaktion.

»Sie hat eine ganz bestimmte Anzahl von Kleidungsstücken

zusammengepackt«, fuhr Wisting fort. »Sie entspricht der offiziellen Auflistung darüber, was du beim Antritt einer Gefängnisstrafe mitbringen darfst. Offenbar hatte sie eine solche Liste gesehen, als sie bei Steinar Vassvik war. Sie wusste, was man mitnehmen durfte und was nicht, und sie kannte die genaue Anzahl der erlaubten Kleidungsstücke.«

Im Schein der Petroleumlampe saßen die beiden am Tisch und blickten einander in die Augen. Es war beinahe wie in einem Vernehmungsraum. Wären die Rollen mit Wisting als Ermittler und Martin als Verdächtigem klar definiert gewesen, wäre jetzt der richtige Zeitpunkt für eine Konfrontation gekommen. Wisting hätte gesagt, Martin müsse gewusst haben, was Katharina getan hatte. Doch unter den gegebenen Umständen reichte es, Martin zu vermitteln, dass Wisting nur wenige Schritte von der Wahrheit entfernt war.

»Sie hatte auch ein Foto von euch aus dem Rahmen genommen, um es im Gefängnis dabeizuhaben«, sagte Wisting. »Genau wie es in den Vorschriften steht: ein Foto ohne Glas und Rahmen.«

Martin schüttelte zaghaft den Kopf, als fühle er sich verpflichtet, Protest einzulegen.

»Dann ließen sich auch die Blumen erklären«, fügte Wisting hinzu und dachte an den Strauß aus vierzehn roten Rosen, der auf der Kommode im Flur gelegen hatte. »Sie kann sie selbst gekauft haben, um sich damit bei jemandem zu entschuldigen.«

»Nein«, sagte Martin entschieden. »Meinst du nicht, dass ich es gewusst hätte, wenn da etwas gewesen wäre?«

»Aber da war ja etwas«, wandte Wisting ein. »Ihre Freundinnen aus dem Chor haben erzählt, dass sie niedergeschlagen und deprimiert gewirkt habe.«

»Davon habe ich aber nichts bemerkt«, entgegnete Martin. »Sie haben Katharina doch gar nicht so gut gekannt wie ich. Wir haben früher schon einmal darüber gesprochen. Sie war nicht deprimiert. Es gab nichts, was sie gequält hat. Bei unserem letzten Telefonat hat sie gelacht, genau wie sonst.«

Wisting hätte die Schrauben wohl angezogen, wenn er mit Martin in einem Vernehmungsraum gesessen hätte. Er hätte ihn damit konfrontiert, dass durchaus nicht alles wie immer gewesen war. Aus irgendeinem Grund hatte sie nämlich den Koffer gepackt, aus irgendeinem Grund hatte ein Rosenstrauß im Flur gelegen, aus irgendeinem Grund hatte sie in der Küche einen Code aufgezeichnet, und aus irgendeinem Grund war sie verschwunden.

Doch anstatt weiter auf ihn einzureden und zu versuchen, ihn in Widersprüche zu verwickeln, stand Wisting auf und ging in die Küche.

»Ich mache mal etwas Kaffee«, sagte er.

Er füllte die Kaffeekanne mit Wasser aus dem Eimer und stellte sie auf den Ofen. Dann ging er hinaus, um zu pinkeln.

Der Mond erhellte die Landschaft so weit, dass Wisting zum Waldrand finden konnte. Er kehrte der Hütte den Rücken zu. Die Temperatur war abermals um ein paar Grad gefallen, und warmer Dampf stieg von seinem Strahl auf.

Als er fertig war, drehte er sich um und ging zurück. Ein paar Meter vor der Hütte blieb er stehen. Der Lichtschein vom Fenster hatte einen kupferfarbenen Glanz angenommen. Drinnen konnte er Martin Haugen sehen. Er war aufgestanden und ging mit einer Kerze in der Hand in sein Zimmer.

Wisting veränderte seine Position, um ihn weiter beobachten zu können.

Martin stellte die Kerze auf den Nachttisch und beugte sich über seinen Rucksack. Er stand mit dem Rücken zum Fenster. Aufgrund des spärlichen Lichts konnte Wisting nicht erkennen, was er genau tat. Er schien Kleidung aus dem Rucksack zu nehmen und sich umziehen zu wollen. Martin zog das Hemd aus der Hose, ließ es aber über den Hosenbund hängen. Dann nahm er die Kerze und verließ das Zimmer.

Wisting ging ins Haus zurück. Das Wasser auf dem Ofen kochte. Er gab Kaffeepulver hinzu und nahm die Kanne und zwei Tassen mit in die Stube.

»Ich hab etwas Schokolade dabei«, sagte Martin und deutete auf eine Tüte, die er auf den Tisch gelegt hatte.

Wisting stellte Kanne und Tassen ab.

»Ich habe auch etwas mitgebracht«, erwiderte er mit einem Grinsen und eilte in sein Schlafzimmer.

Er wickelte die Cognacflasche aus dem Wollpullover und ging wieder zurück.

»Eine Jubiläumsausgabe«, sagte er und stellte den Cognac auf den Tisch. »Hast du so was schon mal probiert?«

Martin schüttelte den Kopf.

»Ist nicht ganz meine Preisklasse«, erklärte er lächelnd.

»Meine auch nicht«, erwiderte Wisting und brach die Versiegelung auf. »Ich habe ihn von einem Busfahrer aus Risør geschenkt bekommen.«

Der Korken löste sich mit einem dumpfen Geräusch, als Wisting ihn herauszog. Er hielt sich die geöffnete Flasche unter die Nase. Der starke Kräuterduft wirkte befreiend auf seine Atemwege.

»Seine Tochter war eines der Opfer des Serienmörders«, fuhr Wisting fort. »Sie wurde seit über sechs Jahren vermisst, als wir sie schließlich in einem Brunnen gefunden haben. Der Vater war so dankbar, endlich die Wahrheit zu erfahren, dass er mir diese Flasche geschenkt hat.«

»Ich dachte immer, die Polizei dürfte gar keine Geschenke annehmen«, sagte Martin.

»Ich konnte ihn einfach nicht abweisen«, erwiderte Wisting. »Er hatte seine einzige Tochter verloren.«

Er ging in die Küche und holte zwei Milchgläser.

»Die hier tun's auch«, sagte er und füllte sie zur Hälfte.

Martin nahm das eine Glas und hob es an die Nase, um den Duft einzuatmen.

»Hilde, so hieß sie«, fuhr Wisting fort und setzte den Korken zurück in die Flasche. »Hilde Jansen. Sie wurde nur zwanzig.«

Martin ließ den Cognac vorsichtig im Glas kreisen und roch abermals daran.

»Ich habe ihm versprochen, den ersten Toast auf sie auszubringen«, sagte Wisting und hielt sich das Glas vor die Augen. Haugens Gesicht sah durch die Flüssigkeit braun und verzerrt aus.

Sie stießen an und probierten den kostbaren Tropfen.

Wisting fragte sich, ob Stiller die Flasche aus eigener Tasche bezahlt hatte oder ob sie als Sonderausgabe über die Kripo abgerechnet werden würde. Unabhängig davon war er aber erstaunt darüber, wie leicht es ihm gefallen war, eine Lüge über die Herkunft des Cognacs zu fabrizieren. Nicht ganz unabsichtlich hatte er sie ähnlich klingen lassen wie die Geschichte über Nadia.

Dabei entsprach die Geschichte durchaus der Wahrheit. Wisting war dabei gewesen, als man Hilde Jansen aus dem alten Brunnen gezogen hatte. Ihr Vater war so dankbar gewesen, endlich zu erfahren, was mit ihr geschehen war, dass er ihm einen großen Blumenstrauß überreicht hatte. Es war leichter, eine Lüge zu erzählen, wenn sich ein Körnchen Wahrheit darin befand.

Der Kaffee war durchgezogen. Ein wenig Kaffeesatz geriet in die Tassen, als Wisting einschenkte.

»Steht da eigentlich was über die Mutter?«, fragte Martin und schaute dabei in seine Kaffeetasse.

Wisting stellte die Kanne ab.

»Wovon redest du?«

»Von Lines Artikel«, erklärte Martin. »Steht darin etwas über Nadia Kroghs Mutter? Für sie muss es ja am schlimmsten gewesen sein.«

Wisting musste an das alte Zeitungsinterview mit Nadias Mutter denken, das Martin aufbewahrt hatte. Im Gespräch mit Wisting hatte er ihre Worte mehr oder weniger kopiert. Etwas daran hatte ihn offenbar bewegt.

»Nein«, sagte Wisting und schüttelte den Kopf. »Ich glaube nicht, dass sie jemals ein Interview gegeben hat«, fügte er hinzu, um Martin eine Reaktion abzutrotzen.

Doch der nippte schweigend am Kaffee.

»Line hat erzählt, dass Nadias Vater zu Hause ein Geschenk für sie stehen hat«, fuhr Wisting fort, als Martin noch immer nichts sagte. »Ihre Großmutter hatte es für sie gekauft, als sie gemeinsam in Paris waren. Es sollte ein Geburtstagsgeschenk werden, aber dann ist Nadia ja verschwunden. Die Großmutter hat es dagelassen, damit ihre Enkelin es nach ihrer Rückkehr bekommen könnte. Sie ist in dem Jahr gestorben, als Nadia zweiundzwanzig geworden wäre. Das Geschenk steht immer noch eingepackt da und wartet auf sie.«

Martin stellte sein Cognacglas ab und griff nach der Kaffeetasse.

»Schreibt Line darüber?«, fragte er.

»Das ist ein Teil der Geschichte«, sagte Wisting.

»Was ist denn in dem Geschenk drin?«

Wisting nahm einen Bissen Schokolade aus der Tüte auf dem Tisch.

»Niemand weiß es«, erwiderte er. »Ich finde, es ist eine Art Symbol für die ganze Geschichte. Die Antwort liegt gut eingepackt irgendwo da drin.«

Martin tauschte Tasse gegen Cognacglas.

»Ihr Ermittler seid immer so überzeugt davon, dass es Lösungen gibt«, sagte er und drehte dabei das Glas zwischen den Fingern. »Aber was ist, wenn es gar keine Antworten mehr gibt? Was ist, wenn niemand mehr da ist, der etwas gewusst haben kann? Wie Nadias Großmutter.«

»Wenn wir nur tief genug graben, taucht ganz bestimmt jemand auf, der etwas weiß«, sagte Wisting. »Der Ladenbesitzer in Paris, der Kunde, der hinter ihr an der Kasse gestanden hat, ein Passagier, der sich während des Flugs mit ihr unterhalten hat, oder eine Freundin, der sie nach der Rückkehr von der Reise erzählt hat. Es gibt immer jemanden, der etwas weiß.«

Martin nahm einen großen Schluck aus dem Cognacglas.

»Können wir nicht über was anderes reden?«, fragte er.

Wisting hatte keine große Lust, das Thema zu wechseln. Martin begann den Druck zu spüren. Etwas hing zwischen ihnen in der Luft, wie ein stramm aufgeblasener Ballon, der jeden Augenblick platzen konnte. Wisting hätte gern weitergemacht, aber das wäre respektlos gewesen. Außerdem konnte er nicht wissen, was passierte, wenn Martin mit den Nerven am Ende wäre.

»Aber sicher«, sagte er stattdessen. »Lass uns über was Angenehmeres sprechen.«

»Was hast du eigentlich vor, wenn du pensioniert wirst?«, fragte Martin.

Wisting trank einen Schluck Cognac.

»Ich dachte, wir wollten über was Angenehmes reden«, witzelte er. »Ich arbeite auf jeden Fall bis zu meinem sechzigsten Geburtstag. Das sind noch fünf Jahre. Was danach ist, weiß ich noch nicht. Vielleicht nehme ich mir dann mehr Zeit für so etwas.« Er breitete die Hände aus. »Angeltouren zum Beispiel.«

Es ging weiter mit Themen wie Politik, Fernsehprogramm und Wetter. Nach einiger Zeit war die Cognacflasche halb ausgetrunken. Wisting merkte, dass er langsam betrunken wurde, und registrierte das Gleiche bei Martin. Der redete mehr und nuschelte zwischendurch.

»Ich muss mal pinkeln«, erklärte Martin schließlich.

»Ich komme mit«, sagte Wisting.

Sie traten an den Waldrand. Abendliche Stille umgab sie. In den Baumkronen rauschte es sanft, irgendwo gluckerte ein Bach. Martin fing neben ihm an zu pinkeln. Wisting legte den Kopf zurück und starrte in den Nachthimmel. Ein blinkendes Flugzeug hielt Kurs in Richtung Osten.

»Hast du mal von Charles Lindbergh gehört?«, fragte Wisting in dem Bemühen, das Gespräch auf den Ausgangspunkt zurückzulenken.

Martin wirkte unsicher.

»Ein amerikanischer Pilot«, fuhr Wisting fort und erleichterte sich ebenfalls. »Er ist als Erster allein über den Atlantik geflogen. Im Jahr 1927, von New York nach Paris. Er hat dafür dreiunddreißigeinhalb Stunden gebraucht. Ein Hotelbesitzer in London hatte demjenigen, der es als Erster schafft, eine Belohnung von 25 000 Dollar versprochen. Das wären heute etwa 350 000 Dollar. Über drei Millionen Kronen. Der Flug hat Lindbergh reich und berühmt gemacht. Genauso viel hat er danach mit seinen Büchern verdient und noch viel mehr bei seinen verschiedenen Auftritten.«

Wisting zog den Reißverschluss zu, machte ein paar Schritte in Richtung Hütte und wischte sich die Hände am taufeuchten Gras ab.

»Fünf Jahre später wurde sein Sohn entführt«, erzählte Wisting und sah abermals zu dem Flugzeug hinauf. »Er verschwand aus dem Schlafzimmer im ersten Stock. Die Kidnapper hinterließen einen Brief, in dem sie 50 000 Dollar verlangten, sowie eine Leiter, die an die Hausrückwand gelehnt war. Lindbergh zahlte das Geld, sah seinen Sohn aber nie wieder. Zehn Wochen später wurde er gefunden. Die Ermittler kamen zu dem Schluss, dass er an den Folgen eines Sturzes gestorben war. Die Kidnapper hatten ihn vermutlich von der Leiter fallen lassen, als sie wieder aus dem Fenster hinauskletterten. Fast die Hälfte des Lösegelds wurde bei einem deutschen Einwanderer gefunden. Er bestritt, irgendetwas mit der Sache zu tun zu haben, wurde aber verurteilt und auf dem elektrischen Stuhl hingerichtet.«

Wisting und Martin Haugen gingen zurück in die Hütte.

»Es war ein Unfall«, sagte Wisting. »Wenn der Deutsche einfach gesagt hätte, was passiert war, dann wäre er der Todesstrafe vermutlich entgangen.«

Wisting setzte sich wieder an den Tisch.

»Ich glaube, dass so etwas Ähnliches mit Nadia Krogh passiert sein könnte«, sagte er. »Irgendetwas Unvorhergesehenes, was sich nicht mehr rückgängig machen ließ.«

Martin sah Wisting an. Die angespannte Stimmung war wieder da.

»Du hast recht«, sagte er und hob sein Glas. »Es war wahrscheinlich ein Unfall.«

»Aber welcher Art?«, fragte Wisting.

Martin kippte den Cognacrest in sich hinein.

»Keine Ahnung«, sagte er und schien sich auch nicht weiter dafür zu interessieren. »Du hast vermutlich recht, aber ich leg mich jetzt hin.«

Er stellte das Glas ab und steuerte auf sein Zimmer zu.

»Gute Nacht«, sagte er und schloss die Tür hinter sich.

Auch Wisting war müde. Es war spät geworden, außerdem tat die Kombination aus frischer Luft und Alkohol ihre Wirkung.

Er räumte den Tisch ab, nahm seine Zahnbürste hervor und putzte sich die Zähne draußen im Bach. Danach legte er sich hin.

Er blieb auf dem Rücken liegen und versuchte, die Geschehnisse des Abends zusammenzufassen, kam aber nicht dazu, weil sein Handy plötzlich piepte. Eine Textnachricht. Wisting griff nach der Hose, die über einem Stuhl hing, und nahm das Handy aus der Tasche. Das leuchtende Display erhellte den Raum. Die SMS war von Line mit Punkt.

Wollte nur gute Nacht sagen. Ihr habt Glück mit dem Wetter. Der Sternenhimmel bei euch muss wunderschön sein.

Eine Wettermeldung.

Wisting schaltete den Ton aus und schrieb: *Haben uns hingelegt.*

Die nächste Nachricht kam sofort. *Der Strom ist wieder ausgefallen. Kann ihn im Haus nicht finden.*

Eine halbcodierte Nachricht, aber Wisting verstand sie. Hammer und Stiller waren wieder in Haugens Haus gewesen, hatten die Waffe aber nicht gefunden. Was bedeutete, dass er sie mitgenommen hatte.

Wisting löschte die SMS. Aus dem Zimmer nebenan kam ein Geräusch. Offenbar war Martin noch nicht eingeschlafen. Die Zimmertür wurde geöffnet, und Wisting hörte Schritte. Die Tür des Holzofens quietschte metallisch, dann wurden Scheite nachgelegt. Wisting erkannte das Geräusch der Kelle im Wassereimer, aber da war noch etwas anderes, was er nicht identifizieren konnte. Schließlich kehrte Martin mit schlurfenden Schritten zurück in sein Zimmer.

Wisting wartete eine Weile, kroch vorsichtig aus dem Schlafsack, stellte einen Stuhl vor die Tür und legte den Rucksack darauf. Jetzt würde er jedenfalls wach werden, falls jemand hereinkäme.

59

Wisting wälzte sich im Bett hin und her und hörte Martin auf der anderen Seite der Wand das Gleiche tun. Das Bett war hart und schmal, aber was ihn wach hielt, waren seine Gedanken. Er war mehr und mehr von seiner Theorie überzeugt, dass Katharina von schlechtem Gewissen gequält worden war und sich der Polizei stellen wollte. Der Kern der Theorie besagte, dass sie für den Tod von Nadia Krogh verantwortlich war. Alles schien zusammenzupassen, sogar der Code auf dem Küchentisch. Bevor sie sich bei der Polizei meldete, hatte sie eine Art Karte mit Bezugspunkten gezeichnet, die zeigten, wo Nadia Krogh vergraben war. Mit einem oder zwei erläuternden Sätzen von Katharina wäre es vermutlich ein Leichtes gewesen, die Bedeutung der Zahlen und Striche zu verstehen.

Wisting wusste nicht genau, welchen Weg seine Gedanken genommen hatten, aber plötzlich wurde ihm klar, was das alles zusammen bedeuten könnte.

Das Bett knirschte, als er sich aufsetzte. Er zog den Stuhl mit dem Rucksack wieder zu sich heran und fischte die Streichholzschachtel aus der Seitentasche. Dann zündete er eine Kerze an und nahm Papier und Kugelschreiber hervor.

Er hatte so viele Stunden mit dem Studium der codierten Karte verbracht, dass er sie problemlos aus dem Gedächtnis rekonstruieren konnte. Als er die Skizze beendete, war er sich ganz sicher.

Er hatte die Lösung gefunden.

60

Das Licht im Hotelzimmer war ausgeschaltet. Adrian Stiller lag mit auf der Brust gefalteten Händen im Bett. Er konzentrierte sich auf seinen Atem, spürte die Bettdecke, die sich mit jedem Atemzug hob und senkte, nahm die Luft wahr, die er durch seine Nasenlöcher aufnahm und wieder ausstieß. Seine Gedanken wanderten umher, bis sie schließlich ein Ziel gefunden hatten und in seinem Kopf ein Wort auftauchte, das er festhalten und wiederholen konnte. Tugela. Der Wasserfall in Südafrika. Er sah vor seinem geistigen Auge, wie das Wasser vom Mont-Aux-Sources neunhundert Meter in die Tiefe stürzte.

Er sprach den Namen so aus, wie es die Lokalbevölkerung tat, tief und hohl klingend, und wiederholte ihn mehrmals, fast wie ein Mantra.

Es war seine Art der Meditation, und er hatte sie sich selbst beigebracht, ohne Weihrauch, Glocken oder geistliche Musik. Sie schenkte ihm eine innere Ruhe und half ihm manchmal sogar beim Einschlafen.

Das Handy auf dem Nachttisch klingelte.

Stiller griff danach. Nils Hammer rief an, es war 02:37 Uhr.

»Schlafen Sie schon?«, fragte Hammer.

»Fast.«

»Wisting glaubt, dass er den Katharina-Code geknackt hat«, sagte Hammer. »Er weiß, wo Nadia Krogh ist.«

»Wo?«

»Er hat mir eine Nachricht geschickt. Er glaubt, dass Nadia nicht von Martin, sondern vielleicht von Katharina getötet wurde. Der Code ist so etwas wie eine Landkarte und zeigt, wo die Leiche vergraben wurde. Sie hat sie gezeichnet, um alles erklären zu können, wenn sie sich der Polizei stellte.«

»Wo?«, fragte Stiller abermals.

»Eine Stelle an der E18«, erklärte Hammer. »Die neue Schnellstraße wurde zu der Zeit gebaut, als Nadia verschwand. Katharina hat im Planungsbüro für den Straßenbau gearbeitet. Wisting ist davon überzeugt, dass sie einen bestimmten Streckenabschnitt aufgezeichnet hat. Die Zahl 18 ist die Nummer der Schnellstraße. Europastraße 18.«

Stiller war aufgestanden und an den Schreibtisch gegangen. Er klappte sein Laptop auf, in dem er die digitalisierte Kopie des Katharina-Codes abgespeichert hatte, erinnerte sich aber auch ohne das Dokument daran, dass die Zahl 18 zweimal auftauchte und jeweils von einem Kästchen umgeben war.

»Was ist mit den anderen Zahlen?«, fragte er.

»Das sind Schildnummern.«

»Was für Schildnummern?«

»Jeder Straßenschildtypus hat eine eigene Nummer. 362 sind die Schilder, die das Tempolimit anzeigen. Katharina hat mit Beschilderungsplänen gearbeitet. Sie kannte all diese Nummern.«

Stiller hatte den Katharina-Code auf dem Bildschirm. Die parallelen Striche erinnerten an einen Straßenabschnitt. Auf beiden Seiten stand die Zahl 362, umgeben von einem Kreis. Genau so, wie auf einer Schnellstraße die zulässige Höchstgeschwindigkeit angezeigt wurde.

»Was bedeutet 334?«, fragte er.

»Überholverbot«, erwiderte Hammer.

»Und 701?«

»Alle Schilder, die mit einer Sieben beginnen, sind Hinweisschilder.«

»Was heißt das?«

»Ortsschilder, Hinweise auf Ausfahrten, solche Sachen. Die rechteckigen gelben.«

Stiller starrte auf das Kreuz am Straßenrand und dachte nach.

»Wie lang ist dieser Straßenabschnitt, der gebaut wurde, als Nadia verschwand?«, fragte er.

»Keine Ahnung. Vielleicht zehn Kilometer.«

»Und irgendwo an dieser Strecke gibt es eine Kombination von Straßenschildern, die verrät, wo Nadia Krogh sich befindet.«

Stiller blickte auf die Zeitangabe am Bildschirm. Es war kurz vor drei Uhr.

»Können wir uns um neun treffen?«, fragte er.

»Neun ist gut.«

Sie beendeten das Gespräch. Eine Weile blieb Stiller vor dem Bildschirm sitzen. Schließlich stand er auf, zog sich an und lief hinunter in die Tiefgarage. Fünf Minuten später saß er im Wagen und fuhr Richtung Westen über die E18.

61

Wisting wurde vom Tageslicht geweckt. Es gab keine Vorhänge vor dem Fenster, und die Sonne erhob sich in diesem Moment über den Waldrand im Osten. Die Strahlen trafen direkt auf sein Gesicht.

Sein Körper fühlte sich steif und unbeweglich an. Er drehte sich um und zog das Handy zu sich heran. Keine neuen Nachrichten. Es war Viertel vor neun. Der Akku war nur noch zu vierzehn Prozent geladen.

Um Strom zu sparen, schaltete er das Handy aus.

Die Lösung des Katharina-Codes stand ihm noch genauso klar vor Augen wie in der Nacht zuvor. Kurz vor dem Einschlafen waren Lines Strafzettel in den Tiefen seines Gehirns herumgeschwirrt. Das Schild, das sie beim Parken übersehen hatte, war mit einer Nummer versehen gewesen. Wisting überlegte, ob er sich eine passende Entschuldigung für den Abbruch der Hüttentour ausdenken und nach Hause fahren sollte, aber noch immer verfolgte er ja ein bestimmtes Ziel. Der Katharina-Code war seit vierundzwanzig Jahren ungelöst. Nun konnte die Auflösung auch noch zwei Tage warten.

Er kroch aus dem Schlafsack und stellte die Füße auf den Boden. Im Zimmer war es kalt. Er zog Socken, Hose, Hemd und einen Pullover über. Dann trat er in die Küche, machte Feuer im Ofen und ging mit dem Wassereimer hinaus zum Bach.

Er hörte das Geräusch seiner Schritte im Gras, den plätschernden Bach und das Zwitschern einiger Vögel. Ansonsten war es still. Eine Form der Stille, die etwas anderes war als nur

Abwesenheit von Lärm. Die Geräusche, die er hörte, störten nicht. Störend war allein der von Menschen geschaffene Zivilisationslärm. Die Stille, die er in diesem Moment wahrnahm, schärfte seine Sinne und ließ ihn klarer denken.

Sein Rücken schmerzte, als er sich hinunterbeugte und den Eimer mit Wasser füllte. Irgendwo im Wald auf der anderen Seite der Lichtung knackte ein Ast. Wisting verharrte und wollte abwarten, ob er vielleicht ein Tier entdecken könnte, sah aber nichts und ging zurück zur Hütte. Der Rauch aus dem Schornstein trieb sachte zum Wasser hinunter.

Als er wieder in die Hütte trat, war Martin Haugen ebenfalls aufgestanden.

»Guten Morgen«, sagte Wisting mit einem Lächeln.

Auch Martin lächelte.

»Gut geschlafen?«, fragte er.

»Nicht besonders«, musste Wisting einräumen. »Die Schaumgummimatratze ist ein bisschen hart.«

Er spülte die Kaffeekanne aus und gab frisches Wasser hinein. Martin entfernte einen der Ofenringe.

»Es wird wohl ein schöner Tag«, sagte er und spähte dabei aus dem Fenster. »Wir sollten bald die Netze auslegen.«

Sie tranken Kaffee und frühstückten. Wisting ließ Nadia und Katharina völlig unerwähnt. Der richtige Moment, das Thema zur Sprache zu bringen, war gestern gewesen, im flackernden Schein der Petroleumlampe. Doch Martin war wachsam gewesen. Sehr wahrscheinlich kannte er das Schicksal von Nadia und Katharina und hatte die letzten sechsundzwanzig Jahre mit einer Lüge gelebt. Jede Begegnung mit Wisting musste ein kräftezehrendes Schauspiel für ihn gewesen sein, vergleichbar mit dem Gang durch ein Minenfeld. Martin war nach Katharinas Verschwinden allein geblieben, und er hatte sich seitdem vor allem darauf konzentriert, sich nicht zu verraten. Das war sicher nicht einfach.

Nach dem Frühstück ruderten sie auf den See hinaus und legten zwei Fischreusen aus, eine bei der Bachmündung und eine direkt an der nächsten Landzunge. Als sie wieder an Land waren, füllten sie eine Thermoskanne mit Kaffee und gingen mit ihren Angelruten hinunter zum Wasser. Sie folgten einem überwucherten Pfad bis zu einer Landspitze aus nackten Felsen, wo sie sich in einigem Abstand voneinander postierten.

Martin Haugen warf seine Angel als Erster aus. Der Spinner zeichnete einen Bogen in die Luft, bevor er ins Wasser tauchte.

Wisting benutzte einen sieben Gramm schweren Toby-Blinker. Ein leichter, silbriger Köder mit dunklen Feldern und einer leichten Rotfärbung. Er löste die Sperre an der Rolle, hielt die Schnur mit dem Zeigefinger fest, während er die Rute schräg hinter sich führte, und warf aus. Die Schnur gab ein schwach rasselndes Geräusch von sich, als sie durch die Ringe an der Angelrute fegte. Der Köder schoss schräg nach oben in die Luft, bis er den höchsten Punkt erreicht hatte, und fiel dann gleich einem landenden Insekt auf die Wasseroberfläche hinab.

Wisting ließ ihn etwas sinken, bevor er ihn wieder einholte und einen neuen Versuch unternahm.

Sie angelten schweigend. Die Fische bissen bei keinem von ihnen.

Nach einer halben Stunde holte Martin den Köder ein und tauschte ihn gegen einen anderen aus. Wisting tat das Gleiche.

Langsam stieg die Sonne höher und strahlte etwas Wärme ab. Fliegen und andere Insekten wurden aktiv. Plötzlich wurde die Stille von einem Fisch gestört, der die Wasseroberfläche durchbrach. Wisting konnte gerade noch den messingfarbenen Fischbauch aufblitzen sehen, dann breiteten sich schon die Kreise im Wasser aus.

Martin holte seinen Köder ein und warf ihn in Richtung der Stelle aus, wo der Fisch aufgetaucht war, aber er wollte nicht beißen.

Nach einer weiteren halben Stunde griff Martin nach seiner Tasche mit der Angelausrüstung.

»Ich versuch's mal ein Stück weiter weg«, sagte er.

Wisting antwortete mit einem Kopfnicken. Martin ging in den Wald hinein und kam etwa fünfzig Meter entfernt wieder zum Vorschein, hinter einer seichten Bucht voller Schilfgras und Seerosen.

Jetzt bekam Wisting die Möglichkeit, auf die er gewartet hatte. Er legte die Angelrute beiseite und bedeutete Martin, dass er gleich zurückkommen würde. Dann lief er durch den Wald zurück zur Hütte.

Martins Rucksack stand in seinem Schlafzimmer an der Wand unter dem Fenster. Wisting tastete ihn nach den harten Konturen einer Waffe ab. Er spürte nichts und nahm den Rucksack mit in die Stube, sodass er die Lichtung durchs Fenster beobachten konnte, während er den Rucksack eingehender untersuchte. Er nahm alle Kleidungsstücke heraus und legte sie auf den Tisch. Schnell wurde ihm klar, dass sich weder eine Waffe noch andere interessante Gegenstände im Rucksack befanden.

Er brachte ihn zurück ins Schlafzimmer und stellte ihn an derselben Stelle ab. Dann durchsuchte er das Bett und das restliche Zimmer, doch ohne etwas zu finden. Falls Martin eine Waffe mitgebracht hatte, musste die sich entweder im Wagen befinden oder er trug sie bei sich.

Seine eigene Zimmertür war angelehnt. Er betrat das Zimmer und schaltete das Handy ein. Der Akku zeigte nur noch zehn Prozent an.

Er hatte keine neuen Nachrichten bekommen. Da er allein war, nutzte er die Gelegenheit und rief Hammer an.

»Ich muss mich beeilen«, sagte er, als Nils Hammer sich meldete. »Mein Akku ist fast leer. Gibt's was Neues?«

»Deine Schildertheorie kann stimmen«, erklärte Hammer. »Stiller meint, er hat einen Ort gefunden, der mit dem Code übereinstimmt. Um drei Uhr treffen wir uns dort mit der Straßenbehörde zwecks Begehung.«

»Gut.«

»Und du?«, fragte Hammer. »Kommst du mit der Situation vor Ort klar?«

»Ist schon in Ordnung.«

»Und? Irgendwas rausgekriegt?«

»Nicht viel mehr als ein paar Fische«, erwiderte Wisting. »Ich checke mein Handy alle zwei Stunden, aber früher oder später ist mein Akku leer.«

»Ich melde mich, wenn's was Neues gibt«, sagte Hammer und beendete das Gespräch.

Der kurze Wortwechsel hatte ein Prozent des Stroms gefressen. Wisting schaltete das Handy wieder aus und lief dabei durch die Stube. Plötzlich wurde ihm bewusst, dass Martin in der Tür zur Küche stand.

»Ich musste mal zu Hause anrufen«, erklärte er und versuchte, das Gespräch Revue passieren zu lassen, um sicherzugehen, dass er nichts Verräterisches gesagt hatte.

»Alles in Ordnung?«, fragte Martin.

Er konnte allenfalls den letzten Teil des Telefonats mitbekommen haben. Darin hatte es nichts Verräterisches gegeben.

»Line war mit Amalie beim Arzt«, sagte er. »Ist wohl was mit dem Magen.«

Martin sah aus, als ob er den Wahrheitsgehalt der Geschichte abwöge.

»So was ist kein Spaß«, sagte er, zog eine Schublade auf und nahm eine Rolle Alufolie heraus. »Gleich nachdem du weg warst, hab ich eine kleine Forelle erwischt. Falls wir noch mehr angeln, dachte ich, wir könnten vielleicht ein Lagerfeuer machen und die Fische in der Glut braten.«

»Ich bin dabei«, sagte Wisting und lächelte.

»Im Übrigen kannst du auch mein Handy benutzen«, bot Martin an. »Falls dein Akku leer ist.«

62

Line kam nur ungern zu spät. Sie rechnete immer genügend Zeit ein, wenn sie einen Termin hatte. Deshalb war sie eine halbe Stunde zu früh zur Verabredung mit Nadia Kroghs ehemaligem Freund gekommen.

Langsam fuhr sie an dem Haus vorbei, in dem er wohnte. Es war klein und länglich, mit schmalen Fenstern. Irgendwann war es vielleicht einmal cremegelb gewesen, jetzt aber war es schmutzig und an der Verkleidung mit Schimmelflecken übersät.

Zwei Katzen jagten einander durch den dicht bewachsenen Garten und verschwanden auf der Rückseite des Hauses. Robert Gran wohnte anscheinend allein in der Souterrainwohnung. An der Giebelseite des Hauses führten Stufen nach unten. Am Treppengeländer, neben einem abgedeckten Motorrad, stand ein Anhänger mit Schrottteilen. In der Auffahrt entdeckte sie einen BMW mit breiten Felgen.

Am Ende der Straße stieß Line auf einen Kiesplatz, wo sie stehen bleiben und die Zeit totschlagen konnte, bis es zwölf war. Sie nahm ihren Notizblock hervor und ging noch mal die Fragen durch. Als Erstes wollte sie ihn bitten, von dem Abend zu erzählen, an dem Nadia verschwunden war. Außerdem wollte sie gern wissen, was seiner Meinung nach vorgefallen war. Zu irgendeinem Zeitpunkt würde sie ihn auch mit seinen widersprüchlichen Aussagen konfrontieren müssen, aufgrund derer die Polizei ihn zunächst verdächtigt hatte.

Sie nahm ihr Handy und überprüfte die Klickzahlen für den

Artikel vom Vortag. Fast 180 000 hatten ihn inzwischen gelesen. Hoffentlich würden die veröffentlichten Erpresserbriefe beim nächsten Mal noch mehr Leser anziehen.

Auch die Zahlen für den Podcast waren nach oben gegangen. Er war über zehntausend Mal abgerufen worden, und die Pfeile der Grafik zeigten aufwärts.

Häufig gab es bei größeren Artikeln Leserkommentare und Hinweise. Die Internetseiten waren so angelegt, dass man die Journalisten direkt anschreiben konnte. Bis jetzt hatte Line aber nichts wirklich Interessantes hereinbekommen. Sie rief ihre E-Mails auf und stellte fest, dass eine Antwort auf einen Post eingetroffen war, den sie in einem Forum für Ahnenforschung hinterlassen hatte. Sie hatte nach Nachfahren der Brüder Ole und Lars Stiller gefragt, die Ende des 19. Jahrhunderts in Mysen geboren worden waren. Ein Ahnenforscher berichtete, dass es sich dabei um die beiden Söhne des Ehepaars Anders und Gerda Stiller handelte. Das wusste Line schon längst. Gerda hatte den Mädchennamen Svensson getragen und stammte aus Røros. Sie war das Bindeglied zwischen den Stillers und Lines Familie. Was Line erforschen wollte, waren die Nachkommen der Brüder, aber dazu konnte der Absender nichts sagen.

Zwischen Adrian Stiller und ihrem Familienzweig mussten mindestens vier Generationen liegen. Vermutlich wäre es einfacher, von der Gegenwart auszugehen. Line hatte einen der Researcher der Zeitung gebeten, Stillers engste Familienmitglieder im Verzeichnis des Einwohnermeldeamts zu suchen, hatte aber noch nichts von ihm gehört. Vermutlich ahnte der Mitarbeiter, dass die Bitte nicht unmittelbar mit Lines Arbeit in Zusammenhang stand, und hatte der Anfrage keine besondere Priorität eingeräumt.

Nach einer halben Stunde nahm Line das Aufnahmegerät heraus, fuhr zurück und hielt vor der Einfahrt zu Grans Haus. Sie blieb hinter dem Lenkrad sitzen und sprach die Einleitung ins Mikro: »Robert Gran war Nadia Kroghs fester Freund. Der Verdacht, dass er etwas mit der Sache zu tun haben könnte, verbreitete sich schnell. Er wurde festgenommen, doch die Polizei konnte ihm nichts Konkretes vorwerfen, sodass man ihn wieder freilassen musste. Er hat noch nie über das geredet, was damals eigentlich passiert ist. Bis heute.«

Line ließ das Gerät laufen, während sie die Autotür öffnete.

Eine dunkelhaarige Gestalt erschien auf der Kellertreppe. Gran wirkte dünner als auf dem Bild, das Line von Stiller bekommen hatte, aber sie erkannte ihn sofort.

»Hallo, sind Sie Robert Gran?«, fragte sie dennoch.

Er nickte und ging ihr entgegen. Seine Hände waren kalt, stellte Line fest, als sie ihn begrüßte.

Sie bedankte sich für seine Bereitschaft zum Gespräch und zeigte ihm das Aufnahmegerät.

»Ist es in Ordnung, wenn ich es mitlaufen lasse?«, fragte sie und erzählte ihm dann von dem Podcast.

»Den habe ich gestern gehört«, sagte Robert Gran. Er führte Line die Treppe hinunter zu seiner Souterrainwohnung.

»Und wie gefällt er Ihnen?«, wollte Line wissen.

Robert Gran zuckte mit den Schultern.

»Ich weiß nicht recht«, sagte er. »Irgendwie eigenartig, sich das anzuhören. Etwas zu nah vielleicht.«

Line drückte ihr Verständnis aus, ließ das Gerät aber laufen.

»Ich wohne hier nur vorübergehend«, erklärte Robert Gran.

Er ließ sie vorausgehen und bat sie, die Schuhe anzubehalten. In wenigen Sätzen berichtete er, dass er viele Jahre mit einer Frau zusammengelebt habe, aber vor Kurzem bei ihr ausgezogen sei.

»Und wer wohnt oben?«, fragte Line, obwohl sie es genau wusste.

»Meine Mutter«, erwiderte Robert Gran. »Sie ist gerade verreist. Nach Spanien.«

Die Wohnung war dunkel, eng und nichtssagend. Sie setzten sich an einen Tisch in der Küchenecke. Dort warteten bereits zwei Gläser und eine Flasche Cola.

»Möchten Sie?«, fragte Robert und drehte den Verschluss auf.

Line schüttelte den Kopf.

»Hätten Sie vielleicht etwas Wasser?«, fragte sie und stellte das Aufnahmegerät auf den Tisch.

Robert Gran nahm ihr Glas mit zum Spülbecken, ließ das Wasser eine Weile laufen und füllte das Glas damit. Line wartete, bis er sich wieder hingesetzt hatte, erzählte ihm von der Artikelserie und sagte, sie wolle gern seine Version der Geschichte hören.

»Wie sind Sie und Nadia ein Paar geworden?«, fragte sie und zog ihren Notizblock heraus.

»Wir haben dieselbe Schule besucht«, erklärte Robert Gran. »Waren auf denselben Partys und kannten dieselben Leute. Wir waren ziemlich unterschiedlich, hatten aber dieselben Interessen. Irgendwie waren wir auf einer Wellenlänge.«

»Wie lange waren Sie zusammen?«

»Etwas über ein Jahr, wobei es eine Zeit lang etwas hin und her ging. Ihre Eltern haben es uns nicht gerade leicht gemacht.«

»Inwiefern?«

»Sie wissen ja, wer ihr Vater ist«, sagte er. »Die fanden mich wohl nicht gut genug. Mein Vater hat in seiner Fabrik gearbeitet.«

»Ihre Eltern kannten sich also?«

Robert Gran schüttelte den Kopf.

»Da waren so viele Angestellte. Ich glaube nicht, dass ihr Vater wusste, wer mein Vater war. Und wenn doch, ist mein Vater vielleicht deswegen rausgeflogen.«

»Ihr Vater wurde entlassen?«

»Anpassungsmaßnahmen haben sie es genannt. Er war einer der Ersten, die gehen mussten.«

»Haben Sie nach den Ereignissen noch einmal mit Nadias Eltern gesprochen?«

»Nein. Ich habe mit niemandem gesprochen.«

Line spürte den Unterton von Verbitterung in seiner Stimme. Eine Art Aggression.

»Oder besser gesagt, die Leute haben nicht mit mir gesprochen«, ergänzte er. »Ich hab zeitweilig woanders gewohnt. In anderen Städten. Jetzt bin ich zurück. Die meisten haben die Geschichte vergessen, aber ihr müsst sie ja wieder hervorkramen.«

»Die Polizei hat den Fall wieder aufgegriffen«, korrigierte Line.

»Ich weiß«, entgegnete Robert Gran. »Ein Ermittler von der Kripo meinte, es wäre schlau, mich interviewen zu lassen. Um zu zeigen, dass ich nichts zu verbergen habe.«

Line nickte.

»Wir versuchen, den Fall aus verschiedenen Blickwinkeln zu betrachten«, sagte sie. »Können Sie uns von dem Abend erzählen, als es passierte?«

Robert Gran schenkte sich Cola ein und nahm einen großen Schluck. Dann fing er an zu erzählen. Es war in groben Zügen die Version, die er damals vor dem Haftrichter präsentiert hatte. Allerdings hatte er zu diesem Zeitpunkt auch schon zwei andere Versionen geschildert.

»Wie kam es eigentlich, dass Sie von der Polizei verdächtigt wurden?«, fragte Line.

»Tut die Polizei das nicht immer? Den Freund oder Ehemann verdächtigen?«

»Häufig«, sagte Line. »Und Sie kamen also in Untersuchungshaft?«

»Die haben damals aus einer Kleinigkeit eine richtig große Sache gemacht. Sie haben gemeint, ich lüge.«

»Haben Sie das denn nicht?«, fragte Line, bereute die Bemerkung aber sofort. Das Interview hatte eben erst richtig angefangen. Es war noch ein bisschen zu früh, solch provozierende Fragen zu stellen. Robert Gran wirkte leicht gereizt.

»Ich hatte was getrunken«, sagte er. »Es gab Details, die ich nicht mehr klar vor Augen hatte.«

Line erwog, ihn zu fragen, was er mit diesen Details eigentlich meinte, doch dann fiel ihr ein, dass sie den Podcast später redigieren und die drei verschiedenen Aussagen von Robert Gran darlegen könnte. Und dabei war gar nicht ausgeschlossen, dass es noch eine vierte Version gab, nämlich das, was sich tatsächlich zugetragen hatte.

Aber darauf konnte sie auch am Ende des Interviews noch einmal zurückkommen. Sie wechselte das Thema.

»Da gibt es eine Sache, die mir nicht so ganz klar ist«, sagte sie. »Als Nadia die Party verließ, hatte sie da ihre Handtasche dabei?«

Die Antwort kam sofort. »Ja.«

Line änderte ihre Sitzposition.

»Sagen Sie jetzt Ja, weil sie ihre Tasche immer dabeihatte oder weil Sie sich daran erinnern?«

»Ohne ihre Handtasche ist sie nirgendwohin gegangen, aber ich erinnere mich auch daran. Sie nahm ihre Jacke vom Haken, zog sie über, schnappte sich ihre Tasche und ging.«

»Was hatte sie in der Tasche?«

»Ihre Geldbörse, mit dem Foto von ihr und ihrem Bruder.«

Line schrieb mit, in erster Linie aber nur, um Zeit zum Nachdenken herauszuschinden. Robert Gran kam direkt auf den Beweis zu sprechen, der zu seiner Freilassung geführt hatte. Die Entführer waren im Besitz von Nadias Handtasche gewesen und hatten das Foto dem zweiten Erpresserbrief beigefügt.

»Was noch?«, fragte Line.

»Das Übliche«, erwiderte Gran. »Make-up, Kaugummi und

Schlüssel. Die Tasche war nicht so groß, viel passte da sowieso nicht rein.«

Er hob sein Glas und trank.

»Er ist jetzt der Chef, wussten Sie das?«, fügte er hinzu.

Line verstand nicht, wovon er redete.

»Malte Krogh«, erklärte Robert Gran. »Nadias jüngerer Bruder, er ist jetzt der Konzernchef. Damals war er gerade mal elf.«

Er nahm noch einen Schluck Cola.

»Ich war dabei, als sie das Foto gemacht haben«, fuhr er fort. »Da war er zehn. Nadia hat auf ihn aufgepasst, und wir haben ihn in die Stadt mitgenommen. Sie konnte so gut mit ihm umgehen, ich weiß noch, dass ich gedacht habe, sie wäre bestimmt eine gute Mutter.«

Line warf einen Blick auf das Aufnahmegerät. Diese kleine persönliche Bemerkung würde sich gut machen.

»Es blinkt«, sagte Robert Gran.

Er hatte recht. Eine kleine rote Leuchtdiode blinkte in regelmäßigem Takt.

»Ich hab vielleicht irgendwo Batterien«, sagte er und wollte aufstehen.

»Die Batterie ist mit dem Gerät verbaut«, sagte Line und seufzte. »Und ich dachte, ich hätte es aufgeladen.«

Line bekam etwas Panik und bat Robert Gran zu erzählen, wie die Jahre nach Nadia für ihn gewesen waren. Er sprach von Verlust und psychischem Leid, aber es wirkte einstudiert und rief keinerlei Sympathie hervor.

»Was ist Ihrer Meinung nach damals passiert?«, fragte sie.

Robert Gran erwiderte, dass er viel darüber nachgedacht habe, aber zu keinem Ergebnis gekommen sei.

»Es kam mir total zufällig und zugleich kalkuliert vor«, sagte er. »Ich kann mir nicht vorstellen, dass jemand vor dem Haus im Glimmervei gestanden und auf sie gewartet hat.

Eigentlich passieren Entführungen doch eher in der Großstadt. Oder im Film.«

Er hielt einen Moment inne, wie um sich zu sammeln.

»Ich denke ja, dass jemand sie verschleppt hat«, sagte er als Antwort auf Lines Frage. »Ein Ortsansässiger. Jemand von hier.«

»Jemand, den sie kannte?«, fragte Line.

Robert Gran dachte über die Frage nach und schüttelte dann den Kopf.

»Dann wäre es ja jemand gewesen, den ich auch kannte. Und das kann ich mir nicht vorstellen.«

Line hätte gern noch eine Begründung für seine Vermutung gehabt, dass es sich um jemanden aus dem direkten Umfeld handelte, aber das Licht am Aufnahmegerät erlosch.

63

Das Haus war leer, als Line heimkehrte.

Thomas hatte nichts von irgendwelchen Plänen gesagt, die er für diesen Tag geschmiedet hatte. Sie erwog kurz, ihn anzurufen und nachzufragen, ließ es aber sein. Stattdessen setzte sie sich mit dem Computer aufs Sofa und lud das Interview mit Robert Gran aufs Laptop. Sie hörte es sich an, verglich es mit ihren Notizen und schrieb die Abschnitte ins Reine, die sie für den Artikel verwenden wollte.

Etwa in der Mitte der Aufzeichnung fiel ihr etwas auf, dem sie beim Gespräch keine Bedeutung beigemessen hatte. Sie stand auf, ging wieder in die Küche und blieb vor dem Kühlschrank stehen. Der Streifen mit den Fotos von Amalie und Thomas aus dem Automaten war mit einem Marienkäfer-Magneten am Kühlschrank befestigt. Sie entfernte ihn und nahm die drei kleinen Fotos in die Hand.

Erst in diesem Moment ging ihr die Bedeutung von Robert Grans Worten völlig auf. Sie hatte die Ermittlungsakte über die Krogh-Entführung genau gelesen, aber nichts davon hatte darin gestanden.

Sie schaute aus dem Fenster. Genau in diesem Augenblick kam Thomas mit Amalie auf den Schultern zurück. Ihr Hals war nackt. Obwohl die Sonne schien, konnte die Luft um diese Jahreszeit schon recht frisch sein.

Thomas veränderte seinen Schrittrhythmus, wie ein Pferd im Trab. Amalie hielt sein Kinn umklammert, und Line hörte sie lachen.

Sie eilte zurück ins Wohnzimmer, beugte sich über ihr Laptop und klickte den Ordner an, der mit *Fall Krogh* überschrieben war.

Die Haustür wurde geöffnet. Amalie lachte immer noch.

Line klickte die Datei mit dem Foto von Nadia und ihrem Bruder an, das daraufhin den Bildschirm ausfüllte. Die ihr vorliegende Version war eine Fotografie des Originals. Die Kriminaltechniker hatten das Originalfoto neben einem Maßband auf eine graue Unterlage gelegt und abfotografiert. Die Erpresserbriefe waren auf dieselbe Weise dokumentiert worden.

Line hatte das Foto schon viele Male betrachtet. Es sollte zusammen mit dem nächsten Artikel veröffentlicht werden. Vermutlich würden viele Leser dieselbe Art von Nähe wie Line verspüren, wenn sie in Nadia Kroghs Augen blickten. Line war in diesem Moment allerdings weniger an dem Motiv interessiert als vielmehr an dem weißen Bildrand. Auf den ersten Blick wirkte er überall gleich breit, doch als sie genau hinschaute, sah er nicht mehr ganz gerade aus.

Line hörte aus dem Flur, wie Thomas Amalie dabei half, die Schuhe auszuziehen.

Line platzierte den Cursor an der linken oberen Ecke des Fotos und fuhr mit der Maus schräg nach unten rechts, bis das ganze Bild markiert war. Ihr Verdacht bestätigte sich. Der untere Bildrand war nicht völlig gerade, sondern verjüngte sich von links nach rechts um etwa einen Millimeter, als hätte jemand das Foto mit einer Schere abgeschnitten. Ganz offensichtlich hatten mehrere Fotos von Nadia und ihrem Bruder existiert.

»Mama!«, rief Amalie und stapfte auf ihre Mutter zu.

Line stand auf, ging der Kleinen entgegen und hob sie in die Luft.

»Habt ihr einen Spaziergang gemacht?«

»Wir waren auf dem Spielplatz«, erklärte Thomas.

»Habt ihr schon gegessen?«

Thomas schüttelte den Kopf.

»Sie ist bestimmt bald hungrig.«

»Dann essen wir was.« Line drückte ihre Kleine an sich, trug sie in die Küche und setzte sie in den Kinderstuhl.

Während der ganzen Mahlzeit war Line mit den Gedanken woanders. Sie wollte so schnell wie möglich wieder an die Arbeit und wusste, dass Amalie etwa eine Stunde nach dem Essen einschlafen würde.

»Wann fährst du eigentlich?«, fragte sie und sah ihren Bruder an.

»Heute Nachmittag«, erwiderte er. »Ich muss kommende Woche zum Unterricht.«

»Es war schön, dich hier zu haben«, sagte Line. »Für Amalie und mich.«

Amalie war offensichtlich satt, allerdings hatte sie mehr herumgekleckert als gegessen. Line brachte sie ins Bad, wusch sie und wechselte die Windel. Dann gab sie ihr ihren Schnuller und ihr Kuscheltuch und legte sie ins Bett.

»Fast die Hälfte aller Entführungen sind nur vorgetäuscht«, sagte Thomas, als sie zurück an den Küchentisch trat.

Er stand auf und stellte seinen Teller in die Spülmaschine.

»Ich hab neulich eine Fernsehdoku gesehen«, fuhr er fort. »Da hat ein Typ vom FBI gesagt, dass die vermeintlichen Opfer häufig ihre eigene Entführung inszenieren, entweder zusammen mit anderen oder auf eigene Faust.«

»Der Gedanke ist mir auch schon gekommen«, sagte Line. »Aber bei Nadia Krogh passt das irgendwie nicht. Es gibt so viele äußere Umstände.«

Thomas trat auf die Tür zu.

»Ich bleib noch ein Weilchen bei Papa im Haus«, sagte er.

»Ich muss arbeiten«, erwiderte Line. »Komm noch mal vorbei, bevor du fährst.«

Sie wartete, bis er gegangen war, und setzte sich wieder vor das Laptop. Einige Minuten starrte sie das Foto von Nadia und ihrem Bruder auf dem Bildschirm an, nahm schließlich ihr Handy aus der Tasche und wählte Robert Grans Nummer.

Er meldete sich sofort.

»Ich wollte nur wegen einer Sache nachhaken, ich bin mir nämlich nicht sicher, ob ich es richtig verstanden habe«, erklärte sie.

»Ja?«

»Sie sagten, Sie wären dabei gewesen, als Nadia und ihr Bruder das Foto gemacht haben.«

»Das ist richtig.«

»Ich weiß, dass es lange her ist«, sagte Line. »Aber erinnern Sie sich noch an die näheren Umstände? Es sieht ja aus wie ein Foto aus einem Automaten.«

»Ja, das war am Bahnhof. Einer von diesen Kästen mit Vorhang.«

»Wissen Sie noch, wie viele Bilder gemacht wurden?«

Am anderen Ende der Leitung wurde es still. Entweder dachte er nach, oder er überlegte gerade sehr genau, was er antworten sollte.

»Vier«, sagte er schließlich. »Aber eigentlich ist nur aus dem ersten was geworden. Es hat einmal geblitzt, und sie dachten, es wäre vorbei. Sie waren schon halb draußen, als es abermals geblitzt hat, also haben sie versucht, sich schnell wieder hineinzusetzen. Das letzte Bild war dann auch einigermaßen brauchbar.«

Lines Blick fiel auf das Aufnahmegerät. Sie ärgerte sich, es nicht an das Telefon angeschlossen zu haben, um das Gespräch aufzunehmen.

»Was ist mit den anderen Bildern passiert?«, fragte sie.

»Ich glaube, Malte hat sie bekommen. Nadia hat das eine behalten und es in ihrer Geldbörse verwahrt.«

»Und das war das erste von dem Fotostreifen?«

»Es war jedenfalls das beste.«

»Hat sie es abgeschnitten?«

»Wovon reden Sie?«

»Wie hat sie dieses eine Foto von den anderen getrennt? Hat sie eine Schere benutzt?«

»Keine Ahnung. Daran kann ich mich nicht mehr erinnern. Ich glaube, sie hat das zu Hause gemacht. Ich weiß aber nicht mehr, ob ich dabei war.«

Line bedankte sich für die Auskunft und beendete das Gespräch, bevor Robert Gran womöglich fragen würde, warum sie das wissen wollte.

Wenn es zwei Fotos von Nadia und ihrem Bruder gab, bestand die Möglichkeit, dass das Foto aus dem Erpresserbrief gar nicht aus der Geldbörse stammte, sondern das letzte der vier in dem Automaten geschossenen Fotos gewesen war. Lines Überlegung passte genau zu der Frage, die sie in dem nächsten Artikel stellen würde. Weswegen hatten die Entführer das Foto geschickt und nicht Nadias Ausweis oder einen anderen persönlichen Gegenstand aus der Handtasche? Ihren Schmuck zum Beispiel?

Line blies die Wangen auf und ließ die Luft wieder entweichen. Robert Grans Erklärung hatte ihre Argumentation zunichtegemacht. Nadia Krogh hatte das erste Bild aus dem Fotostreifen behalten. Es war identisch mit dem Foto, das in der Ermittlungsakte bei der Polizei verwahrt wurde. Der obere Rand war völlig gleichmäßig, doch am unteren Rand war das Foto etwas abgeschrägt. Es gab also keinen Grund, daran zu zweifeln, dass es aus Nadias Geldbörse stammte. Line beschloss, ein wenig von ihrer erlebten Aufregung mit den Zuhörern des nächsten Podcasts zu teilen.

Sie spielte das restliche Interview mit Robert Gran ab. Es wurde abrupt unterbrochen, als der Akku des Geräts leer war, doch Line entschied, es genau so zu verwenden und den Hörern eventuell noch eine Erklärung zu liefern. Jedenfalls wirkte es sehr authentisch.

Sie spielte dreißig Sekunden zurück und hörte sich das Ende noch einmal an. Sie hatte Robert Gran gefragt, was seiner Meinung nach mit Nadia passiert war.

»Ich denke ja, dass jemand sie verschleppt hat«, sagte er. *»Ein Ortsansässiger. Jemand von hier.«*

Dann endete die Aufnahme.

Sie wiederholte die Worte im Stillen. *Jemand von hier* bedeutete, jemand aus demselben Ort. Aus Porsgrunn. Das Einzige, was diese Theorie objektiv untermauerte, waren die Poststempel auf den Erpresserbriefen. Außerdem war die Adresse der Kroghs aus dem örtlichen Telefonbuch gerissen worden. Die Zeitung, die für die Herstellung der Briefe verwendet worden war, wurde landesweit vertrieben, aber natürlich auch vor Ort verkauft und gelesen.

Line überlegte, wieso die Entführer ausgerechnet die *VG*-Ausgabe vom 27. August benutzt hatten. Der einzige Grund, weshalb man eine Zeitung aufbewahrte, war, dass etwas darin stand, was einem wichtig war – etwas, für das man sich interessierte oder über jemanden, den man kannte.

Sie loggte sich in das Zeitungsarchiv ein und rief die entsprechende Ausgabe auf. Dann gab sie das Wort *Porsgrunn* in das Suchfeld ein.

Ein Treffer.

Auf Seite siebzehn stand ein Artikel mit einem lokalen Bezug.

Bevor sie ihn anklickte, griff sie nach ihrem Kugelschreiber, als wüsste sie, dass das, was sie zu sehen bekäme, unbedingt dokumentiert werden musste.

Der Artikel handelte von der neuen Schnellstraße, die sich zu jener Zeit im Bau befunden hatte. Es wurde eine neue

Asphaltsorte eingesetzt, die weniger Lärm und weniger Luftverschmutzung verursachen sollte. Line schob sich den Kuli zwischen die Lippen und betrachtete das zum Artikel gehörende Foto. Fünf Bauarbeiter standen vor einer Dampfwalze. Doch erst als Line sich die Bildunterschrift mit den Namen der Männer genauer ansah, wurde sie hellwach. Den zweiten Mann von links kannte sie. Es war Martin Haugen.

64

Stiller hatte die Stelle schon bei seiner nächtlichen Fahrt gefunden. Jetzt war er mit Hammer dorthin zurückgekehrt. Sie hatten eine Kopie des Katharina-Codes auf der Motorhaube ausgebreitet. Die Lösung schien offensichtlich. Die Spalten auf dem Papierbogen bildeten die beiden Fahrbahnen. Der Querstrich am unteren Rand der Spalten war eine Nebenstraße, die als Brücke über die Schnellstraße geführt wurde, etwa hundert Meter hinter ihnen.

»Schild 334«, sagte er und zeigte auf die Überholverbotsschilder auf beiden Seiten der Straße. »148«, fuhr er fort und zeigte auf das dreieckige Warnschild, welches ankündigte, dass der Verkehr in beide Richtungen über jeweils nur eine Fahrspur geleitet wurde.

Etwas weiter weg standen zwei Schilder, die die zulässige Höchstgeschwindigkeit anzeigten, außerdem ein Vorfahrtsschild, eines mit dem Hinweis auf einen Rastplatz sowie ein weiteres, das die Ausfahrt Nummer 49 ankündigte. Alles stimmte.

Ein Lastwagen donnerte in hohem Tempo an ihnen vorbei. Stiller drehte sich um und zeigte auf den Erdwall neben der Straße.

»Das Kreuz markiert eine Stelle irgendwo in diesem Bereich«, sagte er.

Nils Hammer hatte eine Landkarte mitgenommen.

»Der Glimmervei liegt gleich da oben«, sagte er und deutete auf die Bäume oberhalb der Stelle, die Katharina auf der

Karte mit einem Kreuz markiert hatte. »Wir sind nur ein paar Hundert Meter von der Stelle entfernt, wo Nadia Krogh zuletzt gesehen wurde.«

Stiller durchquerte den Straßengraben und kletterte auf den Erdwall. Irgendwo darunter lag Nadia Krogh vergraben. Es kam ihm so vor, als könne er ihre Anwesenheit spüren.

»Die Schnellstraße war damals gerade im Bau«, fuhr Hammer fort.

Stiller nahm eine Fisherman's-Friend-Pastille aus der Tüte und legte sie sich in den Mund. Haugen war am Bau der Straße beteiligt gewesen. Allmählich zeigte sich ein innerer logischer Zusammenhang. Stiller hielt die Skizze vor sich und verglich sie mit dem Terrain.

»Die Stelle ist nicht sonderlich genau angegeben«, sagte er nach einer Weile und zerkaute dabei seine Halspastille. »Gut möglich, dass wir hier einige Kubikmeter umgraben müssen.«

»Wir könnten den Boden erst mal mit einem Georadar abscannen«, schlug Hammer vor. »Um zu wissen, wie es unter der Oberfläche aussieht.«

Stiller schüttelte den Kopf.

»Ich möchte nicht warten«, sagte er. »Ich will das jetzt machen, während Haugen abgeschieden von der Umwelt in seiner Hütte sitzt, ohne Radio und Fernseher.«

»Wie wär's mit einem Leichenspürhund?«, sagte Hammer. »Das würde schneller gehen.«

Stiller bohrte seine Schuhspitze in den Untergrund. Es gab in Norwegen keine Leichenspürhunde mehr, aber die Polizei setzte manchmal Suchhunde ein, die selbst winzige Spuren menschlicher Überreste registrierten.

»Ich fürchte, sechsundzwanzig Jahre sind eine etwas zu lange Zeit«, sagte er. »Aber einen Versuch ist es wert.«

Ein gelber Arbeitswagen der Straßenverkehrsbehörde hielt

hinter dem zivilen Polizeifahrzeug. Der Fahrer schaltete das Warnblinklicht ein und stieg aus.

Stiller hob die Hand zur Begrüßung. Offensichtlich handelte es sich um den Ingenieur, den sie für eine Besichtigungsfahrt treffen sollten. Er hatte sein Gesicht in grimmige Falten gelegt, als wäre ihm die Situation unangenehm.

Der Mann ließ den Blick am Straßenrand entlangwandern.

»Sie glauben also, dass sie hier irgendwo liegt«, sagte er nachdenklich. Stiller hatte ihn bereits ausführlich informiert.

»Hier ist die Skizze.« Stiller zeigte ihm das auf den Zettel gezeichnete Kreuz und erklärte ihm, was die Zahlen zu bedeuten hatten.

Der Ingenieur nahm die Skizze, betrachtete sie eingehend und verglich sie mit der Umgebung.

»Was glauben Sie?«, fragte Stiller.

»Ich glaube, sie liegt dort«, sagte der Mann und deutete auf den Bereich, wo Stiller zuvor gestanden hatte.

»Vermutlich eine gute Stelle, um mit den Grabungen anzufangen«, sagte Stiller und nickte.

Der Mann von der Straßenverkehrsbehörde gab ihm die Skizze zurück.

»Ich war Projektleiter, als wir die Straße in den Achtzigerjahren gebaut haben«, sagte er, brach dann aber ab und wartete, bis ein Schwertransporter vorbeigefahren war. »Ich wohne in Bamble«, fuhr er fort, »und als die Straße fertig war, bin ich hier fast jeden Tag zur Arbeit und wieder nach Hause gefahren. Ein paar Monate nach Eröffnung der Straße habe ich mal Blumen am Fahrbahnrand liegen sehen. Das kommt ja manchmal vor, wenn es einen Unfall mit Todesopfern gegeben hat. Ich habe mich damals über diese Blumen aufgeregt, weil die neue Straße ja besonders verkehrssicher gebaut wurde und uns auch keine Unfälle gemeldet worden waren. Ich bin sogar zurückgefahren und habe die Blumen entfernt.«

»Blumen?«, wiederholte Stiller ungläubig.

»Rote Rosen. Wie auf einem Grab.«

»Wo genau lagen die?«, wollte Hammer wissen.

»Es ist ja schon eine Weile her, aber ich glaube, es war ungefähr hier.«

Er deutete wieder auf denselben Abschnitt am Straßenrand.

»Zwei Monate später ist ein neuer Blumenstrauß aufgetaucht«, fuhr der Mann fort. »Den habe ich auch entfernt, aber es hörte nicht auf. Ich weiß nicht, wie viele Blumensträuße ich eingesammelt habe. Irgendwann war dann Schluss.«

Stiller zog seine Halspastillen hervor und nahm sich eine, ohne den anderen welche anzubieten.

»Wann hat das mit den Blumen aufgehört?«, erkundigte er sich.

»Na, das lief bestimmt zwei Jahre«, sagte der Mann.

Stiller schob seine Pastille mit der Zunge im Mund herum.

»Haben Sie Geräte zum Graben?« Er blickte den Ingenieur fragend an.

»Die meisten Maschinen sind im Einsatz, aber irgendwas werden wir schon finden. Wann soll das denn passieren?«

»Jetzt«, erwiderte Stiller.

»Jetzt?«, wiederholte der andere überrascht. »Das geht nicht.«

»Und wieso nicht?«

»Bei Grabungen müssen wir die Straße sperren und den Verkehr umleiten. Das erfordert eine gewisse Planung.«

»Einen Plan werden Sie doch wohl haben?«, entgegnete Stiller. »Es ist doch nichts anderes, als wenn hier ein Verkehrsunfall passiert wäre.«

»Die Grabungsarbeiten müssen aber koordiniert werden«, wandte der Ingenieur ein. »Wir müssen auf jeden Fall bis heute Nacht warten, um die Verkehrsteilnehmer so wenig wie möglich zu behindern.«

»Ich kann gern bis heute Nacht warten«, sagte Stiller. »Können Sie sich um zehn Uhr mit entsprechendem Gerät hier einfinden?«

»Das bedeutet dann aber Überstunden für meine Leute«, erwiderte der andere.

»Die gehen auf unsere Kosten«, versicherte Stiller. »Zehn Uhr.«

»Zehn Uhr«, bestätigte der Mann von der Straßenverkehrsbehörde.

Stiller spürte sein Handy in der Hosentasche vibrieren. Er zog es heraus. Auf dem Display erschien die Nummer von Line Wisting.

65

Es klang so, als befände sich Adrian Stiller irgendwo im Freien. Als er sich meldete, wurde sein Name vom Lärm eines schweren Fahrzeugs übertönt.

Line nahm das Telefon in die andere Hand und vergewisserte sich, dass das Aufnahmegerät lief.

»Haben Sie zwei Minuten für mich?«, fragte sie.

»Selbstverständlich.«

Eine Autotür wurde geschlossen, der Lärm im Hintergrund war nicht mehr zu hören.

»Ich beschäftige mich gerade mit dem nächsten Artikel und einem neuen Podcast, und dabei ist ein Name aufgetaucht, der mir interessant vorkommt«, sagte Line. Sie drückte sich bewusst etwas umständlicher als nötig aus, aber möglicherweise würde sie das aufgenommene Gespräch für irgendetwas verwenden können.

»Ich habe schon die komplette Ermittlungsakte durchgesehen, aber darin taucht er nicht auf«, fuhr sie fort. »Ich frage mich aber dennoch, ob Sie den Namen vielleicht kennen.«

Adrian Stiller klang ungeduldig. »Welchen Namen?«, fragte er.

»Martin Haugen.«

Durch die Leitung hörte Line das Geräusch eines Bonbons, das zerbissen wurde. Dann blieb es ungewöhnlich lange still.

»Woher haben Sie den?«, fragte Stiller.

Lines Blick fiel auf das Aufnahmegerät. Sie wollte den Hörern des Podcast zwar nichts von ihrem Vater erzählen, konnte die Aufnahme allerdings auch später bei der Bearbeitung an dieser Stelle unterbrechen.

»Aus den Unterlagen zu einem Fall, die mein Vater mit nach Hause genommen hat«, erklärte sie. »Martin Haugens Frau ist 1989 spurlos verschwunden. Und als Nadia verschwand, war Haugen außerhalb von Porsgrunn tätig, wo gerade die neue Schnellstraße gebaut wurde.«

Schon im nächsten Moment wurde Line bewusst, wie weit hergeholt eine solche Verbindung zwischen den beiden Fällen klingen musste. Sie hatte beabsichtigt, mit ihrem Vater darüber zu sprechen, bevor sie den Ermittler von der Kripo anrief, aber William Wisting war nicht ans Handy gegangen, als sie es bei ihm probiert hatte.

»Tut mir leid, ich bin gerade ziemlich beschäftigt«, sagte Stiller schließlich. »Ich muss Sie später zurückrufen.«

Dann legte er auf.

66

Nach drei Stunden am Wasser hatten sie fünf kleine Forellen gefangen. Bevor sie das Lagerfeuer anfachten, um die Fische zu braten, hatten sie die Kunstköder gegen Regenwürmer ausgetauscht und die Angelruten am äußeren Rand der kleinen Felsenbucht ausgelegt. Die roten Korkschwimmer trieben sanft auf der fast vollkommen glatten Oberfläche.

Martin hatte die Fische gesäubert. Nun saß er am Feuer, gab Salz und ein Stück Butter auf die Forellen, bevor er sie nacheinander in Alufolie wickelte.

Wisting nahm sein Handy hervor und schaltete es ein. Der Akkustand lag bei acht Prozent. Er fragte sich, ob der Einschaltprozess womöglich mehr Strom benötigte, als wenn er das Telefon im Stand-by-Modus belassen hätte. So oder so würde der Akku im Laufe der Nacht versagen.

Er hatte eine Nachricht von Line mit Punkt bekommen: *Sieht nach schönem Wetter fürs ganze Wochenende aus.*

Ja, aber der große Fisch hat den Köder noch nicht geschluckt, schrieb er zurück und warf dabei einen Seitenblick auf Martin.

Die amateurhafte Code-Sprache kam ihm beinahe albern vor. So kommunizierten sie normalerweise mit Informanten und Polizeiquellen. Nur Absender und Empfänger verstanden die eigentliche Bedeutung, allerdings konnten Außenstehende bei solchen Formulierungen durchaus misstrauisch werden.

Petri Heil, schrieb Hammer zurück. *Wir gehen heute Nacht zum Graben.*

»Alles in Ordnung?«, fragte Martin und baute eine kleine Mulde in den Gluthaufen.

Wisting hatte beinahe vergessen, dass er am Vortag behauptet hatte, Amalie müsse zum Arzt.

»Aber ja«, sagte er und lächelte.

Martin Haugen legte die fünf Fischpäckchen in die Mulde und gab mithilfe eines Stöckchens Glut darüber.

»Jetzt müssen sie zehn Minuten da drinliegen«, sagte er und schaute auf die Uhr.

Wisting warf einen Blick auf seine Angelrute. Das Wasser kringelte sich in winzigen Wellen um den Korken. Es sah aus, als wolle ein Fisch zuschnappen, aber der Korken rührte sich nicht.

Die Sonne wärmte, und das Feuer strahlte zusätzliche Hitze ab. Wisting zog die Jacke aus und legte sie zwischen sich und Martin, damit das Mikrofon die Stimmen der beiden besser aufnehmen konnte. Martin behielt seine Jacke an. Wisting konnte nicht erkennen, ob er eine Waffe darunter verbarg oder nicht.

»Wie friedlich es hier ist«, meinte er, um wieder ein Gespräch in Gang zu bringen.

»Meine Vorfahren haben sich im 18. Jahrhundert hier niedergelassen«, sagte Martin. »Über zweihundertfünfzig Jahre hat meine Familie hier gelebt, aber mit mir ist dann Schluss. Ich habe nur noch ein paar kinderlose Tanten. Niemand wird das Geschlecht weiterführen.«

Wisting dachte an sein Enkelkind. Er freute sich, dass er in seinem Leben ein paar Spuren hinterlassen hatte.

»Ich glaube, es würde mir gefallen, wenn man meine Asche hier verstreute«, fuhr Martin fort.

Ein Holzscheit im Feuer knackte laut. Martin nahm wieder das Stöckchen in die Hand und gab noch mehr Glut auf die eingepackten Fische.

»Ich möchte nicht allein in irgendeinem Grab liegen, das ohnehin niemand pflegt«, fuhr er fort und stand auf. Er ging zu seiner Angelrute, holte die Schnur ein und überprüfte, ob der Wurm auch fest am Haken saß. Dann warf er sie wieder aus. Der rote Korkschwimmer bewegte sich sacht, als der Wurm hinabsank, und die Schnur spannte sich wieder.

Wisting schwieg. Auf dem Friedhof gab es einen Grabplatz für ihn. Auf Ingrids Grabstein war unter ihrem Namen noch Platz gelassen worden. Dort würde irgendwann sein Name eingemeißelt werden.

»Kümmerst du dich darum?«, fragte Martin und setzte sich wieder.

»Was denn?«

»Um die Sache mit der Asche.«

Wisting lächelte.

»Du solltest das vielleicht besser schriftlich festhalten«, schlug er vor. »Ein Testament schreiben.«

Auf der anderen Seeseite erhob sich eine Schar Krähen. Wisting beschattete die Augen mit der Hand. Jemand hatte die Vögel offenbar aufgeschreckt. Eine der Krähen legte die Flügel an und stürzte zwischen den Bäumen hinab, die anderen flogen fort.

Die einzelne Krähe kam wieder zum Vorschein und flatterte schreiend, bevor sie zu einem neuen Angriff ansetzte.

»Was glaubst du, warum macht die das?«, fragte Martin.

»Ich weiß es nicht«, sagte Wisting. »Wahrscheinlich ist jemand da drüben im Wald.«

»Ja klar, aber wieso greift die eine an und die anderen flüchten?«

»Vielleicht, um einen Artgenossen zu beschützen oder zu verteidigen«, vermutete Wisting. »Ein Nest mit Jungen oder so.«

Martin schüttelte den Kopf.

»Krähen brüten im Frühjahr«, sagte er. »Ich glaube, sie sind einfach verschieden. Es geht um unterschiedliche Instinkte. Ein erschrockenes Pferd rennt normalerweise weg, während ein Hund die Zähne fletscht. Ich glaube, bei uns Menschen ist das ganz ähnlich. Wenn wir bedroht werden, sorgen unsere vererbten Urinstinkte dafür, dass einige von uns zum Angriff übergehen, während andere davonlaufen. Wir können das nicht bewusst kontrollieren oder es uns gar aussuchen.«

Wisting versuchte Martins Worte vor dem Hintergrund zu deuten, dass er mindestens ein Menschenleben auf dem Gewissen hatte. Sie konnten als eine Art Rechtfertigungsversuch für seine Taten verstanden werden.

»Hast du schon mal diese Vorsicht-Kamera-Videos im Fernsehen gesehen?«, fragte Martin. »Wenn sich jemand in einer Mülltonne oder so versteckt und dann plötzlich herausklettert, um einen Freund oder Kollegen zu erschrecken?«

Wisting nickte.

»Das ist ganz lustig, weil der oder die Erschreckte dann meist zur Seite springt oder gegen eine Tür läuft, nur um wegzukommen. Aber manchmal kommt es vor, dass jemand instinktiv die Faust ausstreckt und zuschlägt. Die Gehirne der Menschen reagieren unterschiedlich. Neun von zehn wählen Flucht, und einer von zehn reagiert mit Angriff.«

Wisting glaubte nicht, dass dies eine Frage von Vererbung war. Wenn jemand mit Gewalt reagierte, war das vielmehr ein Reflex, der von erlernten Verhaltensmustern gesteuert wurde. Manche Menschen waren mit Gewalt aufgewachsen und hatten sie als übliche Reaktionsform erlernt.

»Aus diesem Grund gibt es im Strafgesetz den Begriff der Notwehr«, sagte er stattdessen. »Du kannst nicht für etwas bestraft werden, was du getan hast, um dich zu verteidigen oder um einen Angriff abzuwehren. Es kommt vor, dass man jemanden umbringt, um nicht selbst getötet zu werden.«

Die Krähe auf der anderen Seeseite ging zum dritten Mal zum Angriff über.

»Hast du so was schon mal erlebt?«, fragte Martin. »Dass jemand wegen Notwehr freigesprochen wurde?«

»Ist schon vorgekommen«, sagte Wisting und erzählte von einer Frau, die ihren Mann mit einem Hammer erschlagen hatte, als er auf ihr lag und versuchte, sie zu erwürgen.

»Aber glaubst du, es gibt menschliche Instinkte, die dazu führen, dass wir für unsere Handlungen nicht verantwortlich gemacht werden können?«, fragte Martin.

»Unbedingt«, log Wisting, dabei glaubte er nicht daran, dass Menschen von Instinkten gelenkt wurden. »Ich glaube, das ist der Fall, wenn jemand sagt, dass ihm die Sicherungen durchgebrannt sind. Wenn es zu einem Punkt kommt, an dem man sich nicht mehr im Griff hat und selbst nicht mehr weiß, was man tut.«

»Hast du so was auch schon erlebt?«

Wisting nickte.

»Im rechtlichen Sinne nennt man das Unzurechnungsfähigkeit im Augenblick der Tat«, erwiderte er und blickte unwillkürlich zum Ärmel seiner Jacke hinüber. Wisting bewegte sich auf einem schmalen ethischen Grat. Wie weit durfte er seine Manipulationen treiben, um Martin zu einem Geständnis zu bewegen? Seine Antworten waren bewusst irreführend. Instinkte waren keine Bewusstseinsstörungen, und noch nie hatte er gehört, dass eine Verteidigung auf so einer Argumentation aufgebaut gewesen wäre. Taten, die jemanden vor Gericht brachten, waren oft von Trieben gesteuert, die manche Menschen nicht so gut im Griff hatten wie andere. Instinkte hingegen waren etwas anderes.

Martin griff wieder nach dem Stöckchen und schob die Fischpäckchen aus der Glut.

»Was für ein Menschentyp bist du?«, fragte er.

Ein leichter Windstoß lenkte den Rauch des Feuers zu Wisting hinüber.

»Was meinst du damit?«, fragte er und wandte sich ein wenig ab.

»Flüchtest du oder greifst du an?«

Der Qualm brannte Wisting in den Augen.

»Ich weiß nicht«, erwiderte er aufrichtig. »Falls jemand direkt vor mir aus einer Mülltonne gesprungen kommt, um mich zu erschrecken, laufe ich vermutlich weg. Aber welche Kräfte wirklich in meinem Innersten wohnen, weiß ich nicht. Ich war nie in einer Situation, in der ich das hätte austesten können.«

Der Qualm verzog sich wieder, und Wisting konnte Martin in die Augen blicken.

»Und was ist mit dir?«, fragte er.

Martin Haugen beugte sich etwas vor, fast so, als wollte er ihm etwas anvertrauen. Dann aber wich er mit dem Blick aus und sah an Wisting vorbei.

»Ein Fisch!«, sagte er und deutete auf das Wasser, wo Wistings Korken gerade unterging.

67

Adrian Stiller fuhr an William Wistings Haus vorbei und blieb dann vor Lines Haus stehen. Er kannte den Weg. Bevor die Ermittlung in Gang gekommen war, hatte er schon einmal an derselben Stelle gestanden. Es war in der ersten Nacht gewesen, nachdem er in die Stadt gekommen war. Er hatte nicht schlafen können, war herumgefahren und hatte genau hier angehalten. Er hatte kein bestimmtes Ziel damit verbunden, wollte allen anderen aber gern einen Schritt voraus sein und Wisting und dessen Tochter, so gut es ging, kennenlernen.

Auch dieses Mal blieb er mit geschlossenen Augen hinter dem Lenkrad sitzen und versuchte, die Gedanken zu sammeln. Er dachte an die Rosen, die der Mann von der Straßenverkehrsbehörde erwähnt hatte. Wie einfach manche Erklärungen doch wurden, wenn man erst die Zusammenhänge begriff. Der Blumenstrauß auf der Kommode im Flur der Haugens. Katharina hatte die Rosen für Nadia gekauft.

Wie Line Wisting auf Martin Haugen aufmerksam geworden war, konnte er nicht nachvollziehen. Aber er musste sich vergewissern, dass sie nicht über irgendwelche Informationen verfügte, die die Ermittlungen gefährden könnten.

Das Klingeln des Handys riss ihn aus seinen Gedanken. Er wusste nicht, wie lange er reglos hinter dem Lenkrad gesessen hatte. Die kleine Ruhepause hatte ihm jedenfalls gutgetan.

Es war Nils Hammer.

»Ich habe einen Suchhund auftreiben können«, berichtete er.

»Gut«, erwiderte Stiller, während er aus dem Wagen stieg.

Am Küchenfenster von Wistings Haus schräg gegenüber war ein Gesicht zu sehen. Das musste der Sohn sein, der für ein paar Tage nach Hause gekommen war. »Schicken Sie ihn nach Trøndelag.«

»Nach Trøndelag?«

»Nach Malvik«, erklärte Stiller. »Wo es letzte Woche den Erdrutsch gegeben hat.«

Hammer schwieg. Stiller war klar, dass Wistings Kollege zwei und zwei zusammenzählte.

»Es gibt da ein Muster«, fuhr er fort. »Ich weiß, dass Martin Haugen ein Alibi für den Zeitraum hat, in dem seine Frau verschwunden ist. Aber falls er Nadia hier am Straßenrand vergraben hat, kann er ebenso gut die Leiche seiner Frau in Trøndelag vergraben haben, als er dort gearbeitet hat. Ich weiß nicht, wie er das gedeichselt hat, aber es muss einen Grund geben, warum Haugen letzte Woche dort hingefahren ist und nichts darüber sagen will. Ich möchte, dass das abgerutschte Gelände genau untersucht wird.«

68

Der Handyakku ihres Vaters war anscheinend leer. Line hatte mehrmals versucht ihn anzurufen, doch ohne Erfolg.

Im Laufe der letzten Stunden war sie sich immer sicherer geworden, dass sie auf etwas gestoßen war. Die Tatsache, dass Adrian Stiller auf die Erwähnung von Martin Haugen am Telefon so eigenartig reagiert hatte, kam ihr wie eine Bestätigung vor. Sie hatte sich aus dem Internet eine Landkarte heruntergeladen. Die Straße, an deren Bau Martin Haugen beteiligt gewesen war, lag nur ein paar Hundert Meter von Liv Hovets Haus entfernt, dort, wo damals die Party stattgefunden hatte.

Line wollte Stillers Rückruf abwarten, bevor sie ihre Gedanken mit Daniel Leanger und den anderen Kollegen in der Redaktion teilte, doch eigentlich war sie schon jetzt überzeugt, dass es sich bei dem Verdächtigen im Fall Nadia Krogh um Martin Haugen handelte. In ihrem Kopf erschien das Bild des jungen Mädchens, das irgendwo unter dem neuen, strapazierfähigen Asphalt begraben lag, von dem in der alten Zeitungsausgabe berichtet wurde. Es gefiel ihr ganz und gar nicht, dass ihr Vater gerade ein Wochenende mit diesem Mann verbrachte. Ihre Angst übertrug sich auf Amalie, die plötzlich jammerte und unruhig wurde.

Eigentlich hatte sie Martin Haugen nie gemocht, konnte allerdings auch nicht sagen, woran das lag. Obwohl sie ihm nur einige Male begegnet war, kam es ihr so vor, als hätte sie schon damals etwas Negatives gewittert. Sie hatte auch nie verstanden, wieso ihr Vater über die berufliche Verbindung hinaus die Bekanntschaft mit diesem Mann pflegte.

Line hatte gerade angefangen, sich auch über das seltsame Verschwinden von Haugens Ehefrau Gedanken zu machen, als sie draußen eine Autotür zuschlagen hörte. Sie trat ans Schlafzimmerfenster und sah hinaus. Es war Adrian Stiller. Er telefonierte und gestikulierte dabei mit der freien Hand. Zwar hatte er versprochen, sie zurückzurufen, doch dass er plötzlich vor ihrem Haus stand, verlieh der Situation eine Ernsthaftigkeit, die Line nicht gefiel.

Sie ging zurück ins Wohnzimmer und schaltete das Aufnahmegerät ein. Im selben Moment klingelte es an der Tür.

Stiller stand auf der Vortreppe. Er wirkte erschöpft, seine Haut war blass, und er hatte dunkle Augenringe. Die Lippen waren trocken und aufgeplatzt.

»Ist was passiert?«, fragte sie.

Stiller warf einen Blick auf das Aufnahmegerät in Lines Hand.

»Ich war zufällig in der Nähe«, sagte er und folgte ihr ins Wohnzimmer.

Sie setzten sich. Line stellte das Gerät in die Tischmitte, nahm Amalie auf den Arm und setzte sich aufs Sofa.

»Geht es um Martin Haugen?«, fragte sie. »Ist er der Entführer?«

»Wie kommen Sie darauf?«, fragte Stiller.

Seine Frage hatte etwas Entwaffnendes, und Line war plötzlich verlegen. Streng genommen war ihr Einfall nicht rational begründet, doch andererseits besaß sie genügend Erfahrung, um ihrer Intuition zu vertrauen. Außerdem gab es keinen anderen einleuchtenden Grund dafür, dass Stiller sie zu Hause aufsuchte.

»Ist Haugen Ihr Hauptverdächtiger?«, fragte sie, anstatt zu erklären, wie sie selbst auf die Spur gekommen war. »Er ist ein

Bekannter meines Vaters. Die beiden sind am Wochenende zusammen auf Hüttentour.«

»Schalten Sie bitte das Gerät ab«, sagte Stiller.

Line tat, worum sie gebeten wurde.

»Ich arbeite zusammen mit Ihrem Vater an diesem Fall«, fuhr er fort. »Die Art der Ermittlung ist etwas unkonventionell, und die Hüttentour ist ein Teil davon.«

Line begriff nicht ganz, was er meinte. Stiller schien sich auch nicht weiter darüber auslassen zu wollen.

»Glauben Sie denn, dass Martin Haugen Nadia Krogh entführt und getötet hat?«, fragte Line.

»Wir werden heute Nacht nach ihr graben.«

»Heute Nacht? Wo?«

»Nicht weit entfernt von der Stelle, wo sie zuletzt gesehen wurde«, sagte Stiller. »Wir müssen die E18 absperren.«

»Wollen Sie die ganze Straße aufreißen?«

Stiller schüttelte den Kopf.

»Wir haben eine bestimmte Vermutung darüber, wo sie vergraben sein könnte«, sagte er. »Es gibt eine Karte.«

»Eine Karte?«, wiederholte Line.

»Ich möchte, dass Sie heute Nacht dabei sind, wenn wir sie ausgraben«, sagte er.

69

Sie holten die Reusen in der Dämmerung ein. Nach Sonnenuntergang war es kalt geworden. Wistings Finger waren taub, nachdem er die Fische aus den klammen Netzen geholt hatte.

Sie hatten siebenunddreißig Saiblinge, vier Forellen und sechs Flussbarsche in den beiden ausgelegten Netzen gefangen.

Die Fische wurden an Land gesäubert und ausgenommen, die größten verarbeitete Martin zu Filets.

Zum Abendessen wollten sie die Steaks zubereiten, die sie auf dem Hinweg gekauft hatten. Die Fische wurde daher für den Transport nach Hause eingesalzen. Nach Martins Anweisungen verteilte Wisting ein paar Fische auf dem Boden eines Eimers und gab dann grobes Salz und etwas Zucker dazu. Schicht um Schicht wurde der Eimer aufgefüllt und dann verschlossen.

Wisting kümmerte sich um das Fleisch. Es war fast zehn Uhr, als die beiden großen Steaks endlich in der Pfanne lagen. Er schob die Fleischstücke mit einer Gabel umher und warf dabei einen Blick auf Martin, der gedankenverloren mit einer Dose Bier vor dem Ofen saß und durch die Zugklappe in die Flammen starrte. Er schien mürbe geworden zu sein. Die Gespräche hatten die Barriere offenbar ein wenig eingerissen. Jetzt musste er behutsam auf das letzte Wegstück geschoben werden. Obwohl er alles zu verlieren hatte, wenn er seine Taten eingestand, würde es noch schwieriger für ihn sein, mit seinem Geheimnis weiterzuleben.

Winzige Blutstropfen bildeten sich an der Oberfläche des Fleisches. Wisting nahm die Gabel und drehte die Steaks um.

Er sah wieder zu Martin hinüber und hätte zu gern gewusst, was in seinem Kopf vorging. Alle Menschen hatten irgendwann das Bedürfnis, ihre Gedanken mit jemandem zu teilen. Dabei ging es meistens um Schwierigkeiten bei der Arbeit, um Eheprobleme oder um Krankheiten. Ein Mörder hingegen wollte über Dinge reden, die ihn für lange Jahre ins Gefängnis bringen würden. Um sich einem solchen Menschen nähern zu können, musste man eine emotionale Verbindung herstellen und in der Lage sein, eine Brücke zu bauen.

Martin lehnte sich zurück, legte die Hände um die Bierdose und blickte schräg zu Wisting auf.

»Hast du mich eigentlich nie in Verdacht gehabt?«, fragte er.

70

Line sah nach Amalie. Die Kleine schlief.

Thomas setzte sich mit der Fernbedienung vor den Fernseher.

»Vielen Dank, Thomas«, sagte Line abermals.

Ihr Bruder hatte seine Abreise verschoben, um auf Amalie aufpassen zu können.

»Gar kein Problem«, versicherte er.

»Wahrscheinlich schläft sie die ganze Nacht durch«, sagte sie.

Line hatte alles, was sie brauchte, in eine große Tasche gestopft. Laptop, Kamera, Aufnahmegerät und ein Fernglas, außerdem Papier und Kugelschreiber. Thomas stand auf, nahm die Tasche und begleitete seine Schwester zum Wagen.

»Viel Glück!«, sagte er lächelnd und stellte die Tasche auf den Rücksitz.

»Danke«, sagte sie und setzte sich in den Wagen.

Thomas schloss die Fahrertür und blieb in der Einfahrt stehen. Als sie die Kurve am Ende der Straße fast durchquert hatte, sah sie im Rückspiegel, dass er sich umdrehte und ins Haus ging.

Gemäß der Absprache mit Adrian Stiller hatte sie nicht mehr versucht, ihren Vater telefonisch zu erreichen. Sie wusste nicht, was sich in Martin Haugens Hütte eigentlich abspielte, doch Stiller beteuerte, dass sie regelmäßig mit Wisting in Kontakt standen und dass Haugen nichts von der ganzen Aktion wusste.

Line fragte sich, inwieweit ihr Vater schon in die Ermittlungen zur Krogh-Entführung involviert gewesen war, als sie ihm erzählt hatte, dass sie für die Zeitung über den Fall schreiben würde. Seine Reaktion hatte jedenfalls nicht darauf hingedeutet, dass er etwas über die geplante Zusammenarbeit zwischen der Kripo und der *VG* wusste.

In der Zwischenzeit hatte es eine Telefonkonferenz mit Line, Daniel Leanger und Sandersen vom Nachrichtenressort gegeben. Laut Plan sollten der nächste Artikel und der nächste Podcast in einer knappen Woche erscheinen. Insgesamt sollte sich die Berichterstattung über sechs Wochen erstrecken. Jetzt allerdings musste alles forciert werden. Line hatte schon einen kurzen Artikel über die aktuelle Suche nach Nadia Kroghs Leiche und über die Sperrung der E18 vorbereitet, der online gestellt werden würde, sobald sie ein Foto von der Straßensperrung und der Umleitung gemacht hätte.

Daniel wollte aus Oslo anreisen, konnte allerdings erst in zwei Stunden da sein. Line wäre die einzige Journalistin vor Ort, wenn die Neuigkeiten über die Polizeiaktion bekannt würden.

Von der Straßensperrung war nichts zu sehen, als sie sich der Abfahrt nach Porsgrunn näherte. Line bog ab und hielt an einer Tankstelle, während der Verkehr sich wie üblich über die E18 weiterbewegte. Vor dem Tankstellenshop standen zwei Fahrzeuge der Straßenverkehrsbehörde. Das eine hatte einen Anhänger, auf dem sich eine große Lichtanlage und Umleitungsschilder befanden. Ein Streifenwagen von der örtlichen Polizei stand ebenfalls in der Nähe. Eine uniformierte Beamtin saß am Steuer. Line ging zu ihr.

Die Polizistin ließ das Fenster herunter.

»Hallo«, sagte Line und stellte sich vor. »Ich habe eine Verabredung mit Adrian Stiller von der Kripo. Ich soll dabei sein, wenn die E18 gesperrt wird.«

Die Frau nickte. Sie schien von der Vereinbarung zu wissen.

»Dann müssen Sie sich an uns halten«, sagte sie und deutete

auf einen Mann in Arbeitskleidung, der mit einem Kaffee in der Hand aus dem Tankstellenshop kam. »Wir fangen jetzt an.«

Line setzte sich wieder ins Auto und folgte der kleinen Kolonne. Die abendliche Dunkelheit wurde von orangem Blinklicht zerrissen. Die Mannschaft von der Straßenverkehrsbehörde baute die Absperrungen auf und dirigierte den Verkehr auf die Umleitungsstrecke.

Auf Anweisung der Polizistin fuhr Line vorbei und stellte den Wagen am Straßenrand ab. Dann nahm sie ihre Kamera und stieg aus.

Nach einigen Minuten floss auch der Verkehr auf der Gegenrichtung nicht weiter. Die Straße war jetzt von beiden Seiten gesperrt. Der Streifenwagen kam angefahren und stellte sich quer auf die Fahrbahn. Line ging ein Stück geradeaus und entfernte sich von der Straßensperre.

Das gleißende Warnblinklicht vor dem dunklen Hintergrund würde ein eindrucksvolles Foto hergeben.

Die Polizistin stieg aus dem Wagen und wechselte ein paar Worte mit dem Mann von der Straßenverkehrsbehörde. Line hob die Kamera und achtete darauf, dass die Reflexstreifen an seiner Warnweste die Aufnahmen nicht ruinierten.

Während sie die Fotos überprüfte, näherten sich zwei Lastwagen. Auf der Ladefläche des einen stand ein Bagger. Zwei Streifenwagen folgten. Die Polizistin stieg wieder ein und fuhr rückwärts an den Straßenrand, damit die anderen passieren konnten. Line schoss eine ganze Reihe von Fotos. Sobald der Bagger an ihr vorbeigefahren war, wählte Line drei Aufnahmen aus, lief zum Auto, kopierte sie auf ihr Laptop und schickte sie per E-Mail an die Nachrichtenredaktion.

Seit fast anderthalb Jahren war Line in Elternzeit und hatte seitdem nicht mehr als Journalistin gearbeitet, abgesehen von einigen freien Aufträgen. Nun spürte sie, wie sehr sie es vermisst hatte, an Ort und Stelle zu sein, mitten im Geschehen.

71

Mit einem lauten Geräusch fiel eines der Holzscheite im Ofen um und kippte zur Seite. Martin Haugen stand auf, öffnete die Ofentür und nahm die beiden Kartoffeln heraus, die er zum Backen hineingelegt hatte. Dann warf er ein neues Scheit in den Ofen und schloss die Tür.

Wisting hatte ihn vom ersten Tag an verdächtigt. Obwohl Martin am Tag von Katharinas Verschwinden nachweislich fast siebenhundert Kilometer weit weg gewesen war, hatte sich dieser Verdacht im Laufe der vergangenen vierundzwanzig Jahre bei Wisting niemals gelegt.

»Ich würde lügen, wenn ich Nein sagte«, erwiderte er. »Wie es schon in den Lehrbüchern steht: Die Antwort ist häufig in den engen persönlichen Beziehungen des Opfers zu finden.«

Martin setzte sich wieder.

»Und du hast nie was gesagt?«, fragte er.

»Du musst doch begriffen haben, dass gegen dich ermittelt wurde?«, entgegnete Wisting. »Dass wir deinen Aufenthaltsort überprüft und in Erfahrung gebracht haben, dass du in Malvik warst, als sie verschwand.«

»Doch, sicher«, sagte Martin und nickte.

Wisting begutachtete die Steaks in der Pfanne. Sie waren fast fertig.

»Was hättest du getan, wenn sich herausgestellt hätte, dass ich es war?«, wollte Martin wissen.

Wisting suchte nach einer passenden Antwort. Sie durfte

nicht verurteilend klingen, aber auch nicht aus der Luft gegriffen sein und dem entgegenstehen, wofür er eintrat.

»Du bist einer meiner wenigen Freunde«, fuhr Martin fort, während Wisting überlegte, was er antworten sollte. »Hättest du mich ins Gefängnis gesteckt?«

»Ich hätte dir die Nummer eines guten Anwalts gegeben«, sagte Wisting und tat dabei so, als gälte seine ganze Konzentration dem Fleisch in der Pfanne, »und dafür gesorgt, dass du ein gerechtes Verfahren bekommst.«

Er hätte gern nachgeprüft, ob das kleine Mikrofon noch an der Innenseite seiner Hemdtasche heftete, ließ es aber sein. Er würde ohnehin nicht feststellen können, ob es aktiviert war, und musste daher auf die Technik vertrauen.

»Wer ist denn der beste Anwalt?«, fragte Martin.

»Kommt drauf an«, erwiderte Wisting und schob die Bratpfanne etwas an die Seite.

»Worauf?«

»Ob du gestehst und zur Zusammenarbeit bereit bist oder ob du alles bestreitest und eine Zirkusvorstellung aus dem Prozess machen möchtest.«

Martin nahm zwei Teller aus dem Schrank.

»Du würdest mich also nicht davonkommen lassen?«, fragte er.

»Ich würde dafür sorgen, dass alles seinen gerechten Gang geht«, erwiderte Wisting und drehte die Steaks abermals um.

»Früher gab es ja mal eine Verjährungsfrist für Mord«, sagte Martin und setzte sich wieder. »Fünfundzwanzig Jahre.«

Wisting nickte.

»Ich finde das nur angemessen«, fuhr Martin fort. »Jeder Mensch verändert sich. Es wäre doch verrückt, jemanden für etwas zu bestrafen, das er in einem anderen Leben getan hat. Der Mensch, der vor Gericht gestellt wird, ist nicht mehr derselbe, der das Verbrechen begangen hat.«

Es gab gute Argumente für eine Verjährungsfrist bei Mord, dachte Wisting, aber Rücksichtnahme auf den Mörder gehörte definitiv nicht dazu.

Die ganze Zeit suchte er nach den richtigen Worten. Er hätte natürlich so tun können, als bewunderte er, dass Martin keine Rachegelüste gegenüber demjenigen hegte, der Katharina möglicherweise auf dem Gewissen hatte. Das aber hätte das stillschweigende Einverständnis zunichtegemacht, dass beide wussten, worum es in dem Gespräch eigentlich ging, und hätte es Martin zusätzlich erschwert, ein Geständnis abzulegen.

»Da könnte ich dir zustimmen«, sagte Wisting stattdessen. »Außerdem werden auch Beweise im Laufe der Jahre schwächer. Zeugen können sich nicht mehr so gut erinnern, und die Gefahr eines Justizirrtums steigt, wenn man jemanden nach so langer Zeit vor Gericht stellt.«

Martin stand auf.

»Die sind fertig«, sagte er und deutete mit dem Kopf auf die Bratpfanne.

Wisting nickte und verteilte die Steaks auf die Teller.

Martin kramte eine Konservendose Mais hervor, öffnete sie und trug sie zusammen mit zwei neuen Bierdosen in die Wohnstube. Wisting legte die aufgeschnittenen Backkartoffeln auf die Teller und gab eine Portion Kräuterbutter hinzu, bevor er sie ebenfalls in die Wohnstube trug. Martin kam ihm einen Schritt entgegen, nahm seinen Teller und setzte sich mit dem Rücken zur Wand auf einen Stuhl.

»Wollen wir morgen in die Berge?«, schlug er vor. »Vom Eikedokkgipfel kann man die Pfeiler der Grenlandsbrücke sehen. Man geht etwa eine Stunde.«

Wisting nickte und schnitt sich ein Stück Fleisch ab. Die Unterhaltung hatte sich in eine andere Richtung entwickelt. Die Öffnung hatte sich wieder geschlossen.

72

Aus dem Motorraum schossen die Abgase durch ein Rohr nach oben, bevor der Baggerführer die Schaufel erst anhob und dann in Richtung des grasbewachsenen Erdhügels wieder absenkte. Mit großer Präzision trug er die oberste Erdschicht ab, dirigierte den Arm des Baggers zur Seite und ließ die lose Masse auf die Ladefläche eines Lastwagens fallen.

Line schoss mehrere Bilder. Der Baggerführer biss auf seine Zigarette und schwenkte die Schaufel erneut.

Große Scheinwerfer erhellten den Arbeitsbereich. Adrian Stiller stand mit Nils Hammer am Rand des Geschehens, ein paar Polizeibeamte und Angestellte der Straßenverkehrsbehörde verfolgten gespannt jede Bewegung des Baggers. Line richtete die Kamera auf Stiller, schoss ein Foto und zoomte dann so weit heran, bis sein Gesicht das komplette Display ausfüllte. Er hob den Kopf, als hätte er gewittert, dass sie die Kamera auf ihn richtete. Stiller sah erschöpft aus, die Ermittlung schien an ihm zu zehren.

Schnell drückte Line ein paarmal auf den Auslöser, ehe er sich abrupt abwandte. Das Foto war eine Aufnahme, die Authentizität ausstrahlte. Seine zusammengebissenen Zähne zeugten von der Schwere der Aufgabe, die ihm anvertraut war.

Line war ihm dankbar, dass er ihr erlaubt hatte, hinter die Absperrung zu treten, empfand es andererseits aber als völlig angemessen. Er hatte sie und die Zeitung in einer Art Spiel benutzt und musste jetzt etwas zurückgeben.

Der Bagger hatte in einem Bereich, der etwa fünf Meter lang und drei Meter breit war, die oberste Erdschicht entfernt. Line konnte den klammen Geruch frisch gepflügter Erde wahrnehmen.

Adrian Stiller trat zu ihr.

»Wie tief mag sie liegen?«, fragte Line.

»Martin Haugen hatte seinerzeit Zugang zu allen Baumaschinen«, sagte Stiller. »Er kann also ziemlich tief gegraben haben.«

»Haben Sie genug, um ihn des Mordes zu beschuldigen, falls die Leiche auftaucht?«

Stiller suchte nach dem Aufnahmegerät in ihrer Hand. Das aber lag tief in ihrer Jackentasche und war nicht eingeschaltet.

»Ja«, erwiderte er knapp.

»Werden Sie ihn gleich an der Hütte verhaften?«

Stiller zog die obligatorische Packung Halspastillen aus der Tasche.

»Auch wenn wir heute Nacht etwas finden, dauert es eine Weile, bis wir sicher sein können, dass es sich um Nadia Krogh handelt«, sagte er. »Das müssen wir zuerst klären.«

»Was haben Sie außerdem gegen ihn in der Hand?«, wollte Line wissen. »Sie müssen mehr haben, sonst wäre der Fall doch nicht neu aufgerollt worden.«

Stiller zermalmte die Pastille zwischen den Zähnen.

»Es ist wichtig, dass die Dinge in der richtigen Reihenfolge bekannt werden«, sagte er.

»Ich muss nichts davon schreiben, bevor Sie mir grünes Licht geben«, sagte sie.

Stiller lächelte. Anscheinend war das ein Angebot, das ihm schon viele Journalisten zuvor gemacht hatten.

»Fingerabdrücke«, meinte er. »Die Erpresserbriefe wurden noch einmal untersucht, und zwar mit der neuesten Technologie. An drei Stellen sind Haugens Abdrücke aufgetaucht.«

»Wieso haben Sie ihn dann nicht sofort verhaftet?«

»Weil die Abdrücke nicht auf den Briefen waren, sondern auf der Zeitung, die benutzt wurde, um die Nachricht der Entführer auszuschneiden. Deshalb sind die Abdrücke nur Indizien. Wir wollten noch mehr finden.«

»Und das macht mein Vater also gerade?«, fragte Line. »Er arbeitet als Lockvogel für Sie?«

»Ihr Vater beschäftigt sich seit vierundzwanzig Jahren mit diesem Fall«, erwiderte Stiller. »Er hat nie geglaubt, dass Martin Haugen unschuldig ist.«

Line brauchte einen Augenblick, um Stillers Worte zu verdauen.

»Das heißt also, es gibt einen Zusammenhang zwischen dem Fall Katharina und der Krogh-Entführung?«

»Zumindest gibt es einen gemeinsamen Nenner.«

Es knackte laut im Funkgerät eines Polizisten, der die Grabungen überwachte. Er meldete sich, lauschte, rief dann Stiller zu sich und zeigte auf die Straße. Ein großer weißer Kastenwagen kam angefahren.

»Was ist das für ein Auto?«, fragte Line.

»Die Kriminaltechnik«, sagte Stiller und erklärte, dass er für den Fall eines Funds die Fachleute in der Nähe haben wollte. »Denen wird der große Bagger wahrscheinlich nicht gefallen.«

Die Arbeit dauerte an. Der Baggerführer arbeitete sich jedes Mal fünf Zentimeter tief durch die Erdschicht. Einige Male bekam er die Anweisung zu unterbrechen, und ein Polizeibeamter untersuchte die auftauchenden Gegenstände: Teile von Baumwurzeln, Äste, Zweige und kleine Steine.

Line dokumentierte den Arbeitsprozess und schickte die Fotos an die Redaktion, damit die Berichterstattung fortlaufend aktualisiert werden konnte.

Nach einer halben Stunde war die Ladefläche des ersten Lastwagens voll, und er fuhr weg. Line blieb mit Stiller am

Rand der entstandenen Grube stehen. Sie war jetzt etwa einen Meter tief. Ein paar abgerissene Wurzeln ragten daraus hervor, darüber hinaus gab es nichts Erwähnenswertes.

Die Polizisten kamen überein, noch einen weiteren Meter in die Tiefe zu graben, bevor sie den Bagger eventuell versetzen müssten.

Der leere Lastwagen kehrte zurück, die Arbeit ging weiter.

Nach einer weiteren halben Stunde war die Ladefläche wieder gefüllt, ohne dass etwas Interessantes aufgetaucht war.

Der Bagger fuhr fünf Meter weiter und machte sich abermals an die oberste Erdschicht.

Es war jetzt fast Mitternacht. Die Polizisten, die nicht mit der Beaufsichtigung der Arbeiten beschäftigt waren, saßen in einem Auto und warteten.

Line spürte das Handy in ihrer Tasche vibrieren. Sie hatte eine MMS von Daniel Leanger bekommen. Ein Ü-Wagen von TV2 stand vor der Absperrung, und ein Reporter lieferte sich Diskussionen mit der Frau im Streifenwagen.

Das Foto war vom abgesperrten Bereich aus gemacht worden. Line hob den Kopf und sah Daniels schwarzen Audi näher kommen.

Er hielt hinter Lines Wagen an, sprang heraus und kam mit einem Kaffeebecher zu ihr.

»Was Neues?«, fragte er.

Line nahm den Kaffee in Empfang.

»Noch nicht«, erwiderte sie und legte die Hände um den Becher.

Daniel ging zurück zum Wagen und suchte seine Videoausrüstung zusammen.

Eine weitere Erdschicht wurde abtransportiert, der Lastwagen wurde von einem anderen abgelöst. Der Baggerführer ließ abermals die Schaufel sinken und trug noch mehr Erde ab. Die Hand des Polizisten, der die Grabungen überwachte, schoss plötzlich in die Höhe. Er rief etwas und wirkte viel konzentrierter und aufgeregter als zuvor.

Line zog das Aufnahmegerät aus der Jackentasche, schaltete es ein und ging näher. Der Bagger zitterte und bebte, bevor der Motor schließlich verstummte und Ruhe eintrat.

»Fund!«, rief der Polizist und drehte sich zu Stiller um.

73

Wisting nahm das Handy heraus, als Martin draußen auf der Toilette war. Der Akkustand betrug nur noch fünf Prozent. Vor drei Stunden hatte er erfahren, dass Stiller Suchhunde der Polizei an die E6 nach Malvik geschickt hatte. Eine weitere Nachricht hatte er nicht bekommen.

Schnell rief er die *VG*-Seite auf. Der Hauptartikel berichtete von der Absperrung der E18 bei Porsgrunn in Verbindung mit der Suche nach Nadia Krogh. Line hatte ihn geschrieben. Offenbar war sie vor Ort gewesen, als die Straße gesperrt worden war. Wisting beeilte sich, das Handy wieder auszuschalten, und füllte die Gläser mit Cognac.

Es hätte eine gewisse Logik, wenn Katharinas Leiche in Trøndelag begraben lag. Wisting hatte versucht, die zeitliche Abfolge mit einer möglichen Täterschaft Martins in Übereinstimmung zu bringen, und hatte dafür einen umgekehrten Handlungsverlauf rekonstruiert: Katharina konnte zu Martin auf die Baustelle gefahren sein, wo er sie umgebracht hatte. Wenn die beiden ihr Telefonat um 22:14 Uhr beendet hatten, hätte Katharina theoretisch morgens um halb sieben in Malvik sein können, sofern sie die ganze Nacht durchgefahren wäre. Das hätte Martin einen Spielraum von etwa dreißig Minuten gegeben, bevor die Arbeitskollegen ihn zu Schichtbeginn um sieben Uhr wieder im Bagger sitzen sahen. Oder sie hatte bis zum nächsten Tag gewartet und wäre bei Martin eingetroffen, nachdem seine Schicht beendet war. Was das Fundament dieser Theorie allerdings wieder einriss, war die Tatsache, dass Katharinas Wagen und ihr Motorrad in der Garage im Kleivervei gefunden worden waren.

Martin Haugen kam zurück in die Hütte. Inzwischen hatten sie Feuer im Kaminofen in der Wohnstube gemacht. Martin legte zwei Scheite nach und setzte sich.

»Hast du eigentlich noch nie Angst gehabt?«, fragte er. »Bei der Arbeit, meine ich.«

»Ich sitze ja meistens in einem Büro«, erwiderte Wisting. »Da gibt es nicht so viel, wovor man Angst haben müsste.«

»Ich denke eher an etwas anderes. Wenn du dich beispielsweise der Aufklärung eines Falls näherst und der Mörder begreift, dass du ihn bald enttarnen wirst. Hattest du nie Angst vor dem, was so jemand machen könnte, um dich davon abzuhalten?«

Wisting schüttelte den Kopf und trank einen Schluck Cognac.

»Die Ermittlungen werden ja nicht nur von einer Person geführt«, erwiderte er. »Der Täter würde doch nichts erreichen, indem er mich bewusstlos schlägt.«

»Aber glaubst du wirklich, dass ein Mörder so rational denkt? Wenn er einmal getötet hat, kann er doch wieder töten?«

»Ich glaube, als Bauarbeiter lebt man gefährlicher als ich«, sagte Wisting und lächelte. »Mit all den großen Maschinen, den Sprengungen und solchen Dingen.«

Der Schein des Kaminfeuers zuckte unruhig über die Hüttenwände.

»Aber es kommt doch sicher mal vor, dass du dir Gedanken machst, die du nicht mit anderen teilst?«, fragte Martin. »Verdachtsmomente, die du für dich behältst, oder Zusammenhänge, die nur du siehst?«

Wisting war klar, dass Martin das Terrain sondierte. Genauso wie Wisting zuvor tastete auch er sich vor. Martin hatte es selbst gesagt. Er war keiner, der auswich oder sich passiv verhielt, sondern einer, der zum Angriff überging.

»Der Friedhof ist voll von unersetzlichen Menschen«, scherzte Wisting. »Vermutlich werde ich einige meiner Berufsgeheimnisse mit ins Grab nehmen.«

Martin hob das Cognacglas zu einem Toast.

»Woran arbeitest du gerade?«, wollte er wissen.

»Keine spektakulären Fälle«, sagte Wisting. »Ich war mit einer Konsequenzanalyse zu einer bevorstehenden Polizeireform beschäftigt.«

»Und wie lauten die Konsequenzen?«

»Das weiß ich noch nicht so genau«, erwiderte Wisting. »Und genau das ist mein Problem. Wir wissen nicht, was auf uns zukommt. Die Polizeiarbeit hat zu viele Variablen, als dass man etwas Gesichertes sagen könnte.«

Martin füllte erneut sein Glas.

»Warum bist du Polizist geworden?«, wollte er wissen.

»Ich habe nach einem herausfordernden, spannenden und sinnvollen Beruf gesucht«, sagte Wisting. »Außerdem denke ich, es hat etwas mit Gerechtigkeit zu tun.«

»Was ist denn Gerechtigkeit?«

Wisting hob sein Glas an die Lippen. Ihre Unterhaltung erinnerte ihn an Gespräche, die er manchmal mit Ingrid geführt hatte, als sie noch lebte. Er hinterfragte gern überlieferte Vorstellungen, rüttelte aber nie an gesellschaftlichen Grundsätzen. Ingrid hingegen hatte alle Fragen in einem größeren Zusammenhang betrachtet. Er und Martin hatten nie über solche Dinge gesprochen, und jetzt hatte die Unterhaltung einen Unterton, der Wisting wachsam werden ließ.

»Dass alle gleich behandelt werden und dass derjenige, der einem anderen etwas wegnimmt, dafür bestraft wird«, erwiderte er.

»Gibt es gerechte Lösungen für alles?«, fragte Martin weiter. »Gerechtigkeit sollte doch so aussehen, dass man eine Lösung findet, die beide Parteien in einem Konflikt zufriedenstellt.«

»In dem Fall wäre es ungerecht, jemanden ins Gefängnis zu werfen«, sagte Wisting in dem Versuch, das Gespräch zu lenken. »Ein Täter würde das wohl nur selten als gerecht empfinden. Ich würde eher sagen, Gerechtigkeit bedeutet, dass alle bekommen, was sie verdienen.«

»Strafe als Verdienst?«

»Du kannst es gern so nennen.«

»Dazu musst du aber alle Seiten eines Falls kennen.«

»Wovon redest du?«

Martin blickte zur Zimmerdecke. Er schien nach einer geeigneten Formulierung zu suchen. »Wenn ein Mann seine Frau erschießt, dann verdient er eine Strafe«, setzte er an. »Aber was wäre, wenn die Waffe versehentlich losgegangen ist? Wäre es dann nicht Strafe genug, das Wissen über seine Tat mit sich herumtragen zu müssen?«

Wisting nickte und fragte sich, ob Martin gleich sagen würde, dass Katharinas oder Nadias Tod einem Unfall geschuldet war.

»Unfälle werden nicht bestraft«, sagte er, ohne allerdings darauf hinzuweisen, dass es Ausnahmen gab, sofern der Täter fahrlässig gehandelt hatte. »Die Tat muss beabsichtigt sein«, fügte er hinzu.

»Das heißt dann aber, dass ihr alle Umstände eines Falls kennen müsst.«

»Das nennen wir Ermittlung«, sagte Wisting und lächelte. »Der Versuch, darauf hinzuarbeiten, dass eines Tages die volle Wahrheit ans Licht kommt. Erst dann können wir von Gerechtigkeit reden.«

Martin Haugen blieb ruhig am Tisch sitzen. Wisting suchte nach den passenden Worten, die Martin dazu bringen könnten, sich zu öffnen. Doch bevor ihm etwas einfiel, leerte Martin sein Glas und stand vom Tisch auf.

»Wenn wir morgen zum Eikedokkgipfel wollen, legen wir uns jetzt besser hin.«

74

Line trat mit den anderen an die Grube heran und ließ dabei das Aufnahmegerät laufen, um die Dramatik des Augenblicks einzufangen.

Sie blieb am Rand stehen, achtete darauf, dass der Boden unter ihr nicht abrutschte, und beugte sich vor.

Die Grube war jetzt etwa zwei Meter tief. Zunächst sah Line nicht viel mehr als lehmige Erde und Steine. Die Polizisten waren an der gegenüberliegenden Seitenwand der Grube beschäftigt.

Automatisch hob Line die Kamera und sah durch die Linse die Spitze eines Stiefels, der aus der Erde herausragte. Die Polizisten redeten über Leder und synthetisches Material, das sich nicht auflöste oder verwitterte.

Eine Leiter wurde heruntergelassen, und zwei Kriminaltechniker kletterten in die Grube. Anstatt der üblichen weißen Schutzanzüge, die von der Spurensicherung gern benutzt wurden, trugen sie dunkelblaue Overalls mit der Aufschrift *Polizei* auf dem Rücken.

Line trat ein paar Schritte zurück, um etwas Abstand zu gewinnen. Schnell schoss sie ein paar Fotos und überprüfte das Ergebnis auf dem Display der Kamera. Die Aufnahmen sprachen für sich.

Einer der Kriminaltechniker hatte ein löffelähnliches Werkzeug dabei, ähnlich denen, die von Archäologen benutzt wurden. Line trat wieder an den Rand des Lochs heran und sah, dass er anfing, die Erde um den Stiefel herum zu entfernen, während sein Kollege die Arbeit fotografisch dokumentierte. Nach kurzer Zeit war der gesamte Stiefel sichtbar. Form und Stil verrieten, dass er einer Frau gehörte.

»Dabei kann es sich auch um Abfall handeln, der zufällig in der Füllmasse gelandet ist«, gab einer der Polizisten zu bedenken. Doch sein Kommentar blieb unerwidert.

Ein größerer Erdklumpen löste sich aus der Seitenwand der Grube und gab die Sohle eines weiteren Stiefels frei.

Der Abstand zwischen den Stiefeln betrug etwa zehn Zentimeter, der eine Stiefel lag etwas weiter hinten, wie bei einer Person, die ein Bein leicht angezogen hatte.

Die beiden Techniker besprachen die weitere Vorgehensweise und einigten sich auf den Versuch, einen der Stiefel herauszuziehen.

Der Mann mit dem Ausgrabungswerkzeug umfasste den Schaft und löste den Stiefel ab. Ein wenig Erde rutschte nach, dann tauchte der erste Knochen auf. Ein graubrauner Unterschenkelknochen, der aus der Erde herausragte.

Der Techniker blickte in den Stiefel und zeigte seinem Kollegen, was sich darin befand. Dann konzentrierte er sich auf den großen Knochen.

»Sie liegt horizontal, in dieser Richtung«, sagte er und verdeutlichte die Lage des Skeletts mit einer Handbewegung. »Wir müssen einen Korridor graben, um sie herauszubekommen.«

Die Techniker kletterten über die Leiter nach oben.

Der Mann im Führerhaus des Baggers schnippte seinen Zigarettenstummel weg und ließ den Motor an. Nach Anweisung der Techniker arbeitete er sich durch die Erdschicht weiter nach unten vor.

Line setzte sich mit dem Laptop ins Auto und schrieb eine kurze Zusammenfassung über die gefundenen menschlichen Überreste. Daniel ging mit einer Videokamera umher, wurde aber von einem der Polizisten ermahnt, das Loch und die Knochen nicht zu filmen.

Adrian Stiller kam zu Lines Wagen, öffnete die Beifahrertür und setzte sich zu ihr.

»Die Familie wurde informiert«, sagte er ohne Umschweife. »Wir können zwar nicht bestätigen, dass wir Nadia Krogh gefunden haben, aber ihretwegen sind wir hier.«

Line gab Stillers Worte direkt in den Computer ein.

»Todesursache?«, fragte sie.

»Darüber kann man noch nichts sagen, aber die Geschichte war ja schon die ganze Zeit als Kriminalfall eingestuft.«

»Gibt es Verdächtige?«

Adrian Stiller zögerte.

»Ich würde keine gute Arbeit machen, wenn ich das nicht fragte«, sagte Line. »Streng genommen erfordert die Frage ein Ja oder ein Nein. Ich kenne die Antwort, aber Sie können es formulieren, wie Sie möchten.«

»Sie können schreiben, dass ich das nicht kommentieren will«, erwiderte Stiller und stieg aus. »Im Laufe der nächsten zehn Minuten geht eine Pressemitteilung über den Leichenfund raus«, fügte er hinzu. »Falls Sie Ihren Beitrag früher veröffentlichen möchten.«

Line bedankte sich, tippte ein paar abschließende Sätze ein und las sich alles noch einmal durch. Der Text fasste die Ereignisse zusammen. Kurz und prägnant. Zusammen mit einem Foto, das einen der Kriminaltechniker auf der Leiter zeigte, schickte sie den Text an die Redaktion. Gleich anschließend rief sie bei der Zeitung an, um sich zu vergewissern, dass alles eingegangen war.

Kurz nach drei Uhr war die Grube um einen drei Meter breiten und ebenso langen Zugangskanal erweitert. Nur eine dreißig Zentimeter dicke Erdschicht bedeckte noch die restlichen Knochen.

Etwa hundert Meter weiter nördlich hatten sich Zuschauer auf einer Brücke eingefunden, die über die E18 führte. In erster Linie handelte es sich dabei um Pressevertreter. Im Schein der Straßenbeleuchtung konnte Line mehrere Kameralinsen erkennen.

Inzwischen hatten die Polizisten ein großes Arbeitszelt am Fundort aufgebaut.

Line hielt sich dicht neben Stiller, damit niemand Fragen stellte, wenn sie mit ihm in das Zelt hineinging.

Im Inneren des Zeltes befand sich ein großes Schüttelsieb, ein rechteckiger Holzkasten mit einem Netzboden. Jeder Spaten Erde aus der direkten Umgebung des Fundortes wurde durch das grobmaschige Netz getrieben, damit größere Gegenstände aussortiert werden konnten.

Ein Erdklumpen landete auf dem Netz. Die Männer wurden aufmerksam und untersuchten ihn genauer. Ein dunkler Gegenstand wurde daraus hervorgezogen. Line hob die Kamera, als ihr klar wurde, worum es sich handelte. Eine Handtasche.

Einer der Techniker trug sie zu einem Arbeitstisch, um sie im Licht eines hellen Scheinwerfers genauer zu inspizieren.

»Aus PVC gefertigt«, sagte er, wie um zu erklären, wieso die Tasche über zwanzig Jahre fast unbeschadet in der Erde gelegen hatte.

Line blieb hinter Adrian Stiller und Nils Hammer stehen und sah, dass sich einige Teile der Tasche ablösten, als der Techniker anfing, sie näher zu untersuchen. Eine festgeleimte Metallspange und ein Riemen fielen ab.

»Darf ich mal ein Foto machen?«, fragte sie und hatte zum ersten Mal an diesem Tag das Gefühl, sich aufzudrängen.

Der Kriminaltechniker blickte auf. Vermutlich kannte er die Einzelheiten des alten Falls nicht und wusste auch nicht, dass Nadia die Geldbörse mit dem Foto von sich und ihrem Bruder in der Handtasche mit sich herumgetragen hatte.

Stiller nickte als Zeichen des Einverständnisses. Mit blauen Latexhänden hielt der Techniker die Tasche vor sich in die Höhe.

Line schoss ein Foto, bedankte sich und senkte die Kamera.

Vorsichtig öffnete der Mann die Handtasche und nahm den Inhalt heraus, der gut erhalten zu sein schien. Ein Schlüsselbund, ein Lippenstift und ein paar kleinere Gegenstände, die Line nicht identifizieren konnte. Das war alles. Keine Geldbörse.

Line war davon überzeugt, dass es sich um Nadias Handtasche handelte. Sie stimmte mit der Beschreibung überein. Line versuchte sich vorzustellen, was genau vorgefallen war, als man die Leiche an den Straßenrand geworfen hatte. Die Geldbörse war herausgenommen worden, bevor man der Toten die Tasche hinterhergeworfen hatte. Wie bei einem Überfall.

»Vielleicht liegt die Geldbörse ja auch da unten«, sagte Stiller, während die Arbeiten weitergingen.

Line verfolgte aufmerksam jeden Spatenstich. Nie zuvor hatte sie die Arbeit der Polizei von so Nahem miterleben dürfen.

Kurze Zeit später waren die ersten Knochen freigelegt. Die Erde direkt neben den sterblichen Überresten war etwas dunkler als der Rest. Es gab Schenkelknochen, Knieschalen, Fingerknöchel und bogenförmige Rippenknochen. Feine Pflanzenwurzeln hatten sich wie Nerven an einige Knochenteile geheftet. Schließlich wurde auch der Schädel freigelegt. Wie es aussah, hatte er einige Risse, und auf der rechten Seite schien ein Stückchen zu fehlen.

Die Kriminaltechniker unterhielten sich, ohne dass Line ein Wort verstehen konnte.

»Was habt ihr?«, fragte Stiller.

Der ältere der Techniker sah zu ihm auf.

»Schädelbruch«, erklärte er, während sein Kollege die Verletzung mit der Kamera festhielt.

»Ist das die Todesursache?«, wollte Stiller wissen.

»Wir gucken uns das genauer an, wenn wir alles auf dem Tisch haben«, erwiderte der Techniker ausweichend.

Sie ließen den Schädel liegen und wandten sich dem Rest der Leiche zu. Sämtliche Kleidung hatte sich offenbar aufgelöst. Ein dunkler Gürtel mit einer rostigen Schnalle war auf den ersten Blick alles, was übrig geblieben war.

Der ältere Techniker hob etwas auf, das neben den Hüftknochen gelegen hatte, und ließ es in eine braune Papiertüte fallen. Line fragte sich, ob es etwas sein könnte, was Nadia in der Hosentasche getragen hatte. Sie machte ein Foto, vergrößerte den Ausschnitt auf dem Kameradisplay und sah, dass es die Reste eines Reißverschlusses waren.

Ein Fingerring und ein Ohrring wurden ebenfalls sichergestellt, bevor die Techniker anfingen, die Knochenreste einzusammeln. Sie begannen mit den Händen. Alle kleinen Knochen, die zur linken Hand gehörten, wurden in einen entsprechend beschrifteten Beutel gelegt. Linker Ober- und Unterarmknochen wurden auf dieselbe Weise behandelt und in einen Kasten gelegt. Daraufhin folgten die Ober- und Unterschenkelknochen des linken Beins.

»Ich habe alles, was ich brauche«, sagte Daniel Leanger. »Wir werden ohnehin keine Liveaufnahmen von menschlichen Überresten zeigen, damit ist mein Job hier beendet. Ich fahre ins Hotel und bearbeite die Aufnahmen. Was machst du?«

»Ich bleibe noch etwas«, erwiderte Line.

»Morgen ist auch ein langer Tag«, fuhr Daniel fort. »Wir müssen einen neuen Podcast online stellen.«

Line nickte, zog das Aufnahmegerät aus der Tasche und überprüfte den Akku. Er musste bald aufgeladen werden.

»Ich muss noch mal mit ihrem Freund reden«, sagte sie. »Der Fall stellt sich ja jetzt ganz anders dar, nachdem sie gefunden wurde.«

Daniel folgte ihr zum Wagen, wo sie den Treffpunkt für den kommenden Tag vereinbarten.

Ein Polizist im Streifenwagen brachte Kaffee und belegte Brötchen für alle. Adrian Stiller machte Line darauf aufmerksam, woraufhin sie sich einen Becher Kaffee geben ließ und dann wieder das Zelt betrat.

Die Techniker waren nicht viel weiter gekommen, standen aber dicht zusammen und berieten sich anscheinend, wie mit den restlichen Knochen zu verfahren sei.

Adrian Stiller erschien mit einer Flasche Wasser in der Zeltöffnung.

»Es gibt auch Kaffee«, informierte er die anderen, sah aber gleich, dass sie gerade konzentriert bei der Sache waren.

»Was ist denn?«, fragte er.

Der ältere Kriminaltechniker drehte sich um.

»Sie hat Frakturen«, sagte er. »An Oberschenkel, Schienbein und am Arm.«

»Zusätzlich zum Schädelbruch«, fügte der andere Techniker hinzu.

»Was schließen Sie daraus?«

Der ältere Techniker schien etwas unwillig, eine konkrete Ursache für die Verletzungen zu benennen.

»Die Verletzungen deuten darauf hin, dass sie angefahren wurde«, sagte er schließlich.

»Angefahren?«, wiederholte Stiller.

»Da sie sich in einem Straßengraben befindet, ist der Gedanke doch ganz naheliegend.«

»Aber damals hat es hier noch gar keine Straße gegeben«, warf Line ein. »Die wurde doch gerade erst gebaut.«

Der Kriminaltechniker zuckte mit den Schultern.

»Jedenfalls habe ich solche Verletzungen schon häufiger bei Verkehrsunfällen gesehen«, sagte er.

Stiller richtete den Blick auf Line.

»Das veröffentlichen Sie erst, wenn ich Ihnen grünes Licht gebe«, sagte er.

Line nickte.

Nach einer kurzen Kaffeepause wurden die restlichen Knochen registriert und aus der Grube geholt. Anschließend untersuchten die beiden Kriminaltechniker die Erdschicht, auf der das Skelett gelegen hatte. Sie konzentrierten sich auf das Kopfende, und Line vermutete, dass sie nach dem zweiten Ohrring suchten. Einige Male hielten sie inne und nahmen etwas aus den Sieben, mit denen sie arbeiteten. Meist waren es Steine, die zu groß waren, um durch die Löcher zu fallen.

Nach einer Weile tauchte auch der fehlende Ohrring auf, dennoch setzten die Techniker ihre Feinarbeit fort. Ein paarmal fanden sie etwas und untersuchten es, aber die Objekte waren zu klein, als dass Line sie hätte erkennen können. Irgendwann wurde ihr klar, dass es sich vielleicht um Zähne handelte. Sie nahm die Kamera und rief auf dem Display ein Foto auf, das den Schädel zeigte. Die Kieferpartie schien intakt, alle Zähne waren noch vorhanden.

»Wonach suchen Sie da?«, erkundigte sie sich.

Der ältere Techniker sah zu Stiller, um sich die Antwort von ihm genehmigen zu lassen.

»Glasfragmente«, erwiderte er, nachdem Stiller mit einem Kopfnicken sein Einverständnis gegeben hatte.

Die Techniker versuchten, weitere Anhaltspunkte für die These zu finden, dass Nadia Krogh angefahren worden war, und suchten jetzt nach winzigen Glasscherben, die vielleicht an ihrer Kleidung oder ihrem Haar haften geblieben waren.

»Und finden Sie etwas?«, fragte sie.

Der Techniker nickte nur und fuhr mit seiner Arbeit fort. Es war jetzt kurz nach sechs Uhr morgens. Line merkte, dass sie müde war. Die Anspannung hatte nachgelassen. Die Grabungsarbeiten würden vermutlich nicht viel Neues zutage bringen, dennoch hatte sie das Gefühl, den Ort nicht verlassen zu dürfen, bevor die Arbeit beendet war.

Sie ging zu ihrem Wagen, setzte sich hinein und startete den Motor, um etwas Wärme zu bekommen. Nach kurzer Zeit fielen ihr die Augen zu, und sie schlief ein.

Jäh erwachte sie, als ans Fenster geklopft wurde. Es war Adrian Stiller. Die Uhr am Armaturenbrett zeigte 07:38.

Frische kühle Luft drang in den Wagen, als sie das Fenster herunterließ.

»Wir sind hier jetzt fertig«, sagte er. »Sobald wir zusammengepackt haben, wird die Straße wieder freigegeben.«

Line sah zu dem Zelt hinüber, wo ein Polizist gerade das Absperrband entfernte.

»Das Zelt bleibt noch stehen«, fuhr Stiller fort, »aber im Grunde genommen muss nur noch das Loch wieder aufgefüllt werden.«

»Was werden Sie jetzt tun?«, fragte Line.

»Wir werden jetzt versuchen, ein wenig zu schlafen«, erwiderte er.

Er sieht so aus, als ob er es dringend nötig hat, dachte Line. Sogar mehr als jeder andere. Allerdings war sie nicht sicher, ob er tatsächlich eine Pause einlegen würde.

»Und danach?«

»Danach werden wir das Ganze intern besprechen, damit alle auf dem aktuellen Stand sind«, sagte Stiller. »Bevor Ihr Vater wieder zurück ist, passiert gar nichts.«

75

Martin Haugen stand als Erster auf. Wisting lag im Bett und hörte, wie er den Ofen anfachte.

Das Bett knarrte, als er nach dem Handy griff, das in der Jacke auf dem Stuhl lag. Es hatte immer noch Strom. Drei Prozent.

Eine Nachricht von *Line* tauchte auf: *Haben das Gesuchte gefunden.* Er hatte die Meldung kaum überflogen, als auf dem Bildschirm eine neue Nachricht erschien: *Sieht so aus, als sei unsere Freundin angefahren worden.*

Die Nachrichten waren um 03:32 Uhr beziehungsweise um 05:40 Uhr versendet worden. Hammer hatte das Wetter nicht mehr erwähnt, aber die Meldung war so simpel codiert, dass sie kaum jemanden täuschen konnte.

Um weitere Informationen zu bekommen, schickte er ein Fragezeichen zurück. Wie sich zeigte, war Nils Hammer noch wach. Die Antwort kam schnell: *Frakturen an Armen, Beinen und Schädel. Technik tippt auf Verkehrsunfall.*

Wisting hörte aus der Küche, dass Martin sich an der Kaffeekanne zu schaffen machte.

Ein Unfall, dachte er. War es das, was Martin am Abend zuvor andeuten wollte, als sie von Gerechtigkeit und verdienter Strafe gesprochen hatten?

Was für ein Auto hatte MH damals?, schrieb er, obwohl ihm bewusst war, dass er die Kollegen im Präsidium im Hinblick auf die nächsten Schritte nicht anleiten musste. *Frag Steinar Vassvik nach evtl. Schäden am Auto,* fügte er hinzu.

Genau in dem Moment, als er auf *Senden* drückte, wurde das Display schwarz. Der Akku war endgültig leer.

Wisting zog die Beine aus dem Schlafsack und setzte sich hin. Es war kalt im Zimmer. Er zog sich Hose und Hemd an, bevor er Wasser in die Waschschüssel gab, die am Fenster stand.

Der Kaffee wartete auf ihn, als er in die Küche kam.

»Die Betten sind nicht besonders gut«, sagte Martin.

Wisting streckte den Nacken und drehte den Kopf, um die Steifheit aus den Gliedern zu vertreiben.

»Für eine oder zwei Nächte geht es schon«, sagte Wisting mit einem Lächeln und schenkte sich Kaffee ein.

Nach dem Frühstück fuhren sie hinaus und holten die Netze ein. Der Eikedokkgipfel war vom Boot aus zu sehen. Ein flacher Berggipfel, der steil zum Wasser hin abfiel.

»Wir müssen von der anderen Seite aus hinaufgehen«, erklärte Martin. »Am besten packen wir erst und bringen die Sachen zum Wagen und gehen dann von dort aus los.«

Der Fang war etwas geringer ausgefallen als am Tag zuvor. Sie säuberten die Fische und salzten sie ein, während die Netze in der Sonne trockneten. Dann packten sie die Rucksäcke, räumten auf und fegten die Böden, bevor Martin die Tür zur Hütte verschloss.

Wisting wollte gern nach Hause. Er hatte schon überlegt, ob er vorschlagen sollte, dass sie auf die Bergtour verzichteten, doch andererseits hatte er mit der Hüttentour noch nicht sein eigentliches Ziel erreicht. Die Wanderung zum Eikedokkgipfel würde ihm eine zusätzliche Möglichkeit bescheren, etwas aus Martin herauszubekommen.

Der Eimer mit dem eingesalzenen Fisch war schwer und unhandlich. Sie wechselten sich beim Tragen ab, aber nach ein paar Hundert Metern blieb Wisting stehen und hob einen kräftigen Stock auf, an den sie den Eimer hängten. Dann legten sie sich die Enden des Stocks auf die Schultern, sodass sie den Eimer zwischen sich tragen konnten. Martin ging voraus. Wisting richtete den Blick auf seinen Nacken. In den nächsten vierundzwanzig Stunden würde er verhaftet werden, dachte er. Zusammen mit den Fingerabdrücken auf dem Erpresserbrief waren die sterblichen Überreste von Nadia Krogh ausreichend für einen Haftbefehl wegen dringenden Tatverdachts. Ein guter Anwalt würde Katharina ins Spiel bringen. Immerhin war sie es, die den codierten Hinweis auf das Versteck der Leiche hinterlassen hatte. Ein guter Anwalt würde sogar behaupten können, dass Martin zwar wusste, was sie getan hatte, ihn dies aber nicht automatisch zum Mitschuldigen machte.

Die beiden Tage in der Hütte hatten sich auf Wistings Stimmung ausgewirkt. Sein Selbstwertgefühl hatte unter dem verlogenen Versteckspiel gelitten. In all den Berufsjahren bei der Polizei hatte er sich bemüht, ehrlich und offen aufzutreten, sowohl im Umgang mit Kollegen als auch mit Kriminellen. Die manipulative Vorgehensweise gegenüber Martin quälte ihn, und er war froh, dass die Tour bald zu Ende war.

Als sie zum Wagen kamen, schob Martin den Fischeimer unter die Abdeckung der Ladefläche und fixierte ihn mit Halteriemen, damit er nicht umkippen konnte, wenn sie losfuhren.

Wistings Gedanken wanderten zu Nadia Krogh.

»Hast du eigentlich immer schon einen Pick-up gefahren?«, fragte er.

Martin schloss die Heckklappe.

»Ja«, sagte er. »Das ist ziemlich praktisch. Man kann alles Mögliche mitnehmen. Ich hatte in jungen Jahren mal zwei Motocross-Maschinen, mit denen ich Rennen gefahren bin. Anstatt mit einem Anhänger herumzufahren, konnte ich die einfach auf die Ladefläche packen.«

»Hattest du schon mal einen Unfall?«

»Ach, das gehört dazu«, erwiderte Martin. »Mit zwanzig habe ich mir mal das Schlüsselbein gebrochen. Danach hab ich's dann aufgegeben.«

»Ich meinte mit dem Wagen«, sagte Wisting und ging um den Pick-up herum. »Sieht ja ziemlich solide aus, für den Fall, dass etwas passieren sollte.«

»In den sechsunddreißig Jahren, seit ich einen Führerschein besitze, hatte ich nur einen einzigen Unfall«, sagte Martin und lächelte.

»Ich hatte zwei«, sagte Wisting. »Einmal mit einem Streifenwagen während eines Einsatzes. Das andere Mal mit einem kleinen Fiesta. Totalschaden. Seitdem fahre ich nur noch Volvo. Die halten was aus.«

»Der hier auch«, versicherte Martin und deutete mit dem Kopf auf seinen Pick-up.

»Es war übrigens beide Male meine Schuld«, fuhr Wisting fort und erzählte, wie er mit dem Streifenwagen bei der Einfahrt in einen Kreisverkehr verunglückt war und wie er mit dem kleinen Fiesta einen Auffahrunfall verursacht hatte.

»Das Gleiche ist mir auch passiert«, sagte Martin. »Ich bin von hinten auf einen Lastwagen gedonnert.«

»Ist das schon lange her?«, fragte Wisting.

»Ja, das war, noch bevor Katharina verschwand«, sagte Martin.

Nachdem Wisting die ersten Schritte auf dem überwucherten Wanderweg hinter sich gebracht hatte, kam ihm plötzlich eine Idee. Während er weiterging, zeichnete sich in seinem Kopf eine Möglichkeit ab, wie Martin Haugen sich ein Alibi beschafft hatte.

In Gedanken versuchte Wisting, Einzelheiten aus den Falldokumenten zu rekonstruieren. Das letzte Telefongespräch mit Katharina war einer der Punkte, die mit Martins Erklärungen nicht ganz übereinstimmten. Es hatte acht Minuten und siebzehn Sekunden gedauert, doch abgesehen davon, dass sie über dieses und jenes gesprochen hatten, dass sie einander erzählt hatten, was im Laufe des Tages passiert war, und dass sie einander Gute Nacht gewünscht hatten, war Martin nie in der Lage gewesen zu schildern, worum es in diesem Gespräch eigentlich gegangen war. Acht Minuten waren eine verhältnismäßig lange Zeit für ein Telefonat. Im Lichte dessen, was Wisting heute wusste, war es in dem Gespräch vermutlich um Katharinas schlechtes Gewissen gegangen und darum, dass sie sich der Polizei stellen und berichten wollte, was geschehen war. Ein schwieriges Thema für eine Unterhaltung am Telefon, weswegen Katharina sich womöglich auf ihr Motorrad gesetzt hatte und nach Norden in Richtung Trøndelag gefahren war. Vielleicht hatten sie vereinbart, sich auf halber Strecke zu treffen, oder sie war die ganze Nacht durchgefahren. Jedenfalls konnten sie sich am vereinbarten Ort getroffen haben, wo Martin Haugen dann wohl letztlich gemäß seinen »vererbten Urinstinkten« reagiert hatte, wie er es selbst genannt hatte. Er war zum Angriff übergegangen. Danach hatte er die tote Katharina auf dieselbe Art verschwinden lassen, wie sie es mit Nadia Kroghs Leiche getan hatten, und das Motorrad auf die Ladefläche des Pick-ups verfrachtet, damit er es nach seiner Heimkehr unbemerkt in die Garage zurückstellen konnte.

Es war eine einfache, aber plausible Erklärung und – wie Martin es am Abend zuvor ausgedrückt hatte – ein Zusammenhang, den Wisting vorläufig als Einziger erkannt hatte.

Er stolperte über eine Baumwurzel, die unter dem Laub verborgen lag, hielt sich aber auf den Beinen. Es war deutlich zu erkennen, dass der Pfad nicht häufig benutzt wurde. Von beiden Seiten wucherte die Vegetation über den Wegesrand hinaus, mehrmals mussten sie vorstehenden Ästen ausweichen und um umgestürzte Bäume herumgehen. Nach drei Kilometern kamen sie zu einer Gabelung. Der Pfad, dem sie folgten, wurde noch schmaler und stieg spürbar an. Wistings Puls beschleunigte sich, sein Rücken war plötzlich schweißbedeckt.

An einer großen Eiche querte ein Bach den Pfad. Martin blieb stehen, füllte die hohle Hand mit Wasser und trank. Wisting folgte seinem Beispiel, dann gingen sie weiter.

Die Wanderung zum Gipfel dauerte eine Stunde, genau wie Martin vorausgesagt hatte. Um die Aussicht zu genießen, traten sie dicht an den Abgrund heran, wo der Fels steil nach unten ragte. Wisting versuchte sich zu orientieren. Der Wind zerrte an seinen Hosenbeinen, während er sich umblickte. Er sah den See, wo sie die Fische gefangen hatten, und in der Ferne erahnte er das Meer als etwas dunkleren blauen Streifen vor dem hellen Himmel. Die Waldlandschaft um sie herum erstreckte sich in alle Richtungen.

»Da drüben ist die Grenlandsbrücke«, sagte Martin und zeigte nach Osten.

Wisting sah die beiden Brückenpfeiler, die wie Speere in die Höhe ragten.

»Warst du dabei, als die gebaut wurde?«, fragte Wisting.

»Nicht bei der Brücke, aber beim Bau des Tunnels auf der Nordseite«, erklärte Martin.

Wisting nahm einen Stein, warf ihn über den Rand des Abgrunds und beugte sich vor, um seine Landung weiter unten zu beobachten.

»Mein Großvater war der Erste, der mich mit hierher genommen hat«, sagte Martin, der hinter Wisting stand. »Er hat mir von diesem Gipfel erzählt und gesagt, die Wikinger hätten die Alten, die für die Gemeinschaft zur Belastung geworden waren, hier heraufgebracht, damit sie sich opfern und in die Tiefe stürzen konnten. Oder andere Familienmitglieder, die Schande über den Stamm gebracht hatten.«

Martin trat neben Wisting.

»Ich glaube allerdings, dass er das nur erfunden hat«, sagte er. »Es hat in dieser Gegend niemals Wikinger gegeben, aber ich weiß noch, dass mich diese Geschichte ziemlich erschreckt hat. Ich war damals erst fünf oder sechs und habe Albträume davon bekommen. Der Gedanke, dass sich jemand mehr oder weniger freiwillig in die Tiefe stürzt, war für mich damals völlig unverständlich.«

Wisting blickte erneut über den Rand.

»Es gibt bessere Arten zu sterben«, sagte er.

»Weißt du noch, was ich über meine Asche gesagt habe?«, fragte Martin und trat einen Schritt zurück. »Das hier wäre ein schöner Ort, um sie zu verstreuen.«

Für Wistings Geschmack hatte sich das Gespräch in eine beunruhigende Richtung entwickelt.

»Schreib es auf«, sagte er und versuchte den Ernst der Lage mit einem Lächeln abzumildern.

Martin zögerte einen Moment und erwiderte dann das Lächeln.

»Was machst du, wenn du nach Hause kommst?«, fragte er.

»Vermutlich werden mich Line und Amalie besuchen kommen«, erwiderte Wisting und hatte plötzlich das Bedürfnis, sich etwas vom Abgrund zu entfernen. »Es geht jetzt alles so schnell mit der Kleinen. Sie kann schon fast allein gehen und plappert die ganze Zeit.«

Wisting musste plötzlich an Ingrid denken, die während eines Auftrags für eine Hilfsorganisation in Sambia gestorben war.

»Wir haben sie nach ihrer Großmutter benannt«, fuhr er fort. »Ingrid Amalie, aber wir sagen nur Amalie zu ihr. Ich denke natürlich oft an Ingrid, wenn ich meine Enkelin sehe. Schade, dass sie es nicht erleben durfte, Großmutter zu werden. Aber es ist gut zu wissen, dass sie da war, wo sie im Leben sein wollte, als wir sie verloren haben«, fügte er hinzu und versuchte, das Gespräch wieder auf Martin zu lenken. »Sie war so zufrieden, als ich das letzte Mal mit ihr telefoniert habe. Sie war ganz begeistert von den Erfolgen, die sie erzielt hatten, und von den Möglichkeiten, die noch vor ihnen lagen.«

Martin schwieg. Wisting war kurz davor zu fragen, worüber er und Katharina gesprochen hatten, ehe sie verschwand, doch er kam gar nicht dazu.

»Katharina war schwanger«, sagte Martin.

Er hatte den Blick auf den Horizont gerichtet.

»Als sie verschwunden ist?«, fragte Wisting erstaunt.

»Lange davor«, erwiderte Martin. »Sie hat es verloren.«

»Das wusste ich nicht«, sagte Wisting und fügte hinzu, dass es ihm sehr leidtue.

Martin drehte den Kopf in die andere Richtung. Im Westen zogen dunkle Wolken auf.

»Es wird bald regnen«, sagte er. »Wollen wir zurückgehen?«

76

Sobald er den Kopf zurücklegte und die Augen zumachte, würde er einschlafen, das wusste er, aber Schlaf war für Adrian Stiller momentan keine Option.

Im Register der Zulassungsbehörde war verzeichnet, dass Martin Haugen Ende der Achtzigerjahre einen Nissan King Cab gefahren hatte. Der Wagen war später noch auf andere Besitzer zugelassen gewesen, bevor er 1996 stillgelegt wurde.

Stiller hielt vor dem Haus von Steinar Vassvik und stieg aus dem Wagen. Die Haustür wurde geöffnet, noch bevor er geklingelt hatte. Sofort erkannte er den Mann, den er und Wisting ein paar Tage zuvor im Vorbeifahren gesehen hatten.

Vassvik machte keine Anstalten, ihn ins Haus zu bitten, nachdem Stiller sich vorgestellt hatte.

»Ich arbeite an älteren und ungelösten Fällen«, sagte er.

Steinar Vassvik antwortete mit einem knappen Kopfnicken.

»Einer davon ist der Fall Katharina Haugen«, fuhr Stiller fort. »Ich versuche gerade, ein paar offene Fragen zu den damaligen Ermittlungen zu klären, und wollte Sie um Hilfe bitten.«

Vassvik nickte erneut, blieb aber an der Türöffnung stehen. Stiller war es nur recht. Er wollte nicht lange bleiben, musste seine Fragen allerdings so stellen, dass er möglichst vertrauenswürdig wirkte.

»Zu welchen Fahrzeugen hatte Katharina Zugang?«

»Steht das nicht in den Unterlagen?«, fragte Vassvik.

»Meine Arbeit besteht darin, die alten Informationen zu prüfen und ihnen nachzugehen«, erwiderte Stiller.

»Kann Martin Ihnen das nicht selbst sagen?«, fragte Vassvik und warf dabei einen Blick auf den Schotterweg schräg gegenüber.

»Natürlich«, sagte Stiller und blätterte in ein paar Papieren, die er bei sich hatte. »Soweit ich hier sehe, hatte sie einen Golf und eine Kawasaki Z650. Stimmt das?«

Abermals nickte Vassvik.

»Was für einen Wagen hat Martin Haugen damals gefahren?«

Die Antwort kam sofort.

»Einen Pick-up. Er hatte immer einen Pick-up.«

»Hat Katharina den manchmal auch benutzt?«, fragte Stiller.

Jetzt schüttelte Vassvik den Kopf.

»Können Sie sich erinnern, ob es irgendwann mal Unfallschäden an einem der Fahrzeuge gegeben hat?«

Vassvik schien nachzudenken und verneinte dann.

»Eine zerbrochene Frontscheibe oder so etwas?«, hakte Stiller nach.

»Da war mal was«, fiel Vassvik schließlich ein. »Aber das war lange bevor Katharina verschwand.«

»Was genau?«, wollte Stiller wissen.

»Martin war auf einen Lastwagen aufgefahren.«

Stiller bat ihn um eine genauere Erklärung.

»Es war ein Blechschaden vorn und an der rechten Seite«, berichtete Vassvik. »Larsen hat's dann gerichtet.«

»Larsen?«

Vassvik deutete mit dem Kopf in Richtung der alten Autowerkstatt weiter vorn an der Straße.

»Der ist allerdings längst tot«, fügte Vassvik hinzu. »Aber ich glaube nicht, dass es irgendwelche Unterlagen dazu gab. Larsen hat's mit solchen Sachen nicht so genau genommen.«

Womöglich war Martin Haugen absichtlich auf einen anderen Wagen aufgefahren, dachte Stiller. Um die Schäden zu vertuschen, die entstanden waren, als er Nadia Krogh angefahren hatte.

»Es gab also einen Unfallschaden?«, fragte er, um sich zu vergewissern.

Stillers Handy klingelte. Nils Hammer rief an.

»Es gab einen Anruf von der Polizei in Trøndelag«, sagte er. »Der Suchhund hat am Straßenrand angeschlagen, genau da, wo der Erdrutsch war.«

»Ich komme«, erwiderte Stiller.

Er bedankte sich bei Steinar Vassvik und ging zu seinem Wagen. Sie waren der Lösung des Falls so nah wie noch nie. Stiller war gespannt darauf, was Wisting auf der Hüttentour herausbekommen hatte.

77

Die ersten Regentropfen fielen auf die Frontscheibe, als sie sich in den Pick-up setzten.

»Gerade noch rechtzeitig«, kommentierte Martin und ließ den Motor an.

Wisting beugte sich vor, blickte zum dunklen Himmel hinauf und stieß sich beinahe den Kopf an der Frontscheibe, als eines der Vorderräder in ein Schlagloch geriet.

Der Wagen holperte weiter. Wisting schnallte sich an und hielt sich am Handgriff über der Tür fest, während sie schlingernd weiterfuhren.

Endlich kamen sie zur Wegschranke. Wisting trat hinaus in den leichten Regen und öffnete sie. Martin bog auf die asphaltierte Hauptstraße. Wisting verschloss die Schranke und setzte sich wieder in den Wagen.

Ruhig und gleichmäßig rollten die Reifen über den Asphalt. Martin schaltete das Autoradio ein, während Wisting am Armaturenbrett nach der Uhrzeit suchte. Gerade als er feststellte, dass es genau fünfzehn Uhr war, begann im Radio eine Nachrichtensendung.

Martin drehte die Lautstärke auf. Wisting ahnte schon, was jetzt kommen würde.

»*In der vergangenen Nacht wurde an der E18 bei Porsgrunn ein Leichnam gefunden, das bestätigte die Polizei. Sie geht davon aus, dass es sich dabei um die seit Langem vermisste Nadia Krogh handelt. Die Suche nach der Vermissten wurde gestern eingeleitet, nachdem die Ermittlungen in dem sechsundzwanzig Jahre alten*

Fall Anfang der Woche wieder aufgenommen worden waren. Die E18 war in der Nacht wegen der Sucharbeiten komplett gesperrt und …«

Der Nachrichtensprecher berichtete weiter über den alten Entführungsfall, aber Wisting hörte nicht mehr zu. Er atmete tief durch. Jetzt würde es zur Konfrontation kommen. Ein krampfartiger Schmerz zuckte plötzlich durch Wistings Brust, wie ein beginnender Herzinfarkt.

Vorsichtig drehte er den Kopf zur Seite. Martin wirkte viel ernster als zuvor, sein Gesicht hatte einen verbissenen Ausdruck angenommen.

»Sie haben sie gefunden«, sagte Wisting in dem Versuch, das Spiel weiterzuspielen.

Martin reagierte nicht. Er kniff die Augen zusammen und hielt den Blick auf die Straße gerichtet.

Wisting wusste nicht, ob es ihm noch länger gelingen würde, den Unwissenden zu mimen. Drei Tage lang waren sie umeinander herumgeschlichen und hatten beide gespürt, was unter der Oberfläche gärte. Jetzt war der Druck zu stark geworden.

»Du musst anhalten«, sagte Wisting mit heiserer Stimme. »Fahr rechts ran. Wir müssen reden.«

Doch Martin gab keine Antwort, sondern steigerte nur das Fahrtempo.

78

Über eine Million Leser hatten im Laufe weniger Stunden den Artikel angeklickt, in dem berichtet wurde, dass es sich bei den sterblichen Überresten vermutlich um Nadia Krogh handelte. Das Interesse an dem Fall hatte auch die Hörerzahlen in die Höhe schnellen lassen. Fast zweihunderttausend Hörer hatten den ersten Podcast inzwischen aufgerufen.

Line hatte Amalie hingelegt und ihr ein Fläschchen warme Milch zum Einschlafen in die Hand gedrückt. Das wollte sie keinesfalls zur Gewohnheit werden lassen, aber im Augenblick brauchte sie Ruhe zum Arbeiten.

Line schloss das Aufnahmegerät an ihr Handy an und setzte sich an den Schreibtisch.

»Dieser Podcast entsteht, während wir uns weiter mit dem Fall beschäftigen«, begann sie und hatte zum wiederholten Mal das eigenartige Gefühl, ins Leere zu reden. »Vor etwas über vierundzwanzig Stunden habe ich zuletzt mit Robert Gran gesprochen, doch viel ist seitdem passiert. Vor sechs Stunden habe ich die Stelle verlassen, wo die Polizei glaubt, die sterblichen Überreste seiner damaligen Freundin gefunden zu haben. Jetzt versuche ich, ihn telefonisch zu erreichen.«

Sie wählte die Nummer und hörte das Klingelsignal in den Kopfhörern. Nach einer Weile nahm Robert Gran den Anruf entgegen.

Line meldete sich und kam nach einer kurzen Pause gleich zum Wesentlichen. »Ich gehe davon aus, dass Sie gehört haben, was heute Nacht passiert ist?«

Ein rasselndes Geräusch entstand in der Leitung, als Robert Gran tief einatmete und die Luft wieder ausstieß.

»Ja.«

»Hat Sie jemand von offizieller Seite informiert?«

»Mir hat niemand was gesagt«, erwiderte er. »Ich weiß nur das, was ich im Internet gelesen habe.«

»Ich war vor Ort«, sagte Line.

»Das ist mir schon klar.«

»Was denken Sie jetzt darüber?«, fragte Line, in der Hoffnung, ihm irgendeine Art von Gefühlsäußerung zu entlocken. »Dass sie gefunden wurde, meine ich.«

»Es ist seltsam. Irgendwie unwirklich. Ich habe ja damit gerechnet, dass es eines Tages passiert, aber jetzt kommt es doch etwas unerwartet.«

Er atmete tief ein und fuhr dann fort: »Ich hoffe, dass die Polizei jetzt noch mehr herausfindet. Wer der Täter war und wie es passiert ist.«

Sehr viel mehr bekam Line nicht aus ihm heraus. Also beendete sie das Gespräch und rief anschließend bei Liv Hovet an.

»Ich war heute Vormittag da und hab mir das angeguckt«, erzählte Liv Hovet. »Das ist ja ganz in unserer Nähe. Unangenehme Vorstellung, dass sie die ganze Zeit da gelegen hat, denn das deutet ja darauf hin, dass der Entführer auch hier aus der Gegend kommt.«

»Wie meinen Sie das?«, fragte Line.

»Na, wenn sie hier vergraben wurde, dann muss sie ja auch ganz in der Nähe umgebracht worden sein.«

Line gab keinen Kommentar dazu ab. Inzwischen ging sie davon aus, dass Nadia gar nicht entführt worden war. Vielmehr hielt sie die Entführung für eine Erfindung, die die tatsächlichen Geschehnisse verschleiern und den Verdacht von Nadias unschuldigem Freund ablenken sollte.

Sie beendete das Gespräch und stellte die Tonaufnahmen

zusammen, damit Daniel Leanger mit der Redaktion des Podcasts beginnen konnte. Dann setzte sie sich entspannt hin, um ein paar abschließende Kommentare einzusprechen. Sie verzichtete dabei auf ein Manuskript und orientierte sich nur an ein paar Stichwörtern auf dem Notizblock.

»In diesem Teil unserer Serie haben Sie gehört, was die Entführer damals für die Freilassung von Nadia Krogh verlangt haben. Und wir haben Ihnen davon berichtet, wie die sterblichen Überreste der jungen Frau nach sechsundzwanzig Jahren entdeckt wurden. Was genau hat sich damals abgespielt? War es eine missglückte Entführung, oder ging es beim Rätsel Nadia Krogh eigentlich um etwas ganz anderes? Wir, die Produzenten dieses Podcasts, haben eine Vermutung, was geschehen sein könnte. Wir denken, dass der Tod von Nadia Krogh in einem weitaus größeren Kontext steht als bisher angenommen. Zugleich glauben wir, dass die Lösung des Falls einfacher ist als vermutet. Was wir wissen und wen wir für den Täter halten – das erfahren Sie in der nächsten Episode.«

Line hielt die Aufnahme an, dachte eine Weile nach und sprach dann eine neue Version ein, bei der sie auf die Ankündigung einer Lösung des Falls verzichtete. Dann speicherte sie beide Versionen ab. Sie wollte es Daniel und der Redaktion überlassen, welche gesendet werden sollte. Allerdings hätte sie selbst die erste Version bevorzugt. Inzwischen sah sie mehr als nur die Konturen einer Lösung und glaubte zu wissen, was geschehen war.

79

»Hat Katharina sie angefahren?«, fragte Wisting.

Rechts und links rasten schlanke Baumstämme am fahrenden Wagen vorbei. Martin gab keine Antwort, doch Wisting registrierte eine winzige Kopfbewegung, ein fast unmerkliches Nicken.

»Du hast ihr nur geholfen, die Leiche zu verbergen? Du hast aufgeräumt?«

Der Wagen kam in einer Kurve leicht ins Schlingern, aber Martin hielt weiter das hohe Tempo.

Wisting nahm sein Schweigen als Bestätigung. Allerdings ließ sich das Schweigen nicht mit dem in seinem Jackenärmel verborgenen Mikrofon aufzeichnen.

»Weißt du noch, was ich gesagt habe? Dass es für mich so aussieht, als hätte Katharina einen Koffer für das Gefängnis gepackt?«, fuhr Wisting fort, bekam aber weiterhin keine Antwort. »Ich glaube, sie wollte die Verantwortung für ihre Tat übernehmen. Für Nadias Tod.«

Wisting fragte sich, wie weit er die Konfrontation mit Martin jetzt treiben sollte. Egal was er sagte oder tat, hatte letztlich Martin die Kontrolle. Er saß schließlich hinter dem Lenkrad.

»Der Code auf dem Küchentisch«, fuhr er fort. »Das war eine Skizze, die zeigte, wo Nadia Krogh vergraben lag.«

In gewisser Weise hatte Katharina der Polizei die Lösung des Falls präsentiert, indem sie den Block auf dem Küchentisch hinterließ. Martin hätte ihn verschwinden lassen können, als er vor vierundzwanzig Jahren nach Hause gekommen war, aber ihm waren die Hände gebunden gewesen.

Er selbst hatte den Nachbarn zum Haus hinaufgeschickt, um sein Alibi zu untermauern. Steinar Vassvik hätte der Polizei auf jeden Fall erzählt, dass er eine handgeschriebene Nachricht auf dem Küchentisch gesehen hatte, und es wäre verdächtig gewesen, wenn diese nicht mehr da gewesen wäre.

Der Wagen geriet erneut ins Schlingern. Martin sagte kein Wort und erhöhte das Tempo noch ein wenig mehr.

Wisting sah geradeaus. Eine weite Ebene lag vor ihnen.

Aus der anderen Richtung näherte sich ein Holztransporter.

80

»Der Wagen bewegt sich«, meldete Hammer und hielt dabei den Blick auf den Bildschirm gerichtet.

Der rote Punkt, der Martin Haugens Wagen darstellte, hatte die Position geändert.

»Sie sind auf dem Heimweg«, konstatierte Stiller.

Hammers Telefon klingelte. Er ging ran, hielt den Hörer ans Ohr gedrückt und bat darum, ein paar Dokumente und Fotos zugeschickt zu bekommen. Dann drehte er sich wieder zu den anderen.

»Die Polizei in Trøndelag«, sagte er. »Sie haben im Erdrutschgebiet an der E6 was gefunden. Knochenreste menschlichen Ursprungs.«

»Katharina Haugen.« Stiller wandte sich an Christine Thiis. »Sie müssen den Haftbefehl ausstellen.«

Die Polizeijuristin nickte und verließ den Raum.

»Wie gehen wir vor?«, fragte Hammer. »Wo schnappen wir ihn?«

»Irgendwo an der Straße«, erwiderte Stiller. »Nachdem er Wisting abgesetzt hat, auf dem Weg zu sich nach Hause.«

Hammer warf einen Blick auf den Bildschirm.

»Wir haben vierzig Minuten«, rechnete er aus und suchte dann nach einer Nummer in seinem Telefon. »Wir brauchen mehr Leute. Er ist vermutlich bewaffnet.«

Stiller nickte und betrachtete den roten Punkt auf dem Computerbildschirm. Er hatte aufgehört, sich zu bewegen.

»Müssen Sie die Bildschirmansicht aktualisieren, oder was

ist das?«, fragte er, als ihm einfiel, dass das Überwachungsbild schon früher einmal eingefroren war.

»Normalerweise nicht«, sagte Hammer. »Die Bewegung verläuft in Echtzeit.«

Er drückte versuchsweise auf eine Taste. Die Bildschirmansicht verschwand für einen kurzen Moment und war dann wieder da. Der rote Punkt verharrte an derselben Stelle, mitten auf einem langen Straßenabschnitt.

»Sie sind stehen geblieben«, sagte Hammer. »Irgendwas ist passiert.«

81

Der von dem Holztransporter verursachte Luftdruck ließ den Pick-up erzittern, als die beiden Fahrzeuge aneinander vorbeifuhren.

Martin trat auf die Bremse und hielt an einer Ausbuchtung am Straßenrand. Der Wagen rutschte über den Kies. Als er zum Stehen gekommen war, drehte sich Martin zu Wisting.

»Du musst aussteigen«, sagte er.

»Erzähl mir, was passiert ist«, bat Wisting.

Martin schüttelte den Kopf.

»Was immer passiert ist, wir finden eine Lösung«, fuhr Wisting fort und hoffte auf einen Lohn für die Mühen, die er an diesem Wochenende investiert hatte. »Im Augenblick sieht es vielleicht hoffnungslos aus. Aber mein Job besteht darin, eine Lösung zu finden.«

Martin beugte sich vor und legte die Stirn aufs Lenkrad. Einen Moment lang sah es aus, als wolle er resignieren, aber dann zog er plötzlich etwas unter dem Sitz hervor. Die Pistole. Sie hatte die ganze Zeit im Wagen gelegen.

»Ich möchte, dass du jetzt aussteigst«, sagte er und legte sich die Pistole in den Schoß.

Wisting griff nach dem Türöffner.

»Ich würde vorher gern wissen, was passiert ist«, sagte er und öffnete die Tür einen Spaltbreit.

Martin schluckte.

»Es war meine Idee«, begann er. »Wir waren in Heistad. Bei Arbeitskollegen. Katharina ist gefahren. Sie war schwanger. Ich schlug vor, dass wir die neue Straße nehmen, die noch nicht eröffnet war. Sie war genau an dem Tag asphaltiert worden. Der Asphalt war ganz schwarz. Keine Straßenmarkierung. Keine Beleuchtung. Ich hab sie überhaupt nicht gesehen. Erst als sie mit dem Gesicht auf die Frontscheibe klatschte.«

»Ein Unfall«, sagte Wisting, um die Geschehnisse etwas abzumildern. »Sie hatte dunkle Kleidung an, ohne Reflexstreifen.«

»Ganz in der Nähe stand ein Bagger«, fuhr Martin fort. »Nach einer Viertelstunde waren alle Spuren beseitigt. Nur ihre Geldbörse lag noch da, als wir weiterfahren wollten. Die haben wir mitgenommen. Alles ist gut gegangen, aber dann wurde ihr Freund verhaftet, und Katharina kam auf die Idee mit der Entführung.«

Martins Worte kamen immer schneller. Alles, was er bisher zurückgehalten hatte, strömte aus ihm heraus, als würden alle Dämme brechen. Er erzählte, wie er absichtlich einen Unfall verursacht hatte, um die Schäden des Aufpralls zu vertuschen, und wie sich die Ereignisse auf Katharina ausgewirkt hatten. Dass sie das Kind verloren und eine Depression bekommen hatte. Dass sie sich hatte stellen wollen und ihn in der Nacht zum 10. Oktober 1989 aufgesucht hatte, um ihn zu überreden, sich ebenfalls bei der Polizei zu melden. Und wie das zu einem schlimmen Ende geführt hatte. Sein Wortschwall war eine Bestätigung all dessen, was Wisting vermutet hatte. Martin war in Katharinas psychisches Drama hineingezogen worden, bis es zum Siedepunkt gekommen war. Jetzt schob er ihr die Schuld und Verantwortung zu.

»Du musst aussteigen«, sagte Martin abermals.

»Lass uns das doch auf vernünftige Weise regeln«, bat Wisting.

Martin Haugen griff nach der Pistole und machte eine Handbewegung, als wolle er Wisting verscheuchen.

»Raus!«, befahl er.

82

Adrian Stiller stand breitbeinig und mit vor der Brust verschränkten Armen in dem engen Kontrollraum. Er mochte das Gefühl, das dann entstand, wenn die Dinge in Bewegung gerieten und Fahrt aufnahmen. Er mochte den Stress und das Gefühl, eine verantwortungsvolle Aufgabe zu haben.

Hammer legte sein Handy vor sich auf den Tisch.

»Anscheinend ist Wistings Akku leer«, sagte er.

Stiller rieb sich die Augen. Bunte Flecken zuckten über die Innenseite seiner Augenlider. Als er den Blick wieder auf den Bildschirm richtete, stand der rote Punkt noch immer an derselben Stelle.

»Bekommen wir ein Zivilfahrzeug in die Nähe?«, fragte er.

Hammer griff wieder zum Telefon.

»Ich versuch's in Telemark«, sagte er. »Die sind am dichtesten dran.«

»Und der Rest der Mannschaft?«

»Versammelt sich gerade unten in der Tiefgarage.«

Stiller hörte zu, während Hammer mit den Kollegen in Telemark telefonierte, ihnen die Situation erklärte und die Position von Haugens Wagen durchgab.

»Ich möchte erst mal nur, dass die vorbeifahren und beobachten«, schloss Hammer.

Stiller fragte sich, ob ihm die Schlaflosigkeit gerade einen Streich spielte. Es sah aus, als ob sich der rote Punkt auf dem Bildschirm bewegte. Er kniff die Augen zusammen, öffnete sie wieder und starrte auf den Schirm.

»Der Punkt bewegt sich wieder!«, sagte er.

Der rote Marker änderte erneut die Position und bewegte sich auf die Ortsmitte von Porsgrunn zu. Er folgte demselben Weg, den Haugen und Wisting genommen hatten, als sie zwei Tage zuvor zur Hütte aufgebrochen waren.

Jemand klopfte leise an die Tür. Stiller öffnete. Christine Thiis hatte den Haftbefehl ausgestellt.

»Was Neues?«, wollte sie wissen.

Stiller zeigte auf den Bildschirm.

»Sie dürften in einer halben Stunde hier sein«, sagte er.

Kaum hatte er die Worte ausgesprochen, als der rote Punkt nach links abdrehte und eine andere Richtung einschlug.

»Wo wollen die denn jetzt hin?«, fragte Christine Thiis, bekam aber keine Antwort.

»Wir können nicht einfach nur rumstehen«, sagte Stiller und packte Hammers Oberarm. »Wir müssen zum Wagen.«

83

Wisting war am Straßenrand zurückgeblieben und sah dem Pick-up nach, der in einer Staubwolke verschwand.

Es dauerte anderthalb Minuten, bis der erste Wagen auftauchte. Wisting stellte sich mitten auf die Straße und schwenkte die Arme. Der Fahrer verlangsamte das Tempo, drückte auf die Hupe, schwenkte zur Seite aus und fuhr vorbei. Eine normale Reaktion, dachte Wisting. Er musste dort ganz allein und mitten auf der Straße ziemlich verzweifelt aussehen.

Er zog seinen Dienstausweis aus der Brieftasche und versuchte, den nächsten Wagen anzuhalten, indem er die flache Hand am gestreckten Arm hinaushielt, wie er es vor fast dreißig Jahren als junger Polizist gelernt hatte.

Eine junge Frau saß hinter dem Steuer. Auch sie fuhr langsamer. Wisting blickte sie durch die Frontscheibe direkt an. Sie wirkte verängstigt, und er unternahm keinen weiteren Versuch, sie anzuhalten, als der Wagen vorbeifuhr.

Das nächste Auto kam aus der Gegenrichtung. Ein älterer dunkelblauer Volvo. Er senkte das Tempo und hielt neben ihm. Der Fahrer war ein junger Mann, kaum älter als zwanzig, mit Basecap und schulterlangem blondem Haar. Er ließ die Scheibe herunter und sah sich um, als suche er nach einem Fahrzeug mit Motorschaden oder einem, das vom Weg abgekommen war.

Wisting zeigte seinen Dienstausweis vor und erklärte, dass es eilig sei und um eine Entführung gehe.

»Die Krogh-Entführung?«, fragte der junge Mann.

»Wie kommen Sie darauf?«, fragte Wisting.

»Es ist überall in den Nachrichten«, sagte der andere.

Wisting öffnete die Beifahrertür und setzte sich hinein.

»Wie heißen Sie?«, fragte er.

»Even.«

»Gut, Even, ich möchte, dass Sie wenden.«

»Wenden?«

»Ja. Sind Sie einem Pick-up begegnet?«

Der junge Mann musste einen Augenblick nachdenken.

»Stimmt, der ist mir in einem irren Tempo entgegengekommen«, sagte er und nickte.

»Dann sollten Sie jetzt bitte möglichst schnell wenden«, sagte Wisting.

»Den holen wir nie ein«, meinte der junge Mann, kam Wistings Bitte aber nach.

»Ich kann rausfinden, wo er sich gerade befindet«, sagte Wisting und schnallte sich an. »Ich müsste mir nur mal Ihr Handy ausleihen.«

Der junge Mann schob die Hand in die Innentasche seiner offenen Lederjacke, zog ein Handy heraus und reichte es Wisting.

84

Stiller saß hinter dem Lenkrad. Hammer hockte mit einem Tablet in den Händen neben ihm. Der rote Punkt bewegte sich durch die Straßen im Zentrum von Porsgrunn. Der Pick-up schien langsamer zu fahren.

Das Handy klingelte. Eine unbekannte Mobilfunknummer erschien auf dem Schirm am Armaturenbrett. Stiller schaltete die Freisprecheinrichtung ein und meldete sich.

Eine wohlbekannte Stimme war am anderen Ende zu hören.

»Hier ist Wisting.«

»Wo sind Sie?«

»In einem vorübergehend beschlagnahmten Fahrzeug. Ich telefoniere von einem geliehenen Handy aus«, erklärte Wisting. »Wo ist Haugen? Habt ihr ihn auf dem Schirm?«

»Er ist noch immer unterwegs«, antwortete Stiller und bat Hammer, die genaue Position durchzugeben. »Was ist bei Ihnen passiert?«

»Die Deckung ist aufgeflogen«, erklärte Wisting. »Ich wurde aus dem Wagen komplimentiert. Er hat das Teil bei sich, das ihr nicht finden konntet, als der Strom ausfiel.«

Stiller begriff, dass Wisting absichtlich in Rätseln sprach, um denjenigen, mit dem er im Auto saß, nicht wissen zu lassen, dass es sich um eine Waffe handelte.

»Hat er was gesagt?«, fragte er.

»Ja«, bestätigte Wisting. »Alles.«

Stiller löste eine Hand vom Lenkrad und ballte sie triumphierend zur Faust.

»Er hat angehalten«, sagte Hammer in diesem Moment. Auch Wisting hörte ihn.

»Wo?«, wollte er wissen.

»Er hat nur gewendet und ist jetzt auf dem Weg in eine andere Richtung«, gab Hammer durch.

»Wohin fährt er?«, erkundigte sich Wisting.

Stiller blickte auf das Tablet in Hammers Schoß und folgte dem roten Punkt.

»Sieht so aus, als wäre er auf dem Weg zum Fundort.«

Die Funkverbindung wurde von einem kurzen Rauschen gestört.

»Wo?«, fragte Wisting.

»E18«, erklärte Stiller. »Dort, wo wir Nadia Krogh ausgegraben haben.«

85

Während Wisting mit den Kollegen telefonierte, bat er den jungen Mann am Steuer, noch schneller zu fahren.

»Wir müssen rüber zur E18«, erklärte er und kalkulierte, dass sie dafür etwa acht bis zehn Minuten benötigen würden.

Er nahm das Handy des jungen Mannes in die andere Hand.

»Haben wir irgendwelche Streifen in der Nähe?«, fragte er ins Telefon.

»Wir sind am nächsten dran«, erwiderte Stiller. »Knapp sechs Minuten.«

»Und Martin Haugen?«

»Zwei Minuten«, meldete Hammer.

Wortlos fuhren sie weiter. Der junge Mann scherte aus und überholte ein Taxi.

»Welche Richtung?«, fragte er, als sie auf einen Kreisverkehr zufuhren.

Wisting fiel ein, dass sie über Herøya fahren und südlich des Fundorts auf die E18 treffen könnten, während Hammer und Stiller sich von Norden näherten. Vermutlich würde das auch schneller gehen.

»Nach rechts«, sagte er.

Ein Mann in einem schwarzen BMW drückte auf die Hupe, als Wistings Fahrer ihn bei einem rasanten Überholmanöver schnitt.

»Er ist bald da«, gab Hammer durch. »In weniger als dreißig Sekunden. Haben wir einen Plan?«

Weder Stiller noch Wisting antworteten.

Wisting konnte über die Telefonverbindung den Funkverkehr aus dem anderen Wagen hören. Verschiedene Streifen gaben ihre Positionen durch. Im Hintergrund erklangen Martinshörner.

»Noch zweihundert Meter«, meldete Hammer.

Wisting hielt sich das Handy wieder ans andere Ohr.

»Hundert Meter«, sagte Hammer.

Etwas wurde über Funk durchgegeben, doch Wisting konnte es nicht verstehen.

»Er hält nicht an!«, rief Hammer. »Er fährt vorbei.«

»Verdammt, was hat er vor?«, fragte Stiller.

»Er ist den Weg schon einmal gefahren«, erzählte Wisting. »Beim letzten Mal hat ihn der Mut verlassen. Er will zu Hannah und Joachim Krogh und ihnen erzählen, was mit ihrer Tochter passiert ist.«

Stiller fluchte abermals. Wisting hörte, wie er mit der Hand aufs Lenkrad schlug.

»Er ist bewaffnet und psychisch instabil«, gab er zu bedenken. »Gibt es keine Einheit, die ihm den Weg abschneiden kann?«

»Er biegt jetzt Richtung Heistad ab«, berichtete Hammer. »In zwei Minuten ist er am Ziel.«

Verschiedene Meldungen wurden über Funk durchgegeben. Wisting begriff, dass er selbst die beste Position hatte, es aber trotzdem nicht rechtzeitig schaffen würde.

86

Wisting war als Erster da. Er hatte vier Minuten und elf Sekunden gebraucht.

Er bat den Fahrer, langsam an dem großen Haus der Familie Krogh vorbeizufahren. Das schmiedeeiserne Einfahrtstor stand offen. Martin Haugens grauer Pick-up stand auf dem Vorplatz. Ansonsten war niemand zu sehen.

Wisting gab seine Beobachtungen über Telefon an die anderen durch und bat seinen Fahrer zu wenden und fünfzig Meter vom Haus entfernt anzuhalten.

»Was machen wir jetzt?«, fragte der junge Mann.

»Auf Verstärkung warten«, erwiderte Wisting.

Drei Minuten später tauchten Adrian Stiller und Nils Hammer auf. Wisting bedankte sich bei dem jungen Mann und öffnete die Beifahrertür.

»Sie können jetzt fahren«, sagte er.

»Kann ich nicht bleiben?«, fragte der andere.

»Machen Sie, was Sie wollen, aber gehen Sie nicht näher heran.«

Wisting setzte sich zu Hammer und Stiller in den Wagen. Hammer gab gerade über Funk eine Statusmeldung an die anderen Einheiten durch.

»Die armen Eltern«, sagte Stiller. »Das wäre ihnen besser erspart geblieben.«

Wisting schwieg.

»Glauben Sie wirklich, dass er jetzt da drinnen sitzt und ihnen alles erzählt?«, fragte Stiller. »Mit einer Pistole?«

»Sie sind nicht zu Hause«, sagte Hammer, ließ sein Handy sinken und sah zum Haus hinüber. »Sie sind verreist. Vermutlich wollten sie den Medien aus dem Weg gehen.«

Stiller beugte sich vor.

»Ist er jetzt allein da drinnen?«

Drei Streifenwagen näherten sich. Einer davon fuhr am Haus vorbei und hielt dann an. Drei bewaffnete Männer stiegen aus, stürmten durch den benachbarten Garten und bezogen hinter dem Haus Stellung. Der Einsatzleiter kam zum Wagen, in dem die drei Ermittler saßen.

»Wir wollen vermeiden, dass er sich hier verschanzt«, sagte er. »Können wir nicht versuchen, ihn anzurufen und herauszulocken?«

Die anderen beiden drehten sich zu Wisting um.

»Dazu brauche ich ein Handy«, erklärte er.

Hammer reichte ihm seines. Wisting wählte Haugens Nummer, kam aber nicht durch.

»Sollen wir reingehen?«, fragte der Einsatzleiter.

»Untersucht erst mal den Wagen«, bat Wisting.

Adrian Stiller ließ den Motor an und fuhr etwas dichter heran, damit sie die Aktion besser mitverfolgen konnten. Der Einsatzleiter gab ein paar kurze Anweisungen. Vier Polizisten rückten vor. Zwei von ihnen richteten ihre Waffen auf das Haus, während die anderen beiden auf den Pick-up zutraten. Einer von ihnen warf einen Blick in den Innenraum und öffnete dann die Tür.

»Leer«, gab er über Funk durch.

»Was ist mit der Ladefläche?«, hakte Wisting nach.

Er sah seine Angelrute. Sie lehnte an einem riesigen Blumentopf, nur die Spitze war zu erkennen. Gleich daneben stand sein Rucksack. Martin musste die Sachen abgeladen haben.

»Ich vermute, er liegt unter der Abdeckplane«, fügte er hinzu.

Über Funk erfolgten neue Befehle. Zwei Polizisten gingen zur Rückseite des Wagens. Der eine trat zwei Schritte zurück und richtete seine Waffe auf die Heckklappe, der andere legte die Hand auf sein Holster und schickte sich an, die Klappe zu öffnen.

Sie nickten einander kurz zu, dann wurde die Heckklappe umgelegt.

Vom Auto aus konnten Wisting und die anderen ein Paar Stiefelsohlen erkennen. Wisting öffnete die Wagentür und stieg aus. Der Polizist, der die Klappe geöffnet hatte, zog seine Waffe hervor.

»Rauskommen!«, kommandierte er. Keine Reaktion.

Wisting trat langsam auf den Pick-up zu. Eine hellrote Flüssigkeit rann durch die Fugen der Ladefläche auf die Öffnung zu. Eine Mischung aus Blut und Salzlake.

Der Polizist packte einen von Martins Füßen und zog ihn näher an die Öffnung heran. Er beugte sich über ihn, drehte sich dann schnell zum Einsatzleiter um und machte eine eindeutige Handbewegung quer über seinen Hals. Tot.

Wisting trat näher heran und bestätigte, dass es sich um Martin Haugen handelte.

Die Kugel war an der rechten Schläfe eingedrungen und hatte beim Austritt auf der anderen Seite den Eimer mit dem eingesalzenen Fisch getroffen.

Es war ein schöner Moment gewesen. Wisting und Martin Haugen mit ihren Angeln am Ufer, während sich der Eimer langsam mit Fischen füllte.

Stiller trat näher. Wisting drehte sich zu ihm, ohne etwas zu sagen. Er fragte sich, was Stiller wohl für ein Mensch wäre, wenn es hart auf hart käme. Würde er im Falle einer Bedrohung flüchten oder zum Angriff übergehen?

»Hat er wirklich gestanden?«, fragte Stiller.

Wisting schob die Hand unter den Ärmel seiner Jacke, löste das kleine Mikrofon und reichte es Stiller.

»Hier ist das Geständnis«, sagte er. »Falls Ihre Technik nicht versagt hat.«

Stiller nahm das kleine Gerät in Empfang, als handele es sich um etwas überaus Seltenes und Wertvolles.

Wisting wandte sich wieder zum toten Martin Haugen um und dachte, dass es gar nicht um ein Entweder-Oder gegangen war, nicht um Angriff oder Flucht. Obwohl Martin Haugen glaubte, einen ererbten Instinkt zum Angriff zu besitzen, hatte er sich doch in den letzten vierundzwanzig Jahren auf der Flucht befunden. Einer Flucht, die er hier beendet hatte.

87

Als Wisting hereinkam, saß Amalie auf dem Sofa und spielte mit einem iPad, während Line mit ihrem Laptop beschäftigt war. Beide wirkten hoch konzentriert.

»Thomas hat ihr das beigebracht«, sagte Line, ohne vom Bildschirm aufzuschauen.

Wisting musste lachen und nahm Amalie auf den Schoß. Sie hielt das iPad mit beiden Händen fest.

»Vermutlich ist das auch sicherer, als mit einem Kugelschreiber zu spielen«, sagte er.

Line blickte kurz auf, erwiderte aber nichts.

»Ich dachte, du wärst fertig mit dem Feature«, sagte Wisting.

»Ich mache was anderes«, erklärte Line.

»Ich habe mir die letzte Podcast-Episode angehört«, sagte Wisting und sprach ihr sein Lob dafür aus. »Schade, dass nicht mehr entstanden sind.«

Er wusste, dass ursprünglich sechs Ausgaben geplant gewesen waren, aber nur drei tatsächlich gesendet wurden. Bei Erscheinen der dritten Folge war der Fall bereits gelöst.

»Hast du denn schon einen neuen Auftrag?«, fragte er und deutete auf das Laptop.

»Das hier ist Ahnenforschung«, erwiderte Line und sah ihren Vater an. »Wir haben doch einen Stiller in der Verwandtschaft, und ich dachte, dass wir vielleicht über mehrere Ecken mit Adrian Stiller verwandt sind. Aber das sind wir nicht. Schade eigentlich«, fügte sie hinzu und grinste. »Er ist nämlich reich und hat keine Erben.«

Wisting erwiderte ihr Lächeln.

»Es sieht so aus, als wäre Stiller gar nicht sein richtiger Name«, fuhr Line fort. »Keiner in seiner Familie trägt den Namen. Seine Eltern heißen Palm und wohnen in Südafrika. Adrian hieß ursprünglich auch Palm, hat aber seinen Namen gewechselt, als er zwanzig wurde und nach Norwegen zurückging, um seine Ausbildung an der Polizeihochschule zu beginnen.«

Lines Blick richtete sich wieder auf den Bildschirm.

»Aber da gibt es noch was anderes, das sehr interessant ist«, sagte sie. »Seine Freundin ist verschwunden, wahrscheinlich wurde sie ermordet.«

Wisting riss die Augen auf.

»In Südafrika, da war er achtzehn«, fuhr Line fort. »Ich versuche gerade, mehr darüber herauszufinden. Sie ist nie gefunden worden, der Fall ist bis heute ungelöst. Und achtzehn Jahre später arbeitet Stiller in der norwegischen Cold-Case-Gruppe. Glaubst du, er würde sich vielleicht interviewen lassen?«

»Ich kenne ihn nicht so gut«, erwiderte Wisting. »Aber ich bezweifle es. Ich habe noch nie etwas über diese Geschichte gehört, und wahrscheinlich ist das nichts, worüber er gern reden würde.«

»Ist er noch hier in der Stadt?«

Wisting nickte. »Ich treffe mich später mit ihm. Wir müssen noch den Papierkram erledigen.«

Line blickte nachdenklich auf den Bildschirm, wo offenbar eine englischsprachige Internetzeitung zu sehen war.

»Bevor ich ihn frage, muss ich erst noch mehr rausfinden«, sagte sie.

88

Es war an der Zeit, den Schreibtisch aufzuräumen. Wisting sortierte Mappen und Arbeitsnotizen. Einige davon waren über zwanzig Jahre alt. Noch immer gab es ein paar lose Enden im Zusammenhang der Fälle Katharina Haugen und Nadia Krogh, aber trotz einiger unbeantworteter Fragen waren sie doch zu einem Abschluss gebracht worden.

Wisting hielt eine Notiz in der Hand, las sie mehrmals durch und nahm sie dann mit in das Büro, das Adrian Stiller zur Verfügung gestanden hatte.

Auch Stiller räumte alles zusammen. Er legte die Aktenordner in einen Karton und warf ein paar lose Blätter in den Altpapierbehälter. Seine Zugangskarte lag auf dem Schreibtisch, bereit zur Rückgabe.

Er wirkte entspannter als während der vergangenen Tage. Ausgeruht. Wisting fiel ein, was Line über seine Freundin erzählt hatte und welche Motivation er wohl eigentlich hatte, an ungelösten Fällen zu arbeiten.

»Ich weiß es«, sagte Wisting und trat an den Schreibtisch heran.

Stiller entfernte eine Telefonliste von der Pinnwand.

»Was denn?«, fragte er und drehte sich zu Wisting.

»Ich weiß, dass Sie die anonyme Nachricht an Martin Haugen geschrieben haben«, sagte Wisting und zeigte ihm einen kleinen Zettel mit den drei Wörtern. *Ich weiß es.*

Stiller lächelte.

»Woher wollen Sie das wissen?«

»Es kann niemand anderes gewesen sein«, erklärte Wisting. »Niemand außer Martin Haugen wusste, was mit Nadia passiert war. Abgesehen davon habe ich schon kapiert, wie Sie arbeiten.«

»Nämlich?«

»Ihre Methode heißt Provokation. Und Sie arbeiten mit einer heimlichen Agenda.«

Stiller lächelte erneut.

»Haugen brauchte einen kleinen Anstoß«, sagte er. »Damit wir das Spiel in Gang bringen konnten.«

»Waren Sie am 10. Oktober draußen bei Haugen? Am Jahrestag?«

»Ich wollte nur nachschauen, ob er den Zettel an der Tür gefunden hatte. Aber gut, dass Sie gekommen sind und mich aufgehalten haben. Ich wusste nämlich nichts von den Kameras.«

»Den haben wir doch analysieren lassen«, sagte Wisting und zeigte auf den Zettel.

Stiller schüttelte den Kopf.

»Der wurde nie dokumentiert«, sagte er. »Ich hab ihn nicht eingeschickt zur Analyse. Der sollte nur dazu dienen, ihn aufzuschrecken.«

Wisting hätte nicht sagen können, ob ihm Stillers Methode nicht behagte oder die Tatsache, nichts davon gewusst zu haben.

»Ich habe mir die ganze Unterhaltung zwischen Ihnen und Haugen angehört«, fuhr Stiller fort. »Ich muss das noch transkribieren lassen, aber es enthält alles, was der Staatsanwalt zum Abschluss des Falls benötigt.«

Wisting antwortete mit einem Nicken.

»Eine Sache würde mich allerdings noch interessieren«, sagte Stiller und schloss den Deckel des Kartons. »Es hat mit der Sache nur entfernt zu tun, aber dieses Geschenk, das die Großmutter Nadia aus Paris mitgebracht hatte und das die

Familie erst öffnen wollte, wenn Nadia gefunden würde – können wir vielleicht jetzt herausfinden, was da drin ist?«

Wisting lächelte. Er wusste, worauf Stiller hinauswollte. Es gab gar kein Geschenk aus Paris. Es war bloß eine Geschichte, die Wisting erfunden hatte, um an Martins Gewissen zu appellieren und ihn in Richtung eines Geständnisses zu locken.

»Worte oder Taten«, fuhr Stiller fort und nahm den Pappkarton vom Schreibtisch. »Es geht um den Versuch, ein Ziel zu erreichen.«

Wisting faltete den kleinen Zettel zusammen.

»Wohin fahren Sie jetzt?«, fragte er. »Schon mit einem neuen Fall beschäftigt?«

»Ich fahre nach Bergen«, erwiderte Stiller. »Da sitzt einer im Gefängnis und will erzählen, wo er vor siebzehn Jahren eine Leiche vergraben hat.«

Wisting trat einen Schritt zur Seite und ließ Stiller zur Tür gehen.

»Und Sie?«, fragte Stiller. »Ein neuer, großer Fall?«

Wisting schüttelte den Kopf. Zum ersten Mal seit langer Zeit war sein Schreibtisch völlig leer.

1

Es war drei Minuten vor zehn am Montag, dem 18. August.

William Wisting wurde in das große Büro geführt. Es war anders, als er es sich vorgestellt hatte. Er hatte an wuchtige Möbel, Leder und Mahagoni gedacht, doch das Büro war schlicht und praktisch eingerichtet. Ein Schreibtisch mit hohen Papierstapeln dominierte den Raum. Der dazugehörige Stuhl hatte verschlissene Armlehnen. Um den Computer standen Familienporträts in verschiedenen Größen und unterschiedlichen Rahmen.

Die Frau, die ihn im Vorzimmer empfangen hatte, folgte Wisting und stellte Tassen, Gläser, eine Wasserkaraffe und eine Kaffeekanne auf den Tisch vor der kleinen Sitzgruppe.

Wisting schaute aus dem Fenster, während er darauf wartete, dass die Frau wieder ging. Die Sonne stand schon hoch am Himmel. Auf der Karl Johans gate herrschte zunehmend dichter Verkehr.

Die Vorzimmerdame hielt sich das leere Tablett vor die Brust, lächelte und verließ den Raum.

Erst vor knapp zwei Stunden war Wisting gebeten worden, sich hier einzufinden. Er war dem norwegischen Generalstaatsanwalt bislang noch nie begegnet. Zwar hatte er einmal einen Vortrag von ihm über die Qualität von Ermittlungsarbeit gehört, ihn aber nie persönlich kennengelernt oder gar mit ihm gesprochen.

Johan Olav Lyngh war groß, hatte graue Haare und ein markantes Gesicht. Die Falten und die eisblauen Augen vermittelten den Eindruck eines Mannes, der mit allen Wassern gewaschen war.

»Bitte nehmen Sie doch Platz«, sagte er mit einer Handbewegung.

Wisting setzte sich auf das Sofa an der Wand.

»Kaffee?«

»Ja gern, danke.«

Der Generalstaatsanwalt füllte die Tassen. Seine Hand zitterte leicht, aber das schien kein Anzeichen von Sorge oder Unruhe zu sein, sondern war vermutlich dem Alter geschuldet. Johan Olav Lyngh war zehn Jahre älter als Wisting. Seit einundzwanzig Jahren bekleidete er das Amt des obersten Leiters der Anklagebehörde. In einer Zeit, in der sich alle vertrauten Strukturen bei der Polizei im Umbruch befanden, schien Lyngh Sicherheit und Beständigkeit zu verkörpern. Ein Mann, der seinen Kurs nicht den Ideen irgendwelcher Berater anpasste, die den öffentlichen Dienst nach betriebswirtschaftlichen Prinzipien ausrichten wollten.

»Danke, dass Sie so schnell kommen konnten«, sagte er.

Wisting nahm seine Kaffeetasse und nickte. Er hatte keine Ahnung, warum man ihn herbeordert hatte, ihm war nur klar, dass sich ihr Gespräch um äußerst vertrauliche Dinge drehen würde.

Der Generalstaatsanwalt füllte sein Wasserglas und nahm einen Schluck, als müsste er zunächst seine Kehle befeuchten.

»Bernhard Clausen ist am Wochenende gestorben«, sagte er dann.

Wisting ergriff ein Gefühl von Unruhe und banger Vorahnung, und sein Magen verkrampfte sich. Bernhard Clausen war ein pensionierter Abgeordneter der Sozialdemokratischen Partei, der in verschiedenen Regierungen Ministerämter innegehabt hatte. Große Teile des Sommerhalbjahrs verbrachte er in Stavern. Am Freitag war ihm in einem Restaurant am Hafen plötzlich schlecht geworden. Er war sofort ins Krankenhaus gebracht worden, doch am Sonntag hatte die Parteiführung bekanntgeben müssen, dass er im Alter von achtundsechzig Jahren gestorben sei.

»Es war von einem plötzlichen Herztod die Rede«, sagte Wisting. »Gibt es einen Grund, etwas anderes zu vermuten?«

Der Generalstaatsanwalt schüttelte den Kopf.

»Er hat im Krankenhaus einen schweren Infarkt erlitten«, berichtete er. »Im Laufe des Tages wird es eine Obduktion geben. Aber es deutet nichts darauf hin, dass es sich um einen unnatürlichen Tod handelt.«

Wisting behielt die Kaffeetasse in der Hand, während er auf die Fortsetzung wartete.

»Walter Krom hat sich gestern Abend bei mir gemeldet«, führte der Generalstaatsanwalt weiter aus. »Er war im Krankenhaus, als Clausen gestorben ist.«

Die Rede war vom Parteisekretär der Sozialdemokraten.

»Nach dem Tod seines Sohnes hatte Clausen keine direkten Angehörigen mehr. Krom war als Bezugsperson angegeben. Er hat sich um Clausens persönliche Besitztümer gekümmert, als dieser ins Krankenhaus eingeliefert wurde. Unter anderem um den Schlüssel zu seiner Hütte in Stavern.«

Wisting wusste, dass die Hütte bei Hummerbakken lag, genau genommen näher an Helgeroa als an Stavern. In Clausens Zeit als Außenminister war die Hütte Bestandteil des polizeilichen Rahmenplans für Objektsicherungen gewesen.

»Krom ist gestern noch zur Hütte rausgefahren, um nachzusehen, ob Türen und Fenster verschlossen sind. Natürlich hatte er auch den Gedanken, dass da vielleicht vertrauliche Parteidokumente liegen könnten. Denn obwohl Clausen pensioniert war, gehörte er zu einer Beratergruppe um die Parteiführung.«

Wisting beugte sich vor.

»Und was hat er gefunden?«, fragte er.

»Es ist eine ältere, recht geräumige Hütte«, fuhr der Generalstaatsanwalt fort, als benötige er noch etwas Zeit, um zum entscheidenden Punkt zu kommen. »Sein Schwiegervater hat sie in den Fünfzigerjahren errichtet, und als Clausen in die Familie einheiratete, hat er ihm dabei geholfen, sie auszubauen. Wie Sie vielleicht wissen, hat er ursprünglich als Verschalungstechniker und Stahlbetonbauer gearbeitet, bevor er Vollzeitpolitiker wurde.«

Wisting nickte. Bernhard Clausen war einer der wenigen sozialdemokratischen Politiker gewesen, die einen Hintergrund als Industriearbeiter hatten. Sein Interesse für Politik war seinerzeit durch die Gewerkschaftsarbeit geweckt worden.

»Die Hütte wurde damals so gebaut, dass sie eine große Familie beherbergen konnte, mit Kindern und Enkelkindern. Insgesamt gibt es sechs Schlafzimmer.«

Der Generalstaatsanwalt glättete eine Falte an seiner grauen Anzugshose.

»Einer der Räume war verschlossen«, fuhr er fort. »Krom hat ihn aufgesperrt. Es war ein kleines Zimmer mit nur einem Etagenbett. Auf den Betten standen Pappkartons. Ich weiß nicht, wie viele. Walter Krom hat sie untersucht. Sie waren voller Geld. Bargeld.«

Wisting richtete sich auf. Im Laufe der Unterhaltung waren ihm manche Gedanken durch den Kopf gegangen, aber so etwas hatte er sich nicht vorgestellt.

»Pappkartons mit Geld? Von wie viel reden wir denn hier?«

»Es sind ausländische Währungen«, erklärte der Generalstaatsanwalt. »Euro und Dollar. Grob geschätzt je fünf Millionen.«

Wisting öffnete den Mund, doch es fiel ihm nichts ein, was er hätte sagen sollen.

»Also insgesamt zehn Millionen Kronen?«

Der Generalstaatsanwalt schüttelte den Kopf.

»Fünf Millionen Euro und fünf Millionen Dollar«, korrigierte er.

Wisting versuchte, die Gesamtsumme auszurechnen. Es musste sich um etwa achtzig Millionen Kronen handeln.

»Woher kommen die?«, fragte er.

Johan Olav Lyngh zuckte mit den Schultern.

»Wir wissen es nicht. Und das ist der Grund, warum ich Sie hergebeten habe. Ich möchte, dass Sie es herausfinden.«

Im Büro des Generalstaatsanwalts wurde es still. Wisting blickte zum Fenster hinaus, in Richtung des Osloer Doms.

»Sie verfügen über Ortskenntnis«, fuhr Lyngh fort. »Die Hütte liegt in Ihrem Polizeidistrikt. Außerdem sind Sie für diese Aufgabe gut geeignet. Die Ermittlungen müssen vertraulich erfolgen. Der Fall hat große Sprengkraft. Clausen war vier Jahre Außenminister und hat eine zentrale Rolle im Verteidigungsausschuss gespielt. Hier können nationale Interessen auf dem Spiel stehen.«

Wisting dachte über die Bedeutung dieser Worte nach. In Clausens Händen hatten Entscheidungen über Fragen gelegen, die Norwegens Beziehungen zu fremden Mächten beeinflussten.

»Ich habe Ihren Polizeipräsidenten gebeten, Sie von allen anderen Aufgaben freizustellen. Er weiß nicht, wie Ihr Auftrag lautet«, fuhr der Generalstaatsanwalt fort und erhob sich. »Sie haben natürlich freien Zugang zu allen Ressourcen, fachlich und finanziell. Die Labore der Kripo sind angewiesen, Ihre Anfragen vorrangig zu behandeln.«

Lyngh trat an seinen Schreibtisch und griff nach einem großen Umschlag.

»Wo ist das Geld jetzt?«, wollte Wisting wissen.

»Immer noch in der Hütte«, erwiderte der Generalstaatsanwalt und reichte ihm den Umschlag.

Wisting spürte, dass er unter anderem ein Schlüsselbund enthielt.

»Ich möchte, dass Sie eine kleine Gruppe aus qualifizierten Leuten zusammenstellen und sich darum kümmern«, sagte Lyngh und blieb stehen. »Krom hat übrigens Georg Himle in Kenntnis gesetzt. Er war Ministerpräsident, als Clausen das Amt des Außenministers innehatte. Ansonsten weiß niemand von dieser Geschichte. Und dabei muss es auch bleiben.«

Wisting erhob sich. Die Unterredung näherte sich dem Ende.

»Die Alarmanlage der Hütte stammt noch aus Clausens Zeiten als Regierungsmitglied. Inzwischen wurde ein neuer Zugangscode generiert, übrigens auch für sein Haus. Ist alles in den Unterlagen verzeichnet«, erklärte der Generalstaatsanwalt und deutete auf den Umschlag. »Ich schlage vor, dass Sie sich als Erstes um das Geld kümmern.«

2

Draußen vor dem großen Gebäude schlug ihm die spätsommerliche Hitze entgegen. Wisting atmete tief ein, überquerte die Karl Johans gate und steuerte direkt auf das Parkhaus zu, wo er den Wagen abgestellt hatte. Bevor er losfuhr, kippte er den Inhalt des Umschlags auf den Sitz neben sich.

Auf einer Karte stand der neue Zahlencode für die Alarmanlage, 1705. Außer dem Schlüsselbund befanden sich eine schwarze Geldbörse, eine goldene Uhr, ein Mobiltelefon und ein paar lose Münzen im Umschlag. Bernhard Clausens Habseligkeiten aus dem Krankenhaus.

Das Handy war ein älteres Modell. Solide, benutzerfreundlich und mit großer Akkukapazität. Es war noch geladen. Das Display zeigte zwei verpasste Anrufe, verriet aber nicht, von wem sie stammten.

Wisting legte das Telefon zur Seite und warf einen Blick auf die Geldbörse. Sie war abgenutzt und bog sich in der Mitte leicht durch. Er öffnete sie und entdeckte neben vier Kreditkarten einen Führerschein, die Versichertenkarte, Bonuskarten verschiedener Hotelketten sowie den Mitgliedsausweis der sozialdemokratischen Partei. Im Geldscheinfach befanden sich siebenhundert Kronen, ein paar Quittungen und die Visitenkarte eines Journalisten der *Aftenposten*. Hinter einer Folie steckten Fotos seiner verstorbenen Frau und seines Sohnes.

Lisa Clausen war zu der Zeit gestorben, als ihr Mann Gesundheitsminister war. Es lag mindestens fünfzehn Jahre zurück, doch Wisting erinnerte sich noch gut an den Medienrummel. Lisa Clausen hatte beim Gewerkschaftsdachverband gearbeitet und war an einer seltenen Krebsform erkrankt. Es hätte damals eine kostspielige Behandlungsmethode gegeben, die sich allerdings noch im Teststadium befand und von der norwegischen Gesundheitsbehörde nicht zugelassen war. Als Gesundheitsminister war Bernhard Clausen indirekt dafür verantwortlich, dass seiner Frau die lebensverlängernde Behandlung versagt blieb.

Lisa Clausen war ein paar Jahre jünger als ihr Mann gewesen. Ihr gemeinsamer Sohn, der damals Mitte zwanzig gewesen sein dürfte, war ein Jahr später bei einem Verkehrsunfall ums Leben gekommen. Bernhard Clausen war in kurzer Zeit von zwei Tragödien überrollt worden. Eine Weile hatte er sich aus der Öffentlichkeit und der Politik zurückgezogen, ehe er dann als Außenminister wieder die politische Bühne betrat.

Wisting legte Telefon, Schlüssel und Geldbörse zurück in den Umschlag und nahm die goldene Uhr genauer in Augenschein. Auch das Armband war aus Gold oder zumindest vergoldet. Das Zifferblatt trug das rote Logo der sozialdemokratischen Partei.

Er ließ den Sekundenzeiger eine ganze Runde kreisen und dachte dabei nach. Dann legte er auch die Uhr in den Umschlag zurück und ließ den Wagen an.

Als Ersten musste er Espen Mortensen in sein Team berufen. Er war ein erfahrener Kriminaltechniker, ein Praktiker, der etwas von seinem Fach verstand, aber auch durchsetzungsfähig war und über den Tellerrand schauen konnte. Außerdem war er loyal. Wisting konnte sicher sein, dass er nicht mit anderen über den Fall reden würde. Er war Mortensen am frühen Morgen auf dem Gang im Polizeipräsidium begegnet und wusste daher, dass sein dreiwöchiger Urlaub beendet war.

Während Wisting über die E18 die Hauptstadt verließ, wählte er Mortensens Nummer. Der Kriminaltechniker wirkte sehr beschäftigt, als er an den Apparat ging.

»Na, hast du dir nach den Ferien schon einen ersten Überblick verschafft?«, fragte Wisting.

»Noch nicht ganz«, erwiderte Mortensen. »Aber da liegt eine Menge rum und wartet auf mich.«

»Das musst du liegenlassen«, sagte Wisting. »Ich brauche dich für ein Projekt.«

»Aha?«

»Ich bin in anderthalb Stunden wieder in Larvik«, erklärte Wisting und sah auf die Uhr am Armaturenbrett. »Pack deine Ausrüstung ein und komm zum Parkplatz an der Stavernhalle, dann fahren wir von da aus zusammen weiter.«

»Was ist denn los?«, wollte Mortensen wissen.

»Ich erklär es dir später. Und erzähl bitte niemandem davon.«

»Was ist mit Hammer?«

Nils Hammer war Wistings Stellvertreter in der Abteilung.

»Mit dem rede ich noch«, versicherte Wisting.

Er beendete das Gespräch und wählte Hammers Nummer.

»Ich habe ein Engagement, das meine zeitweilige Abwesenheit erfordert«, erklärte er. »Du musst in der Zwischenzeit die Abteilung übernehmen.«

»Was denn für ein Engagement?«, wollte Hammer wissen.

»Eine äußerst vertrauliche Angelegenheit.«

Hammer war erfahren genug, um es dabei bewenden zu lassen.

»Wie lange wird das denn dauern?«

»Ich weiß es noch nicht«, antwortete Wisting. »Für die Anfangsphase nehme ich Mortensen mit. Ich denke, du musst mindestens eine Woche auf ihn verzichten.«

Er wusste, dass er Hammer damit in eine schwierige Situation brachte. Die Ressourcen waren ohnehin schon knapp.

»In Ordnung«, sagte Hammer. »Muss ich sonst noch etwas wissen?«

Wisting vertraute Hammer. Was er ihm erzählte, wurde nicht weitergegeben. Dennoch gab es keinen Grund, ihn jetzt genauer zu informieren. Es gab weder eine konkrete Bedrohung noch eine unmittelbar bevorstehende Gefahr, die eine Bitte um Unterstützung erforderlich gemacht hätte.

»Ich weiß selbst noch nicht so viel«, gab Wisting zurück.

»In Ordnung«, sagte Hammer noch einmal. »Ich bin hier, falls du noch was brauchst.«

Als Wisting den Anruf beendete, schaltete sich das Radio ein. Er drehte es ab. Jetzt waren nur noch das Motorengeräusch und der gleichmäßige Klang von Reifen auf Asphalt zu hören. Schon nach kurzer Zeit kamen Wisting ein paar Ideen, woher das Geld stammen könnte.

Bernhard Clausen war ein Parteiveteran mit einer langen politischen Karriere gewesen und hatte zahlreiche Machtkämpfe überstanden. Er war ein Freund der USA und hatte sich während des Irakkriegs dafür eingesetzt, dass Norwegen den Angriff der USA unterstützen sollte. Dies hatte zu Unstimmigkeiten in der Regierung geführt. Clausen hatte den Kürzeren gezogen, als verabschiedet wurde, dass Norwegen nicht am Angriffskrieg teilnehmen, jedoch militärische Unterstützung für die spätere Stabilisierung des Landes leisten würde. Als Leiter des parlamentarischen Verteidigungsausschusses spielte er später eine zentrale Rolle, als der Ankauf von amerikanischen Kampfflugzeugen für das Militär beschlossen wurde. Der Vertrag umfasste ein geschätztes Volumen von über vierzig Milliarden Kronen.

Wisting verstärkte den Griff um das Lenkrad. Geld war meistens die Ursache von allem, was nach Korruption, Habgier und Machtmissbrauch roch. Die Ermittlungen würden sich auf einem Niveau abspielen, das Wisting bislang nicht näher kannte. Aber dafür hatte er den besten Ausgangspunkt: Er hatte das Geld. Geld hinterließ immer Spuren. Sie mussten nur bis zum Ursprung zurückverfolgt werden.

3

Der unauffällige weiße Kleintransporter, in dem sich Mortensens Ausrüstung befand, wartete im Schatten vor der Sporthalle. Mortensen saß hinter dem Lenkrad und aß einen Apfel.

Wisting parkte seinen Wagen, stieg aus und trat an das geöffnete Autofenster. Ein paar Jungen spielten draußen auf dem Kunstrasen Fußball.

»Wir fahren zur Hütte von Bernhard Clausen«, sagte er statt einer Begrüßung.

Fluchend warf Mortensen das Kerngehäuse auf die Fußmatte vor dem Beifahrersitz.

»Es geht nicht um den Todesfall«, fügte Wisting schnell hinzu, »sondern um etwas ganz anderes.«

Wisting berichtete vom Treffen mit dem Generalstaatsanwalt und dem Geld, das der Parteisekretär gefunden hatte.

»Ich kenne den Weg«, schloss er. »Fahr einfach hinter mir her.«

Wisting kehrte zu seinem Wagen zurück, fuhr los und kontrollierte im Spiegel, dass Mortensen ihm folgte, bevor er auf die Straße Richtung Küste einbog.

Die Besiedelung wurde spärlicher, und schon bald war er von üppigen Kornfeldern umgeben. Nach einigen Kilometern bog er ab in Richtung Küste und Hüttengebiet. Der alte Asphalt hatte Risse bekommen. Hier und da ragten Steine aus dem Untergrund hervor. An einer Abbiegung musste er die Landkarte auf seinem Handy zu Rate ziehen, ehe er schließlich in einen schmaleren, unbefestigten Weg einbog, der vor einer ockerfarbenen Hütte mit Schieferdach und einer zum Wasser ausgerichteten Glasveranda endete.

Ein Wagen stand vor der Hütte. Ein älterer Toyota, der vermutlich Clausen gehört hatte. Er war am Freitag von einem gleichaltrigen Parteigenossen abgeholt worden und mit ihm nach Stavern hineingefahren.

Wisting stellte seinen Wagen etwas abseits ab, damit Mortensen seinen Transporter nahe der Tür parken könnte.

Dann fischte er das Schlüsselbund aus dem Umschlag und trat auf die Hütte zu. Ein Wimpel flatterte träge an einem Flaggenmast. Vom Wasser her konnte Wisting das Geräusch eines Motorboots hören.

Die Hütte lag ein wenig abseits und konnte von den Nachbarhütten nicht unmittelbar eingesehen werden. Alte, gekrümmte Kiefern spendeten Schatten. Eine grasbewachsene Fläche zog sich hinunter zu einer flachen Bucht und ein paar Felseninseln. Zwei Kinder lagen bäuchlings auf einem Steg und hatten Angeln ausgelegt. Eine Wolkenbank thronte reglos über ihnen am Himmel.

Wisting ging zur Haustür, zog die Schlüssel hervor und fand gleich beim ersten Versuch den richtigen.

Die Alarmanlage blinkte und stieß ein paar warnende Pieptöne aus. Wisting gab den Code ein, woraufhin eine grüne Diode aufleuchtete und die Töne verstummten.

An der Garderobenleiste hingen zwei Jacken. Auf dem Boden standen ein Paar Gummistiefel sowie Sandalen.

Das Wohnzimmer enthielt einen offenen Küchenbereich. Ein Kochtopf auf dem Herd wurde von einigen Fliegen summend umkreist, und auf der Arbeitsplatte stand ein Teller mit Essensresten. Im Wohnzimmer befand sich ein großer offener Kamin. Eine Tür führte auf die Glasveranda, von wo aus man über eine breite Treppe nach draußen gelangte. An einer Wand hing ein großes Foto von Clausen, auf dem er im Unterhemd und mit einer Axt neben einem großen Stapel frisch gehackten Holzes abgebildet war, während er sich mit einem karierten Taschentuch die Stirn abwischte. Ein ikonisches Bild, das in vielen Zusammenhängen verwendet worden war. Für gewöhnlich trat Bernhard Clausen nur im Anzug auf, aber so wie auf dem Bild kannten ihn die Menschen. Ein Mann, der die Wurzeln der Partei repräsentierte. Er sprach die Sprache der Arbeiter, war aber auch geübt im Umgang mit höheren Gesellschaftsschichten. Eine Eigenschaft, die ihn äußerst wichtig für die Partei machte. Ohne ihn würde der bevorstehende Wahlkampf nicht mehr der gleiche sein.

Die anderen Fotos an der Wand waren kleiner. Sie zeigten Clausen zusammen mit bekannten Politikern, denen er, überwiegend in seiner Zeit als Außenminister, begegnet war. Nelson Mandela, Wladimir Putin, Dick Cheney, Gerhard Schröder, Jimmy Carter bei der Verleihung des Friedensnobelpreises und verschiedene norwegische Ministerpräsidenten. Clausens graue Mähne sah auf diesen Fotos noch etwas fülliger aus als in den darauffolgenden Jahren, doch der stahlblaue Blick war derselbe.

Vom Wohnraum gelangte man in einen Gang mit Schlafzimmern zu beiden Seiten. In dem Raum, der Bernhard Claussens Schlafzimmer gewesen sein dürfte, war das Bett gemacht. Auf dem Nachttisch lag ein Buch. Ein paar Kleidungsstücke lagen zusammengefaltet auf einem Stuhl. Eine große Reisetasche stand auf dem Fußboden. Auf der gegenüberliegenden Seite des Gangs gab es ein kleines Badezimmer.

Ganz hinten im Gang lag das Zimmer, das Wisting suchte. Im Inneren roch es anders als in der übrigen Hütte. Trocken und staubig, die Luft war warm und abgestanden. Der Raum war mit lackiertem Fichtenholz getäfelt. Ein Etagenbett, ein Nachttisch und ein in die Wand zum Nebenzimmer eingelassener Schrank bildeten das Mobiliar. An den Wänden hingen verschiedene Poster. Idole aus den Neunzigern neben politischen Parolen. U2 und Metallica und dazwischen Slogans wie *Kurs halten, Sicherheit im Alltag* und *Vorrang für Sozialfürsorge*. Ein Flickenteppich lag auf dem Boden, und am Fußende des Bettes befand sich ein winziges Fenster mit dünnen, geblümten Vorhängen. Es war von außen mit einem Laden verschlossen, dafür gab es hoch oben an der Wand zwei Lüftungsventile.

Insgesamt waren es neun Pappkartons. Fünf im oberen Bett und vier im unteren. Dort lag außerdem ein Benzintank mit Schlauch, Pumpe und Kupplung für Außenbordmotoren.

Die Kartons hatten verschiedene Größen und Formen. Einige waren schlichte Bananenkisten, die man in Lebensmittelgeschäften bekam, wenn man danach fragte.